谢君已矣，不才君欲出版.
还孚继续下去。

兄 点点

新锐法医

—迷雾—

吕吉吉 著

Dense fog 2

孔學堂書局

图书在版编目（CIP）数据

新锐法医．2，迷雾／吕吉吉著．— 贵阳：孔学堂
书局，2023.9
　ISBN 978-7-80770-435-5

　Ⅰ．①新… Ⅱ．①吕… Ⅲ．①长篇小说－中国－当代
Ⅳ．① I247.5

中国国家版本馆 CIP 数据核字（2023）第 145923 号

新锐法医 2 迷雾　　吕吉吉 著
XINRUI FAYI 2 MIWU

责任编辑：胡国浚
责任印制：张　莹　刘思妤

出　　品：贵州日报当代融媒体集团
出版发行：孔学堂书局
地　　址：贵阳市乌当区大坡路 26 号
　　　　　贵阳市花溪区孔学堂中华文化国际研修园 1 号楼
印　　制：长沙鸿发印务实业有限公司
开　　本：710 mm×1000 mm　1/16
字　　数：421 千字
印　　张：20.5
版　　次：2023 年 9 月第 1 版
印　　次：2023 年 9 月第 1 次印刷
书　　号：978-7-80770-435-5
定　　价：49.80 元

柳弈

XINRUI FAYI

他目光集中在戚山雨的头发上问："你刚剪头发了？"
戚山雨有些意外地抬起头。
"不错，好看。"
柳弈在平光镜片后面的眼睛微微弯起，笑得跟一朵花似
的："这发型很适合你。"

新锐法医

男人拾起掉落在旁边的漂亮的碎花雨伞，甩掉伞面上的血迹，撑起伞，转身走入来时的黑暗巷子里……

戚山雨

目 录
CONTENTS

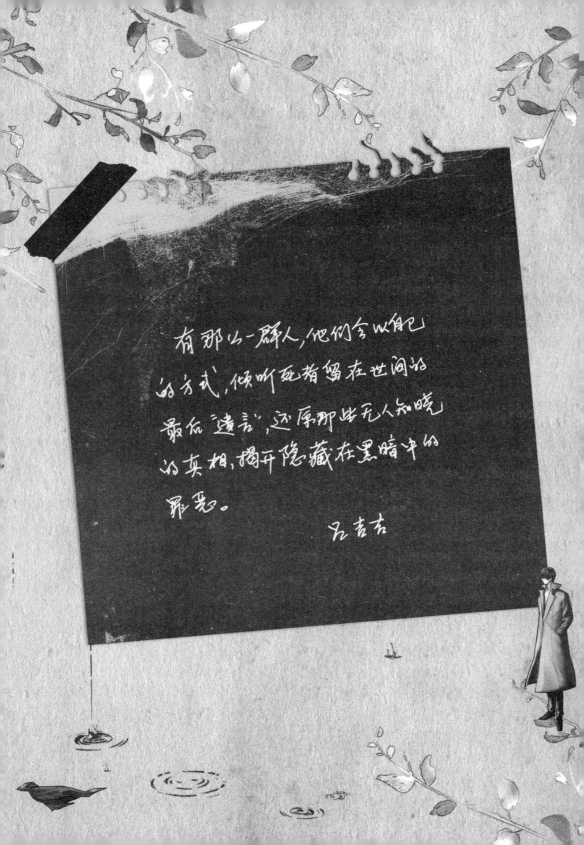

有那么一群人，他们会以自己的方式，倾听死者留在世间的最后"遗言"，还原那些无人知晓的真相，揭开隐藏在黑暗中的罪恶。

吕吉吉

　　回国不久的法医界新锐柳弈在毫不知情的情况下成了刑警帅哥戚山雨眼中的"变态"。几天后，两人在酒吧再次相遇，柳弈好心将喝得醉醺醺的戚警官扛回了酒店，自己却吹了一夜的冷风，大病一场……

　　梁子就此结下，原以为会有一场激烈的暗战，却因一桩接着一桩的离奇案件搁浅。两人携手，先后侦破校园沉湖案、富商之子绑架撕票案。经历惊心动魄与万分感动，戚山雨和柳弈由互存偏见到相知，最终成为知心好友。

　　临近二月，两人迎来了久违的长假，相约一同前往温泉山庄度假，却又意外陷入一起情侣纠纷案，好在戚山雨成功抓获凶手，却意外受伤，最终，两人喜获热情市民送上的正义锦旗。

　　至此，鑫海市似乎回归平静，然而危险仍在逼近，鑫海市再现一桩猎奇自杀案，柳弈察觉事情并没有那么简单……

第五章 ||||||||||||||
入局

4月中旬，柳弈约戚山雨一起去探望新年前从绿化带救出的那个小宝宝。

在两个月前，小宝宝已经被领养，现在也有了新名字和新家。

他的养父和养母是一对年过四旬的中年夫妻，养父是大学的物理学教授，养母是一位心理医生，专业领域是精神创伤治疗，尤其在针对精神创伤儿童的引导方面有一套很独特的见解。

夫妻两人结婚十多年，感情稳定，经济宽裕，只是一直没有自己的孩子，所以非常希望能收养一个。

当他们了解到小宝宝的遭遇时，立即就决定申请收养，而福利机构考虑到小宝宝的特殊身世，也认为这一对夫妻确实能给小宝宝带来更好的成长环境，于是通过了审批，赶在新年之前，将小宝宝送到了他的新家。

柳弈和戚山雨其实早在小宝宝的收养证明办下来之前，就知道了他的去向，不过一直等到小宝宝在新家安顿下来，才和他的养父母联络，希望能去探望。

这对大学教授与心理医生的夫妻组合，开朗好客且平易近人，于是立刻同意，并且约好了在这个周末请他们到家里做客。

小宝宝的养父母在任教的大学附近买了一栋带着小花园的别墅，距离市中心有点儿远，从戚山雨的家出发，驾车也要花上整整一小时，若是选择地铁、公交一类的交通工具，则更费时了。

柳弈自然很体贴无车一族的小戚警官，两人约好了，由他开车来接戚山雨，然后一同前往。

于是这天戚山雨按照约定好的时间下了楼，一眼就看到柳弈把他那台招摇得一塌糊涂的香槟色宝马7系大刺刺地横停在了家属大院的门口。

戚山雨住的这个小区，是曾经的公安大院，楼龄差不多得有30年了。

当年分房进来的那一批老刑警退休多年，为了安享晚年，大多搬去了更宽敞、舒适的高层电梯商品房，旧房子现在基本已经转手给需要老城区学位的年轻夫妻，或者租给在附近上班的白领一族。即使有留下来的老爷子、老太太，也绝对不会选择开一辆颜色和款式都如此扎眼的豪车。

所以当柳弈特别高调地把车子往大院门口一停，简直跟摆在聚光灯下一个效果，回头率高达90%。出入院门的住户几乎都不由自主地把视线投注到那显眼的蓝白十字同心圆样式的车标上，又将目光往驾驶室里扫，想要看看开车的到底是什么人。

这时，车里的柳弈也看到了朝他走来的戚山雨，于是把车窗降了下来，倚在窗户上，朝戚山雨轻佻地吹了声口哨："Hi，帅哥，上车啊。"

戚山雨被逗得脸一红，看到旁边已经有人往自己身上瞟，生怕柳弈继续开玩笑，连忙几步赶上前来，打开副驾驶的门，匆匆躲进了车里。

"行吧，我们这就出发吧。"

柳弈今天没有穿西装，而是穿着一套黑色里衬配靛青色夹克外套的休闲装，颜色显得人很稳重，头发也梳理得整整齐齐，还特意戴了一副窄窄的银边眼镜，看起来特别有功成名就的范儿。

为了今天的这一趟行程，戚山雨昨晚特地去理了头发，也花了比平常多好几倍的时间，精心挑选了一身出门的行头，但和柳弈这身打扮一比，他觉得自己实在是糙得可以。

不过，柳弈却没有立刻就开车。

"哎……"

他目光集中在戚山雨的头发上问："你刚剪头发了？"

戚山雨有些意外地抬起头。

"不错，好看。"

柳弈在平光镜片后面的眼睛微微弯起，笑得跟一朵花似的："这发型很适合你。"

一小时之后，车子到达目的地——位于鑫海市大学城附近的花城别墅区。

收养小宝宝的夫妻，丈夫姓谭，太太姓洛，于是小宝宝现在也有了新名字——谭洛宝。

柳弈和戚山雨到的时候，谭氏夫妇正抱着小宝宝在门口等着他们。

经过两个月的精心喂养和妥善照顾，原本干瘦的小宝宝已经长了些肉，脸颊鼓起，仿佛一个胖乎乎的肉包子，见到陌生人也不害怕，趴在爸爸怀里，静静地盯着两位俊俏叔叔看了一会儿，忽然咧开小嘴，发出了"咿咿呀呀"的欢快笑声。

柳弈和戚山雨被小宝宝的笑弄得心都快要化掉了。

这还是他们第一次看到小宝宝的笑容，也是第一次听到他发出和大人互动的声音。

这也证明了谭氏夫妇确实对小宝宝很好，不仅在生活上悉心地照顾他，还科学地对他进行从前一直缺失的语言和听觉培训。只过了两个月，小宝宝就差不多已经能和同龄宝宝一样，正确追声，并且还能用笑容与其他人进行感情交流了。

戚山雨越看越觉得可爱，忍不住想要抱抱孩子。

谭教授听到他的这个请求之后，跟个炫耀孩子的"傻"爸爸似的，笑得一脸得意，将软趴趴的"小肉球"交到了戚山雨的手上。

于是戚山雨抱着小宝宝进了屋，一路搂在怀里逗乐，久久舍不得放下，直到洛医生将他们请进书房，又给两人端来刚沏好的茶，他才将小宝宝递给了在旁边眼巴巴等了很久的谭教授。

"宝宝差不多到点该吃奶了，我先去喂喂他，你们慢聊。"

谭教授笑着说完，就抱着小宝宝走出房间门，上楼去了。

柳弈和戚山雨对视一眼，他们看得出，谭教授这是特意回避的意思，也就是说，洛医生是有事情想要私下跟他们说了。

果然，洛医生在两人对面坐下，脸上温和的笑意收敛起来，换上一副有话要说的凝重表情。

"嗯，其实呢……"

洛医生酝酿了一下，似乎正在琢磨应该如何开口。

"其实，是关于上周在报纸上登过的，那个自杀的肖姓青年的事。我有些情况想和两位聊聊。"

听到洛医生这么一说，柳弈和戚山雨又对视了一眼。

他们都知道洛医生口中的"肖姓青年"，就是选择了"钉板穿身"那般猎奇的手段自杀的肖斌。

肖斌年纪轻轻就做到了投行中层，年薪过 30 万，也算是个成功人士了。这等青年才俊却忽然自杀，而且自杀的手段还如此猎奇吸睛，这样的案件自然逃不过记者的关注，当时就上了好几份报纸的头条，在网媒上也有不小的热度。

只是，为了保护死者的隐私，媒体虽然报道了这件事，却隐去了死者全名，而且为避免造成不好的社会影响，也没有公开详细的自杀手法，只以"方法相当痛苦"一言蔽之。

柳弈作为主验尸官，自然清楚这起自杀案件的内幕，而戚山雨作为市局里的一线刑警，在本市发生如此有话题度的案件，他自然也仔细地看过案件卷宗。但两人却不明白，为什么洛医生会突然跟他们提起肖斌的自杀案。

"其实，我之前托人问过，所以知道肖斌那案子是由柳先生你负责进行尸检的。"洛医生有些不好意思地朝柳弈笑笑。

柳弈点点头。

他倒是一点儿都不吃惊洛医生能打听到这件事。

毕竟他们法研所也就这么点大，那么些人，而公检法的圈子里谁和谁没点儿拐弯抹角的关系，只要有心，要问到主检法医的姓名一点儿都不难。

"你是对肖斌的自杀案有什么疑问吗？"

柳弈经手的案子，心里自然清楚，虽然肖斌的死亡方式看起来很猎奇，但他确实是自杀的。

死者住的公寓的安保很不错，每层楼的走廊里都装了监控，能清清楚楚、明明白白地拍到每日出入的人员。

警方查过监控，死者在他的尸体被人发现的前几日，独自一人进了家门，自那天之后，他的房门一直紧闭，再也没有第二个人出入过。

况且，死者公寓通往阳台的窗户虽然没有关牢，但他的阳台面向大街，就算深更半夜也在霓虹灯的照明范围之内，如果有人爬进爬出，也很难逃过路人的视线。再说肖斌的屋子可是在 21 楼，又不是蜘蛛侠在世，很难想象有人会冒着摔成肉酱的风险，选择从那么高的地方侵入房间。

"不，我知道，肖斌是自杀的。"

洛医生摇了摇头，想了想，才缓缓解释道："其实，肖斌以前是我的病人，曾经在我这儿治疗抑郁症，前后应该有快两年的时间了。"

根据洛医生的说法，肖斌大约在两年半前，在她就职的 X 大附院心理科确诊了抑郁症，然后一直由她随诊。

肖斌工作很忙，而且压力非常大，和亲人的关系也不好，以至于在层层重压之下终于爆发，患上了相当严重的抑郁症。

他在受洛医生治疗的两年里，病情时好时坏，控制得也不是很稳定，于是后期出现了幻听、幻视、被害妄想等典型的精神分裂症状，甚至还有几次表现出明显的自杀倾向，所以洛医生对他格外关注，每个月都盯着他按时来找她复诊和开药。

"差不多在元旦前那段时间吧，肖斌忽然就没有来复诊了。

"我看他超过预约时间整整两个星期都没来，有些担心，就给他打了电话。刚开始连着有四五次吧，他都不肯接我的电话，后来，有一天半夜，他忽然主动拨通了我的手机，当时我感觉他的状态很奇怪……"

她想了想，用比较专业的描述补充道："好像是服用了过量的精神类药物，说话的声音又轻又快，吐字比较含糊，而且语气有点儿亢奋。"

洛医生认真地看着柳弈和戚山雨，说道："当时，他跟我说：'洛大夫，我告诉你，我找到了赎罪的办法了——那就是不要逃避，只要先下地狱，就能减轻刑罚，早早地洗清罪孽，投胎转世了。'"

"地狱？"柳弈皱起了眉。

他在英国留学的时候，曾经跟着导师接触过一些与宗教有关的犯罪卷宗，这些诸如撒旦崇拜、极端信仰、末世教义等引发的犯罪案件，在欧美地区其实并不罕见。不过在我国，与宗教相关的案子却着实不算太多，而且形式相对单一，以至于甚少有人专门会去做这一方向的研究。

"我刚才提到过，肖斌后期出现了一些精神分裂的症状。"洛医生想了想，接着说道，"虽然我不是很确定他的精神分裂症状和他的自杀方式有没有关系，但是因为他当时的症状相当特殊，所以我将此病例写进了自己的论文里。"

她说着，随手从桌子上抽出一本期刊，翻到自己发表的那篇递给柳弈。

柳弈看过题目，又飞快地扫了一遍摘要，发现是一篇探讨精神病患者一些特殊心理映射与疾病进程、疗效评估之间关系的文章。

"肖斌服药治疗的效果一直不是很好，而且因为工作的关系，他也拒绝住院治疗，大约在一年前，开始出现自残倾向。当时，我给过他一些可以适当分散注意力的建议，比如弹皮筋或者捏塑料泡沫之类的方法。"

洛医生轻轻摇了摇头，接着说："但是，他当时选择发泄情绪的方法，却是虐杀小动物。"

"虐杀小动物？"戚山雨重复了一遍。

洛医生点了点头。

"他常常会将一些流浪猫狗带回家，然后用很残忍的方法将其虐杀，再拍照片放到微博或者论坛上，让愤怒的网友用各种恶毒的言语痛骂他，并且以此获得近似自虐一般的精神安慰。而且他还说过，他常常会看着死去的小动物浑身是血地环绕在自己的脚边，双眼直勾勾地整晚盯着看。"

她想了想，又补充道："他跟我说了这件事以后，我劝过他不要这样，因为这样不仅太过残忍，而且很容易引来网友的声讨和'人肉'，可能会严重影响他的日常生活。后来，我给他调整了用药方案，下次再问的时候，他就不愿意再提这茬儿了。"

柳弈"嗯"了一声，听得很专注。

"我记得，肖斌告诉我他虐杀猫狗的时候，还提到过，他的祖母是个虔诚的居士，常年吃斋念佛，跟他说过，杀生是大罪。"

洛医生轻轻地叹了一口气。

"当时，肖斌说，像他这样，杀了那么多无辜生灵的人，死后一定会下刀山地狱，关上540亿年。"她顿了顿，看向柳弈和戚山雨，"我向相熟的警察打听过肖斌自杀的详情……总觉得，他的自杀手法，是不是有点儿在模仿'下刀山'这个概念？"

柳弈和戚山雨又跟洛医生就肖斌的案子聊了一阵儿，直到时间已经快十一点半了，两人眼瞅着再待下去，主人家就得给他们张罗午饭了，连忙推说下午还有别的事儿，这就得告辞了。

这时，谭教授也抱着小宝宝下楼了，谭洛宝刚刚吃完奶，正是最饱足、最快活的时候，看到柳弈和戚山雨，立刻"咯咯"笑了起来，还伸出小手想去摸柳弈的脸。

两人顿时就挪不动脚步了，抓着小家伙白白软软的小手逗了一阵，又和谭教授、洛医生约好之后再来看小宝宝，才一步三回头地走了。

临出门前，柳弈注意到，玄关的小茶几上搁了一份邀请函，题头上很清楚地印着"犯罪心理侧写在刑侦实践中的全新应用"一行黑体字。

"哎呀。"洛医生注意到柳弈的视线，好像忽然想起了这茬儿似的，笑着拿起邀请函，递给他。

"这是下周六 X 大心理系办的一个专题讲座，主讲人是一位从美国回来不久的教授，好像曾经在 FBI（美国联邦调查局）的犯罪心理部门培训过两年，挺厉害的。"

她朝他们眨眨眼，露出一点儿善解人意的顽皮来。

"那天早上孩子他爸刚好有课，我得在家照顾小宝，没法去了，如果两位有空，一起去听听也不错。"

"好，那就谢谢了。"柳弈也不客气，大大方方地接过邀请函，看了一眼，上面印着的主讲人姓名很特别，姓"赢"，单名一个"川"字，后头跟着"X 大心理系副教授"和"鑫海市公安局客座顾问"两个头衔。

"正好是跟我们工作有关的课题，一定要去听听。"他将邀请函收好，又向洛医生道了谢，然后和戚山雨一起离开了谭氏夫妇的家。

回程的路上，柳弈让戚山雨负责开车，而他坐在副驾驶室，低头刷着手机，不知道在忙些什么。

"对了，柳哥，有件事刚才不太方便当着洛医生的面说……"

戚山雨将车子驶出别墅区，趁着路口等红灯的间隙，转头看了看坐在旁边的柳弈。

柳弈没有将视线从自己的手机屏幕上移开，只回了他一个单音节语气词："嗯？"

"你还记不记得，半年前你做过的一份尸检报告，那个冻死的老人。"

红灯转绿，戚山雨发动车子，随着车流驶上通往高速路的车道。

"后来我们调查过，老人确实是在自己经营的超市冷柜里自杀的，他的次子为了骗保，才将他父亲的遗体搬到二楼的休息室，还藏起了老人的遗书，制造出病死的假象。"

戚山雨顿了顿，接着说道："问题就是，老人留下的遗书……我记得，他的遗书上，也提到了'地狱'这个词。"

他等了一会儿，没有听到柳弈的回答，忍不住飞快地看了旁边的人一眼，却发现柳弈这会儿正转头盯着他，眼神很专注。

戚山雨奇怪地问了一句："怎么了？"

"我没想到，你这次倒跟我想到一块儿去了。"柳弈哈哈笑了起来。

他晃了晃手里还亮着的手机屏幕，说道："我刚才查了一下，所谓的十八层地狱里面，有一个名叫'寒冰地狱'，里面关的罪人，有一条罪名，就是'赌博'。"

戚山雨闻言，不由得皱眉："对了……那个老人是个赌鬼，欠了很多赌债。"

柳弈将手机揣回外套口袋里，目光转向车窗外。

"沉迷赌博的，提前下了寒冰地狱，而虐杀动物的，则死于刀山之刑……"

他盯着环城高速上来往不息的车辆，表情沉肃，喃喃低语道："接连发生的两起诡异的自杀案，总不会是巧合吧？"

4月13日，周二。

这一日，柳弈接到了下属单位送来的一个大纸箱，打开一看，发现里面是一箱子的骨头。

"效率挺高的嘛，这就送过来了。"

柳弈抽出鉴定委托书，仔细看了起来。

江晓原端着茶缸，颠颠地跑了过来："老板，这是什么？"

柳弈回答："几天前在新长垣那边挖出来的骨头，你知道吧？"

江晓原立刻回了他一个"哦"字，点头如捣蒜。

柳弈所说的"新长垣"，是由鑫海市政府与某著名地产商共同投资，准备建造的一处影视基地，位于鑫海市东城郊，占地大约20万平方米，核心区为一处古镇旧址，周边有成片的湿地荷塘，新长垣的建设蓝图已经在报纸上宣传了许久，就等着新年过后正式动工变现实了。

然而，大约在五天前，工人们却从工地里挖出了一具白骨。

不同于施工时经常挖到的经年无主的孤坟，这具尸骨没有任何棺木，只用了一张薄薄的毯子包裹着，别说陪葬品，连一件衣服都没有。

施工队的工头也是个心思细致的人，立刻就察觉出了不对劲，赶紧让附近挖土的工人全都停工，匆匆忙忙报了警。警方赶到之后，很快在尸骨上发现了他杀的痕迹，于是便把尸骨带走了。

案子当天就见了报，引起了市民的关注，不少人纷纷猜测这具白骨的身份，警方也呼吁市民积极提供线索。

当时接收尸骨的是东城郊警局的法医部门，尸骨没有直接送到法研所来。现在过了五天，尸骨已经做完了处理，骨头上的残余软组织已经清理干净，也做过了种属和性别鉴定，确定尸骨基本完整，全部都是属于一个成年男性的，而之所以还要送到法研所来，是为了让他们确定死者的具体年龄。

"嗯，根据白骨化的程度，推测死者应该死了5～8年的时间。"

柳弈翻了翻委托书后附带的详细案情材料，手指放在下巴上，轻轻敲了敲："这个时间范围，定得有点儿宽啊……"

白骨化所需要的时间会因为尸体所处的环境不同而不同。

一般来说，埋在泥土里的尸体完全白骨化，需要3～4年，10年以上才会脱脂干枯，300年以上，才会变得质轻而脆弱易碎。

暴露在空气里的尸体，白骨化的时间则短得多。在夏季只需要10天到1个月，春秋季是5～6周，冬季则略长一些，是几个月左右。

长了蝇蛆，或者被其他食腐昆虫破坏过的尸体，白骨化的进程则会加快许多。美国的尸体农场曾经做过相关实验：天气炎热的时候，苍蝇幼虫只需要一周左右的时间，就能吃干净一具成年人尸体上的全部软组织。

东城郊警局的法医部门，应该是假设尸体一开始就埋在土里的，再考虑到掩埋尸体的土壤土质和湿润、疏松程度，而且鑫海市地处南方，常年气温比较暖和，他们对着回归公式琢磨了一番，最后在死亡时间上，便给出了"5～8年前"这么一个相对宽泛的区间。

骨架上残留的泥土和软组织全部被漂烫刷洗干净，虽然没有做脱脂和漂白处理，但骨头都规整好了，纸箱子里放的都是大块的长骨和扁骨，小件的诸如手掌、脚掌、椎骨之类的骨头，都用标本盒分门别类地装好，连头骨的两只外耳道也塞上了棉花团，以防颅骨深处的听小骨掉出来而不慎遗失。

柳弈和江晓原两人找了张空置的解剖床，很快就将骨架重新拼回了人形。

"果然，很明显是他杀。"

骨架子拼好之后，尸骨原主死于他杀的证据就变得一目了然了。

他们在肋骨、椎骨、头盖骨、双侧掌骨以及尺骨上，都看到了长短、深度不一的线状或孔状骨折痕迹，明显是刀子一类的锐物劈砍或者戳刺在身体上留下来的。

显然凶手下手的时候很凶狠，那么多处刀伤穿透了皮肤、肌肉、脂肪、筋腱，直接在骨头上留下了痕迹，想来当时施暴者的力道很大，没有想过留下半分余地。

当时这具骨架本人的死相——想必是浑身鲜血淋漓，非常狰狞恐怖的。

"凶手应该是个成年男人，"柳弈的手指在胸骨柄的一处"V"字形骨折痕迹上摩挲了两下，低声说道，"女性一般很难砍得这么深。"

不过，更加明显的他杀证据，是在死者的两只手上。

死者的骨架缺了全部的中节与远节指骨，而10根近节指骨，也都被人在接近中下1/3的位置平整地切断了。也就是说，死者的10根手指，当时被人给连根砍断，并且断指并没有和身体埋在同一个地方。

"老板啊，你说凶手杀人就杀人了，把手指切了干吗？"江晓原看着10根整整齐齐的断骨，脑补了一下那个场面，只觉得瘆得慌，抱着胳膊打了个哆嗦："人都杀了，还要干这多此一举的事情，有啥意义啊？"

柳弈耸了耸肩："谁知道呢，搞不好是想留个纪念品。"

他朝江晓原笑了笑："侦探剧里面，不都这么演的吗？"

江晓原闻言，汗毛倒竖，用力搓了搓自己的牙花子，根本欣赏不来自家老板那不合时宜的可怕幽默感。

"而且，不止这些横七竖八的刀伤，这些骨头上，还有一些痕迹，也挺有趣的……"

柳弈说着，放下手里的某块骨头，拍了拍手。

"好了，干正事儿，先把这位兄台的年龄确定下来。"

对于无名尸骨而言，最重要的个体识别特征，包括死亡时间、性别、年龄、身高和牙齿特征等。其中，性别是最容易确定的一项。

性别鉴定的原则，如果在青春期前，应先进行年龄鉴定，然后再进行性别鉴定，而如果在青春期后，则完全相反，应该先确定性别，再鉴定年龄。

这具尸骨全身的骺软骨均已骨化，年龄应该在 25 岁以后，显然已经过了青春期，鉴别起性别来，就变得十分简单了。

对成人骨骼的性别鉴定，骨盆最有价值。而单块的髋骨、颅骨、下颌骨、胸骨等，也都可以进行性别鉴定，只是鉴定难度会增大，准确度会降低。

所幸这具尸骨保存得十分完整，直接看骨盆就行了。

这具尸骨骨盆整体十分粗壮，棘肌明显，骨骼厚重，骨盆入口纵径大于横径，呈近似心脏的形状；骨盆腔高而窄，像个漏斗一样；骨盆出口狭小，坐骨棘发达；耻骨下角呈"V"字形，夹角较小；骶骨底第一骶椎上关节面大，髂翼较直，高而厚，耳状面较大且直。

即便是初出茅庐、学艺还不怎么精的江晓原，也能一眼看出来，这具尸体属于一个成年男性。

至于无名尸骨的身高，若是成年了，一般则需要在确定年龄以后，再进行推算。

人的身高会明显地受地域差异影响，比如高加索人种和尼格罗人种，就普遍比蒙古人种高大。

就我国的情况而言，东北人身高普遍高于黄河以北的人，黄河以北的人身高普遍高于长江以北的人，长江以南的人的身高又较低于长江以北的人。所以身高对于寻找无名尸的真实身份来说非常重要，有时候甚至可以缩小其籍贯范围。

其实，对于完整的尸骨来说，有两种计算身高的方法：可以测量全套骨骼的总高度，再加上 5 厘米的软组织厚度，即为死者身高；还可以先测得颅高、各椎骨体长的总和、股骨和胫骨的生理长度、距骨高和跟骨高之和，再利用公式计算，以求得死者生前身高。

但成人的身高与年龄密切相关：一个人的身高高峰值一般在 18～20 岁的时候出现，超过 30 岁，每年身高就会降低大约 0.6 毫米，相当于每 20 年降低 1.2 厘米。

种种因素综合下来，会使得依照骨骼推算出的身高出现一定的误差，这个误差范围，甚至会大到 10 厘米，而这 10 厘米的误差，有时就会对警方侦破案件造成极大的影响。

所以，为谨慎起见，对于不清楚年龄的无名尸骨，一般都要求先较为准确地判断出死者的年龄，再与骨骼的测量结果相比对，两者结合综合判断。

而这一切的难点，就集中在了尸骨的年龄判断上。

在人类学上，对于如何判断白骨的年龄，自有一套经总结摸索得出的十分详尽的方法，其中最常用的方法，就是通过耻骨联合面、胸骨、肋骨形态和牙齿磨耗度来判断。

不过，牙齿磨耗度受各地饮食习惯与个人饮食习惯的影响较大；而肋骨的形态到了 45 岁之后，变化就会不再明显，这种方法对于年纪较大的死者尸骨来说误差会十分大。所以实际操作时，一般都首选以耻骨联合面为主，胸骨形态为辅，二者相互印证的方法来判断尸骨的真实年龄。

虽然道理是这么个道理，并且每个阶段应该如何判断都有据可查，但是骨头的形态变化可不像修真文里面的修为分级那样，每升一阶还要挨次天打雷劈，分界线清清楚楚、明明白白，它更多的是依靠观察者本身的主观判断，以至于常常出现不同的主检者得出的结论足足差了 10 年的可怕区别。

柳弈估摸着，东城郊警局的法医部门把骨架子往法研所里送，八成也是对靠骨头评估年龄没什么把握的缘故。

柳弈自问比不上那些干了大半辈子的法医实战经验丰富，但他作为法医鉴定科的一把手，自然也有自己的自信。

他自信心的来源，除特别聪明，以及和智力相匹配的记忆力、观察力、分析与归纳能力之外，还有在求学时远超他人的勤奋和刻苦。

拜他从小特别要强、万事都不肯认输的性格所赐，从小学到修完双博士学位，无论哪个学科，除非他不学，一学就得当个学霸。

所以在同龄人都忙着享受青春，享受激情的大学校园生活时，柳弈则把大把大把的时间，花在了与大体老师"相亲相爱"上面。

他曾经待在英国邓迪大学的标本室里，对着一箩筐一箩筐的骨头，一块块地进行对比观察，一干就干了整整半年。

以至于学校的人类学教授撞见几次之后，向他诚恳地发出邀请，希望他毕业以后考进学校的研究室专门研究人体骨骼。

当然，柳弈后来没去邓迪大学的人类学研究室，但这份刻苦攒下的功底，这时候就派上了用场。

柳弈先观察的是耻骨联合面。

　　耻骨联合面属于人体骨盆结构，在人的体内位置较深且较为固定，还被软骨覆盖保护，不容易活动，受个人生活行为习惯的影响自然也比较小，因此它的形态学变化，也比其他可以用来判断年龄的骨头更加接近人体本身的正常生理变化趋势。

　　"联合面平坦，未见下凹出现……侧腹缘上段形成，上端界限进一步明显，未见向后扩张……下端界限呈锐角状……联合缘完全形成。"

　　柳弈一边用放大镜对着骨面仔仔细细地观察，一边用笔在推断年龄表上做着"钩"和"叉"的记录，并且在旁边列出了两个系数。

　　看完以后，他又研究起作为辅助证据的胸骨。

　　"胸肋结合缘上下端开始形成突起……柄体结合缘突起增多较明显，而从胸骨体背面骨质光滑致密。"

　　他对着自己填好的两张表格认真看了看，确认无误之后，算出了结果。

　　通过两个推断方法得出的结论基本一致，从耻骨联合面推断出的年龄是 29.85 岁，而从胸骨推断出的年龄则是 30.37 岁，两者平均下来，是 30.11±2 岁。

　　"我推测，死者的年龄应该在 30 岁左右。"柳弈圈出纸上的最终结果，说道。

　　江晓原听得连连点头，然后对照着身高公式，飞快算了算结果。

　　"所以，这具白骨应该是属于一个身高大约 178 厘米，年龄 30 岁上下的青年男人，他的死亡时间在 5～8 年前，对吧？"

　　他说完，仿佛分析出这一切的是他本人一样，很有成就感地点了点头。

　　"范围缩小到这个程度，要找起来应该会容易很多了！"

　　"还不止这样。"柳弈朝江晓原笑了笑，伸出手，手指在解剖台上的某块骨头上点了点。

　　"这个人，八成是个运动员，而且从事的很可能是以下肢为主的运动。"

　　"髌骨？"江晓原顺着他的指点看过去。

　　"没错，就是髌骨。"

　　柳弈拿起解剖台上躺着的尸骨的右侧髌骨，递给江晓原。

　　"注意看，这块髌骨并不完整，下极缺失了一小块，而且断面平整。这应该是髌骨骨折以后施行了部分切除手术，去除了髌骨远端的骨块所致。"

　　江晓原把那块髌骨捏在手里，想了想，有些疑虑地回答："这……虽然运动确实是髌骨损伤的主要原因之一，但是……"他惴惴地看了看柳弈，"可是，在城市人群里，交通事故造成的撞击，或者摔伤所导致的髌骨骨折，也很常见啊。"

　　柳弈并没有鄙夷江晓原对他的猜测提出的质疑，反而因为自家小徒弟肯认真思考而感到很高兴。

　　"那当然是因为，这位先生的骨头上，还留着其他的痕迹啊。"柳弈说着，拿出无名尸骨的左侧胫骨与右侧踝骨，"仔细看，这两处都有已经愈合的骨折痕迹。"

他的手指先从胫骨中段一处短斜行凸起上滑过，又点了点踝骨的腓骨下端一处斜行的浅浅凹痕说："虽然都是已经愈合了的骨折，但两处的骨增生程度并不一样，应该是在不同时期受的伤。"

"原来如此！"江晓原恍然大悟，"如果是交通事故或者意外摔倒，很少有这么背，连续遭遇好几次的，加上死者又很年轻，确实比较像是反复的运动伤了！"

"嗯，不过造成下肢受伤的运动范围也很广，田径、篮球、足球、击剑、体操，甚至是舞蹈和军事训练都有可能。"

柳弈想了想，又补充道："而且现在多的是沉迷健身的人，自己胡乱锻炼祸祸出来的伤也不少见……"

江晓原倒是觉得很高兴："不过，死者的性别、年龄、身高甚至生前喜好和曾经受过的伤都检查出来了，这样已经能在很大程度上缩小调查范围了吧？拿人口失踪记录套一套，再一个个去排查呗！"

"也是。"柳弈朝他笑了笑，"其他的，就交给警察去调查吧。"

4 天之后的周末，便是柳弈从洛医生那儿得到的邀请函上标记的开讲座的日子。

这天的讲座，柳弈本来是想和戚山雨一起去瞧瞧热闹的，然而小戚警官可是个大忙人，连续几天外勤下来，早跑得找不着影儿，只抽空回了柳大法医一条微信，抱歉地告诉他自己没法去了。

于是柳弈只得收拾收拾，一个人去了 X 大。

《犯罪心理侧写在刑侦实践中的全新应用》讲座在 X 大的新大楼礼堂举办。

礼堂很大，足可容纳超过 800 人，显然主讲的赢川教授在学校里也是个相当受欢迎的风云人物。柳弈去得不算早，只比讲座开始的时间提前了不到 10 分钟，这时礼堂里几乎坐满了人。

礼堂前两排是留给嘉宾的专座，柳弈手持邀请函，朝一个戴着胸卡的引导员亮了亮，就跟着他慢悠悠地走到最前排，在很靠近主席台的地方坐了下来。

柳弈的旁边这时候已经坐了一个身穿黑色西装的高大男人，这个男人正低头翻看着手里一沓打印出来的资料。

柳弈随意地扫了一眼，发现纸上印得密密麻麻的，似乎是一些心理学相关的资料。

身穿黑西装的男人察觉身边多了一个人，抬起头，对上了柳弈的视线。

柳弈注意到，这个西装男有一张十分端正的脸，年纪比自己略大几岁，面容虽然算不得非常俊美，但眉眼柔和、鼻梁挺拔、气质端方，连鬓角都收拾得一丝不苟，身上的西装板正而服帖，配合着稳重的温莎结，给人一种特别可靠的感觉，很容易就让人心生好感。

那人看清了柳弈的长相之后，先是愣了愣，然后勾起唇，露出了一个温和友善的笑容。

柳弈回了对方一个微笑，就自顾自地摸出手机，低头看了起来，并没有要和这个陌生人搭讪的打算。

10点整，讲座准时开始。

一个漂亮的女主持人上台，她向台下来宾介绍了主讲人的履历和学术成就，然后就在近千人热烈的掌声中，将赢川教授请上了主讲台。

嘉宾席的每个座位上都放了一只精致的纸袋，里面有一本全新的活页笔记本，还有一套三支的红蓝黑签字笔。

柳弈左手托腮，笔记本摊开在桌上，右手拿了一支笔，无意识地将它从食指转到尾指，又从尾指翻回到食指上。他正在琢磨着刚才听到的那一串头衔和履历，总觉得这人的经历听起来和自己的还挺像。

这个名叫赢川的人，手里拿着两个美国耶鲁大学的心理学相关博士学位，在国内的犯罪心理学和变态心理学方面，算是排得上名号的专家人物，现在领着市局客座顾问的头衔，常常会参与实际案件，帮警方做犯罪侧写。

柳弈手指间转动的笔停了下来，在活页笔记本的边角上写下了"35"这个数字。

以这位赢川教授的学术成就来说，35岁这个年龄，确实够年轻的。

这时，礼堂里雷鸣般的掌声还未停歇，柳弈有些惊讶地看到，他旁边坐着的身穿黑色西装的男人，竟然站了起来，朝他微微笑了笑，右手略往上抬了抬，应该是想要他让一让的意思。

柳弈这才察觉，自己大概是坐错到给刚才的女主持人留的座位上去了，只得站起来，往旁边挪了一步，给被他堵在里侧的主讲人让出了过道。

赢川侧身穿过座席，却没有直接上台，而是抬手搭上柳弈的手臂，说了句"谢谢"，然后又比了个"请坐"的姿势，意思是让柳弈不必再挪地方，坐回原处就行。

这时候，整个礼堂的人的视线几乎都集中在他们两人身上，柳弈也不好再另找空位，于是朝赢川客气地点了点头，又坐了回去。

很显然，这位赢教授也是个说话做事干脆利落的人，并没有把时间浪费在无用的开场白上，而是打开了课件，用简洁的导言引入正题，直接开始了他今天的演讲。

这个讲座持续了整整一小时，就讲座而言，进行了那么长的时间，应该很容易让人觉得疲惫，但课题内容比柳弈想象中有趣，直到赢教授宣布到了自由提问时间的时候，他也没感觉到无聊，还在不知不觉中记了整整三页纸的笔记。

大约是他的位置在第一排正中的缘故，讲座进行的过程中，柳弈发现赢川常常看向自己。

他们有好几次目光相触，对方总是先报以一个浅浅的微笑，然后自然地移开视线，继续他的演讲。

在此过程中，赢川的演讲依然思路清晰，没有任何滞塞，因此，这些有点儿过于频繁的目光交汇，旁人根本无从察觉，也就只有他们两个当事人知道了。

讲座结束以后，柳弈故意慢悠悠地收拾自己的东西，多停留了一阵。

赢教授确实是相当受学生们——尤其是女学生们欢迎的，这会儿主席台上已经围满了人，正七嘴八舌地问着刚才自由提问环节来不及问的问题。

柳弈本来也有两个问题想要找他探讨，看台上这个架势，也不知道要等到什么时候了，干脆笑笑作罢，将用过的笔记本揣进包里，转身离开了大礼堂。

X大作为鑫海市数一数二的名牌大学，占地面积很大。

礼堂所在的这栋大楼是两年前新建的，位于校区最南面，距离柳弈停车的北门停车场有一段相当长的距离，步行差不多得半小时。

这时已经临近中午，柳弈反而不着急到停车场取车走人了。

他琢磨着反正下午没什么事儿，他也很少来X大这边，正巧今天阳光明媚，天气也暖和，干脆先随便到处转转，找个校外人员也能吃饭的地方，把午饭问题给解决了再回公寓也不迟。

于是柳弈就顺着礼堂大楼正面的林荫道往下走，悠悠闲闲地逛了起来。

X大的校园绿化做得不错，四处绿树成荫，也种了各种各样的花。

入春以后天气转暖，花木、藤蔓都陆陆续续地开放和生长了。柳弈一路闲逛，看到不少校外来的游客，都和他一样在校园里四处晃悠，逮着正在绽放的玉兰花，就围拢在树下，兴高采烈地结伴拍照留念。

路过图书馆时，柳弈看到图书馆门口种了一棵玉兰树。

他抬头看了看那压满枝头的重重叠叠的花朵，忽然笑了笑，也跟其他的游客一样，掏出手机，对着满树繁花拍了一张照片。

柳弈正准备发给"远在天边"的小戚警官，突然有人伸手，从他身后拍了拍他的肩膀。

"Hi。"

柳弈回头，看到赢川笑眯眯地站在他后面。

他们两人保持着1米多一点儿的安全距离，对方的表情和肢体语言都恰到好处，既不会让人觉得逾越，又不会有初次见面的陌生和突兀感。

"赢教授？"柳弈有些诧异。

他离开礼堂的时候，赢川还被七八个学生围住，怎么看都一时半会难以脱身。柳弈觉得，自己虽然是用闲逛的速度在校园里溜达，脚程不快，但这会儿也才过了十来分钟，竟然就被追上了，而且对方居然还主动和他这个素未谋面的陌生人打了招呼。

虽然柳弈深知自己的长相、气质确实出挑，但也没自恋到认为自己会"只因在人群中多看了你一眼"，就能让赢教授这么一个见过世面的成功人士对自己念念不忘。

他眯起眼睛，想了想，问道："我们以前见过？"

赢川笑着摇了摇头，道："其实，我刚才看你坐到我旁边的时候，就在想，你怎么会来听我的讲座。"

柳弈收起手机，朝北门停车场的方向走去，赢川也很自然地跟在他旁边，一边走，一边说道："嘉宾席的邀请函都是我让学生帮忙填的，请的基本是心理学方面的专家教授，发给了谁我心里都有数，里面可没有……"

说到这里，他顿了顿，视线将柳弈从头到脚打量了一番，眼角含笑。

"里面可没有你这么年轻又出众的人物。"

柳弈侧过头，眉毛一挑："听您这意思，好像是在嫌弃我这个不速之客？"

赢川哈哈笑了起来，道："哪里哪里，我荣幸还来不及呢！"

显然，他说话的方式很有技巧。声音带着些许烟嗓式的微哑，语调平缓，微表情恰到好处，身上森林系的古龙水味道中混合了一点儿烟味，与他今天的双排扣黑西装非常相配，自然而然地带出了一种超过了实际年龄的成熟和可靠感来，就连恭维的话听起来也好似特别真诚，令人信服。

不过柳弈可不吃他这一套，反问了一句："荣幸？何以见得？"

"那让我来猜一猜吧。

"你能拿到邀请函，证明你和心理学方面的专家有不错的私交，而你本身又对这个讲座的内容感兴趣，那么，你至少应该受过能够很好理解讲座内容的水平的良好教育。"

柳弈发出一声很轻的嗤笑。

"赢教授，你刚才的演讲内容，可不是什么高深的学术研讨。直白来说，应该更接近科普水平，就算是普通的非心理学专业的学生，理解起来也毫无障碍，我可不觉得需要多高的教育水平才能听得懂。"

"这就是我要说的第二点了。"赢川对柳弈的反驳一点儿都不着恼，反而显得兴味盎然的样子，"刚才在讲座进行时，我看到你记了笔记。"

柳弈点点头，心想果然不是自己太敏感了，这人确实对自己格外关注。

"现场记笔记的不少，按一般学生的水平，他们照着板书抄，速记速度比较慢，通常干脆就只直接记一些理论性总结的大标题而已。可是你不一样……"

他抿唇朝柳弈笑了笑。

"我注意到，你记笔记，多是我在分析实际案例的时候，还有一些新近的统计数据，你也会记下来，而且，不仅记了数据，还很留意引用来源，你应该是打算之后自己亲自看一遍引用文献，我没猜错吧？"

赢川做了一个总结。

"所以，你不仅受过良好的教育，非常习惯学院式科研的研究模式，还是个讲究实用性、擅长独立思考以后归纳总结并发掘新信息的人。况且，你身上这种见过大场面的从容自信，可不是一般人能装得出来的。"

他一边说着，一边注意着柳弈表情的细微变化。

"我敢说，你也是自己专业领域里的执牛耳者，对吧？"

柳弈转过头，双眼紧紧地盯着嬴川，片刻之后，忽然笑了起来："那么，你觉得我是什么专业的？"

"这个嘛，其实也不难猜。"

嬴川见柳弈变相承认了他的猜测，唇边的笑容变得更明显了一些。

"我刚才说了，你能拿到邀请函，还记下了我说的一些案例分析，这说明在你的领域里面，能够接触到心理学专家，而且能用得上犯罪心理学的相关知识。"

柳弈点了点头说："嗯，这点我不否认，你说得对。"

嬴川又哈哈笑了起来："而且，我刚才还注意到一个细节。我在课件里面放了一些案件现场照片，算不上很血腥，没打上马赛克。会场里那些来凑热闹的普通学生，第一眼看到这些照片的时候，不说害怕和不敢直视吧，但几乎都有一瞬间的视线偏转，有些还有偏头、皱眉，甚至遮挡等抗拒的姿势，这些都是下意识地回避和厌恶的心理反应。"

他抬起左手，轻轻朝柳弈的方向比画了一下。

"但你不一样，你在看到那些照片的时候，不仅没有转开视线，反而显得特别专注，还出现过侧耳、偏头的小动作，这些都是你对所听所看的内容很感兴趣的表现。"

嬴川看到柳弈微微睁大了眼睛，于是很满意地把他的心理侧写继续说完。

"如果是单纯的不怕血腥，可以是名医生，但普通的医生用不上这些犯罪心理学的知识；而如果是那些最需要学犯罪心理学的警察，你身上的书卷气又太浓重，没有一线刑警常常会在无意识中带出的咄咄逼人的气势……"

他笑了笑，给了一个答案："所以，我猜，你是个法医吧？"

柳弈停下脚步，眼中带着探究的目光在嬴川身上反复打量了 3 遍。

"你手上戴着婚戒呢，已经结婚了吧？"他朝嬴川抬起的左手无名指上看了看，"已婚的心理学家，难道不应该比较稳重吗？"

嬴川像是被柳弈的话逗乐了一般，忽然放声大笑起来："哈哈！抱歉抱歉，其实前面那一段分析，是我作弊了。"

笑了好一阵之后，他从西装外套的内侧口袋里掏出一包烟，抖出一根，递到柳弈面前说："其实早在你坐在我旁边的时候，我就认出你了，柳法医。"

柳弈接过烟，飞快地扫了一眼烟盒，发现是跟嬴川本人气质很相配的万宝路，问："你是怎么知道我的？"

嬴川没有立刻回答，而是先替柳弈点了烟，然后自己也叼了一支，动作娴熟地抽了一口。

"先前因刘阳独子的绑架案，你的照片在网上疯传。"他说出了答案，"你五官的辨识度真的很高，很容易被人记住。"

柳弈"哦"了一声，表示自己懂了。

当时刘凌霄被撕票以后，他因为坚持要对死者遗体进行尸检，被刘阳气急败坏地狠揍了一拳。这事也不知怎么就被蹲守在外头的记者知道了，立刻就在各路媒体上传得沸沸扬扬。

他挂在法研所内部网页里的白底免冠证件照也被扒了下来，和案件的其他资料一起，在微博上转了好几万次。

事后虽然让网警清理了一波，但只要有心搜索，现在依然还能找到痕迹。

"幸会幸会，"嬴川伸出没有夹烟的右手，朝柳弈说道，"很高兴你来听我的讲座。"

他握住柳弈伸过来的手，下巴朝斜前方的一条花园小径抬了抬，笑得一脸真诚，问道："那边有家日料店，味道还不错，赏脸和我一起吃个午饭吗？"

日式料理店和田居，是 X 大校园里一处知名度颇高的去处。

店家承包了农学院花园温室旁的一处空地，建了一个玻璃花房式的半开放式庭院，沿着篱笆栽种了许多蔷薇和紫丁香花，整个环境布置得非常精致漂亮。

不过，要维护如此优雅的庭院，花销肯定不会低，所以和田居的菜品价格自然也很可观，平日里来这里就餐的学生自然也不多，它主要的消费群体，是节假日里来学校参观和闲逛之余顺便享受小资情调的游客。

虽然是节假日的饭点儿，可是柳弈跟着嬴川走进店铺的时候，只看到花房里坐了3 桌客人，而且每一桌之间都有些距离，足以保证不会彼此干扰。

"这边。"

嬴川看样子是这家店的常客，熟门熟路地将柳弈引到了角落的小卡座里。

这个位置隐蔽性很好，足够清静，而且从柳弈的方向，刚好可以透过玻璃幕墙看到院子里开得正好的扶苏花木和滴水的鹿威，景致相当赏心悦目。

身穿和服的漂亮侍应生很快给他们送来了菜单。

柳弈并不算很喜欢吃日料，尤其是刺身一类的生食，不过偶尔一次倒也无所谓。

两人商量着很快便点好了菜品，然后一边品茶，一边等料理送来。

这时，嬴川朝柳弈笑了笑："对了，柳法医，先前还没机会问你，你对我的讲座，感觉如何？"

"确实厉害，看得出来，你在异常心理学方面无愧专家之名。"

柳弈的手指在粗陶质地的茶杯壁上轻轻摩挲着，想了想，又说道："尤其是关于反社会型人格障碍的讨论，很有趣。"

"哦？"嬴川显得很高兴，"你注意到了？"

"嗯。"柳弈想了想，说道，"如果我没记错的话，对反社会型人格障碍有一套诊断标准，以成年前后为分界线，只有达到一定数量的品行障碍和违反社会规范的行为，才会被认定为具有反社会倾向。"

"对。"嬴川点了点头说，"根据CCMD-3[《中国精神障碍分类与诊断标准》（第3版）]的现行标准，确实是那样。"

他顿了顿，才接着说道："不过，我认为，这样的诊断标准，已经有些落伍了。"

柳弈笑了起来："刚才你在讲座里，说得可要比这委婉多了。"

"对，毕竟今天肯赏脸来听我叨叨的前辈可不少，他们的面子还是要给的，太过惊世骇俗的话，还是不要提了。"

嬴川耸了耸肩："而且，我现在的课题进展也不怎么样，从统计学上的证据来说，还远远不能够撼动现行这套已经用了将近30年的诊断标准。"

柳弈听到了关键词，问道："课题进展不顺利吗？"

这时候，侍应生端着沙拉和冷盘上桌，还给两人倒上温好的清酒。

他们停止了对话，等侍应生躬身退下之后，嬴川才接着说道："倒也不是不顺利，只是国情不同。在国内，警方容许犯罪心理学专家介入调查的案子数量十分有限，美国那套调查取证和心理侧写流程，很难照搬过来。"

"毕竟是'巫毒警察'嘛！"柳弈笑着说了美国犯罪心理学研究员的别称，然后端起面前的清酒，浅浅尝了一口。

他发现那微温的酒液微酸，入口柔顺，刚好可以中和沙拉和冷盘那过冰的触觉。这倒是出乎意料的合他的口味，干脆直接一仰头，一口气将杯子里的酒液全都喝光了。

"可不是嘛，'巫毒警察'。"

嬴川拿起温在热水浴里的白瓷酒瓶，将柳弈的空杯再次满上，然后端起自己的杯子，和柳弈的轻轻碰了一下。

柳弈很给面子地一口闷光，又替同席者倒上酒。

"我觉得，你刚刚说的那套理论，挺有意思的。"柳弈对桌上的冷盘没有多少兴趣，却很喜欢酒的味道，只是不好表现得太贪杯，没再倒酒，但手指还忍不住反复摩擦着白瓷小酒杯，"我指现在的反社会人格者的隐匿性表征那部分。"

嬴川是一个心理学专家，自然能注意到从柳弈的手指动作里透露出来的需求，于是他状似无意地替两人倒好了酒，还自己先拿起杯子抿了一口。

"尤其是一部分在成年犯罪后才被发现的反社会人格者，隐匿性要远比人格分类中的评判指标大得多。"

他想了想，举例道："比如说，在案件报道中，我们常常能从一些穷凶极恶的重刑犯的邻居、同事、亲戚之类的人的口中听到'他平常看起来完全是个老实人'这句话。我觉得，这也是反社会人格隐匿性的一个表现吧。"

这时侍应生端来了几碟主菜，在两人中间的桌子上摆成了精致的梅花状。

就在柳弈打算动筷的时候，他的手机响了起来。他从口袋里掏出手机，一看来电显示，竟然是科里唯一的女法医冯铃打来的。

柳弈记得，这周末就是冯铃值班。

他手下这位冯女士，虽然平常说话有点儿毒舌，但为人仗义，非常能干，工作能力绝对是没得挑剔的。

那么，她会在这时候给他打电话，十有八九是出了什么连她也解决不了的大事。

他朝赢川歉意一笑，站起身，往旁边走了几步，避到无人处接通了电话："喂？"

"喂，柳主任。"

电话那头传来冯铃说话的声音，开门见山地说道："百丽小区这边有个案子，我觉得，很有必要让你也来看看。"

"怎么？"

柳弈闻言，眉头蹙起："现场情况很复杂？"

"复杂的确是很复杂，"冯铃回答，"不过，最重要的是，死者缺了 10 根手指。"

柳弈的眉心蹙得更紧了："缺了 10 根手指？"

冯铃平稳冷静的声音透过听筒传了过来："没错，就是你想的那样，10 根手指都被锐器连根砍断了，而且在凶案现场找不到断指。"

她停顿了几秒，才接下去说道："我感觉，情况似乎和你前几天收到的那具白骨一模一样。"

"好，我知道了。"柳弈回答，"半小时，我马上赶过来。"

他说完，挂断电话，回到桌前，向赢川道歉说自己忽然有些急事，必须要立刻离开。

赢川的眼中闪过一丝惊讶，但又迅速调整了表情，旁人根本无从察觉。

"不要紧，你先去忙吧，我们下次再约。"他礼貌地站起身，和柳弈握了握手。

柳弈出了日料店，直奔 X 大离自己最近的一个校门。

他的车子还停在北门停车场，但一是离他现在的所在地有点远，二是他刚刚喝了两杯清酒，不能开车，而现在也没空等代驾来替他开车了。

他出了校门，就近跳上一辆出租车，一路往百丽小区赶去。这时候，他才想起一件事来。虽然赢川和他说了"下次再约"，但其实两人根本没交换任何私人联系方式。当然，他既然知道赢川的工作地点和姓名，要联系上对方也不过是稍稍费点儿心思的事情。

柳弈寻思着，虽然刚刚那顿饭他就没吃两口，不管怎么样，自己还是欠了赢川一顿饭的人情，以后得空的时候，应该补上。

想到吃饭两个字，柳弈忍不住用手按了按自己的胃部。

这会儿已经将近 1 点了，他早餐又吃得凑合，泡了杯牛奶再兑了一包速食燕麦就对付了过去，那点儿东西，到现在早就消化完了。

因为不喜欢生冷食物的口感，他刚刚就只象征性地动了两下筷子，胃里没有垫过东西，又喝了两杯小酒，现在感觉胃里空落落的，又冷又饿，虽然不至于无法忍耐，但总觉得很不舒服。

"先生，百丽小区到了。"

出租车在路边停下，司机指了指前头一片住宅区，回头和他商量道："里面的路很窄，我就不进去了，行吗？"

柳弈朝窗外看了看简直应该被称为巷子的街道，怕是连容两辆车并排通过都十分勉强，于是也不为难司机，付钱后下了车，一头钻进狭窄的老街里。

从地图上看，这百丽小区在鑫海市北面，位于城里最早的下辖区之中，小区里的房子几乎都是 30 年往上的老式楼房了。

两年前，这片区域进行过市政改造，临近街道的几十栋楼的墙面都经过翻修，贴上了颜色明丽的乳黄色墙砖，看上去既整齐又亮丽。

但柳弈往里头走的时候，却发现更多背街的房子显得相当破旧，有些墙面的油漆都剥落得斑斑驳驳，露出了里头凹凸的灰褐色的水泥墙体来。

他花了一点儿时间，找到出事的那栋楼，向守在楼梯口的民警出示过证件之后，就径直上到了六楼。

六楼已经经过清场，狭窄的楼梯间里挤满了穿着制服的警察，看这阵仗，就知道肯定是个大案子。

"柳……柳法医。"

戚山雨显然知道柳弈要来，人就站在出事的单元门前等着，看到柳弈上了楼，眼睛立刻一亮，差点儿把"柳哥"两字脱口而出，但想到这是工作场合，才换成了最正式的称谓。

"嗯，戚警官。"

柳弈朝他微笑点头问："里面什么情况？"

"604 室的住户，大约在 2 小时前，被人发现死在了家里。"戚山雨一边回答，一边将人领进屋子。

和柳弈靠得近了，他才闻到对方身上传来的若有若无的烟酒味儿。那味道虽然很淡，但戚山雨十分肯定，自己绝对没有闻错。

他疑惑的视线不由得落到旁边的人身上……柳弈刚刚不是去 X 大听什么心理学讲座吗？怎么身上会带了烟酒的味儿？

屋子不大，也就七八十平方米，因为是有些年头的旧房子，而且是坐南朝北的方向，即便是大中午，灯也都打开了，屋子里依然显得有些昏暗。

柳弈一眼就看到了仰面躺在客厅地板上的一具血肉模糊的尸体。

"哎，主任，你可来了。"冯铃提着鉴证箱，从右手边的一个房间里出来，她身后还跟着她的助手和学生。

"情况如何？"柳弈一边说着，一边套上鞋套，小心翼翼地避开地板上做过标记的血迹和脚印，往室内走去。

他自己的研究生江晓原还没赶到，这会儿当然没人给他带工作服，不过鉴证箱里有一次性无纺薄膜衣，凑合着也能行。

柳弈麻利地穿好衣服，戴上帽子和手套，一瞬间就从风度翩翩的贵公子转变成表情严肃、眼神锐利的鉴证专家。

他快步凑到尸体前。

然而，即便是他，也忍不住倒抽了一口凉气。

这是一具男尸。

尸体身高一般，身材中等，染了一头快要垂到肩膀的浅棕色头发，从发梢微卷的造型和刘海的一撮金色挑染来看，显然走的是经过精心打理的"日韩花美男风"。

然而，此时死者的头发却被割剪得一塌糊涂，它们一簇簇散落在头部附近，粘上血迹之后，糊成了一缕缕的深褐色。而他原本白皙的面皮被深深浅浅地划了二三十刀，柳弈根本无法从这些残破的肉块中拼凑出这人生前的长相。

"这是有什么深仇大恨，才把脸毁成这样……"柳弈没忍住，发出了一句低沉的感叹。

死者的上半身衣服尚算整齐，穿的是一套米黄色的条纹紧身立领衬衣，颈间挂着一条橘色带黑斑的领带，但这条配色艳丽、款式风骚的长领带此时正深深地勒进死者的颈部皮肤里，很可能这就是致死的原因了。

除了血迹之外，柳弈一眼看过去，没有在他上半身的衣物上发现明显的破损之处。

然而，他的下半身却是光溜溜的。

一条紧身的皮裤，连带着一条黑色内裤，都被凌乱地丢在距离尸体不到一米的地方，而死者两脚弯曲外岔的姿势，让人很容易联想到这人生前很可能遭遇过侵犯。

不过，这些还不是现场最令人惊诧的重点。

除了被毁得一塌糊涂的面孔之外，死者的双手被对称地放在了胸前，10根手指断得整整齐齐，从断面淌出的鲜血流满了衣襟。而他的男性象征物连同下面的"配件"，同样被贴着根部割掉了。

"杀人凶手没把死者的'那套东西'带走。"冯铃注意到柳弈的视线盯着死者下面的伤口看，伸手指了指大约半米外用粉笔线画出来的一圈血迹，"就这么直接丢在地板上，我给收拾到物证袋里去了。"

柳弈皱起眉，他记得，冯铃在电话里就告诉过他，在这个凶案现场，没有找到死者的十根断指。

"真有意思……"柳弈琢磨着,说道,"没有带走男性器官,却带走了10根手指,这是什么意思呢?"

毕竟从犯罪心理学的常识来看,在古今中外各种异常杀人的案子里面,凶手破坏尸体的第一、第二性征并不少见,这多半意味着凶手选择杀人的对象,以及行凶和毁坏尸体的过程,包含了满足自身变态欲望的情绪。

比如,举世闻名的雾都杀手"开膛手"杰克,就曾经多次在犯案过程中割毁女受害人的双乳;而澳大利亚的一对监禁、强暴并杀害多名女性的兄弟,也在遗弃受害人的尸体之前,将她们的下半身糟蹋、损毁得狼藉一片。

所以,在一般的犯罪心理学认知中,受害人生理的外在特征的象征意义,要远比手指这种无甚特别的"零件"重要得多。

但是,既然这屋子里的凶杀现场看起来完全符合性暴力案的特征,那么为什么凶手在割掉了受害人的性器官之后,却带走了死者的10根手指呢?

"这人死了多长时间了?"柳弈想了想,回头看向冯铃。

"尸斑已经进入固定期。"

冯铃蹲下来,用手指在死者光着的大腿下方的一块尸斑上按了按,说:"指压不褪色。"

所谓的尸斑固定期,是指尸斑固定,用手指或者钳子压迫尸斑时不褪色,翻动尸体的位置,在新的低下部位不出现尸斑,原来的尸斑部位也不致褪色。一般尸体进入这个时期,快的时候,只要8~10小时,而通常情况下,则需要12小时左右。

然后,她又指了指尸体头部附近的地板,那儿还有两颗没来得及收拾的残破眼球,说:"角膜混浊,但瞳孔仍然可以勉强分辨。"

冯铃顿了顿,继续说道:"而且尸体出现了全身尸僵。还有,我刚到的时候就测过尸温,肝温是18.09℃左右,距离现在差不多1小时吧……所以我琢磨着,这人应该死了13~15小时。"

"嗯,那就是说,命案的发生时间是在昨天晚上了?"柳弈低头看着表,往后倒推了一下时间,"晚上八九点钟的时候,应该还蛮热闹的吧?"

他说着,抬头朝四周打量了一番:"我看这老房子的隔音效果应该也不怎么样吧?附近就没哪个邻居听到这屋里的动静吗?"

"关于这点……"戚山雨脸上露出了一言难尽的表情,"这位死者的……工作性质比较特殊,在邻居里面风评很不好,所以平常他家就算传出什么动静,都很少有人会来搭理他的。"

"哦?"

柳弈露出了一点儿感兴趣的表情:"死者的身份已经调查清楚了?确定就是这屋

的屋主？"

"关于这点，还不能完全肯定，毕竟脸已经毁成这样，根本无法辨认了。"

他遗憾地看了看死者那张血肉模糊、眼窝凹陷、牙齿外露的狰狞面相，继续说道："不过，从现在掌握的各方面证据来看，是屋主本人的可能性很高。"

说着，戚山雨打开手机，从相册里点出一张照片，递到柳弈的面前。

柳弈定睛一看，发现里面是一张正面免冠大头照，但是，和一般的证件照不同，这张照片里的年轻男人的表情显得十分俏皮。

他的发色和地上的尸体一样，是浅棕色的，他侧脸斜45度入镜，经过液化磨皮而尤显细皮嫩肉的脸蛋上，一只眼睛半眯着，嘴角邪魅地朝一侧翘起，似乎正对着镜头抛媚眼，右手还举到脸边，拇指和食指交叉比了个心。

而在照片下方，还有一行烫金花体字，上书"Franco"，大约是个艺名一类的玩意儿。

"所以，这位的职业，到底是什么？"柳弈心里其实已经浮现了一个猜测，不过还是等着戚山雨跟他解释。

"照片里的这位，本名叫作黄子祥，今年22岁，父母双亡，这处房产是他父母留给他的遗产。"戚山雨回答，"他两年前大专肄业之后，就一直在2公里外酒吧街里的一家夜总会工作，在店里的艺名叫Franco。他名义上是个咨客，不过实际上应该做着陪酒和应召的工作。"

"所以，他其实就是个牛郎，对吧？"柳弈直接说出了那个词。

戚山雨有些尴尬地点了点头，继续补充道："我们问过他的邻居，隔壁好几户人家都反映说，大约能猜到他的工作性质，也常常会撞见他把不同的男人、女人往自己家里带。有些时候他家还会闹腾到半夜，相当扰民，所以邻里对他的风评都很不好，平日里也几乎不会跟他打交道。"

柳弈双手交叠，右手食指在左手手背上有节奏地轻轻叩着："原来如此，因为邻居都知道他会带金主回家过夜，所以无论他家闹成什么样，邻居们都不会多管闲事，是这个意思吗？"

"也不是，"戚山雨却摇了摇头，继续说道，"我们仔细地盘问过与他相邻的两户人家，他们都说，以前虽然不时能听到他家里传来一些动静，有时候声音还特别大……但是，两家人仔细回忆过以后，都说昨天晚上，他们并没有听到这屋里传出什么声音。"

"这样可就有趣了。"

柳弈看向旁边的冯铃，指了指死者脖子上那条艳橘色的领带说："这人的死因，确定是被勒死的吗？"

冯铃回答得十分干脆："暂时没有发现其他致死性伤痕，而且从颈部皮肤和双眼结合膜的出血点来看，确实是死于机械性窒息。"

"那么，他的 10 指被削去，有没有可能是他在遭到勒颈的过程中，为了反抗而抓挠了凶手，而凶手又恰好是个有点儿反侦查知识的人，为了不在死者的指甲里留下自己的皮屑和血液证据，干脆直接砍断然后带走了他的 10 根手指。"

"嗯，确实有这个可能。"冯铃表示同意："我做过快速预试验了，死者虽然曾经遭到过侵犯，但是直肠里并没有留下精液，不知是凶手并没有登顶，还是把用过的安全套也一并带走了。"

"我刚才还觉得这应该是一桩模仿案呢……"柳弈的目光在死者的身上一寸一寸地扫着，将每一道狰狞的伤口都仔细看过，"不过，现在看起来，或许真的只是一个巧合？"

"模仿案？"戚山雨听出了柳弈话里的关键词，"你是说，在新长垣影视基地里挖出来的那具无名白骨？"

柳弈点头："嗯，就是那个。"

"可是，那案件的细节并没有流出去过。"戚山雨表示不赞同。

毕竟当时从工地里挖出白骨的时候，虽然很轰动，也很快就见了报，但是爆料的工人们哪里有什么刑侦知识，根本不会发现那大半截还埋在土里的尸体不完整。

所以，那桩案件也只是以"新长垣发现无名白骨"作为噱头而已，至于更细节的东西，除非是内部人士，否则外人很难知道，就算想要模仿，也是一件非常有难度的事情。

"说得也是，在没有进一步的证据之前，还是不要先入为主好……等等！"

柳弈原本正盯着躺在地上的尸体，忽然双眼圆睁，猛地停下话头，两步上前，单膝在距离死者头部极近的位置跪下，朝冯铃伸出手说："手电筒给我。"

冯铃虽然不知道柳弈发现了什么，但还是立即从前襟口袋摸出手电筒，连同一把小镊子，一起递给了他。

柳弈用镊子尖小心地挑开与死者锁骨平齐的衬衣的第一颗纽扣，然后夹住左侧衣领，慢慢地朝外侧拉开。

死者脸上伤口纵横交错，整张脸被划得稀烂，放在胸前的两只手也被切掉了十指，因此死者颈部就像从血池子里捞出来似的，整个都血淋淋的，连脖子和衣襟上也全都是血，时间久了以后，血迹慢慢变干，将衬衣的布料都浆成了板状，一拉开衣领，就扑簌簌地往下掉黑红色的渣子。

"你们看，领子的这里，"柳弈将手电筒光圈打到最亮，照到衣领上，"留意看，血迹的颜色。"

冯铃和她组里的另一个法医，以及她带的学生，都不约而同地凑过去看，一下子就把所有视角堵严实了。

戚山雨没法子，又不好挤开谁，只好在旁边等着，让几位法医先看完再说。

柳弈让其他人注意的是死者衣领上的一片渗透晕染状的血迹，边界模糊，上头的血液经过了十多小时后，已经干透了，晕染的起始位置呈现出一种颜色偏红的褐色，深浅均匀，末端则是越来越淡的暗红色。

然而，柳弈的手电筒光投射上去，几人立刻清楚地看到，在死者领口的位置，有一个直径大约1厘米的半圆形区域，上面的血迹颜色要比其他地方淡了半个色阶。

"这个……"冯铃思考了一下，"难道是他的衣服上先沾了什么液体，鲜血再透上去，就留下了这样的痕迹？"

柳弈点了点头，又要了一根棉签，在那片颜色略浅的半圆区域上面反复擦拭了几次，凑到鼻端闻了闻。

"血腥味太重了，闻不出什么味道，暂时还不好判断这是什么液体，等回实验室再说。"

就在这时，门板传来"咚咚咚"几声有节奏的敲击声，几个人回头，就看到戚山雨的搭档安平东站在门外，身边还跟着柳弈的研究生江晓原。

"你们蹲那儿干什么呢？"

安平东利落地换好鞋套，走到围在尸体边上的几人身边，问："这是发现什么了？"

"现在还不好说，也不知有没有用。"

柳弈站起身，朝安平东点点头，又瞥了一眼足足比自己还迟了20分钟才赶到的学生。

江晓原接收到柳弈投过来的凉飕飕的视线，狠狠哆嗦了一下，不由自主地往安平东高壮的身形后面躲了一步。

"安警官怎么才上来？还劳烦你把我那不肖弟子给捎上来了。"柳弈客气地问道。

"我刚到楼下找尸体的第一发现人问话去了。"

安平东"嗨"了一声。

"那小伙儿吓得半死，哆嗦得跟只雨打的鹌鹑似的，看着都可怜，我就让他待在楼下，找个地方坐着说话了，也省得晕倒了更麻烦。"

"对了，我还没问，这尸体是怎么发现的？"柳弈一听恍然大悟，想起自己竟然漏了这茬儿。

"呵，这事儿，说来还挺有意思的。"

安平东把"有意思"三个字咬得极重，听着有点儿咬牙切齿的味道。

"发现尸体的，是一个送外卖的小伙儿……"

根据安平东问到的情况，作为尸体第一发现人的外卖小哥，是市里某海鲜烧烤店专送平台的外卖员。

他接的这个订单上打印的下单时间，是4月16日，也就是昨天晚上的11:32。

订单总共叫了四个大菜，加起来有四百多块，而送餐时间被定在了今天中午11：30到12：00。

外卖小哥说，他今天比预定的配送时间早了十几分钟到达，站在门外按了很久的门铃，没人回应，于是拨打了订单上的手机号码，却听到铃声从屋里传来，而且听得出来，手机响起的位置离门口相当近。

外卖小哥当时觉得有些恼火，伸手拽了一下防盗门，发现门竟然是虚掩着的，他就将门拉开，然后试着扭了一下内层木门的门把手，结果一扭就开了。

接着，外卖小哥自然一眼就看到了横陈在客厅显眼位置半光着的血淋淋的男尸，当即吓得魂飞魄散，连手里提着的饭盒也扔了，连滚带爬跑下楼梯，一直狂奔出楼道，才想起报警。

当民警接到警情赶来之后，外卖小哥说什么也不肯跟着警察上楼去指认现场，连后来安平东找他问话，外卖小哥也跟只受惊过度的兔子似的，瑟缩在楼梯口，哆哆嗦嗦地陈述着他的"送餐惊魂记"。

"喏，手机就在那边，我们进来看的时候，上头还插着充电器。"

安平东说完这一段之后，抬手朝大门玄关的鞋柜指了指。

"我们查过了，下单的号码和付款账户都是属于屋主黄子祥的。"

大家顺着他的手指看过去，果然看到窄窄的鞋柜顶部有一处粉笔做的标记，应该就是当时搁手机的地方。

"我问过冯法医，死者的死亡时间应该是晚上八九点，但外卖平台是在晚上11点多接到订单的。所以，我觉得吧，当时下单的，应该是还留在屋里的凶手。"

他顿了顿，又补充道："我猜想，他之所以这么做，是因为想让尸体在第二天中午被来送餐的外卖小哥发现。"

"难怪小戚警官告诉我，你们认为死者很可能就是黄子祥本人了。"

现在的智能手机，几乎都能使用指纹进行开锁和支付，而且手机的指纹识别系统可不管机主本人是死是活，只要手指按上去就可以识别。

而对于现代都市人来说，手机又是几乎24小时不离身的东西。

在本案之中，虽然死者的面相被极端破坏，但尸体不仅身高、体形、发色与屋主黄子祥相仿，而且现场的手机是屋主本人的所有物，同时很可能是凶手使用了死者的生物学特征来打开的。

"我本来也怀疑过，凶手特地毁坏尸体的面容，又削去10根手指，有可能是为了用别人的尸体伪装成屋主黄子祥的。但是，现在看来，这么做也太不靠谱了。"安平东说道。

柳弈"嗯"了一声。

在各地罪案之中，凶手找各种方式掩盖死者真实身份的情况，是很常见的。

这些嫌犯采用的手段，最多的是毁坏面部、烧掉手指指纹或者干脆直接焚毁尸体，还有一部分是剥光衣服，或者拿走手机、证件等能证明身份的东西。

不过，在此类案件之中，尸体的发现地几乎全都是野外或者一些人迹罕至的地方，再不济也得是某些入住管理不规范的小旅馆或者民宿之类的地方，而几乎不可能像这个现场一样，直接把尸体丢弃在某个知名具姓的人家里。

毕竟以现在的法医学水平，个体识别技术已经有了长足的发展，早就不是开膛手杰克能够横行雾都的年代了。

在这个案子里面，假设凶手真想用一具别人的尸体冒充屋主黄子祥，那么，他虽然可以毁坏遗体的面容，但只要头骨还在，法医们只需要搞到黄子祥本人的一张近期的正面照，用颅像重合法，按照 8 条基本标志线、34 个标志点、9 条轮廓曲线，以及 13 个观测点的软组织厚度，共计 64 项指标进行重合，就能判断出两者是不是匹配了。

"没错，我们也琢磨着，这不太像是掩饰身份而实施的毁尸。"

安平东抓了抓自己蓬乱的头发说："不是毁尸，那就是泄愤。"他用力咂了一下舌，"这凶手得和死者有怎样的深仇大恨，才会又杀又奸，还要把尸体给糟蹋成这样啊……"

几人又忙活了好一阵子，终于将凶案现场的勘查全部做完，该拍照的拍照，该采样的采样，连同尸体一块儿打包好，直接送回法研所去了。

柳弈的车还丢在 X 大的北门停车场。

不过，现在出了犯罪手段如此凶残的一个大案子，尸检自然是不能拖了，他没空去取车，干脆蹭安平东的警车回去。

"你小子，不是告诉我你今天在法研所写你的论文吗？怎么刚才迟到了那么久？"上车以后，柳弈伸出手，就要去揪江晓原的耳朵。

"哎哎哎，老板饶命！"江晓原捂着脑袋，紧贴车门，连连求饶，一边说还一边用小眼神哀怨地瞅着自己老板，"我出门的时候被李瑾堵住了，她缠着我要你的电话呢！"

"啊？"

柳弈觉得李瑾这名字听着有点儿耳熟，但一时之间根本想不起来是哪号人物。

倒是坐在前排副驾驶座上的戚山雨眼神一闪，从倒车镜里往后排看了看。

"就是半年多前来我们科待过的那实习生啊！"

江晓原连忙解释："她说您还没帮她写出科鉴定，追着我问您下星期哪天在科里。我说我怎么知道您老人家的行程安排呢？她就缠着我，说干脆把您的电话给她，她好自己和您联系。我一听，这也不合适啊，怎么能随便把自家老板的电话号码到处传，对吧？"

经江晓原这么一说，柳弈总算记起李瑾是谁了，然后又意识到，那人好像是小戚警官的表妹，于是忍不住朝前座瞥了一眼。

但从他的角度，只能看到戚山雨正襟危坐的背影，看不出表情变化。

"我说你是不是傻！"柳弈毫不留情地对自家学生展开了鄙视智商的语言攻击，"那什么出科鉴定，啥时候还要我亲自来写了？你随便帮我写几笔，再盖个章不就行了！"

"我也是这么回答的啊！"江晓原立刻澄清，"我就说，让她把实习手册留下来，过两天再来拿就行，但她不干啊，非要坚持让你帮她写啊！"

这也执着过头了吧！

柳弈有些搞不懂那小实习生的意思了，又不愿在这种无关紧要的小事上多费口舌，于是随便挥了挥手。

"别管她，下次她要再来，你直接帮她写了，就说是我的意思。"

像此等犯罪性质极度恶劣的案子，警方必然会立刻成立专案组展开侦查，而相关部门自然也要尽可能予以配合。

柳弈回到法研所，就和冯铃几人一头扎进解剖室里，直接将尸体推上了解剖台。

他们一直忙到晚上9点，总算将尸检和一些能够当天出结果的项目给倒腾完，而这时楼上的物证科也做出了结果，将报告单传了过来。

于是几人立刻给市局那边去了电话，通知他们明天就可以来取初步鉴定结果了。

柳弈在解剖室附带的更衣室淋浴间里洗了个澡，又换了一身干净衣服，晃晃悠悠地回到办公室，一屁股坐到椅子上，只觉得视线有一瞬间的黑蒙，真正的眼冒金星。

"老板，来，喝点儿热的。"

江晓原立刻就端了一杯咖啡过来，递给自家老板。

柳弈接过来，喝了一口。咖啡刚刚泡好，喝起来有点儿烫，而且用的只是茶水间里供应的、品质很不咋样的速溶咖啡。

但江晓原是个机灵孩子，这会儿往咖啡里加了双倍的糖。这咖啡平常喝起来太甜，但对于现在就差低血糖昏厥过去的柳弈来说，刚刚好。

柳弈忍着有些烫喉的温度，咕咚咕咚几口喝了下去。

"尸检报告我来写，您去吃点儿东西吧。"冯铃这时候也进来了，"反正我家闺女今天在她外婆那儿，我不忙着回去。"

说完，她又瞥了一眼柳弈白得快显不出血色的嘴唇，笑着摇了摇头说："你这是怎么回事呢，也太不耐折腾了！"

"咯，那就辛苦你了，谢了啊。"柳弈有些尴尬地清了清嗓子，"让你见笑了，中午有事耽误了午饭，这会儿饿得有点儿心慌。"

他们法研所的安保很严格，外人不能随意进出，叫个外卖也最多只能送到院子门口的门卫亭那儿，非得自个儿亲自去领不可。

柳弈寻思着走到门卫那儿和走出院子其实也没差两步，与其花时间等外卖送到，干脆不如自己出门，到街上找些吃的，所以他果断地套上外套，径直穿过走廊，乘电梯下楼去了。

不过，他才走出电梯，就在一楼大堂处迎面撞上刚刚进来的实习生李瑾。

"哎？哎！"李瑾一看到柳弈，立刻两眼放光，几步蹿了上来，贴到他的身边，"您……您忙到这个点吗？"

柳弈瞥了这个小实习生一眼，表情有些奇怪。

经过今天江晓原的提醒，他总算还记得这位同学究竟姓甚名谁。但是在他模糊的记忆里，这位小朋友可着实不是什么勤奋刻苦的主儿，很难想象她还会在休息日待在单位，加班到晚上九点半。

柳弈猜得没错，李瑾确实不是会加班的人，事实上，她今晚在外头玩耍，这会儿刚刚才赶过来。因为李瑾他们这一批实习生，到4月底就要离开法研所，去往下一个实习基地，除非今年能考上法研所哪位老师的研究生，不然一旦走人，以后九成会被保安直接拦在门外。

所谓"得不到的永远在骚动"，李瑾是真的很喜欢柳弈。虽然这种爱慕并不纯粹，掺杂了好色、慕强、拜金等因素，但更多的是能钓到这般极品人物所带来的强烈虚荣感。尤其是在李瑾和表哥戚山雨闹翻后，她已经连带出门炫耀的帅哥都没有了。而且，以她外貌协会终生会员的审美，很难再看得上那些水平落了不知道几个等级的普通人，以至于她对柳弈更加念念不忘，一心就只盼着哪天真能把这朵高岭之花摘到手里。

偏偏柳弈看起来挺好相处的，实际上却极难亲近，加上两人层次相差太大，以至于柳弈从来没将她这个小小的实习生放在眼里。何况人家堂堂一个法研所三把手，平日里忙得不可开交，常常一整天都不见人影。

李瑾每回绞尽脑汁想到点儿借口，跑来法医科堵人的时候，十次会有九次找不到柳弈，剩下的一次，别人也不耐烦应付她，随便两句就将人打发了。所以，距离离开法研所只剩下半个月时间了，如果李瑾想要勾搭上柳弈，这就是她的最后机会。她琢磨着，就算一时半刻不能让柳弈对自己动心，但起码要拿到对方的手机号码，毕竟只有保持联系，两人才会有继续发展的可能性。

李瑾虽然成绩很不理想，考研没考上，但除此之外的行动能力，还是很值得肯定的，眼见着时限临近，干脆编了个借口，跟同届的所有实习生说了自己有急事要找柳主任，请他们帮忙盯着，只要看到人回来，就给她发个消息。于是，李瑾刚刚就收到了某位在物证科实习的热心同学的爆料，说自己刚才往法医科送检验单的时候，看到柳主任刚回到办公室。

李瑾得了报信之后，立刻从聚会的K房里冲出来，紧赶慢赶回到法研所——没想到来得早不如来得巧，她一进门，就刚好看到柳弈从电梯里出来了。

"嗯，找我有事？"柳弈的目光疑惑地在李瑾身上溜了一圈。他肚子里饿得慌，实在没闲工夫和这位小同学兜圈子，于是直截了当地问道。

"啊！没……没事！我回来拿点儿东西……"李瑾立刻摇头，她找的写鉴定什么的借口实在太烂了，完全不合适在这种时候搬出来用，只能立刻否认。

她看到柳弈"哦"了一声，转身就要走，立刻巴巴地跟上去。

"哎……对……对了！"李瑾绞尽脑汁地搭讪道，"柳主任，我前些天刚好碰到个问题，能顺便请教您一下吗？"

柳弈烦躁地按了按额头，脚步不停，甚至还加快了一些。

他现在饿得前胸贴后背，还因为低血糖，手脚汗湿而冰凉，心率加快，心悸感伴随着脚步虚浮的眩晕一阵阵袭来。老实说，他是真的很想直接让这个不会看人脸色的小丫头滚一边去，偏偏又因为从小到大受到的绅士教育，他实在没法对一个女孩儿说话如此简单粗暴。

"我还有事，你过两天再来找我问吧。"柳弈说着，身形明显地摇晃了一下。

"哎！"

李瑾在某些方面可以算是深谙"打蛇随棍上"的天才，瞅着这机会，一个箭步蹿上去，两只手就自觉地环上了柳弈的臂弯，说："您不舒服吗？我扶您！"

柳弈心说你快走开，放我去吃点儿东西，就什么毛病都没有了！再说就你那小身板儿，再耽搁一会儿，我真晕倒了直接砸你身上，你能扶得住吗？

"不用了，我没事……"

他说着，两人已经走出了法研所的大门，来到了街上。

随后，柳弈一抬头，就看到马路斜对面的一个包子铺前站了一个让他甚是熟悉的身影——那是还穿着警察制服的戚山雨。

这时小戚警官就站在包子铺的一根柱子边上，手里捧着个鼓鼓囊囊的油纸袋，袋口露出一个白胖胖的还冒着热气的包子。

戚山雨似乎也饿惨了，一口啃掉小半个包子，草草嚼几下就咽了下去，又张口去啃剩下的半个。

他身着一身引人注目的制服，站姿挺拔，容貌俊美，配合着狼吞虎咽的吃相，给人带来一种强烈的反差感，偏偏这种反差感又让他显得格外鲜活可爱，惹得路过的好些行人都朝他多看了几眼。

戚山雨匆匆吃完一个包子，又从油纸袋里抖出第二个，就在他准备吃的时候，一只手从旁边伸出，直接将油纸袋连同包子一起抄走了。

"柳哥？"

他一抬头，就看到柳弈站在面前，左手臂弯里还圈着个身材娇小纤细的小女生，正是前不久才跟他撕破脸的表妹。

"嗯，好了，李瑾，你忙你自己的事儿去吧，我有事要和戚警官说。"柳弈毫不留情地将还吊在他胳膊上的李瑾给扒了下来，朝她挥了挥手，"是要紧的案子。"

说完，他也不管李瑾还想说什么，招呼戚山雨一起朝街道左手边走去。

戚山雨跟着柳弈往前走了几步，忍不住回头看了看。

路灯光照之下，李瑾一张小脸气得煞白，嘴唇紧咬，眼睛瞪得滚圆，愤愤地盯着他们俩的背影，眼神里满是委屈和不甘。

"她是不是……找你有什么事？"戚山雨想了想，还是开口说道，"要不，你……"

"说是有个问题想问我，不要紧的。"柳弈无所谓地答道，"她还能想到什么非要我才能回答的高深问题啊？随便找哪个老师问不都一样。"

他说完，捧着从戚山雨那儿顺来的包子，学着对方狼吞虎咽的样子，大口大口地啃了起来。

一个包子下肚，柳弈才觉得饥饿感稍微缓解了一点儿。他用手指擦了擦沾了油脂的唇角，抬头看向戚山雨，问："对了，这么晚了，你怎么又过来？"

戚山雨回答道："我听说尸检结果出来了，就顺道过来问问。"

"哎，那正好。"柳弈朝他笑了笑，"陪我去吃个夜宵，我跟你仔细说说。"

距离法研所一条街外有一家去年年底才开业的店，名叫"三秦乡"，主营的是各类面食，包括水饺与肉夹馍，食材和店名都很传统，装潢却是实打实的新式快餐风格，店铺收拾得干净明亮，一排排卡座整整齐齐。

这会儿已经过了晚饭的高峰期，来吃夜宵的人也不多，柳弈和戚山雨挑了个四周无人的角落坐下，目的就是两人交谈的时候，只要音量不刻意放大，就不必担心被别人听到。

服务员给两人送来了大麦茶，戚山雨趁这个机会起身到前台点餐，不一会儿就端着一个大托盘回来了，里面是一大盘水饺，还有两碗热腾腾的汤面。

柳弈和戚山雨都是忙活了一天没正经吃过饭，这会儿都饿得顾不上聊天，默契地各自端起面碗，呼哧呼哧一顿猛吃，只用了十来分钟，就风卷残云一般全部扫空。

等服务员将他们面前的空盘收拾走之后，他们才开始各自说起这大半日的发现。

"你等会儿还要回市局吗？"

柳弈端起茶杯，吹了吹杯子上飘起的热气，舒服地叹了一口气。

空虚了许久的胃囊终于被填满，他体会到了一种久违的饱足的愉悦感。

柳弈和戚山雨，一个法医，一个刑警，两人从事的都是见惯了血腥的特殊工种，别说晕血这等矫情的事儿，很多时候，就算旁边摆着一具开膛破腹的尸体，也得该吃吃，该睡睡，神经粗赛电线杆，心理素质好得不得了。

"嗯，我晚一点儿就回去。"戚山雨点了点头。

这个案子值得庆幸的是外卖小哥报警及时，警察也及时赶到并且封锁了现场，才没有闹大。

虽然现在已经在鑫海市的报纸上刊登了凶案报道，但那些骇人听闻的犯罪细节完全没有曝光，报纸上也只以"我市百丽小区某单元发生一起凶案，死者为一位 22 岁的独居青年，行凶原因尚未查明"作为概括。

因为缺少博得大众眼球的爆点，这个案子并未引起太多人的关注，只有居住在那一片的民众才感到那么一点儿恐慌而已。

"其实鉴定书冯铃还在写，你也不用特地跑这一趟的。"柳弈想到戚山雨刚才饿得狠了，站在路边大口大口啃包子的样子，就觉得很心疼。

"没事儿，"戚山雨朝柳弈笑笑，解释道，"那个小区太老了，没有装监控，安保也十分松散，我们今天下午走访了很多户人家，也没问到什么靠谱的线索，现在只能先调看附近几个路口交通摄像头的监控，看能不能从里面排查出嫌犯。"

"交通监控？"柳弈皱起眉。

百丽小区并不是一个封闭型住宅区，出入小区的交通路线有好几条，而且小区范围不小，周五晚上又是人流量较大的时期，即便尸体的死亡时间较为明确，但凶手究竟是何时进入，又在何时离开，谁都说不准。

如果只是从交通监控入手，那么在可能时段里所有经过的车辆和来往的行人，都得列入嫌犯范围之内，那工作量简直太大了，还相当难找。而且交通摄像头安装的目的毕竟是拍摄交通违法情况，人行道上死角颇多，还不能保证每条进入小区的交通路线关键点上都安装了摄像头。警方搞不好会排查上百人之后，还是漏掉了没有被拍进监控里的真凶。

"现在也只能用这个最笨的方法了。"戚山雨放下杯子，轻轻叹了一口气，"队长的意思是，要尽快建立凶手的犯罪侧写，尽可能从各个监控拍到的大量来往行人中筛出最可能的嫌犯。"

"原来是这样。"

想来专案组的人在未来很长一段时间里面，不仅要彻夜反复研究监控，还得东奔西跑四处取证，就为了将那个手段极端残忍的变态杀人犯从人群里面揪出来。

于是柳弈立刻抓紧时间，跟戚山雨讨论起了正题。

"现在我们能确定的最重要的一点，就是那具脸被切割得一塌糊涂的尸体，就是黄子祥本人。"

虽然尸体的脸被乱刀劈砍切割得早就看不出真容，而且十指也被剁去，没有了指纹，无法从这些最基本的身体特征去识别死者的身份，但 DNA 的证据是不会骗人的。

他们从发现尸体的房屋内收集了屋主用过的发梳、牙刷和剃须刀，又到黄子祥任职的夜总会里，撬开了他的储物柜，将里头的梳子和私人化妆品给拿了回来。然后他们从这些东西上提取了皮屑、毛囊或者唾液斑，将上面的 DNA 和尸体本身的 DNA 进行比对。结果证明，无论是在死者家里找到的标本，还是工作场所里获得的标本，都与尸体本身的 DNA 相吻合，至此，足够证明死者的确切身份了。

"果然如此。"戚山雨对这个结果并没有感到半点儿意外。

专案组先前已经就尸体的身份做过推测，觉得是黄子祥本人的可能性高达九成。毕竟在可以进行 DNA 匹配比对的现代社会，想要光用毁容的方法，就让一具陌生人的尸体伪装成另外一个人是一件相当困难而且极易穿帮的事情。

就这个案子来说，就算凶手能够进到黄子祥的屋子里，在他的日用品上做手脚，也不可能在黄子祥工作的地方随意出入，更别说擅动他在休息室里的储物柜了。如果凶手真能做到这一步，那凶手必然属于能够自由出入休息室而不被怀疑的人，反而给警方大大降低了调查难度。

柳弈想了想，又补充道："黄子祥的双亲已经过世，没法提供 DNA 样本进行比对。不过今天你们联系家属的时候，不是说他还有个小叔吗？虽然不是直属血亲，但这层关系，要证明两者的亲缘性还是足够的，我觉得以防万一，还是采集一下吧。"

"好。"戚山雨点点头，在自己的笔记本上飞快地记录下这一条。

"除这点之外，我们发现死者的胃里面没有食物。"柳弈继续说道，"不仅是胃部，他的直肠里也十分干净，黏膜表面只沾着一些润滑液，没有检出精液成分，也没有发现明显的粪便残留。"

他说着，朝戚山雨挑了挑眉，语气里带着一点儿戏谑："你觉得，这意味着什么呢？"

戚山雨没想到柳弈会忽然有此一问，先是愣了愣，然后本能地顺着他的问题，思考了起来。

"我记得，死者的死亡时间，应该是 4 月 16 日晚上八九点钟……一般在这个点，大部分人都已经吃过晚饭了，既然你们没有在他的胃里发现食物，那么这人应该是故意没吃东西，又或者打算等着和什么人一起共进晚餐。"

柳弈点点头："嗯，然后呢？"

"至于他直肠里十分干净……"

戚山雨的话说到这里，小小地卡了一个壳儿，抬起眼，有些尴尬地瞅了瞅坐在桌子对面，笑眯眯地盯着自己的柳弈。

"他是灌肠了吧。"

黄子祥平日里经常做一些出台陪客的工作，而且是他从业的夜总会里面少数几个肯接待男客的牛郎，虽然次数不多。关于这一点，戚山雨他们早就从黄子祥同事的口中得知了。

而像他们这些专业的牛郎，在某种程度上，也算是经验丰富，并且相当有职业操守，懂得何为服务精神。他们一般都会在工作前进行某些特殊准备，其中就包括了清洁身体这一项——不仅是身体表面，还有身体内部。

"对，不仅灌肠了，死者在生前还把体毛都清理得很干净，从毛发根部的长度来看，应该是当天才剃掉的。"

柳弈收起打趣的神色，表情认真地说道："这就意味着，黄子祥在昨天晚上，曾经和某人约好了在他家见面，并且有极大的可能性，这趟约会里面，还包含了两人会共度春宵的意思。"

"所以，你的意思是，和他约好见面的那个人，很可能就是凶手咯？"戚山雨敛眉想了想，"死者的屋子里没有打斗的痕迹，门锁也没有被破坏，确实很可能是他自己将人放进屋里的……"

"啊，关于这一点，还有一件很重要的事情。"柳弈抬了抬手，打断了他还没说完的话，"你还记得我在死者衣领上发现的东西吗？"

戚山雨点了点头，他知道柳弈说的是衣领上的血迹。

在那块血迹上面，有一个直径大约1厘米的半圆形区域，颜色要比旁边的淡一点儿。当时柳弈推测，那是在死者血液顺着脖子漫到衣领上之前，那儿还沾了其他液体的缘故。

"物证科已经检查出那是什么东西了，"柳弈说出了一个名词，"是氟烷。"

"你是说，麻醉药？"戚山雨想了想，不太确定自己有没有记错。

"没错，正是麻醉药。"柳弈肯定了他的猜想，"更准确地说，是一种吸入式麻醉剂。"

在众多坊间传闻里面，流传度最广的三则，就是"冰水浴缸偷肾""服装店更衣室失踪"，以及不知多少人现身说法，证明自己曾经经历过的，走在路上闻到某种奇怪的香味，就立刻对犯罪者言听计从，乖乖地掏出现金、说出密码，被搜刮得一干二净的"迷魂药惊魂案"了。

事实上，先不论哪来那么多有着暗门的更衣室，而没经过配型就摘出来的肾脏只能拿去爆炒腰花，就目前的各种麻醉药来说，那种一喷就会让人立刻失去自主意识的神秘药物，压根儿是不存在的。

如果想要令受害人在短时间内吸入一点儿就当场丧命，那么有不少剧毒物质能够做到，比如自"二战"开始就臭名昭著的有机磷或有机磷酸酯类气雾，又或者能够引起闪电式死亡的氰化物气体。

但若既要让人昏迷，又要短时间、低剂量，还得保证完成之后，受害人能好好地活着，那完全是不可能完成的任务，更别提还要让受害人在意识不清的情况之下，听命于人了。

"虽然氟烷已经是吸入式麻醉剂里麻醉效果较强的一种，但在实际应用之中，在使用面罩这种封闭式吸入方式的情况下，麻醉诱导的时间通常也需要数分钟。"

柳弈向戚山雨解释道："通常状态下的氟烷，是一种无色易挥发的液体，具有一股很特别的果香味。"

他端起茶杯，轻轻晃动了两下，里头剩下的小半杯茶水，也随之漾出了几圈涟漪。

"假设杀人犯要使用氟烷对受害人进行麻醉，一般就要将液体倒在手帕或者毛巾上面，再用它来捂住对方的口鼻。把人麻晕的耗时视氟烷的浓度和死者的吸入量而定，具体要多久不太好说。不过，最少需要两分钟，这个时间段足够受害人进行反抗了。"

柳弈伸出手，做了一个抓挠的手势。

"通常嫌犯在捂口、勒颈的时候，两只手因为需要按压在死者的口鼻或者脖子上，死者会本能地大力抓挠，很容易就会抓伤凶手的手背、前臂等处的皮肤。"

况且，受害人黄子祥虽然不是什么高大健壮的八尺男儿，但身高起码是 173 厘米，体重也有 65 公斤左右，算不得特别瘦弱的身板儿。又是二十出头体能正好的年纪，突然遭遇袭击，就算最终不能保命，应该也不至于毫无还手之力。

柳弈朝戚山雨笑了笑，说："我觉得，你们可以从这个方向调查一下黄子祥的金主们。"

"你的意思是说，凶手之所以切掉死者的 10 根手指头，很可能是因为担心受害人指甲里残留了他的皮屑和血迹？"

戚山雨记得，柳弈在勘查凶案现场的时候，就曾经提出过这种可能性。

如今，法医们在死者的领子上检出了氟烷成分，警方可以借此模拟出凶手用沾了麻醉药的巾帕袭击受害人的场面，似乎就更能验证这一猜测了。

柳弈点了点头。

戚山雨却没有立刻表态，而是低头陷入了沉思之中。

"我觉得，这个推理，好像还是有点儿不太对劲。"他说着，让柳弈伸出手，五指摊开，平放在桌子上。

然后戚山雨接着说道："我只是在想，如果凶手只是害怕死者指甲里的皮屑和血迹暴露了自己的身份，那么只需要将他的手指尖剁去就行了。"

他说着，左手轻轻捏住柳弈的食指，朝外掰开到 30 度左右，右手比成手刀状，在柳弈的手指上比画了一下。

"你看，如果要砍断根部，就必须将手指一根根这样掰开，对准以后紧贴下刀，操作起来很麻烦，不是吗？"

"你说得对！"

柳弈也明白过来了。确实，人的手指这么长，如果只是为了去除指尖的话，从中段随便剁一剁就行了，没必要每一根手指都紧贴根部切断啊！

"从带着麻醉剂上门看得出来凶手应该是早有准备的。"戚山雨继续说道,"而且,你们在现场不是没有发现凶手用过的刀子吗?我觉得,不仅是杀人,连毁坏死者面部、切割男性特征器官,还有切掉10根手指这几项,恐怕都是凶手从一开始就计划好的。"

"如果真是这样,那事情真的很有意思了……"

柳弈抿住嘴唇:"东城郊新长垣那头才刚刚发现了一具十指被切断的陈年白骨,我们这边就出了一桩连下刀位置都几乎一模一样的断指案件,如果说是巧合的话,也未免巧过头了吧?"

"如果不是巧合呢?"戚山雨也深深地皱起了眉,"那是不是意味着,这两桩案子之间,有某种我们还没察觉到的联系?"

柳弈轻轻哼笑了一声:"搞不好……是同一个人所为。"

虽然那具陈年白骨的主人已经死了5年以上了,但柳弈以前翻看过不少连环杀人案的卷宗。

在那些杀了好几个甚至好几十个人的连环杀手里面,有在短期之内连续犯案的,也有在犯下几桩案子之后,忽然停手,宛如人间蒸发一般,就此销声匿迹的。而在后者里面,有为数不少的人,会在停手一段时间之后,忽然"重操旧业",再次以相同或者相似的方式犯罪。

美国曾经出过一个连环杀人犯,凶手在他16岁的时候,凌暴并且杀害了比他年长20多岁的漂亮女邻居。然后,这个凶手隐没在人群里面,如同普通人一般娶妻生子,年过40之后,再次用同样的手法,虐杀了好几个独居的女子,警方依然没能抓到他。凶手又消停了很长一段时间,到了他接近60岁的那一年,才在再度犯案时被抓了现行。

比起从青葱少年到六旬男人,区区五年的时间跨度,似乎就真的算不得什么了。

"对了,说起刀子,我觉得你的猜测应该没错。"柳弈忽然想到很重要的一点,"凶手使用的刀具,应该是他自己带来的。"

黄子祥的死因是勒颈造成的机械性窒息,凶手只将刀子用在了切割死者脸部、十指和下半身的性特征器官上面,但他们还是发现了那把刀子的特殊之处。

"凶手划伤死者面部的时候,曾将刀子从死者的侧颊和下颌捅进了口腔里,尖端扎进了上颌的黏膜和舌头里。从这些创口可以测量出,那应该是一把刃长超过8厘米的刀子。"

他说着,拿过戚山雨的笔记本,在空白的页面上画了一幅简单的示意图。

"我们用探针探查过死者面部的所有刺创创道,不同的深度,刀子留下的创口宽度都不太一样,所以,和常见的直身水果刀不同,凶手用的刀子,刀身应该是呈流线型的,目前已知的最宽处约3厘米。"

柳弈用笔在他画出的刀刃形状上补上几笔,添加了一排小小的波浪线,又补充道:"而且,在靠近刀刃后端的部位,有锋利的锯齿,因为在一些比较深的创道里面,在靠近创口的位置，可以找到锯齿插入和抽出时造成的创壁翻卷的痕迹。"

戚山雨接过笔记本，看了看上头的示意图，说："这看起来，像是把军刀啊。"

"嗯。"柳弈耸耸肩，"在没有找到凶器和伤口对比吻合之前，这都只能算是猜想了。"

说完这些，柳弈端起茶杯，将半杯已经凉了的麦茶一饮而尽，然后长长地呼出了一口气。

"还有最后一点很重要的线索，"他说道，"凶手很可能是个左撇子。"

"左撇子？"戚山雨闻言，顿时眼前一亮，"你确定？"

"确定倒不敢说，只能说，有七成的把握吧。"柳弈笑了笑。

"凶手选择的杀人方法是勒杀，用的刀子也不分左刃右刃。"

但柳法医毕竟是个拿惯了解剖刀的人，对切割东西颇有经验，他左手比了个抓住某件棍状物的动作，右手做了个持刀的姿势。

"像我这种右利手，切东西时，都是从自己的右侧下刀，往左侧切下去。而死者被切掉的囊袋，皮肤比较松弛，如果牵拉得不够紧的话，在彻底切断的时候，很容易在断刀处留下一块尖朝右斜上的三角锥状皮肤断面。"他说完，看向坐在桌子对面的青年。

"但是，那个死者身上的这块三角锥状皮肤，尖却是在死者的左边，也就是凶手的右边。换句话说，凶手下手的时候，应该是左手持刀的。"

"原来是这样。"

戚山雨立刻在自己的笔记本上记下了这个非常有用的线索。

"不过，这个推论也只是基于凶手在割掉死者囊袋的时候，以蹲在他两腿中间下刀的姿势来假设的，因为在这个位置操作起来最方便。"柳弈摊了摊手，"如果凶手换到靠近死者头侧方向的站位，右手持刀也有可能留下同样的下刀和收刀痕迹。"

戚山雨"嗯"了一声，表示他明白了，并说："总之，先把这一条当作线索，我们会在调查中注意各个关系人的惯用手的。"

其实，像这种太过依赖个人习惯，而无法保证准确性的线索，一般是不会写到正式鉴定报告里面的。

不过，如果法医和负责侦查的警察相熟，就会在私下里提示几句，而这些小细节，说不准在什么时候就会变成十分重要的佐证。

全球顶尖的华裔刑事鉴识专家李昌钰老先生，曾经受邀参与美国康州的一桩炸鸡店连环屠杀案的调查，他在垃圾袋里发现了凶手没吃完的一份半鸡套餐，而凶手只吃掉了鸡翅膀的部分。当时李昌钰老先生指出，美国作为一个多种族构成的国家，各个种族在饮食上的偏好性也更典型。以鸡肉为例，白种人喜欢吃鸡胸，亚洲人喜欢吃鸡腿，而西班牙裔或者黑种人喜欢吃鸡翅膀，所以他推测，嫌犯很可能是个西班牙裔，或者是个黑种人。

这个案子在很多年后终于告破，最终真凶被证明确实是一个曾经在炸鸡店里工作过的西班牙裔员工。

有经验的刑警都知道，鉴识专家们通过在尸体或者物证上找到的痕迹，结合统计学规律提出的嫌犯侧写，即便不能当作关键证据，也应该被列入案件侦破过程的考量。

"那么你们呢？"柳弈说完了他们尸检得到的线索，转而问戚山雨。

"嗯，我们倒也问出了一些事情。"

戚山雨今天在黄子祥工作的夜总会耗了一下午，像过筛子一样将和死者关系比较熟络的员工全部约谈了一遍，果然得到了不少有用的线索。

"几个员工都告诉我，黄子祥两天前戴着一块名表去上班，和他们炫耀过，这是某位金主送给他的。"

"名表？"柳弈顿时来了兴趣。

"我们后来在黄子祥家的柜子抽屉里找到了这块表。"

戚山雨点开手机，翻出照片，递给柳弈看。

"哦，劳力士的 Daytona 啊，这个款式得 10 多万吧。"柳弈看了看照片，很快做出了判断，"虽然不是顶尖名款，但拿出去炫耀还是可以的。"

戚山雨点点头，接着说道："不过，我问了一圈，黄子祥的同事们都不知道这块表是谁送给他的。"

因为他们这一行吃的就是几年青春饭，竞争十分激烈，互挖墙脚简直就是家常便饭。所以，若是谁得到了某个优质客源，那必须得死死抓在手里，绝对不可能轻易让同行接触。

但正是因为互相抢客的现象非常普遍，所以在店里工作的人，在盯紧手头上的固定客源之余，也会习惯性地注意其他人的熟客。尤其是那些出手阔绰大方的客人，只要在店里砸过一笔钱，很快就会被整家店里的所有公关和咨客们记住，根本瞒不过其他人的眼睛。

"而且，根据店里员工们的说法，黄子祥最近的'生意'很不好，已经有好长时间没人点他出台了。他的上一个固定金主是一位经营服装生意的中年女士，根据前台查到的会员卡消费记录，她已经有快 5 个月没来店里了。"戚山雨说道，"我们查过那位前任金主的行踪，她这几天刚好在 F 省忙新店的事情，有充足的不在场证据，而且暂时没有发现她有买凶杀人的嫌疑。"

"确实，一般的买凶杀人，凶手是绝对不会毁尸辱尸的。"柳弈表示同意，"这么说，手表也不是这位前任金主送的咯？"

"对，那位女士亲口否认了自己最近给死者送过东西，"戚山雨说道，"她说她已经有好几个月没和黄子祥联系了。"

对于这个回答，柳弈倒是一点儿也不意外。

他知道排查嫌犯这事儿急不来，毕竟现代人的交际圈已经不只限定于生活和工作，调查起来不仅耗时耗力，还非常考验耐心和细致，想要在半天之内就将案子查个水落石出，那简直就是强人所难了。

同一时间，晚上 10:42，鑫海师范大学南门公交车站前，停下了一辆公交车，后门打开，3 个年轻的女孩儿结伴下了车。

三位姑娘都是鑫海师范大学汉语言文学系的大三学生，今天刚刚参加完一场联谊会。几人在席上多喝了两杯小酒，此时情绪都比平日来得兴奋。

她们各自撑着雨伞，边走边聊着今天联谊会上认识的男生们，说话声音很大，不时爆发出一阵大笑，引得来往的行人都不由得朝几个姑娘多看了几眼。

快到师范大学南门前时，一个穿着桃粉色薄毛衣的女孩儿朝两个同伴挥了挥手，互相调侃几句之后，就转身拐进了一条巷子里。

穿桃粉色薄毛衣的少女不住学校宿舍，她家境不错，手头宽裕，于是和自己当企业白领的表姐在附近合租了一间精致的小公寓，距离学校不过 10 分钟的路程，穿过这条巷子就到了。

她体内的酒意依然在发酵，令少女感到心情愉悦。

今晚的联谊会上，有个隔壁 X 大理工科的男生，相貌干净，谈吐风趣，是她一见就立刻心生好感的类型，而且最重要的是，那男生似乎也对她印象不错。两人交换了手机号码，又加了微信，看苗头，约莫是有戏……

少女越想越高兴，连脚步也轻快了起来，脚下牛皮短靴 5 厘米的鞋跟踩在石板路上，敲出一串节奏跳跃的脆响。

然而，此时此刻，有一个高大的男人，正悄悄地尾随在女孩儿身后。

男人穿着一件藏青色的夹克，在夜色之中看起来更像是黑色的，他的衣服外面套着一件透明的长雨衣，盖帽檐拉得极低，遮住了他的半张脸。

他的一双眼睛，从滴着雨水的帽檐下，死死地盯着蹦蹦跳跳走在前面的小姑娘。

这个女人……她该死……

该死……

该死……

该死……

男人藏在雨衣袖子下的右手，紧紧地握着一把折叠式军刀。

他已经把刀刃弹出，接近 10 厘米的锋刃斜斜地贴在自己裤腿上，一种疯狂的悸动自尾椎处蹿起，仿若迅捷的电流，游走于四肢百骸之中，令体内每一个细胞都为之亢奋。

杀！

杀！

杀！

杀死这个女人！

心中涌起的强烈杀意，让他握刀的手指也随之发颤。

于是男人死死地咬住牙根，后槽牙因为用力过猛而咯吱作响，舌尖隐隐尝到了血液微咸的铁锈味。

男人一方面为即将来临的杀戮而兴奋，但与此同时，又如同灵魂被抽离肉体一般，感到出奇冷静。

他还没有直接用刀杀过人。

导师告诉他，因为他是被"选中"的人，所以身体里流着最特别的血液，在一切结束之前，需要谨慎又谨慎，不能留下一点儿痕迹。

所以他一路跟踪着这个该死的女人，等待的正是一个最最合适的下手时机……

下雨天的夜晚，巷子里没有其他行人，少女抬起头，已经看到 50 米外她和表姐租住的公寓所在的大楼了。她两步跳下台阶，准备穿过一条短短的隧道。

然而，就在这时，她忽然听到身后响起一阵脚步声，急促、低沉，而且明显是朝着她的方向快速地逼近。

在感觉到恐惧之前，女孩儿已经本能地回头。

然而，还没等女孩儿看清靠近的人到底是谁，就有一只手从她的雨伞下猛地探入，死死抓住她的肩膀，同时，某种锋利而冰冷的锐器，从她的斜后方猛地刺进了她的胸腔里。

刀子刺入以后，又飞快地拔出，几乎没有停顿地，又落下了第二刀。

这次刀尖扎在了肩胛骨上，没有刺穿，男人却并不犹豫，再次抽刀，偏转了一下角度，将刀刃往下几寸，朝着女孩儿腰间刺去……

撑开的雨伞从女孩儿无力而垂落的手掌中滑落，飘飘悠悠翻倒在被雨水打湿的石板路上，少女被刺了六刀，身体往前倾倒，砸在了她漂亮的碎花雨伞旁边。

这时，她还没有失去意识，但已经没法呼救，甚至没法发出一点儿声音了。

血液从利刃刺出的深而长的创口中大量涌出，混合着空气迅速填满了她的胸腔，肺叶被压扁，她如同离水的金鱼一般张大嘴巴，竭力想要喘上一口气，却根本无法呼吸。

在濒死的痛苦与极度的恐惧之中，少女绝望地睁大双眼，盯着占据了她大半视野的湿淋淋的石板路，根本不明白，自己为什么会遭遇这样恐怖的噩梦。

这时候，有一只手，大力地钳住她虚软的肩膀，将娇小的女孩儿翻了过来。

她终于在意识彻底陷入黑蒙之前，竭力睁大眼睛，看清了凶手的脸。

那是一个她素昧平生的陌生男人。

不过，她也只能如此而已……

男人持着沾满鲜血的军刀，默默地站在雨中。

就在刚才的杀戮之中，他的杀意到达了巅峰。

病态的亢奋退去，登顶后的空虚感随之支配了他的精神，男人借着微弱的路灯灯光，低头看向倒在隧道入口阴影里的少女。

女孩儿桃粉色薄毛衣被鲜血和雨水打湿，颜色染得斑斑驳驳，好似深深浅浅的暗红花朵开在了衣服上。

男人幽幽地看了半晌，才从腰间的挎包里摸出一双橡胶手套，给自己戴上。

他记得导师叮嘱过他，凡事三思而后行，绝不可以有一丝疏忽。

戴上手套之后，男人右手捏住死去女孩儿的下巴，令尸体张开嘴，左手持着军刀，将刀锋插进死者的口腔，一通翻搅，把内里划了稀烂。

做完这一切之后，男人将染血的刀在女孩儿的裙摆上擦了擦，重新折叠好，收回到外套口袋里。

临走之前，他又回过头，看了看倒在脚边的尸体。

女孩儿死得极痛苦，这时两眼依然大睁着，失去焦距的瞳孔定定地看着飘着雨的夜空。

男人的脸上依然没有多少表情，只无声地动了动嘴唇。

然后他脱下自己身上沾着血的透明雨衣，扬手盖在了女孩儿的尸体上，接着拾起掉落在旁边的漂亮的碎花雨伞，甩掉伞面上的血迹，撑起伞，转身走入来时的黑暗巷子里……

跟小戚警官吃完夜宵之后，柳主任想到自己的车丢在 X 大了，又懒得打车，干脆回了法研所自己的办公室，简单洗漱了一下，就从柜子里搬出一床被子铺好，蜷在沙发上，打算凑合一晚上。

他今天忙活了一天，虽然还算不上累瘫，但也足够他头一沾到沙发，很快就沉沉睡去。然而，柳弈的好眠没能维持多久，凌晨两点半的时候，他的手机忽然铃声大作。

"喂？"

他接通手机，含含糊糊地应了一声。

"柳主任，我是值班的小程。"电话里传出年轻的男声，"艺松巷发现一具女尸，警察在死者随身的手袋里找到了她的学生证，确定是附近鑫海师范大学的学生！"

4 月 17 日凌晨 2：20，鑫海师范大学汉语言文学系的大三女学生李曼云的尸体，在艺松巷隧道入口被人发现了，所在地距离她所租住的公寓不足 50 米。

发现尸体的是附近的一对年轻小夫妻，他们租住的房子离李曼云所住的公寓只隔了一个路口。

这对小夫妻都是电影迷，当天刚刚看完某部美国大制作的首映，凌晨打车到艺松巷路口后，又冒雨步行回家。他们在路过隧道口的时候，发现了倒在雨中的年轻女孩儿。

当时少女的头部、胸口和上腹都被一件透明雨衣盖住，但两夫妻还是一眼就看到了女孩儿毛衣上晕开的血迹，备受惊吓，二话不说就报了警。

辖区民警接到警讯，迅速赶到了命案现场。

他们掀开盖住女孩儿头脸的雨衣，一眼就看到了少女大张的嘴巴，口腔内侧连同上下嘴唇都被利刃割得支离破碎，当即意识到这个案子绝对不是单纯的抢劫杀人案，立刻保护现场并且层层上报，很快就惊动了市局，并且联系了法研所进行勘查。

死的是一个女大学生，必然会引起很高的舆论关注度。

法研所的值班法医收到警方通知之后，马上就给法医鉴定科的头儿打了电话。

恰巧柳弈这晚就睡在自己的办公室里，听完汇报，马上简单整理整理，跟车直奔现场。

柳弈到达艺松巷的时候，已经下了 5 小时的雨没有半点儿停歇的意思。

老城区的这些巷子本来就很狭窄，加上排水设施老旧，每回下雨时间一长，必然积水。

柳弈蹚着漫过脚背的污水，一边走一边忍不住皱起了眉。

他不知那女学生是何时死的，不过尸体在这样深的积水里泡着，身上的血迹、皮屑、指纹等证据都很可能早就被淹没和冲刷掉，更不会留下可供他们采集的脚印，甚至连死亡时间推断，也可能因为尸体被大雨冲刷和浸泡过，有不可避免的偏差。

"柳主任，来，死者在这边。"

市局的警车比法研所的车先到一步，这会儿已经有几个警官打着伞，守在尸体旁边了，看到柳弈带着助手过来，纷纷往旁边挪开，让出了被他们挡住的一片空地。

柳弈只看了一眼，心顿时猛地"咯噔"往下一沉。

他看到，因为隧道入口的地势很低，这时积水已经没过几个警员的小腿中段了，而少女娇小的身躯几乎完全浸没在水洼之中，几乎看不见了，只留下她黑色的长发、深蓝色的裙摆连同盖在身上的雨衣漂在水面，随着水波漾开一圈一圈的涟漪……

第六章

沉默的羔羊

4月20日，星期二。

柳弈大早上就挟了一摞厚厚的文件，风风火火赶到市局。

他今天是来开会的，为的正是前几天连续发生的两起杀人案。

柳弈从电梯间出来时，就碰到等在走廊里的戚山雨，戚山雨一看到他，立刻快步走过来说："柳哥，你来了。"

"嗯，来得早了点儿。"柳弈看向戚山雨。

他们都看到了对方一双满布血丝的眼睛，还有下眼睑的淡淡乌青，默契地相视苦笑。

"队长他们都在会议室了，我带你过去吧。"戚山雨对柳弈说道。

于是柳弈跟着戚警官走进一间办公室里，他朝里面一看，明明距离会议开始的时间还有20分钟，但一张6米长的大会议桌旁已经坐满了人。看得出来，市局对这个案件极为重视。

毕竟一个女大学生在雨夜里惨遭杀害，但凶手既不图财也不劫色，反而还将死者的口腔划得稀烂。这样骇人听闻的案子，即便警方在通报案情时对细节做了一些修饰，依然让全国民众为之愤慨。

"变态杀人狂每天深夜在鑫海市街头游荡，专对年轻姑娘下手"的谣言一时间甚嚣尘上，整个城市顿时人心惶惶，尤其是女性群体，更是担心到晚上没法安心出门的地步。

"来，柳主任，请坐。"

戚山雨的顶头上司、刑警大队大队长沈遵的位置正对着会议室大门。

经过上次富商刘阳独子刘凌霄的绑架撕票案，沈遵已经和柳弈混得很熟了，这会儿看到他，也不多客套，直接指了指自己对面的空位，让柳弈坐下，接着说："就差一位了，等人到齐了就开始。"

柳弈和众人打了声招呼，坐到了沈遵指定给他的座位上。

他环视一圈，围绕着桌子放的 24 把椅子上，已经坐了 23 个人。一眼望过去，都是市局里的熟面孔，除了刑侦一队的安平东等人，还有技术组的鉴定员，唯有他右手边还留着一把空椅子，应该就是给沈队长口中还没来的那人的。

柳弈略略疑惑了一下，心想这迟迟未到的人到底是谁呢？

不过他并没有等多久，2 分钟后，一个女警就叩开了会议室的大门，在她的身后，还跟着一个高大的男人。

柳弈的座位背对着大门，听到开门声，回头看去，等看清了来人，不由得微微睁大了眼睛，感到很惊讶。

"介绍一下，这是 X 大心理学系的嬴川嬴教授，也是市局特聘的犯罪心理学与人格侧写顾问。"沈遵站起身介绍着，和嬴川握了握手，态度算不上多热络，不过好歹当着众人的面，给足了来人的面子。

沈队长安排嬴川坐到剩下的空位上，立刻不再废话，直接宣布开会。

趁着警方在做案情陈述，柳弈侧头看了看坐在旁边的嬴教授。

他觉得有点儿好笑。

上回见到这位的时候，嬴川还对他说，目前国内警方容许犯罪心理学专家介入调查的案子十分有限，结果才过了几天，就在这样重大的连环杀人案的案情分析会上见到他。

由此可见，嬴川这个特聘顾问的身份，远比柳弈以前猜测的要分量大得多。

仿佛是感受到柳弈的目光一般，嬴川也刚好在这时转头看了过来。两人视线相触，嬴教授勾起唇角，朝他笑了笑，表情如第一次见面那般，显得既礼貌又温和，像一位涵养极佳的绅士。

柳弈回了他一个笑容，很快把视线转了回去。

警方的案情陈述完毕之后，就到柳弈的发言时间了。

"我们仔细对比过黄子祥和李曼云两人尸体上的刺创痕迹，已经基本可以确认，他们身上的刀伤都是由同样型号的刀刃造成的。"柳弈又说道，"初步推定，凶器可能是一把长 9 厘米左右、刀身呈流线型，且刀刃后部带龙牙状锯齿的军刀。"

尽管这两桩案子的受害者——黄子祥和李曼云，无论是性别、年龄、背景还是生活经历，甚至遇害地点特征与死亡方式都完全不一样，但是在看似风马牛不相及的两人的尸体上，发现了同样的刀具留下的伤口。

虽然刀伤不能像枪械子弹的弹道那样，具有不可复制的唯一性，但黄子祥和李曼云两名受害人身上的刀伤形状均十分特殊，不是普通的制式长柄菜刀之类的刀刃能够戳出来的。加上两人的死亡时间只相差了一天，怎么想都不能用"巧合"来解释，凶手是同一人的可能性，就变得非常大了。

"另外，本月 8 日，在我市东城郊在建的新长垣影视基地南侧，挖掘出一具无名白骨，东城郊警局的法医部门一周前曾将尸骨送到法研所，委托代为核实该无名氏的确切死亡年龄。我们在检查中发现，该白骨与百丽小区的入室杀人案死者黄子祥一样，十指皆在近节指骨近中下 1/3 的位置被切断了，且在埋骨现场没有发现任何断指部分的骨殖。"

柳弈说着，从文件夹里翻出无名白骨的两只手骨还原照，递给了坐在他对面的沈遵。

"我们昨日要求东城郊警局的法医部门将这一具无名白骨送到法研所进行二次检查，然后，我们在尸体的肋骨、胸骨和右侧肱骨上都发现了一些锐器砍创所致的平直的线状骨折，并且在第二胸椎椎体上发现了一处三角孔状骨折。在进行仔细对比之后，我们高度怀疑，该无名白骨上的锐器伤，与黄子祥和李曼云两名死者身上的刀伤，是同型号刀具造成的。"

"那骨头不是说烂了得有 5 年以上了吗？"沈遵烦躁地抓了抓自己的鸟窝头，"就算是模仿，也不可能连这种特殊型号的军刀都找到一模一样的，凶手就算不是同一个，也绝对是关系紧密的人！"

他一拍桌子说："东城郊的白骨案从现在开始也归到这起系列杀人案中了！查！给我查！掘地三尺也要把凶手找出来！"

随后，柳弈又讲解了一番他们法研所在两个案子上找到的线索。

黄子祥的入室杀人案现场保存得相对完好，可供调查的痕迹自然比较多。但凶手显然准备充分，虽然从犯罪细节上来看，凶手应该在死者家中逗留了不短的时间，但到目前为止，并没有发现凶手留下的任何指纹、血液、皮屑或脚印等痕迹。

法医们虽然一寸寸排查过，找到了几根不属于死者本人的毛发样本，但由于黄子祥工作性质的特殊性，他常常会带外人回家，也就无从确定，这些毛发到底是否真的属于凶手。

至于女大学生李曼云的死亡现场，因为完全暴露在大雨中，保留下来的线索少得可怜。除死者身上的特征性刀伤之外，柳弈他们找到的，最有价值的证据就只剩下凶手盖在尸体上的那件雨衣了。

"李曼云身高 157 厘米，体重 43 公斤，但盖在她身上的雨衣是 L 号的。如果让姑娘来穿，下摆怕是都要拖到脚踝了，所以不可能是李曼云本人的东西。"柳弈说着，朝戚山雨和安平东的方向看了看。

"嗯，确实如此。"安平东接收到柳弈的目光，会意地点了点头说道。

"我们询问过当天跟死者李曼云一起回家的两个同学。根据她们提供的线索，李曼云当时是打着伞的，而且包里也没有这样一件雨衣。鉴于凶案现场没找到李曼云的伞，我们倾向于是凶手脱下自己身上的雨衣盖在死者身上之后，将她的雨伞带走了。"

鑫海师范大学南门附近几乎都是巷子，最宽的一条街也不过两车道，交通摄像头无法覆盖的监控死角区域很多。

而且，凶案发生当晚雨势很大、视野不好，加之巷子里本来就没有几家晚间营业的商店，只凭老式路灯的光照，街上自然是昏暗的。普通的民用防盗摄像头，在这种天气和照明条件下，一米之外已经雌雄难辨，两米之外就人畜不分了。

警方虽然也调看了两个靠近凶案现场的民用防盗摄像头，可遗憾的是面对分辨率极低、画面严重失真的录像，即便是市局的技术组，一时半会儿也很难从中还原出多少有价值的线索来。

据李曼云的两个同学描述，死者那把不见踪影的雨伞伞面是深海蓝的底色，点缀着白色的小碎花。

这样的花色虽然好看，但还远远未到令人过目不忘的地步，很难给路人留下多少印象。想要在茫茫人海之中，通过分辨雨伞的颜色和花纹锁定凶手，目前看来，虽不能说是毫无希望，但也不是那么容易的事情。

"这件雨衣在雨中暴露了挺长一段时间，上面绝大部分的痕迹都被雨水冲洗掉了，不过，我们还是在袖口的翻折面内侧找到了半枚指纹。"

柳弈找出第二张照片，递给沈遵。

沈遵接过照片，发现照片里的那指纹果然是不完整的，只有顶部的小半截能看得清螺旋纹路。

其实在这两天之中，安平东等人已经给柳弈提供了几十份关系人的指纹样本。这些人包括黄子祥的诸位同事和他在本市的几名金主，以及李曼云的表姐、与李曼云关系紧密的同学和老师。

痕检部门的同事一份份比对，却没有一个人的指纹与在雨衣袖口内侧采集到的这半枚指纹相匹配。

"总之，能找到指纹，就是一件好事！"

沈遵将照片还给柳弈，身体往椅背上一靠，开始烦躁地抖腿。

"查，好好地查，仔细查查那两个死者之间到底有什么联系，把关系人一个个排查下去，总能找到能匹配上的！"

他说完之后，忽然像想起了什么一样，看向一直坐在座位上，默默旁听的赢川，问："赢教授，你怎么看？"

忽然被沈大队长点到名，赢川抿唇微微一笑，答道："嗯，对这两个案子，我确实有点儿想法。"他的语气听起来很笃定，"我觉得，嫌犯杀死黄子祥和李曼云的时候，心态是完全不一样的。"

赢川说着，侧头看向柳弈，笑着说道："能让我看看两个死者的现场照片吗？"

柳弈回视赢川，眼神中透出几分探究的意味。

他带来的文件夹里，确实有详细的死者现场照片，刚才他在翻照片的时候，文件夹就放在桌子上，赢川自然也能看到。

不过这儿坐了一圈的警察，谁手里也不缺这一份资料，这位赢教授偏偏找他要照片，虽然说不上哪里不妥，但柳弈总难免觉得有些微妙。

"嗯，你是说这些？"

柳弈从一沓照片里翻出两张来，递给赢川。

赢川在众人注视之中，认真地将两张照片对比了一番，然后缓缓地点了点头说："果然，他们两人的死亡现场，有本质上的差异。"

他先将黄子祥的照片摆在桌子上。

照片拍的是最标准的俯视全身图，画面正中，躺着一个半身光着的男性尸体，死者的头发被割得一片凌乱，两只眼球被剜出，颜面则遭到乱刀割伤，完全看不清本来面目，十指齐根而断的双手放在胸前，摆出仿若祈祷的姿势，受害人双腿大开，男性的关键部位血肉模糊。

"黄子祥的死亡现场，是一个非常典型的带着性满足意味的犯罪现场。"赢川一字一句清楚地说道，"我认为，凶手将黄子祥视作猎物。整个犯罪过程，从杀人到毁尸，都是经过精心准备的，并且这一切都能给他带来巨大的与欲求方面有关的心理满足感。我推测，凶手很可能在行凶过程中'兴奋'了，所以才会侮辱尸体并且切掉了死者的性别特征器官。"

他用仿若和好友聊天一般平稳而和缓的语调，做出了对一个连环杀人犯的心理侧写。

"凶手的这些行为，在常人看来尤其变态，但对他来说，是会令他身心愉悦的宣泄。嫌犯不会有任何负罪感，更准确地说，他在做这一切的时候，所能感受到的是一种接近于复仇的快感。"

"啧，真要跟教授你说的那样的话……"一个年轻刑警听出了一身鸡皮疙瘩，两手抱臂，用力地搓了搓胳膊，"那这人得和黄子祥有多大仇？就算是祖坟被人掘了，也没必要做到这个地步吧！"

沈遵转头，瞪了那随便插嘴的小子一眼，摆摆手，示意赢教授继续说下去。

赢川笑着点了点头，将李曼云的死亡现场照片也放在了桌面上，继续思路清晰地说了下去："但李曼云的死亡现场，和黄子祥的有一处很本质的差异。"

"……啊，是指那个……"柳弈低声自言自语道。

他的声音很轻，但旁边的赢川听到了，转头朝柳弈微微一颔首，双眼含笑。看他的目光，就像伯牙看见钟子期，高山流水终于觅得了知音。

"凶手在杀死李曼云之后，脱下了自己的雨衣，遮住了死者的头脸和上半身。而'遮掩'这种行为，往往反映了杀人犯在行凶之后，对死者的歉疚心理。"

赢川回过头去，继续将自己的论点说完。

"喀。"安平东咳嗽了一声，眉心拧出一个古怪的结。

"'盖住头脸表示愧疚'这么出名的犯罪侧写理论，我们当然也讨论过……不过，我琢磨，如果凶手真对李曼云有什么愧疚心，就不应该把一个小姑娘的嘴巴给割得稀巴烂啊！"

赢川依然笑得温和："我觉得，凶手这么做是在告诉世人，他要杀死李曼云的理由。"

他说完，再次看向柳弈，似乎在等他接着自己的话说下去。

柳弈想了想，说出了自己的猜测："'话太多了'，对吧？"

"正是如此！"赢川朝柳弈粲然一笑，又继续向在座的诸位刑警解释道，"《单刀会》里有一折词，'你这般攀今揽古，分甚枝叶？我根前使不着你"之乎者也""诗云子曰"，早该豁口截舌。'"

他说着，指了指自己的嘴巴，又做了个"切割"的手势。

"所谓'豁口截舌'，指的就是撕开嘴巴，截去舌头，好让人住嘴。"

"哟！"

众人这回都听懂了。

"赢教授，你的意思是，凶手嫌李曼云话太多了，于是乱刀捅死了她，还把她的嘴巴给割烂了？"安平东说道，"然后，他又觉得李曼云死得挺惨的，有些愧疚，所以把自己的雨衣脱了，盖到姑娘身上？"

赢川郑重地点了点头。

"我认为，凶手杀死李曼云同学，应该是临时起意。李同学很可能在无心之下，说出了什么激怒凶手的话，才会给自己招来杀身之祸。"

沈遵闻言，眉毛一挑，伸手猛地一拍桌子说："照你这说法，我们只要查查李曼云最近有没有逞口舌之快得罪了什么人，不就能锁定嫌犯了？！"

赢川摇了摇头说："我倒是觉得，锁定嫌犯的关键，还是在黄子祥的案子上面。"

当场被赢川驳了意见，沈遵倒是半点儿不介意，随意地摆了摆手，示意对方继续："请你说说看。"

"刚才听案情介绍的时候，我注意到一个细节——黄子祥的经济状况不是太好，但就在他被杀前不久，还向同事炫耀过一块价值 10 多万的新名牌手表。"赢川说道，"我猜，这块手表应该不是他自己买的，对吧？"

技术组里有个刑警闻言，点了点头回道："嗯，我们在调查他的信用卡和网银记录的时候，的确没发现他近期有过大笔的花销。"

"所以，这块手表，很可能是凶手为了讨好被害人，送出的礼物。"

赢川环视四周，说出了自己对杀人犯的人格侧写。

"我认为，凶手是一个身材高大的男人。他事业有成、相貌堂堂而且收入丰厚，在生活中很受异性欢迎，甚至可能已经结婚。但实际上，他有两张面孔，在游刃有余地应付日常生活的同时，又是一个猎艳高手，并且很懂得如何讨好目标，能够十分轻易地获得他看中的猎物的好感和信任。"

他顿了顿，最后补充道："而且，最重要的一点，他在接近猎物的时候，应该会很谨慎地规避受害人的交际圈，以免留下自己真实身份的痕迹。"

案情讨论完毕，剩下就是专案组具体调查工作的布置了。

这一部分的内容，即便是身为法医的柳弈也不方便听下去，就更别说只是个顾问的赢川了。

于是两人先一步离席，走出了会议室。

"我今天没排课。"赢川说。

赢川和柳弈并排站在电梯里，侧头看向他，问道："你呢？等会儿还有别的事吗？"

柳弈犹豫了一下。

他看出赢川这么问就是要约他单独聊聊的意思了。

他确实比不得大学任职的教授，没课就能闲着，爱干啥干啥。不过现在他们科里最要紧的案子就是这桩连环杀人案，全体加班两天之后，这会儿能忙活的事儿都干得差不多了，总不至于连说会儿话的时间也挤不出来。

其实柳弈也不过两秒的迟疑，但赢川仿佛已经看穿了他心中所想，也不催促，只笑眯眯地看着他。

"我还得回法研所盯着……"

柳弈默默地叹了口气，心说跟赢川这一款的心理学家打交道就是麻烦，因为对方会注意着你的一举一动甚至一个眼神，然后揣摩你的想法。这种所思所感都会被轻易洞悉的感觉，实在令人太没有安全感了。

"赢教授，方便的话，到我办公室喝杯茶吧。"

赢川闻言，眼中的笑意越发明显，用"早料到你会这么说"的语气回答："当然方便。"

虽然柳弈说请赢川去喝杯茶，但他本人是个咖啡党，若不想用立顿茶包随便敷衍过去的话，就只能拿出他的滴漏咖啡来待客了。

所幸赢川倒是不挑，他坐在法医科主任办公室的沙发上，微笑地看着柳弈纤长白皙的手端着手冲壶，一次次往滴漏壶里注水，并等壶里的黑褐色液体滴落到杯子里。他神情专注而愉悦，仿佛在鉴赏什么艺术品一般。

片刻之后，柳弈把两杯咖啡端过来，又将糖罐和小牛奶壶推到赢川面前，说："还不太清楚你的喜好，请自便。"

赢川给自己那杯加了一块糖和半壶淡奶，用小调羹搅拌均匀，浅浅地啜了一口。

柳弈倒不对赢川能够品鉴一二感到意外，他给自己也调好咖啡，坐在客人对面，慢慢地喝了起来。

等一杯咖啡喝掉大半，他才放下杯子说："所以，赢教授，你是有什么话想对我说吗？"

赢川哈哈笑了起来，然后煞有介事地低头看了看手表说："快到 11 点了，我还打算尽量拖一拖时间，好顺势跟你约一顿午饭呢。"

他说着朝柳弈眨了眨眼睛，继续说："我分明记得，上回可是说过，我们下次再约。"

柳弈心想，所谓的下次再约，在社交用语潜台词之中，难道不正是"bye"的意思吗？

不过他依然很配合地点了点头说："嗯，你说得对，那就今天中午吧。"

约饭目的达到，赢川满意地喝了口咖啡："对了，还没问你，你觉得，我刚才的犯罪侧写，做得如何？"

"嗯，很有说服力。"柳弈回答得相当干脆，"尤其是在凶手的犯罪心态模拟部分，很详细，也很写实。"

他说着，直视赢川的双眼补充道："听起来，简直好像凶手本人在做自白一样。"

"哈哈哈哈！"赢川闻言，放声大笑起来，"谢谢，我就当这是夸奖了。"

等笑完之后，他又假装要去翻自己的记事本，说："等我查查这几天的行程，看有没有不在场证据……"

"这倒是不用，不过你可以先把不在场证据准备妥了，以免沈队他们哪天真怀疑你的时候，就能用得上了。"柳弈顺着赢川的话，笑着调侃道。

他顿了顿，忽然话锋一转，脸上的笑容敛起，声音也略略压低了一些。

"不过……虽然你给凶手做的人格侧写确实很有说服力，但我总觉得，有些地方，似乎有点儿微妙的违和感……"

"哦？"赢川倒是一点儿也不着恼，反而很感兴趣地追问道，"哪里违和了？愿闻其详。"

"比如……"柳弈只说了两个字，又忽然停了下来，摆了摆手，"现在讨论这些也没什么意义，反正等案子破了之后，就知道你的犯罪心理侧写到底对不对了。"

"嗯，也是。"赢川也不再纠结这个问题，"不过，你对警方破案倒是很有信心嘛。"

"那是的。"柳弈将自己杯中剩下的已经凉了的咖啡喝完，"毕竟根据你做的犯罪侧写，凶手选择黄子祥作为猎物，不是随机事件，而是精心谋划的结果。"

他将空杯子搁回白瓷碟子里。

"不管嫌犯采用什么方法，只要他和被害者曾经接触过，就或多或少会留下痕迹，毕竟以现在的刑侦手段，只要花时间找，就一定会挖出蛛丝马迹。"

"现代社会的天网理论吗？"嬴川说道，"出行、通信、消费、网络、物流、社交等一切方式，都处在可追查的监视网中，随时可以用于定位你的行踪。"

他的脸上带出一点儿隐约的讽刺来，说："虽然说白了就是侵犯隐私的侦查手段，不过确实很有效。"

柳弈无所谓地摊了摊手。

他没兴趣和嬴川讨论在现代社会林林总总的监控手段中，有哪些合情合理，又有哪些有违人权精神，毕竟从他身为法医的立场来看，在面对穷凶极恶的连环杀人犯时，尽快破案才是主要矛盾。

于是柳弈话题一转，继续和嬴川讨论他刚才做的凶手的人格侧写。

"其实，我刚才就觉得，你形容凶手高大、英俊、有钱……"柳弈一边说，一边用手指数着数，"而且还事业有成、很受欢迎。"

他看向嬴川左手无名指上那一个素色的白金戒指。"还有很可能已经结婚——这些形容，似乎每一条都跟你本人很相符啊！"

"哈哈哈，照你这说法，我还真的要去查好行程，给自己找找不在场的证据了。"嬴川再次大笑了起来。

"不过，首先有钱这一点，我一个在大学教书、收入全靠一份死工资的，实在远远达不到'有钱'这个标准吧？"

他说着，又指了指自己的脸。

"还有，我很荣幸，原来我也能算得上英俊了。"

他说着，亮了亮手上的戒指。"没错，我的确是结婚了，不过和普通认知里的婚姻不太一样。"

嬴川右手叠在左手上，轻轻转着戴在无名指上的白金戒指。

"我和我的妻子，是出于某些原因才结的婚。"他向柳弈解释道，"她是我的学姐，比我大3岁。她原本是个不婚主义者，但因为家庭和工作的关系，需要塑造一个稳重可靠的已婚形象。刚好我也觉得这样的身份，能让我在日常生活中免除很多不必要的麻烦，所以就达成了协议，彼此给对方打掩护。但事实上，我们从来没有在一起生活过……"

"等等！等等！"柳弈举起手，制止了嬴川还没说完的话，"这都是你的家事，就没必要跟我细说了。"

他可不觉得就凭两人只不过第二次见面的交情，有哪一点值得嬴川向自己坦白这么隐私的事儿了。

"对不起，我有点儿自说自话了。"嬴川抱歉地笑了笑，"因为我总觉得和你一见如故，很投缘，所以忍不住就多说了一点儿。"

同一时间，戚山雨拿着个塑料物证袋，走进了法研所的法医科办公室。

"哎呀，戚警官，你又过来啦？"江晓原一抬头看到戚山雨，连忙站起身打招呼。

自从小江同学察觉到这位比他大不了两岁的小戚警官跟自家老板关系不错后，就对戚山雨格外热情友好。毕竟他还指着研究生毕业以后，能留在柳弈手下，待在法研所里安安稳稳地混资历到退休。于是，面对这位老板的好哥们儿，自然很有必要刷一刷"友善度"。

"嗯，黄子祥小叔的毛发和唾液样本，我给送过来了。"他扬了扬手里的物证袋，"柳主任要的。"

"哦！"江晓原回答，"老板他人在办公室呢，你直接过去就行。"

"不了。"戚山雨一副风尘仆仆、忙得不行的样子，"我还有事，只是顺道来一趟，你们按照程序直接签收就行。"

柳弈用审视的目光盯着赢川，问："我们只见过两次面吧？"

赢川闻言，眼中晦暗难明的光迅速一闪，稍纵即逝。

他含笑问道："你怎么肯定，我们只见过两次面？"

"难道不是吗？"

柳弈警惕地盯着赢川看了一阵，脑中飞快地搜索过往的记忆，确定自己在上周六的 X 大心理学讲座之前，应该是真不认识"赢川"这么一号人物的。不过谨慎起见，他还是反问了一句："我们以前见过？"

赢川没有回答，只是眼睛定定地留在柳弈的脸上，沉默了数秒之后，才轻轻地摇了摇头说："没有，我对你……大概只是所谓的'一见如故'吧。"

"……"

柳弈被赢川看得有些发毛，觉得这人的心思实在太难猜了，有时候甚至让他生出一种莫名的寒意来——非要形容的话，大约有点儿像是森林里的野生动物被捕猎者盯上以后，产生的那种源自本能的危机意识。

他实在不想和这个人再聊下去了。

"不管以前见没见过，我觉得这都不是什么很重要的事情。"柳弈摆了摆手，生硬地强行中断了这个话题，"而且，工作时间，不谈私事。"

"嗯，你说得对。工作时间，确实不应该聊私事。"他低头看了看手表，朝柳弈眨了眨眼睛，"不过，快到下班的点儿了，你刚刚答应我的午饭，还作数吗？"

12 点刚到，江晓原抱着自己的饭盒经过走廊的时候，刚好看到主任办公室的门打开，柳弈和赢川从里头出来。

江晓原机灵地凑上前去，问道："老板，中午要我帮你打饭吗？"

柳弈摇摇头："不用了，我和赢教授到外面去吃。"

"哦，这样。"江晓原想了想，又随口补充道，"对了，刚刚戚警官来过，带了黄子祥他小叔的毛发和唾液样本来，不过他似乎挺忙的，冯老师就代为签收了，我吃完饭就把它们交给实验室做比对。"

柳弈心中默默地咂舌，又瞅了瞅身边依然保持着笑容的赢川。

他心说小戚同志这家伙怎么这种时候就这么不靠谱呢，要是这会儿人没走，他就有借口说要去忙案件，直接把赢川给打发了。

没办法，答应了的午饭还是要请的。柳弈叹了一口气，交代自家学生等会儿好好盯着点儿，就领着赢教授离开了法研所。

戚山雨回到市局，一推开专案组办公室的门，就听到搭档安平东招呼他的声音，"回来得挺快嘛！"

戚山雨应了一声。

"茶水间里有吃的，自己去拿吧！"安平东正和另一个同事埋首在资料里面，头也不抬地喊了一嗓子。

戚山雨闻言，走进茶水间，果然看到料理台上放了几个塑料袋，里头装着包子、三明治和饭团一类方便人拿在手里吃的即食食品，这些也是他们平日里忙起来时的标准配置了。

他打开一个口袋，拿出两个包子。

食物送来已经有些时间了，包子摸上去已经有些凉了，戚山雨看着眼前"白白胖胖"的肉包，略略出了一会儿神。

然后他用力地摇了摇头，三两口啃完一个，拿着另外一个走出茶水间，凑到安平东身边。

"安哥，有新情况吗？"

"嗯，技术组有个大发现。"安平东回答，"他们检查了黄子祥家里的路由器，发现近期一共有两台机器的连接记录，一台是黄子祥的手机，另外一台，按型号推测，应该是一部手提电脑。"

"可是，我们当时并没有在黄子祥家里发现手提电脑。"

戚山雨脸上的表情顿时变得凝重起来。

像手机、电脑一类具有即时通信功能的东西，在任何刑事案件里面，都是第一时间被收缴与检查的重要物证，所以戚山雨很肯定，他们当时的确没在凶案现场发现死者还有什么手提电脑。

"这么说来，他的手提电脑是被凶手带走了？"

安平东用力地一点头："这个可能性很大，毕竟手提电脑比主机好搬多了。"

他指的是不久前和戚山雨办过的一个案子。当时一个首饰店的店员被杀，凶手是闯入店中偷盗的两名流氓，行凶者发现店里装了监控以后，担心行迹暴露，干脆直接就把连接着监控摄像头的电脑主机机箱偷走了。

"也就是说，凶手很可能是和死者用电脑联系的？"

戚山雨想了想说道："现在的交互平台那么多，如果死者的手提电脑被带走了，要找起来还真不是那么容易的事……"

"哦，说到这个……"安平东招招手，示意戚山雨过来看。

"技术组在'快脚直播'上找到黄子祥的直播账号了。"他说着，点开面前电脑里的一个网络收藏夹，调出了黄子祥的直播账号。

戚山雨看了一下，黄子祥的账号头像用了他本人的自拍照，只是经过严重的美图修容之后，一对眼睛大得不成比例，下巴更是尖得仿若锥子，配上一头浅茶色挑金的半长头发，完全就是一个 80 年代城乡接合部经典的杀马特造型，风格一言难尽。

他的直播账号关注人数并不多，最近一次直播时间是在 4 月 14 日晚上 9：30 左右，也就是被害的两天以前，观看的人数只有 1000 左右。与快脚这个平台的普遍数据相比，完全够不上"网红"的标准，只能算是个"糊咖"。

"那天的直播没有录像，看不了回放。"

安平东端起桌子上的杯子，喝了一大口里面的浓茶，说："只能顺着他的关注表一个一个排查，看看有没有人记得他最近在直播里说过什么了。"

戚山雨想了想，说："搞不好，嫌犯就在这个列表里也说不准。"

"哎呀小戚，如果真是这样，我们就要去烧高香了！"

旁边另一个刑警立刻回道："现在就怕人不在里面呢！"

如果死者和凶手的联系仅仅止于网络的话，在通信设备丢失、找不到确切联系记录的时候，要一个平台一个平台抽丝剥茧，仔细排查来自全国各地的千百网民，是一件非常非常艰难的事情。如果进展不顺利，一个案子拖上两三年绝对不是什么稀奇事儿，甚至还有就此拖成无头公案的。

戚山雨坐在安平东旁边，取过资料，开始一行一行认真阅读技术组刚刚传过来的数据。

他在脑中仔细地回忆着嬴川做的罪犯心理侧写——一个高大、英俊、充满魅力的男人，而且经济宽裕，能够随手送出价值 10 多万的贵重手表。加上现在发现黄子祥家里的手提电脑丢失，他可以想象，对方八成是通过网络与黄子祥联系，然后再用赠送贵重奢侈品的手段吸引死者，最后以约会之类的借口上门行凶。

从目前的线索看来，凶手似乎都能与嬴川的心理侧写对得上号。

4 月 25 日一大早，这个连环杀人案的第 3 名受害者出现了。

第 3 名死者名叫万丽幸，女性，24 岁，和第一个死者黄子祥一样，她的尸体是在自己的家里被发现的。

万丽幸的家位于鑫海的开发区，一栋九层高的老式楼梯房的一楼。

发现尸体的房子是1室1厅1厨1卫，建筑面积60平方米左右，目前在万丽幸名下，是死者去年才入手的二手房。

因为房子所在的小区2年前统一加装了电梯，而电梯井刚好挡住了这套房客厅的窗户，使客厅显得格外昏暗，房子的均价要比同一栋楼的其他房低上三成。

尸体的第一发现者是一个送水小哥。

和黄子祥的案子情况类似，水站在4月24日晚上接到了来自万丽幸手机号码的微信预约，要在25日早上给她家送两桶水。

然而25日当天，送水小哥比较忙，直到临近傍晚时，才把万丽幸的订单送到。

不过，这一回和黄子祥的情况有点儿不一样，送水小哥表示他并没有打万丽幸的电话，因为他发现万丽幸家的门并没有关严，在门缝那儿夹了一沓餐巾纸，他的手刚拍了一下，门板就自己向里侧打开了。

用送水小哥的话来说，门打开了以后，他以为是屋主特地给自己留的门，就站在门外高声喊了两嗓子，但并没有听到有人回答他，于是他就将门板整个推开，朝屋子里看一看。

当时屋里没有开灯，加上时近日落、客厅窗户被电梯井挡了大半的缘故，屋里很暗很暗，小哥只能隐约看到客厅正对大门的地板上好像躺着一个人。

离得近了，送水小哥才看清，那是一个倒在血泊里大概和自己差不多年纪的年轻女孩儿，身上没穿一缕布料，肚子被整个切开，露出里头乱七八糟的脏器，全身上下黏糊糊得跟一个血葫芦似的。

血淋淋的场景，差点儿没把小哥吓出心脏病来，双腿一软直接摔到地板上，然后手脚并用爬出房子，一边大喊杀人啦一边打了报警电话。

附近的居民很快被送水小哥的呼叫惊动，在警察赶到现场的10分钟里，已经有一拨又一拨的围观群众出入，把房子里的血迹踩得一团糟。不少好事者还擅自拍下了现场照片，没有经过任何马赛克处理就发到了朋友圈或者微博上面，引来哗然一片。

柳弈带着冯铃、江晓原和另外两个法医赶到出事单元楼下的时候，看到被警察驱散到隔离带之外依然锲而不舍举着手机猛拍的几十号吃瓜路人，已经隐约有种大事不妙的预感。

等他一进屋，低头看到满地大大小小、深深浅浅、重重叠叠的血脚印儿时，只觉得眼前一黑，差点儿没当场飙出句有辱斯文的脏话来。

"我……这现场到底是怎么保护的！"柳弈气得跳脚。

安平东黑沉着脸从房间里出来。两步之外，跟着同样表情凝重的戚山雨。他脚上穿着刑侦现场勘查鞋——这种鞋子的鞋底有明显的"GA"花纹，使其鞋印容易识别，不会和现场的其他脚印相混淆。

　　然而现在别说鞋底印着"GA"，就算印着"I am God"都没有任何用处了。这地板已经踩得一塌糊涂，从鞋印排查嫌犯这一条基本就废掉了。

　　而且，不仅是鞋印，在勘查上非常重要的血痕和指纹两项，也会因为大量无关人员进出现场而受到非常大的干扰。柳弈甚至可以打赌，他要是在门厅附近刷个指纹，绝对可以刷出几十个重叠在一起的新鲜印子来，连镀膜分离都分不清楚。

　　"我到屋里面看过了，情况没外面这块糟糕，不过也有好几对乱七八糟的血脚印，怕也是闲杂人员踩出来的。"

　　安平东烦躁地猛抓了一把头发，说："现在就怕有人浑水摸鱼，把屋子里的东西给顺走了，问题就大了。"

　　柳弈瞥了安平东一眼，又顺带捎了个眼神给旁边一言不发的戚山雨，凉飕飕地回答："现在说什么都晚了，我们尽力而为吧。"

　　他说着，带着冯铃等人走向躺在客厅正中的女尸。

　　似乎是为了让警方能够一眼就确定死者的身份，这一回凶手没有割坏被害人的脸孔，而是给她来了个真正的开膛破肚，将死者的腹部从正中切成两半，还将肠子从破口里掏了出来，像麻线团一样随意拖曳在尸体周围。

　　而死者的十根手指被齐根切断，不见踪影。

　　这时，对死者交友状况的初步调查结果也出来了。

　　死者万丽幸，在一家桑拿浴场工作，算是个兼职的应召女郎，在交际花圈里很有名气。她平日里性格开朗、作风大胆，并且有个响当当的别号，人称"百人斩"，常常游走于各个酒吧之中，集邮一般和每个她看得上眼的生面孔搭讪。

　　是的，这姑娘还曾经在酒吧里勾搭过喝醉的小戚警官，在酒里加料，被柳弈当场拆穿，把她的酒全给泼了。不过那会儿戚山雨已经喝得九分醉了，根本就没记住对方的脸。

　　"怎么，你认得死者吗？"

　　安平东没听清柳弈对戚山雨嘀咕了什么，只是敏锐地从他的表情观察出了端倪。

　　"嗯，算不得认识，就是知道有她这么一个人。"

　　柳弈倒没打算隐瞒，简单地朝安平东和戚山雨说了说万丽幸在各大酒吧中"百人斩"的名声。

　　"所以，凶手果然是盯着黄子祥和万丽幸这样……生活作风比较混乱的人来下手，对吧？"

　　安警官听柳弈说了万丽幸的交友情况之后，琢磨了一下措辞。

　　柳弈点点头，他同意安平东的观点。

　　"安哥，死者的手机没找着，还有，她房间里的电脑主机硬盘被人拆了。"技术组的两个警官从死者的房间里出来，边走边大声朝安平东说道，"另外，我们还在她的书桌抽屉里找到这个。"

一个警官上前，将一个黑色的小盒子递了过来。

安平东戴上手套，接过盒子打开一看，只见里面放着一块手表，表盘上一圈碎钻，被灯光一照，仿若嵌了圈日轮一般，足能闪瞎人眼。

"上回是劳力士，这次是欧米茄吗？"柳弈不禁咋舌。

"来，柳主任，帮我看看这是什么？"

安平东身为一个拿着一份绝对算不得丰厚的固定工资、还要养活一家老小的基层公务员，平日里是绝对不会把辛苦钱浪费在购买奢侈品上的。没需求自然也就没了解，他叫不出这块手表的牌子，也不清楚到底什么价位，不过他旁边就有个貌似懂行的，于是安平东从手表盒的夹层里摸出一张折叠起来的字条，递给柳弈。

柳弈接过字条，展开看了之后，回答道："这是某海外购物直邮网站的收据，上面打印的货品应该就是这块表……26500美元呢，差不多值18万元人民币了。"

"这凶手也真够有钱的！"

安平东寻思着他一整年不吃不喝都赚不来这一块手表的钱，顿时产生了严重的仇富心理，恨不得现在就把凶手揪出来，摁在地上饱以老拳。

"马上去调查万丽幸的包裹记录。"安平东想了想，又补充道，"还有黄子祥在死前收到的包裹。"

柳弈明白安平东想做什么，他问道："你们有办法从海外购物网站里面拿到客户的信息吗？"

安平东叹了一口气说："很难，要走很多程序，十天半个月都不一定能交涉下来。而且万一对方用的是一些白手套账户，就算拿到了详细的客户信息，要从付款账户这条线去找嫌犯，怕又是好一番折腾。"

如今这个世界金融诈骗和洗钱行业相当普及，在某些地区甚至都成产业链了。只要懂些门路，花上几百块钱就能买到一张完全跟本人信息不沾边的信用卡和与之配套的身份证件，凶手连十几万的手表都说送就送，花这些小钱自然不在话下。

用这些冒用身份的信用卡办理的业务，虽然不是不能查，但查起来相当耗时耗力。尤其是涉及境外资金流动的时候，往往需要别国金融机构配合，受到的侦查阻力也肯定要大上许多。

安警官抬眼看了看满地凌乱的血脚印，又想到现在肯定已经在网上传得沸沸扬扬的杀人剖腹现场照片，顿时一个头两个大。

这已经是第3名死者了。

照凶手这一周杀一人的进度，要是再放任凶嫌为所欲为，社会影响就实在太过恶劣了。来自舆论的口诛笔伐，如果能具象化的话，应该可以直接压垮他们市局的屋顶。

"和黄子祥的案子一样，万丽幸也是被人勒脖而死，然后再遭到辱尸和切腹的。"

柳弈指了指缠绕在万丽幸脖子上的绳索。

那是一条约莫一指宽的尼龙绳，看样子和款式，应该是晾衣服用的。

绳子在死者的脖子上绕了5圈，又在颈前打了4个成串的死结，深深地勒进了皮肤里面，其中一个绳圈还绕过死者的耳郭，把耳垂也勒了进去。

因为受害人已经死亡了约有一天，此时勒痕已经呈现出一种很深的紫红色，勒沟附近的皮肤也布满了针尖状的出血斑。

"这么看来，凶手两次都是在把人勒死之后，还在案发现场逗留了很长一段时间，将死者的尸体进行一番凌虐，还洋洋得意地预订了第二天的外卖或者送水，好让人发现他的'杰作'。"安平东恶狠狠地搓了一下牙花子，"这杀人犯的心理素质也是没谁了，真是够强悍的！"他单手握拳，在墙上砸了一下，感叹道："长得帅又有钱，还能冷静地杀人虐尸，某种意义上来说，这凶手也算个'人才'了！"

柳弈闻言，抬头看了看安平东，眼中有一丝锐光闪过。他的嘴唇轻轻动了动，用几近气音的音量喃喃说道："真的是这样吗？"

柳弈的声音放得太轻，无论是安平东，还是冯铃、江晓原等人，都压根儿没注意到他开口说话了，只有戚山雨听到了他的自言自语，侧头看了看柳弈，眉头皱起，仿佛也在思考他话里的疑问。

连续发生在鑫海市的三桩连环杀人案已经引起了民众的巨大恐慌，上头连夜将限时破案的军令状甩到了刑警大队大队长沈遵的桌子上。

于是沈遵再度陷入了暴怒状态之中，仿佛一头公牛被惹毛了，在专案组办公室里捶桌子踢椅子，把东西砸得咣咣直响，又将手下一群部属撵得满城乱跑，只恨不得警官们全都能生一对透视眼，只要看一眼就能将隐藏在全城2000多万人口中的凶手给揪出来。

戚山雨是在第二天清晨7：40赶到法研所的。

一小时前，冯铃给专案组办公室打了电话，告诉他们万丽幸的尸检结果已经出来了，随时可以来拿。于是刚刚从片区快递员那儿打印完单据的戚山雨就接到了搭档安平东的电话，让他顺路去法研所一趟，把尸检报告取回来。

戚山雨当然二话不说就过去了。

虽然还未到上班时间，但因为刚出了一个连环杀人的大案子，整个法研所几乎都要为此加班。戚山雨走进办公室的时候，看到里面坐了好些人，显然都是在加班的模样，不过他环视一周，并没看到柳弈的身影。

"哎，戚警官。"

江晓原从显微镜目镜里抬起头来，朝戚山雨招呼道："万丽幸的尸检结果老板拿走了，应该在他办公室里。"

于是戚山雨熟门熟路拐去了柳弈的主任办公室。

法医科的主任办公室门关着，戚山雨透过门板上的磨砂玻璃装饰窗，朝里头看了一眼。

沙发上蜷着一个人，似乎在睡觉。从身形上看，应该就是柳弈。

戚山雨迟疑了两秒要不要敲门，在还没决定之前，他的手已经握住门把手，往下一压。门没有锁，他轻而易举地就将门打开了。

躺在沙发上的果然就是柳弈。柳弈以侧躺的姿势蜷在沙发上，整个人都伸展不开，却依然睡得很香，看样子实在是太累了。

戚山雨有些不忍心，但还是出声喊醒了柳弈。

"柳哥，醒醒。"

柳弈皱了皱鼻子，迷迷糊糊地睁开眼，盯着戚山雨看了几秒，散乱的焦距才终于聚到了点上。

"哦，你来啦。"他一边嘟哝着一边爬起身，侧头看了看柜子上的座钟，"嗯——才睡了 20 分钟。"

"我来拿万丽幸的尸检报告。"戚山雨回答。

"哦，在这儿呢。"

柳弈将压在屁股下面的文件夹抽了出来。

两人于是在沙发上坐下，准备研究这份尸检报告。

这会儿柳弈精神不济，哪怕再穷讲究也没空摆弄什么好东西来待客了，就只冲了杯速溶咖啡，随便凑合一下。

戚山雨也是真的渴了，把一杯还有些烫口的咖啡咕咚咕咚一口气干了个底儿朝天。

柳弈也端起咖啡杯，喝了一口，正色问道："在我说我们这边的发现之前，能不能告诉我，目前警方的调查有什么进展？"

"我们找到了第 3 个死者万丽幸的几个朋友。"戚山雨回答，"根据他们的证词，万丽幸应该是在 3 天之前收到那块昂贵的镶钻手表的，当时万丽幸把手表戴到几人面前炫耀，说是刚认识的有钱帅哥送给她的。"

柳弈点点头："嗯，确实，收到这样的礼物，那是肯定要拿出去炫耀的。"

"不过，当万丽幸的朋友们问她，送礼物的人长什么样的时候，万丽幸却描述不出来，只说是在网上认识的，还没见过面。接着她的朋友们就起哄说，既然没见过，怎么知道那是个帅哥呢？"

戚山雨说着，看了看柳弈："然后万丽幸回答，就算长得不怎么样，身材够好的话，睡一觉她也不吃亏。"

"原来如此。"

柳弈歪头想了想："我猜，当时万丽幸应该从手机里翻出两张看不到脸的半身照，秀给他的朋友们看，对吧？"

戚山雨脸上露出惊讶的表情，完全没料到柳弈会猜得那么准。

"嗯，万丽幸让他们看了手机里面的两张照片，看背景应该是在健身房里的自拍照。画面中的男人看不到脸，但根据他们的形容，那人的身材非常健硕，肌肉锻炼得很壮实。"

柳弈轻轻"嗯"了一声，垂下视线，仿佛若有所思。

"另外，我还调查了黄子祥和万丽幸两人在死前两周收到的快递清单。"

戚山雨从挎包里拿出几份打印出来的单据，递给柳弈。

"他们两人都在死前两三天收到了某海外直邮购物网站寄送过来的国际快递。虽然还不能百分之百确定里头的货品到底是什么，但就目前的线索看来，很可能就是那两块名牌手表。"

戚山雨揉了揉眉心。

万丽幸的尸体是昨天傍晚被发现的。在柳弈通宵忙着解剖尸体的时候，戚山雨也忙着四处奔波，连夜寻找证人，同样一个晚上没有合眼，就算再年轻体健、精力充沛，跑了一整夜也是相当累人的。尤其是在动脑子的时候，严重缺觉外加低血糖的倦怠感更明显。

"所以，你们觉得，凶手是个怎么样的人呢？"

柳弈看着戚山雨疲劳的样子，心说刑警这一行真不是人干的活儿，然后又感叹其实当法医的也没好到哪里去，两人算是难兄难弟，谁也不说谁了。

"我们都觉得，嬴教授做的嫌犯人格侧写很准。"戚山雨回答道。

"高大、强壮，很有个人魅力，还非常有钱，通过网络与受害者取得联系，并且以赠送昂贵奢侈品的方式获得受害人的信任，然后上门行凶。而且，我们猜测，他为了方便作案，应该还有自己的车子。"

他顿了顿，又补充道："另外，凶手在杀害了黄子祥和万丽幸之后，还能长时间待在凶案现场，进行辱尸和毁尸，并且还准备了第二天让尸体被发现的手段。很明显这是一个冷静而且冷血的人，很享受犯罪过程，城府极深……"

柳弈紧接着补充道："所以，应该是个社会精英，对吗？"

"嗯。"戚山雨点点头，反问道，"你不这么想吗？"

柳弈不置可否地笑了笑，抬手指了指自己问："你觉得，我怎么样？"

戚山雨一愣，完全不知道柳弈这句没头没脑的提问，到底是怎么和前文联系在一起的。

"高大和强壮先不论，起码肩宽腿长，身材也还过得去，对吧？"柳弈笑着继续说道，"长得好、有钱，很有人格魅力，而且应该算得上成功人士，这几条通通都对得上，没错吧？"

戚山雨皱起眉，他有点儿闹不清楚柳弈到底想说些什么了。

确实，他们警方对凶手的侧写，差不多每一条都能套到柳主任身上，但不意味着，符合这个侧写的人就都是嫌犯啊。

"那么，假设我就是那个连环变态杀人犯……"

柳弈继续说道："如果我想要找个下手对象，有必要那么麻烦吗？"

戚山雨听了这话，顿时愣住了。

他明白了柳弈的意思。

确实，如果是柳弈本人想要找个被害人来下手的话，绝对是一件非常容易的事。

他根本不需要处心积虑地通过网络寻找和勾搭受害人，再通过海外网站邮购奢侈品等手段去获得信任。他只要随便找个目标，制造一场偶遇，以他的外貌条件和伶俐口才，保准用不着一小时，就可以直接登堂入室了。

以戚山雨所知的刑侦知识，一个连环杀人犯若想最有效地隐藏形迹，首选方法不是处处小心谨慎、设想周到，而是最大限度地增加随机性和减少存在感。

也就是说，首先，他们应该去选择那些和自己的日常生活毫无交集和共通点的受害人，使得刑侦人员在调查作案动机的时候，不会将注意力投注到他们身上。

其次，应该尽量减少和受害人接触的时间和频率——以这个案子为例，若凶手能够保证自己只要一次就能将受害人杀害，又为什么非要选择你来我往的方式和他们在网络上多次联系呢？

柳弈看戚山雨似乎听懂了，满意地点了点头说："先不论死去的女大学生李曼云，就单说黄子祥和万丽幸吧。从这两人的工作和生活习惯就能看出，他们都不是什么警惕性高的人，经常出入的场所也鱼龙混杂。凶手要在不被其他人注意到的情况下接近他们，似乎也不是那么难吧？"

他想了想，继续补充道："黄子祥我不太了解，不过，如果是万丽幸的话，以她交际花'百人斩'的名声，我只需要在她喝得醉醺醺离开酒吧的时候，假装打翻一杯酒到她身上，再指一指我的豪车，差不多就能将她约走了。"

戚山雨抬起头看了柳弈一眼。他是真的很想问一句"你怎么那么熟练"，不过还是瘪瘪嘴，忍住了。

"只是举例……举例。"柳弈将有点儿跑偏的话题拉回到重点上，"而且，我觉得吧，凶手选择受害人的时候，也不是非黄子祥或者万丽幸不可的。"

戚山雨"嗯"了一声。"这就像是钓鱼一般，垂钓者知道自己想要钓哪一种鱼，也会到某种鱼常常出没的水域下钩，还会选择它们喜欢吃的鱼饵，但钓上来的是这一条，又或者是另外一条都无所谓，是这个意思吗？"

柳弈点了点头："所以，在可以随机狩猎的情况下，他根本不需要采取这么迂回的方式去接近受害者。"

经柳弈这么一提醒，戚山雨倒是想到了一件事。"其实，有一个情况，我一直没有想通。"戚山雨说道，"是关于第二个被杀的女大学生李曼云的。"

听戚山雨提起死去的女大学生，柳弈露出了意外的表情。

因为李曼云的死亡现场是大雨夜中的露天小巷，尸体被雨淋水泡了不短的一段时间，留给法医的线索所剩无几。

柳弈除从尸体的伤口上确定作案的凶器与另两个案子相同，在凶手留下的雨衣的袖口翻折内侧采到半枚指纹之外，一直到现在，再没发现有用的线索。

在李曼云的案子上，他也倾向于同意赢川所做的行凶动机推断——与其他两个案子不同，凶手杀死李曼云是临时起意的，而且很可能正是死者在无意中说错什么话，惹怒了凶手，才会令她在惨遭杀害之后，尸体还被割舌豁口。

也正是因为李曼云的案子在某种意义上来说，符合了连环杀人案里最不好追查的一项——随机性，所以柳弈在研究凶手的心理侧写的时候，并没有把过多的注意力放在女大学生的这个案子上面，现在乍然听戚山雨提起，才会觉得有些出乎意料。

戚山雨拿出笔记本，翻出自己前些天问的口供记录要点。"我问过那天和李曼云一起参加联谊会的同学，让她们仔细地回忆了一下当日去过的每个地方，还有遇到过的所有陌生人。"他将笔记本递给柳弈，让他自己看。

柳弈接过笔记本，仔细地看了起来。

戚山雨的字写得很工整，字形偏瘦，一笔一画十分有力道，筋骨分明。

笔记里只是他整理的要点，写得并不详细，但逻辑清晰，线索都用箭头串起，还在每个关系人旁边标注了简单的身份信息，很好理解。

"原来如此，李曼云的两个女同学，那天几乎是和她一起行动的。她们下午从学校出发，坐公交车到一家连锁汉堡店联谊，然后再去KTV，最后一起坐公交车回家。直到校门口两个女孩子和死者分别为止，她们去的地方都是普通学生消费水准的场所，联谊会上遇到的男孩子们也都一一排查过，没有可疑……"

柳弈认真地琢磨了一会儿。

"我觉得，既然考虑凶手杀害李曼云很可能是出于冲动，那么他遇到死者有八九成的可能是在行凶的当日……所以，问题是，这几个女孩子，到底是在哪里遇到凶手的，对吧？"

戚山雨慎重地点了点头。

"我先前就觉得有点儿不太对劲，这些女孩儿出入的也不是什么高消费场所，如果凶手真是个有钱的精英人士，那么他们应该不会产生任何交集才对，自然也就不可能结仇了。"

戚山雨说完以后，看了看柳弈。他想到同样是个精英中的精英的柳大法医，有钱、有才、外貌满分，但偏偏常常半点儿不讲究，会跟自己啃同一个包子，坐在速食餐厅里吃刀削面。所以说，凡事无绝对，或许凶手跟柳弈一样不拘小节，是个会买十几万的名表送人，却喜欢光顾连锁汉堡店的异类呢。

不过，柳弈这回倒是没用自己作为参照物去比照凶手的行动，而是将手指抵在自己的下巴上，轻轻叩了叩，说："你说得确实很有道理……"

他将笔记本还给戚山雨，朝他笑了笑："好，现在该到我来说说我们的发现了。"

柳弈把一直被他丢到一边的文件夹拿起来，打开，从里面抽出一张照片，递给戚山雨："我们在万丽幸的口腔里发现了这个。"

戚山雨拿过照片，看到上面拍的是被开口器撑开的死者口腔内部，取景框里着重拍摄了呈现出深粉色的黏膜和牙床组织，上面还有两根细细的白线。

戚山雨疑惑地问："这是什么？"

"某种织物的纤维，棉质的，手帕或者毛巾之类。"柳弈回答道，"关键是，我们从这两根线上检测出了氟烷的成分。"

戚山雨低低地"啊"了一声，"跟黄子祥的一样。"

柳弈点了点头："这就是我觉得违和的地方了。"

小戚警官显然没能理解柳弈的意思，敛了敛眉，露出了疑惑的表情。

柳弈又从文件夹里抽出一张照片，搁到戚山雨面前。

当法医的，向来秉承有图有真相的原则，连跟戚山雨讲解案情，他也习惯拿出照片来，让对方可以边看边听。

柳弈拿出来的第二张照片，是万丽幸的颈部绳圈特写。

相机以正面仰角拍到了万丽幸的下巴和脖子，细细的晾衣绳在她纤细的脖子上缠了 5 圈，绳圈绑得极紧，深深地陷入了颈部皮肤之中。绳结虽然是最普通的交叉结，但一连系了 4 个，像穗子一样耷拉在死者脖子的左前侧方。

"凶手在行凶之前，大约已经先用氟烷将万丽幸给迷昏过去了。照理说，被害人当时应该已经不会再做任何抵抗。"

柳弈指了指死者的口腔黏膜的照片。

"但是，即便是对毫无还手之力的人，凶手依然在万丽幸的脖子上勒了整整 5 圈绳结，又打了 4 个死结，而且还有 1 圈绳子甚至将死者的耳垂和部分下巴皮肤勒了进去……根据我的经验，会将衣领、下颌也勒进绳圈里的绞杀行为，通常只会出现在凶手匆匆下手的时候。"

他顿了顿，看向戚山雨："我觉得，这不代表凶手残忍，而代表慌乱。"

戚山雨盯着那张照片，陷入了思考之中。

在柳弈提出这个词之前，戚山雨根本没往这个方向去想。但是，就像是一道堤坝，只要某处有了缺口，被洪水一冲就会迅速崩塌，他也很快注意到了，这一系列凶案之中，凶手与侧写之间的相悖之处。

先不论那已经白骨化的尸体，就最近的三桩案件来说，黄子祥已经算是其中最高最壮的，他身高173厘米，体重65公斤，而李曼云是一个很娇小的姑娘，身高157厘米，体重43公斤；至于万丽幸，则是身高168厘米，体重48公斤。他们这样的身板儿，若遭到一个高壮男人的袭击，最多只能在死前挣扎两下，想要逃脱，几乎是不可能的。

由此可以看出，凶手选择的下手目标，都是能让他在身高和体型上占据压倒性优势的孱弱对象。

"在受害人失去反抗能力的情况下，凶手依然要匆忙将他们勒死。"

柳弈指了指自己的脖子，比了个绞勒的手势。

"这说明，他甚至不了解他用的麻醉剂的药效。他害怕受害人醒来，所以急着将人杀死，并且在受害人彻底死亡之后，才有胆量去辱尸和毁尸……我觉得这个杀人凶手，并不像大家所猜测的那样足够冷酷和游刃有余。"

他朝戚山雨笑了笑。

"所以说，就像很多人都喜欢在网上装高富帅一样，凶手现在给我们留下的心理侧写印象，很可能都是刻意制造出来的，用以干扰调查的人设而已。"

柳弈将两张照片重新夹回尸检报告里面，又将报告重新装回文件夹里，封好口子，递给戚山雨。"我要说的大概就是这些了，当然，这些都是个人想法，你们权当参考吧。"

"好的，我知道了。"戚山雨接过文件夹，朝柳弈点了点头表示谢意，然后站起身，准备离开。

柳弈笑了笑："你等会儿还要忙吧？"

"嗯。"戚山雨点点头。

"万丽幸所在小区的防盗监控这几天刚好坏了，我等会要去交警那边一趟，调取附近的交通摄像头记录。"

柳弈想了想，叮嘱道："记得好好吃饭，还有抓紧时间休息一下。"

柳弈回到法医科办公室，坐在电脑前忙活了一整天的江晓原抬起头，道："老板啊，刚才影像科来电话，说那具无名白骨的面部建模已经做出来了，让您有空去看看！"

计算机辅助颅面复原技术，是法医学个体识别领域近些年来的一门前沿性课题。

所谓颅面复原，是指根据人体头面部软组织及五官的形态特征与颅骨形态特征间的关系，重建颅骨生前面貌形象的技术，在法医人类学的领域中，主要应用于白骨化的无名尸的身源查找工作。

这门技术在各种以法医和刑侦为题材的影视作品里都非常常见，仿佛每一位法医都是雕刻高手，在颅骨上戳上十几、二十根定标用的小棍子，然后啪啪啪拍上黏土，揉揉捏捏，就能重塑出一个和死者生前起码九分相似的人头来。

可是在实际中，这项技术被称为前沿的原因，除了它理念较为先进，还有许多不完善和争议之处。

在以前还比较流行手工捏模的时候，由于眼耳口鼻等软组织结构具有多变性，非常依赖诸位法医"艺术家"的个人判断和经验，所以捏出的脸难免过于主观。

美国在 10 多年前就曾经做过对比试验，让业界久负盛名的两位法医以相同的头骨为模板，用同样的骨点定标方式进行重建，结果却复原出了差异相当大的两张脸来。

现在虽然有了计算机辅助三维重建技术，我国还有一套属于自己的数据库，只要使用同样的头骨数据和同一个资料平台，就会得出同一张基于平均数据下产生的标准化面孔。

可这套系统虽然摆脱了个人技术的影响，但毕竟是理想状态下的"标准脸"，而真人往往会因为遗传、年龄、胖瘦或生长环境等因素，长得并不那么"标准"。所以经过统计，复原图和真人的符合率，至今也依然只有 60% ~ 70%。

所以法医人类学里有个半是打趣、半是调侃的说法——数据库最适合那些"长相平平"的骨架子。

不过，即便这项技术还有这样那样的缺陷，但在发现一具无名白骨且没有头绪的时候，法医们往往都会本着"不妨试试"的心态，做一个颅面复原，看能不能借此找到更多的线索。

柳弈听江晓原说那具在影视基地发现的断指无名白骨已经做出了颅面复原图，立刻来了兴趣。

"好，我现在就去看看。"

说完，他手臂一伸，搭上江晓原的肩膀，拖着自家小徒弟，就往楼下影像科去了。

柳弈在影像科的电脑屏幕里看到的颅面复原图，果然是一张相当普通的青年男性的面容。男子的眉骨有些高，单眼皮，圆鼻头，脸颊瘦削，从侧面看，下颌略朝外凸，算不得英俊，但也不难看，属于丢进人堆中多半就找不见人的类型。

虽然江晓原指着屏幕里的三维复原图，总觉得有点儿莫名眼熟，但柳弈问他在哪里见过的时候，他又哼哧了半天，死活想不起来，最后只能不了了之。

柳弈这日跟只陀螺一样，在法研所里忙忙碌碌地转了一整天，到下班时间已经累得什么也不想干了，一门心思只盼着能有个平坦柔软的地方，让他一睡不起。

临近 6 点时，他收拾收拾，就准备回家补觉去了。

就在这时，他的手机响了起来。

他拿起来一看，只见上头显示的名字是"Michael"。

"喂？"柳弈接通了电话。

听筒里传来了损友薛浩凡的声音。

“哎，柳哥啊，今晚有空吗，出来吃饭啊？”对方开门见山地邀约道。

柳弈眯起了眼睛说：“不去。”毕竟以他跟薛浩凡的熟识程度，大可不必来迂回婉转的那一套了，“我这几天忙得要死，缺觉呢，不想浪费时间。”

薛浩凡在电话那头直跳脚：“跟我吃顿饭怎么就浪费你时间了？！就连个把小时都抽不出吗，我都到你单位附近了！”

柳弈轻轻哼笑一声。

以他对薛浩凡的了解，若真只是闲得无聊找他陪吃饭，听到他如此干脆的拒绝之后，就该挂电话了。但薛浩凡这时哼哼唧唧地开始耍赖，怕是还有下情要说。

果然，薛浩凡犹豫了片刻，还是悻悻地开口道：“柳哥啊，问你个事儿呗……”

他顿了顿说：“就市里最近那几桩连环杀人案，我们那边有传言，说是针对……”

薛浩凡的话说得含蓄，但柳弈听懂了。

其实，因为在黄子祥和万丽幸两名死者的中间还夹了个女大学生李曼云，加上绝大部分的案情细节都被严密地保护起来，舆论风向多误以为这只是一系列单纯的变态杀人案，还没往针对某些特殊行业的犯罪行为方向上去想。只不过薛浩凡毕竟是民营报社的社会版记者，本就有那么一点儿线人爆料的来源，加上身为新闻人特有的敏锐直觉，能猜到真相，似乎也不是什么不可思议的事情。

“柳哥啊，网上流出的那具开膛破肚的女尸，我们那儿有线人认出来了，好像是一个交际圈里很有名的‘百人斩’吧？常常跟各种帅哥约会。”

薛浩凡生怕柳弈随便掰个理由搪塞他，一口气接着说道：“还有上周的那位，我私下里调查了一下，私生活乱得很。”说到这里，他顿了顿，压低声音：“我寻思着这绝对不是凑巧，对吧？”

柳弈犹豫了一会儿。

确实，这个案子的嫌犯选择受害人的倾向很明显，就是将交友混乱、私生活不检点的年轻男女作为猎杀对象。

关于这一类特定群体的连环杀人案，一直都有很高的讨论度和关注度，若真确定了受害者的身份，社会舆论肯定会炸锅的，因此，在真相水落石出前，柳弈还是希望自己这位记者朋友能帮忙压一压消息。

“喏，你可别让我犯原则性错误啊。”

柳弈用这么一个隐晦的回答，变相肯定了薛浩凡的猜测。

薛浩凡果然听懂了柳弈的暗示，“嘶”的一声，倒抽了一口凉气。

他低低地诅咒了一句，忍不住追问道：“那变态是怎么选目标的啊？”

“你别瞎打听。”

柳弈想了想，还是叮嘱了一句：“总之，出门在外的时候，当心别收陌生人的贵重礼物，不该胡说的记得压一下，知道吗？”

话都已经说到了这个份上，薛浩凡想要了解的信息都已经了解得差不多了。

他在连连应承自己一定听话，并且保证不会在报纸上瞎写什么东西之后，才终于心满意足地挂断了电话，不再提晚上约柳弈吃饭的事儿。

那之后的几天，因为搜查和走访的范围已经扩大到了鑫海市的周边地区，戚山雨都在出短差，一直没空跟柳弈详细交流案情。

一直等到周六傍晚，戚山雨才总算有空回了一趟家，给亲妹子做了一顿晚饭之后，又带着特地多留出来的饭菜，匆匆赶去法研所。

柳弈这日加班之后没有回家，特地在办公室里等他。

两人在沙发上面对面坐下，先就着戚山雨带来的饭菜，解决了晚饭问题，收拾收拾，然后开始讨论案情。

戚山雨从包里摸出了笔记本，从里面抽出一张小小的照片，递给茶几对面的人看。

柳弈接过照片，仔细地看了起来。是一张两寸大的彩色证件照，白边的部分有些发黄，背面还带着双面胶与纸屑的痕迹，似乎是从什么文件上直接撕下来的。

照片中是一个陌生的男人，年纪看上去约20多岁，皮肤偏黑，五官尚算端正，称得上是个普通程度的帅哥，但没有什么很强的个人特色。柳弈左右看了许久，确定自己对这张脸完全没有一丝印象。

柳弈问道："这人是谁？"

戚山雨回答："我们怀疑，照片里的这个人，就是那具无名白骨。"

自从法研所的尸检结果确定东城郊影视基地里发现的无名白骨头上的刀伤，与最近发生的三桩连环杀人案应该是同样的凶器之后，调查寻找白骨身源的任务，也被一并归到了专案组里。

戚山雨所在的小组，花了整整一个星期的时间，像过筛子一样，将鑫海市及周边地区5到8年之前失踪的男性青年名单一个个排查了一遍，才终于在几小时前，将最大的可能性锁定在了这张照片里的男人身上。

"他叫郁学义，是一个足球运动员。"

柳弈闻言，眼光一闪，重复了一遍："你是说，足球运动员？"

他当然没有忘记不久前检查那具无名白骨时的发现。

当时柳弈在尸骨的髌骨、胫骨和踝骨上一共发现了3处骨折或者手术的痕迹，他还对自己的学生江晓原说过，身上带着如此多典型运动伤的人，十有八九是个运动员，而且从事的很可能是以下肢为主的运动项目。

"对，你看这个。"

戚山雨点开手机网页，输入"郁学义"作为关键词搜索。他点进搜索结果的其中一条链接里，让柳弈看上头的一篇体育新闻。

　　柳弈接过手机，先扫了一眼网页的发布时间，那已经是 9 年前了。新闻的大致内容，说的是某甲级联赛球队球员郁学义，在练习赛时跌倒造成右侧膝关节交叉韧带断裂及髌骨骨折，伤情较重，很可能缺席接下来整个赛季的比赛云云。网页顶部还附带了一张球员的比赛照片。

　　与戚山雨给他看的证件照不同，照片里取的是郁学义仰角 45 度的脸，能让人清楚地看到，他有个凸出的下巴，无论是外凸的轮廓还是弧度，都和白骨的头骨颅面三维复原图的侧面照十分相似。

　　柳弈顿时就明白了，为什么当江晓原看到复原图时，会觉得有些眼熟了。

　　因为他的徒弟是个铁杆球迷，数十年如一日地一边骂一边支持着连地区赛都无法出线的国家男足——如果白骨生前真的曾经是个华甲球员的话，江晓原会对他那相当具有辨识度的下巴存有模糊印象，就很正常了。

　　"这位名叫郁学义的球员，身高 178 厘米，失踪时刚好 30 岁。他曾经在国内两支甲级联赛球队里效力，在 20×× 年 2 月，也就是八年前因伤退役，4 月受聘于隔壁 H 市某青少年足球俱乐部，任职助理教练。可暑假过后，他却没有再回去上班，俱乐部因为无法联系上他，于同年 9 月以失联报警……"

　　戚山雨翻开笔记本，将他们的发现归纳以后告诉柳弈。

　　"等等。"柳弈抬了抬手，打断戚山雨的陈述，"你是说，报警的是俱乐部？"

　　"嗯。"戚山雨点点头说，"郁学义的父母当年都已经过世，他也没别的直系亲属，老家远在 A 省，而且已经多年没有回去过。关系远一些的亲戚和他算是断了联系，根本不清楚他的行踪。"

　　"原来如此。"柳弈的手指在桌子上轻轻地敲了敲，"这样的人即使失踪了，也很难被人察觉吧。如果不是俱乐部替他报警了，怕即使到今时今日，也根本没有人知道他可能遇害了。"

　　"确实是这样。"戚山雨回答，"我们按照郁学义 8 年前留在俱乐部的地址，找到了他当年在 H 市租住的公寓的房东。那位女房东依稀记得，当时有个自称是郁学义的表弟还是什么亲戚的年轻人，拿着房子的钥匙来还给她，说他哥要到别的城市工作，房子不续租了。等她在合约到期时回房子一看，人已经搬走了。"

　　"那房东收回房子的时候，有没有注意到房间有什么异常？"柳弈想了想，"比如墙角、沙发、浴室等地方带有血迹什么的。"

　　"没有。"戚山雨摇了摇头，"我们询问房东的时候，她说时间隔了太久，细节已经记不清了，但如果发现了血迹之类的东西，她肯定会注意到的。而且，她也描述不出当年还钥匙的人的长相了，只隐约记得应该是个挺年轻的男人。"

　　柳弈敛眉，喃喃说道："嗯，如果当年还只是个年轻小伙的话，过了 8 年，现在应该正值身强力壮，确实和凶手的侧写相吻合……"

"我们已经仔细查过了。"戚山雨继续说道，"郁学义这几年来，没有使用他自己的证件买过车票、机票，没有住过酒店，没有缴纳过医保、社保和税金，连他账户上的钱也没有动用过。老家的亲戚也说已经很久没有和他联系了，整个人完全就跟人间蒸发了一样。"

其实，话说到这里，几乎就已经可以肯定，那具白骨的身份，九成九就是这个失踪多年的郁学义了。

毕竟一个人生活在现代社会里，不可能不动用身份证明。像这样许多年没有动静的，要么是个逃犯改头换面，另套了一个假身份，要么就是早就不在人世了。

戚山雨又加了一句："我们的人已经到郁学义的老家去取他亲戚的 DNA 样本了，明天应该就能送来给你们。"

柳弈微微颔首，表示自己知道了。

即便已经死亡多年，躯体化成白骨，也很难再找到遗物，但只要还有与死者具有血缘关系的亲戚在世上，就能通过 DNA 的亲缘关系推定出死者的身份。

"总之，如果真能确定白骨的身份，我有预感，案情一定会有很大的进展。"

柳弈站起身，长长地伸了个懒腰。

戚山雨抬起头，看向柳大法医。

柳弈朝他笑了笑："我觉得，那具白骨才是一切的开始。"

戚山雨蹙起眉，有些疑惑地重复了一次"开始"这个词，又追问道："为什么？"

柳弈略略思考了一下解释道："如果当年杀死郁学义的凶手和最近的三起连环杀人案的凶手是同一个人，那么，他很可能是因为藏了多年的尸体被发现，才起了再作案的念头……可以说，这具白骨是契机。"

他想了想，又补充道："如果真是那样的话，要调查凶手犯罪的动机，就应该从郁学义身上入手，而只要搞清楚了这一点，凶手的真正身份，也就呼之欲出了。"

两人正说着话，柳弈搁在茶几上的手机，忽然响了起来。

他拿起手机一看，屏幕上是明晃晃的一个英文名"Michael"。

柳弈心说这家伙不会闲来无事，又要约他出门喝酒闲聊瞎扯吧？他这段时间忙得头发都掉一把了，实在没这个时间，更何况，他现在还跟戚山雨讨论案情呢。于是柳弈挂断了电话。

这一次，薛浩凡却一秒没有犹豫，立刻锲而不舍地又把电话拨了过来。

这反应就有点儿不太对了，柳弈连忙按下了接听键，开门见山地问道："什么事？"

薛浩凡果然不是来跟他聊天的，立马拿出他社会版金牌记者的专业素养，倒豆子似的巴拉巴拉说道："我现在在酒吧里，旁边坐了几个小年轻！"他咬字清晰，迅速概括出要点："我听到他们聊天，其中一个小丫头跟朋友炫耀说，自己最近收到爱慕者送的一块名牌手表，可她朋友追问她那爱慕者长什么样的时候，她回答说还没见过！"

薛浩凡顿了顿，说："我听着这情况，是不是……有点儿像啊？"

柳弈听完好友的叙述，表情立刻严肃了起来，一迭声追问道："你现在在哪个酒吧？那女孩儿还在吗？"

"在的，在的。"薛浩凡连忙报了个地址，"我帮你守着，你赶紧过来啊！"

酒吧在鑫海的开发区，离法研所有段距离，不过他还是立刻回答："行，一小时，我们马上赶过来。"

"咦，我们？你身边现在还有别人？"

薛浩凡听到了复数人称，不由得有些好奇，忍不住追问道。

不过柳弈根本没心情跟他说这些废话，叮嘱他帮忙盯紧一些之后，挂断电话，对戚山雨说道："第4个受害人很可能出现了，我们要赶在凶手动手之前，把人拦下来！"

然后，他飞快地将薛浩凡告诉他的情报复述了一遍。

两人一路小跑下了楼，直奔停车场，戚山雨还一边跑一边给搭档安平东打了电话，告知对方自己这边的发现。

安平东在电话那头狠狠地拍了桌子，连声大喊："小戚，你无论如何也要把人拦下来，我们马上过去！"

5分钟后，柳弈的香槟色宝马7系驶出了停车场，直接上了环城高速，朝着开发区的紫调酒吧疾驰而去。

柳弈负责开车，而戚山雨坐在副驾驶座上，一刻不停地打电话。

根据凶手既往的套路，他应该是从网络上物色目标，专门选择那些独居、爱玩又缺乏警惕心的年轻人下手，然后通过赠送昂贵奢侈品套近乎，时机成熟的时候，再上门杀人毁尸。

如果他们能找到凶手的下一个行凶目标，那么在严密保护目标的同时，还可以来个诱敌上钩，把至今真身未明的凶手引出来，直接逮个现行。

可此事的难度在于，目前没有任何人可以担保，凶手在下手之前，和死者的接触仅仅限于网络。万一杀人犯还会监视目标的日常生活，一旦他发现目标被警方盯上，那么之后的一切布置，可就都要打水漂了。而且凶手还可能就此蛰伏，抹除此前一切活动的痕迹，隐匿到茫茫人海之中，而这恰恰是他们最害怕看到的发展。

所以沈遵听过戚山雨的情况汇报，很快下了指示，让他们与目标接触的时候，一定要足够隐秘，必要时甚至可以使用追踪和窃听的手段进行监控，与此同时，还要严密注意附近有没有可疑人员出没。

"安哥他们也在往酒吧那边赶，大概会比我们慢一点儿。"戚山雨挂断电话，看了看手机上显示的导航路线，说道。

"那家紫调酒吧，我以前也听过。"柳弈手握方向盘，经过路口时，顺着车流拐入了下高速的右车道。"那家酒吧在我们市里还挺有名气，经常会在周末举行一些主题酒会，很多年轻人都喜欢在那里过周末。"他借着等红灯转绿的间隙看了戚山雨一眼，补充道："我可没去过，只是听朋友谈起过而已。"

只是戚山雨现在满脑子都是这桩连环杀人案，只分出一只耳朵在听柳弈说话，根本没注意到他的言外之意。

开发区的楼价相对较低，紫调酒吧的老板财大气粗，包下了一栋小型商场的整整一层楼，霓虹招牌做得很大很亮，在百米外的街口就能一眼望见。

柳弈将车子驶入商场所在的地下停车场，又绕到前门，进了酒吧。

大约是为了呼应酒吧的名字，酒吧内的装潢做得十分迷幻，每一盏壁灯配了淡紫色的琉璃灯罩，令整个酒吧都笼罩在一层浅浅的紫蓝色光照中，再配合墙面的水波纹投影，戚山雨和柳弈走进去时，骤然产生了一种自己正在水底下行走的错觉。

酒吧里放着节奏明快的舞曲，里面人很多，三三两两聚拢成群，喝酒聊天甚至还有一些抽着可疑的烟卷。衣着性感的侍应生，用托盘端着各色鸡尾酒来回梭巡，向每个客人推销。

酒吧中心的舞池里，挤了20多个热舞的年轻人，随着舞曲的鼓点正扭得起劲儿，每当做出一些特别火辣的动作，总能引发围观群众此起彼伏的喝彩和口哨声。

今晚的酒会应该是假面之类的主题，两人注意到现场有半数以上的人都戴着五颜六色的面具，不少造型还颇为夸张——羽毛缎带彩绘的巨大面具搭配亮片马甲与破洞牛仔裙，品味要多奇怪有多奇怪。

柳弈不算矮，戚山雨的身材更是南方地区少见的高大挺拔，加上他们没有戴面具，长相又俊美异常，当他们穿过人群的时候，简直有种鹤立鸡群的效果，仿若自带追光灯，走到哪儿都引起周围人的注目。

"烦死了！"拒绝掉第四个拦路搭讪的人，柳弈都快要暴躁了，"这些人是不是视力有问题，看我们俩的表情，像是来找乐子的吗？"

戚山雨抿紧嘴唇，伸手挡开一只想要乱摸的咸猪手，黑着脸护着柳弈挤过喧闹的舞池区域，往酒吧深处的卡座区走去。

根据薛浩凡的说法，连环杀人案的凶手的下一个目标就在那儿。

卡座区域比闹哄哄的吧台和舞池相对安静一些，但也几乎看不到空位，浓重的香烟、酒水和古龙水味混杂在一起，汇聚成一股说不出的混浊而诡异的味道。

柳弈皱着眉头四处看了看，终于在角落里看到探头探脑的损友薛浩凡。

薛浩凡也很快注意到了人堆里分外高挑俊美的两人，连连朝他们招手，一边招呼他们过来，一边还用手指指点着相邻卡座里的几个年轻人，那意思十分明显——收了

第六章　沉默的羔羊

手表的小姑娘，就在他旁边的几人之中。

"Michael……"

他拉着戚山雨的胳膊，朝薛浩凡的方向走去。

可就在这时，薛浩凡刚才指点的卡座上，忽然站起来一个年轻姑娘，一把拽下自己脸上戴着的猫女面具，瞪大双眼，表情震惊地盯着他们："柳主任……表哥？"

柳弈和戚山雨双双停住了脚步。

他们全然没有想到，竟然会在这种时候、这个地方碰到了熟人，而且这熟人偏偏还是戚山雨的表妹、柳弈名义上的学生——李瑾。

"你们怎么会在这……这里？"

李瑾看到两人一起出现，显然比他们还要更加惊讶、混乱。

戚山雨也绷不住脸色了，问道："你怎么会在这里？"

他是万万没有想到，李瑾这个小丫头，竟然会穿一身吊带裙、小热裤，跟一群一看就没个正经的男男女女混在一起，大晚上的来酒吧抽烟喝酒。

李瑾的视线在柳弈和戚山雨身上转了一圈，脸色由红转白，又由白转青，随即爆发了："滚开，你别管我！"

在学校里，她一直是漂亮清纯、活泼聪慧的女神形象，其实只有她自己知道，她生性嗜好享乐，喜欢热闹、刺激和众星捧月的感觉，抽烟喝酒样样都会，还在校外交了一众狐朋狗友，隔三岔五就去泡吧"长长见识"。

这次李瑾收了一个追求对象送的手表，还约在这里见面，所以她才会和这些朋友一起来，想要在他们面前炫耀自己新的追求者。只是她完全没料到，自己这放浪不堪的一面不光让戚山雨发现了，还被暗恋对象撞了个正着。

也不知是不是恼羞成怒，李瑾跳起来，就要去撕戚山雨的衣襟："你这个混蛋，自己不是也来酒吧玩吗？还带着柳主任，是打算干什么呢？"

戚山雨从来没见过表妹这完全不讲道理张口就歪曲事实的泼辣样儿，一时间竟然不知如何回答。

柳弈则睁大眼睛，连劝架都忘了。

其实他早就套问过戚山雨和李瑾的关系，在得知两人其实是表兄妹之后，就对这俩吵架的小孩子失去了兴趣。

这会儿看李瑾如此激动，只觉得一头雾水，一边感叹这丫头本性竟然是这样的，一边又觉得颇为可笑，觉着这一串串污言秽语从一个女孩儿口中说出来，实在不堪，令人惋惜。

"哎哎哎，等等等等，是不是有什么误会？"

眼见着情况发展越来越不像话了，而且已经引来了不少人围观注意，薛浩凡连忙一个闪身，插进了争端之中。

他虽然是个热爱美少女手办的宅男，战斗力弱到打不赢一只鹅，但身高体格放在那儿，伸手一拉一拽，就将李瑾从戚山雨身上给撕了下来。

"有话好好说，别急别急！"

说着，薛浩凡凑近柳弈，飞快地丢了个眼色，朝李瑾抬了抬下巴："我说的小丫头，就是她。"

柳弈飞快地扫了一眼，果然看到李瑾的左腕上套了一块云母表盘的精致手表，目测价值超 10 万元，绝对不是她这个年纪的小女生买得起的。

柳弈连忙示意戚山雨看李瑾的手，并且低声说道："不要在这里闹起来，先把李瑾带出去再说。"

戚山雨点了点头："好，我知道了。"

可惜柳弈和戚山雨凑近了说悄悄话的举动，在已经气红了眼的李瑾看来，简直就是火上浇油，让她本来就没剩多少的理智一下子烧了个精光。

她顺手从旁边的桌子上抄起一个大啤酒杯，把满满一杯扎啤往戚山雨身上泼过去。柳弈见状，连忙侧过身，用自己的身体挡住了泼过来的酒。只是李瑾在盛怒之下的准头实在有点儿糟糕，杯里的酒除一小半洒在了柳弈身上之外，大半都泼到了附近一个卡座的客人身上。

正巧里头坐的也是几个暴脾气的年轻人，原本他们看戏看得正开心，刚点的酒不但没喝两口就被人泼了，而且还大多洒到了他们身上，顿时就不干了，唰啦啦一起站起来，一起逼视李瑾。

若是正常人，被四个人怒瞪，就该立刻服个软道个歉，小事化了。可惜李瑾正在气头上，说话做事全然没有过脑子，竟然直接把空了的玻璃杯往几人脚下一扔，喊道："怎么着！没看过吵架吗？！"

玻璃杯摔成两瓣儿，碎末乱飞。

无辜受到牵连的客人们直接被惹怒了，撸袖子就要过来把挑事的李瑾打一顿。

戚山雨眼看着情况要糟，也不能不出手了，急忙把李瑾往身后护。

原本和李瑾一起来的几个朋友，也匆忙上前帮忙拉架。

周围的客人见有热闹可看，纷纷围拢过来，起哄的、叫好的、催促的声音混杂在一起，场面顿时变得混乱无比。

而刚好赶到的安平东与另外一个便衣警官，正艰难地挤开人群，试图往他们这边靠。

"柳哥，你到旁边去！"戚山雨一手抓住疯狂挣扎厮打的李瑾，一手挡开一尾满头啤酒的"池鱼"。毕竟柳弈是个文职人员，跟他们这些皮糙肉厚的刑警不同，万一在混乱中被伤着了，他非得内疚死。

"好，我在停车的地方等你。"柳弈自知这种场合，自己确实帮不上什么忙，于是凑到戚山雨耳边，压低声音，飞快地说道："尽快把李瑾带出来！"

作为吵架中心人物之一，柳弈挤出人群的时候，还有许多好事者起哄、围观。

他无视掉耳边传来的第一百八十次搭讪，黑着脸穿过酒吧，来到了电梯间。

他抬头看了一眼电梯显示屏，两台电梯都刚好停在了很高的楼层，他也懒得再等，推开一旁通往安全梯的小门，步行走下楼去。

紫调酒吧所在商场的地下停车场设计得相当宽敞，上下两层，有近100个车位。柳弈和戚山雨来得比较晚，他们到达的时候，第一层已经停满了，于是柳弈把他的爱车停在了第二层。

他边走边用纸巾擦着身上的啤酒渍，一边默默地在心中劝说自己不要跟李瑾那个乳臭未干的小丫头较真，一边忍不住吐槽戚山雨这糟心的亲戚缘，从父母到表亲，全都不让他省心。

只是，柳弈没有注意到，就在他穿过地下停车场的时候，还有另外一个人，一直悄悄地跟在他的身后。

那是一个身材高大的男人，穿着一身靛蓝色的工衣，胸前还挂着一张工作证。

男人的年纪其实不大，但大约是长年苦着脸的缘故，额头、眉心都出现了无法消去的褶皱，嘴角的法令纹也十分鲜明，让他的长相显得要比他的实际年龄大十几岁。

他习惯性地佝偻着肩背，尽量减少自己的存在感，好像一个刚刚结束了工作的普通检修人员，默默地在距离柳弈10米之外尾随。男人脚下穿的是一双软底帆布鞋，让他的跟踪行动做到悄无声息。

他的导师告诉他，现在警方已经渐渐摸到了他的行动模式，而且正在用他们自己的方式，越过他精心布下的烟幕弹，随时都可能察觉到他的真实身份，将他逮捕归案。

导师还说，如果他不想如同8年前那样就此罢手，撤开辛苦布置到今天的所有线头，重新将自己隐藏起来的话，那么他的下一次行动，很可能就是最后一次展现自我的机会了。

可是，男人清楚地知道，就算不被抓住，他也不会再有下一个8年了。

他体验过鲜血和死亡的极度刺激，觉得自己是执掌生死的神祇，他用最严酷的刑罚惩处了那些罪有应得的人，在血肉和残虐中达到了顶峰。在经历过这一切之后，他已经无法接受自己像一件垃圾一样，孤独而可悲地独自面对生命的终结。在死之前，他要最后享受一次杀戮和惩戒的快感——而走在他前面的那个人，是他见过的独一无二的猎物。

男人用力地吞咽了一口唾沫。他感到口干舌燥。

彻骨的兴奋和难以言喻的紧张、惶恐搅拌在一起，如同一只无形的手掌，狠狠地攥住了他的心脏。原本他给自己挑选的终曲只是一个虚荣的清秀女孩儿，没想到苍天有眼，到头来，竟然给他换了一个最华丽、最灿烂的谢幕……

想到这里，男人又舔了舔嘴唇，克制住快要胀裂的心房的亢奋。

只可惜，他原本没有打算如此匆忙地下手，所以今天并没有把爱刀带在身上，他只能将享受推迟了。

柳弈跟戚山雨说好了在车上等。

于是他穿过一排排车位，来到自己的爱车前，掏出钥匙，按下了开门键。

但就在他弯腰开门的瞬间，从贴了膜的车窗玻璃反光里，看到身后出现的人影。柳弈的身体本能，先于理智思考做出了反应，在强烈的危机意识之中，他骤然回头。

然而，他毕竟只是名法医，平日里的锻炼也就是在健身房里跑步举铁，要论应变能力，和戚山雨他们这些常年跑在第一线的刑警根本不在一个量级上。所以尽管他已经察觉到了来自身后的危险，但陌生男人挥下的扳手，还是实实在在地砸到了他的额角上。

男人原本是打算用扳手敲打柳弈的后脑勺的，不过因为目标下意识地回头和闪避动作，令最后的落点变成了额头。

他的本意是要将柳弈打晕过去。可是，身为一个外行人，而且是在情绪极度紧张同时也极度亢奋的时候，他不知该如何控制自己的力道。

这一扳手下去，柳弈只来得及发出一声闷哼，就在脑袋仿佛要裂成两半的剧痛之中，往前一扑，直接撞到了车身上，然后滑落在地，动弹不得。

柳弈跌倒的时候，意识还没有完全丧失。车钥匙从他的指尖滑落，无声无息地掉到了地上。他只觉得天旋地转，眩晕和耳鸣伴随着强烈的头疼袭来，让他难受得连手指都动不了。

额头上的血顺着柳弈的颧骨往下流，很快糊住了他的眼皮。但他依然竭力睁开眼睛，想要看清袭击他的人的脸。他看到了一双穿着帆布鞋的大脚，慢慢地、一步一步地走到他的跟前。

然后，就像一块幕布徐徐落下一般，他的视野渐渐被黑蒙覆盖，很快就不由自主地陷入了一个寂静无声的黑暗世界之中。

第七章 ‖‖‖‖‖‖‖‖‖‖‖

导师

　　戚山雨和安平东一行人是在 15 分钟之后才发现柳弈失踪了。

　　他们好不容易把陷入抓狂状态的李瑾摆平了，又安抚住李瑾的同伴，还有那 4 个被啤酒浇了一身而暴躁无比的年轻人，然后一左一右以挟持嫌犯的架势，将李瑾往停车场带。

　　可众人并没有见到原本说好了在车上等他们的柳弈，而且打他的电话也提示关机。

　　察觉到事情不对劲的两人，很快在柳弈爱车的后车轮旁发现了掉落的钥匙，以及水泥地上蹭出的一抹还没干透的血迹。

　　安平东当场就飙出了一句粗话，连声音都有些抖了："这是怎么回事？！"

　　他顾不得跟女生客气，伸手拽住李瑾的衣领子，朝戚山雨问道："你们不是说那连环杀人犯的目标是这丫头吗？为什么现在出事的是柳法医？"

　　李瑾顿时吓得一哆嗦，她根本就不晓得自己已经被盯上的事，骤然听安平东这么一说，连忙把头摇得跟风车一样："我不知道，我什么都不知道啊！"

　　"住嘴！"安平东朝她大声吼道，"从现在开始，我问一句，你答一句，不准多说一句废话！"

　　李瑾顿时不敢吱声了，跟只鹌鹑似的，被丢给了等候在旁边的辅警看管保护起来。

　　"别慌。"安平东一握拳头，对他自己也是对戚山雨说道，"看这出血量，应该还有希望，现在就让人把附近的路封上，我们立刻去查监控，一定能把人追回来！"

　　几分钟之后，戚山雨和安平东出现在了酒吧的员工区里。

　　紫调酒吧好歹是个三证齐全的正经营业场所，保安人员和安保设备还是十分到位的。

　　保安队队长战战兢兢地带着几个刑警，一路小跑地冲进了他们的设备房。

　　紫调酒吧一共装了 12 个摄像头，基本覆盖住了酒吧内部以及停车场的关键区域。

　　戚山雨看到保安队队长慌慌张张地坐到电脑旁，左右看了看，将放在键盘左边的鼠标移回右手边，然后点开监控屏。

监控屏幕一共分了 3 排，每一排 4 格，其中 10 个格子都是亮着的，只有最下面一排的第一个格子和第三个格子，蓝屏了。

"哎……？"保安队队长低声叫了起来，"这是怎么回事？"他嘟嘟囔囔地说道："明明不久前才检修过，怎么这就又坏了？"

柳弈是在一阵一阵的头晕和头疼中艰难地醒过来的。

刚刚恢复知觉的时候，他根本没意识到自己的处境，还以为自己在一个有些诡异的梦境里，差点儿就要不管不顾地再次睡过去。

可惜在头疼和耳鸣的双重折磨之下，柳弈只觉得好似有一根钢针插在他的脑子里，搅得他不得安宁，终于耐不住低声哼哼了两声，勉强地睁开了眼睛。

他听到了很有规律的敲击键盘的声音。

柳弈发现自己正躺在一个陌生、空旷、昏暗的房间里，身下是一张连床垫都没有的单人行军床，床板是由残旧的铁丝网编织成的，稍微动一下，整张床都会摇晃起来，发出"吱嘎、吱嘎"的声响。

他顿时感到头皮发麻，本能地想要翻身坐起，但发现，两只手被反剪到背后，被胶纸一类的东西固定住。他又挣扎着勉力低头看了一眼，果然看到自己的两条腿也被黑色的封箱胶带缠得死紧。

就只是这么一个略略抬起上半身的动作，柳弈就觉得一阵强烈的眩晕感骤然袭来。他咣当一下砸回行军床，眼前金星乱闪，差点儿再晕过去。

行军床的铁丝网床板大力摇晃起来，动静终于惊动了房间里的另一个人。敲键盘的声音停了下来。一个身材高大的男人从陈旧的木书桌前站起，慢慢走到柳弈的面前。

"你醒了？"男人说道。

他的声音很普通，简直可以算毫无特色。

柳弈努力抬起头，想要看清那人的长相。但抬头这个动作令他两眼昏花，胃部不受控制得一阵翻江倒海。他挣扎着趴到床边，"哇"地一下将胃里的酸水一股脑儿吐了出去。

男人没再说话，等柳弈吐完之后，才抽了几张面纸，捧起他的脸，替他擦去嘴角和下巴的狼狈痕迹。柳弈转了转眼睛，好不容易固定住了乱晃的焦距，总算看清了这人的长相。

和他的声音一样，这男人也长了一张相当普通的脸。

五官分开来看，都算得上端正，只是眼耳口鼻组合起来，却无甚特色，而且他眉心微蹙、口角耷拉，面容里带了三分苦相，完全就是那种丢进人堆里找不着的类型。

柳弈的脑子里乱哄哄的，平日里甚为自得的脑子，这会儿跟一团糨糊似的，几乎无法思考。他艰难地移动视线，将男人的相貌、身材和衣着一点点印在眼里。

男人身材高大，只是肩背习惯性地佝偻着，身上套了一件普通的黑色圆领 T 恤，下身穿着一条洗得褪色的粗麻布工装裤，显然有些短，他蹲身的时候，裤脚吊起，露出了一截小腿……

柳弈的视线固定在了眼前这个陌生男人露出的小腿上。

他看见，那儿的皮肤上散布着大大小小好几个深棕色的结节，那些结节微微凸出于皮肤。

柳弈一头栽回摇摇晃晃的架子床上。他的脑袋里面现在仿佛有一群水牛在撒开四蹄一路狂奔，又晕又吵，令他几乎无法思考。

但刚才看到陌生男人的一瞬间，以前在这个案子里那些总令他想不通的问题，就像找到了正确解法的九连环一般，咔嚓一下全都迎刃而解了。

只可惜，现在他已经落到了连环杀人犯的手里，即便想通了所有的环节，也毫无意义了。

"你好像一点儿都不害怕？"男人看到柳弈竟然直接仰面躺倒在床上，闭上眼睛，似乎又要睡过去了。这反应，实在镇定得完全不像一个刚刚遭到袭击被绑架的人，他不由得奇怪地问了一句。

"害怕有用吗？"柳弈不舒服地皱起眉，慢慢地回答。

他其实很想说，你以为脑震荡很好受吗，你也让我用东西砸一砸脑壳试试？我现在还能头脑清醒地和你对话，你就应敬我是条汉子了好吗？

不过现在人为刀俎，我为鱼肉，柳弈知道，激怒这个穷凶极恶的杀人犯对自己一点儿好处都没有。

既然对方还有和自己说话的兴致，而不是刀子一掏送他去西方极乐，柳弈觉得，自己还是应该再勉强努力一下，尽量拖延时间，争取那一丝丝的救援希望。

于是他又睁开眼，看向男人，一字一字、缓缓地说道："能不能告诉我，现在是什么时间了？这里又是什么地方？"

"现在是凌晨两点半。"男人回答，"这是我老家的房子。"

柳弈忍耐着脑袋里钝刀子割肉一般的折磨，低低地"嗯"了一声。

他想到自己在酒吧停车场受到袭击的时间是晚上 11 点左右，距离那会儿只过了 3 小时多一些，那么即便凶手说这是他老家的房子，那么也至多只是在鑫海市的城郊，不至于被带得太远。

"能不能告诉我，你为什么要做这些事？"

柳弈尽量维持着两人的对话，生怕凶手发现没话可说了，就想起来要将他宰了的事了。

"你知道我做过什么？"男人惊讶地反问道，打量柳弈的视线带着明显的狐疑。

人在身体难受的时候果然智商会直线下降！

柳弈顿时察觉到自己说漏嘴了。

这个男人应该还不知道自己的法医身份，只把他当成普通的目标来下手，一旦暴露了身份，他的小命就不保了。

"你抓我来这里，总不会只是为了找个人聊天吧？"柳弈勉强笑了笑，慢慢地组织着语言，"随便跟我说说呗？"

男人盯着柳弈眯得弯弯的一双眼睛，难得生出了一丝近似于犹豫的情绪。

刚才他和他最尊敬的导师，发生了有史以来的首次争执。

他的导师告诉他，这个人，不是他应该杀的目标，他的杀戮应该是审判，是正义，是替天行道，是赠予他们赎罪和涅槃，但这个人不是罪人，如果自己向这个人下手，那就是枉造杀孽。

可是，男人知道，自己现在已经无法停手了。他在一次又一次的杀人之中，其实早就不在乎所谓的初衷了。他只是单纯地在享受杀人这件事带来的极致亢奋，以及这八年以来再没体会过的灵肉同时到达顶峰的快慰。

原本只是一个普通人的他，生命即将完结，心智已经彻底扭曲，成了一个杀人狂，单纯地只想抓住这最后一次机会，在一个最棒的猎物身上，享受最后的快感。

男人沉默了很久，久到柳弈以为他不会开口的时候，才忽然回答道："我得了艾滋病，已经快要死了。"

果然如此！

柳弈闭了闭眼。

他刚刚在男人的两条小腿上看到的那些深棕色结节，名叫卡波西肉瘤。所谓卡波西肉瘤，是一种具有局部侵袭性的内皮细胞肿瘤。通常认为是由人类第 8 型疱疹病毒感染引起的，在皮肤上出现多发的斑点状、斑块状或结节状病损。因为这种病与人体免疫力有直接的关系，故在国内最常出现在 HIV 感染的艾滋病患者身上。

当柳弈看到凶手身上的卡波西肉瘤时，就意识到了这个人是个艾滋病病人，而且恐怕命不久矣。

以前他在思考这一连环杀人案凶手的人格侧写的时候，总觉得十分违和。他曾经同戚山雨说过，嫌犯躲藏在一只狗也可以假装是个人的网络后面，制造出一个"高富帅"的人设，很可能反而意味着，他本人恰恰不是这样。但是两名受害者又都真的收到了相当贵重的手表，杀人犯确实应该身家丰厚。

然而事实上……柳弈看了看墙皮剥脱的脏兮兮、灰扑扑的天花板，有些遗憾地想，他们都没有料到，凶手是个身患绝症的将死之人。而死人是花不了阳世间的金银财富的。

生不带来，死不带去，凶手已经没有了为未来存钱的必要，自然就不需要吝啬花销，想买就买了。

"我曾经有一个喜欢的女人……"连环杀人犯收回触摸柳弈咽喉的手，叹了一口气。

"那女人叫小梅，她比我大 4 岁，是我在发廊里认识的……"

他略一停顿，又继续说道："当时，我还有一个关系不错的老乡，是个踢足球的……"

柳弈一激灵。他想起了东城郊影视基地里埋的陈年白骨。他记得戚山雨几小时前才跟他说过，那很可能是一个失踪了 8 年的足球运动员。

"那时候我刚刚大学毕业，很穷，生活经常要靠老乡接济……但那时候，我很开心，和小梅在一起真的很快乐，我还买了对戒，打算跟她求婚……"

男人低下头，盯着自己空无一物的手指。

"可是，有一天，她忽然告诉我，她生病了……"

在那之后，柳弈听这个连环杀人犯说了一个长长的故事。

其实归根结底，就是一个原本老实本分的人遭遇辜负与背叛以后，如何逐渐扭曲本性，变成一个冷血杀手的故事。

男人名叫赵携，是个电脑程序员，现在在市内的某有线网络公司任职，负责网络调试和维护的工作。他 10 年前大学刚毕业，因为工作，认识了当时由于反复受伤而被某华超球队卖到华甲球队的郁学义。两人因为是同乡，很快就熟络了起来，后来还成了很要好的朋友。

当时赵携人生地不熟，连个落脚的地方都没有，郁学义就帮他在球队的训练基地找了一间廉租房，经常在休假时到他租住的公寓蹭饭。

后来赵携认识了在家附近发廊上班的小梅。其实那时赵携就知道小梅并非一个正经女人，经常和发廊的客人拉拉扯扯、不清不楚。但他就是喜欢那个姑娘，开始拿出最大的诚意和努力追求小梅。终于，水滴石穿，小梅在半年之后答应了他，成为他的女朋友。

而他唯一的好友郁学义也对小梅不错，非但没有嫌弃小梅不太光彩的从业经历，反而对她照顾有加，就连来家做客的时候，都会特地给小梅准备一份礼物。

柳弈从赵携反反复复回忆他与小梅和郁学义两人相处的细节之中，听出即使过了许多年，哪怕另外两个当事人都已经不在了，他也依然对那段时光念念不忘。

然而，越是浓烈的情谊，在转化为怨恨的时候，越会恨彻骨髓。

就在赵携买好戒指，打算跟小梅求婚的时候，小梅却告诉他，自己感染了艾滋病。

听到这个消息，赵携难以置信，继而涌起强烈的被背叛的愤怒和极度的恐惧。

他撕扯小梅，质问她是怎么感染上的。

最后小梅告诉他，这半年里，除了赵携，她还常常跟郁学义在一起，这种致命的疾病，就是从那个男人身上得来的。

当时赵携只觉得天崩地裂。

他知道自己的好友是个花天酒地、处处留情的浪荡子，可他没有想到，郁学义竟然连自己的女友也勾搭，还将这种致命的恶疾传染给了她！

一周之后，小梅跳楼自杀了，而赵携也在疾控中心拿到了自己 HIV 抗体阳性的确诊报告。

悲愤交加的赵携拿着检验单杀到了好友租住的公寓里，想要求个说法。郁学义很快承认了确实是自己将病传染给了小梅，却丝毫没有要对被害惨的好友负责的意思。

激愤之下，赵携和郁学义扭打成一团，赵携用烟灰缸砸昏了对方，然后又用插板的电线将人勒死。杀了人之后，赵携原本想过去自首。但他当初为了和小梅在一起，跟性情古板的父母决裂，被赶出了家门，已经没有家人了。现在又因为好友和女友的双重背叛而染上了 HIV，本来就没剩多少年可活，如果自首，他仅余的人生全都要孤独而可耻地耗在监狱里面，到死也不能再见到外头的阳光了……

在强烈的悲愤与不甘中，他决定不自首，隐瞒自己杀人的事实。

于是赵携用看美剧学到的那点儿反侦查知识，剥掉郁学义的衣物，又割坏了他的脸，再砍掉他的 10 根手指，然后将尸体埋在了距离老家旧宅不远的一片湿地里，又以死者表弟的名义，向郁学义的房东退了租。

"你为什么要砍掉郁学义的 10 根手指？"

柳弈斜躺在行军床上，哑着嗓子问道。他的声音听起来十分虚弱，脑震荡的后遗症折磨得他恨不得干脆就此再度晕过去。

但他依然强迫自己继续和凶手保持交谈，原因一是他确实想弄明白整件案子的始末，二是最重要的一点，他想尽量拖延时间等待救援。

柳弈相信，就凭小戚警官的机灵，肯定能够第一时间发现自己出了事，并且猜到带走他的人就是盯上了李瑾的连环杀人案凶手。接下来就看戚山雨他们能不能赶在嫌犯动手之前及时赶到了……虽然要指望别人来救他的小命，但柳弈深谙求人不如求己的道理，就算他现在没法自己逃出去，也得尽量给小戚警官拖拖时间。

赵携回答："郁学义跟我扭打的时候，抓伤了我的脖子，我怕他的指甲里面留了我的 DNA。"

柳弈很想追问一句，那么你为什么要贴着他的手指根部砍？不过他已经吸取了刚才一时嘴快的教训，不能再暴露自己知道案情细节的事实，于是谨慎地闭紧了嘴。

"……哎，你长得真帅啊……"赵携盯着柳弈的脸说道。

因为工作和独居，而且还有病，这八年来，赵携都过着仿若苦行僧一样压抑封闭的生活，常常一整天也说不了一句话，与人交流也仅仅限于基本的一问一答，这常常让同事和客户觉得他非常内向和木讷，为此他没少受挤兑。

他不敢和任何人成为朋友，午夜梦回的时候，脑子里都是被他切割得浑身血淋淋的郁学义的尸体画面。这个秘密仿佛一块巨大的石头，和侵蚀灵魂的孤独、一日日迫近死亡的恐惧一起一点一点将他的理智碾碎。

他知道自己快要疯了。在病死之前，他或许就要先疯掉了。

赵携的手顺着柳弈的脖子一寸一寸、缓缓地向下游移，沿着他被胶带层层紧缚的手腕，摸上了他的手指。

柳弈虽然面上十分镇定，但其实还是很恐惧的，他的手指仿佛冰块一样，又湿又冷，还在微微地发抖。

"他的手跟你的不一样。"赵携的声音和语调都恍若梦游一般，"他的手指没有这么白、这么长。他还在上面纹了好多刺青。"他握住柳弈的左手食指，仿佛想要折断一样朝外掰："我怕他们发现刺青，就会认出他的身份……"

"好疼！"

柳弈想要握起拳头，但赵携掰得很紧，还在无意识地往外掰着他的指头。

"所以我把他的手指全都砍断了……"

"好疼！快住手！"

柳弈疼出了一身冷汗，忍不住大声叫了起来。

赵携仿佛触电了一般，猛地抖了一下，松开了他的猎物。

柳弈咬牙活动了一下左手食指，确定自己的手指虽然很痛，但运动无碍之后，才暗暗地喘了一口气，问："你砍断了他的手指，之后呢？随便就扔了？"

"他的手指啊……"

赵携忽然咧开嘴，露出了一个很诡异的微笑。

昏暗的灯光下，他的两排牙齿有些参差："我把它们吃了……"

他从喉头间挤出几声干哑的笑声："每一次，我都吃了，呵呵呵……"

柳弈打了个冷战。

看到赵携笑容中隐忍的疯狂，他清楚地意识到，自己面前这个面相愁苦的男人，的的确确是一个杀人不眨眼的变态杀人狂，只要什么时候想要对他下手，他的小命就得当场交代在这里了。

"那……最近那几桩案子，也是你做的？"

柳弈的冷汗顺着眉骨往下流淌，蜇得额角的伤口一阵一阵地刺疼不已。但他不敢表现出任何异常，只能继续引着凶手多说一些话。

赵携已经很久没有一口气说那么多的话了，他清了清干涩的嗓子，看向侧躺在床上的柳弈说："对，是我做的。是我杀了他们。"

他杀了曾经的好友郁学义之后，惶惶不可终日了许多年。终于，在几个月前，赵携的HIV感染发展到了艾滋病阶段，连续低热了一个多月，两条腿长出了卡波西肉瘤，最后在胸膜上长出了恶性肿瘤。到了这个阶段，他知道自己活不了多久了。他会孤孤单单地躺在病床上，忍受着癌症末期的极度疼痛，像一件大型垃圾一样，在世人的唾弃中死去。

就在赵携心灰意冷的时候，他看到了东城郊新长垣影视基地发现白骨的新闻报道。这个消息就好像是在堤坝上凿出的一个口子，令他久久压抑在内心深处的怨愤和恶念瞬间冲破了心理防线，决堤而出。

这八年以来，他一直惶惶不可终日，他在等，等埋在泥沼里的尸首被人发现的那一天。但他等了这么多年，恰恰在生命快要终结的时候，这具白骨才终于现世。

"导师告诉我，这就是天意。"赵携嘴角的诡笑更加明显了，"是上天指引我，要在这最后的时刻，留下活过的痕迹。"

"导师？"

柳弈敏锐地捕捉到了一个关键词。

"是啊，我最敬爱的导师。"

赵携忽然放声发出几声嘶哑的大笑："我杀的那些人，他们都该死！该死！他们都脚踏几条船，他们都是滥交的人，和郁学义一样，他们都该死！"

"等等！"

柳弈顾不得自己还在头晕目眩之中，奋力地抬起头："你找上我的理由，不会也是滥交吧？！"

"说得对啊！"

赵携的舌头舔过嘴唇："我看到你们和那个姑娘在酒吧里吵架的情景了，想必你也是个会玩的吧？"

"我……！"

柳弈一时间只觉得又怒又气，连肺管子都快纠在一起了。因为情绪一下子太过激动，血压飙高，血液直冲大脑，让他的脑震荡后遗症更加厉害，然后只觉眼前一黑，抬起的脑袋"吭"的一下砸到床板上，顿时失去了意识。

在视野陷入黑暗的前一秒，他唯一的念头就是，只要他这次能够大难不死，就一定不管什么理智、什么成熟、什么冷静、什么绅士风度，先把李瑾这个杀千刀的害人精套麻袋里，狠狠暴揍一顿再说！

柳弈这一回昏迷的时间很短，十几分钟之后，他又醒了过来。这一次，他是被剧烈的头疼给疼醒的，一睁开眼就只觉得天旋地转，胸口像堵了一块大石头，胃里一阵翻江倒海，他靠在床边，又吐了一轮。

在晚饭时间吃的那点儿东西早就吐空了，柳弈只能呕出一点儿胃酸，喉咙火烧火燎，嘴里又涩又苦。

柳弈用额头抵在行军床床板的铁架子边缘，大口大口地喘着气。

他感到自己头疼、头晕和恶心的症状明显变得更严重了，两只耳朵里好像各塞了一枚蜂鸣器，正不断发出"嗡嗡"的尖锐噪声——这是脑震荡后出现脑水肿的表现，而且保不准还有颅内出血，自己现在应该尽快到医院去，不然下一步很可能就要脑疝了。

"小戚同志，你再不赶来，我怕就要交代在这里了。"柳弈忍受着剧烈的头疼，晕乎乎地想着。

赵携倒是一点儿不嫌弃柳弈又将他的房间给吐脏了，抽了几张面纸，替柳弈擦干净脸，又默默地收拾了床旁的狼藉，还用墩布将地板认认真真、仔仔细细地拖了一遍。

做完这一切之后，赵携坐到行军床的床沿上，伸手在柳弈的脸颊上拍了拍。

"喂？"赵携问道，"你还好吧？"

柳弈动了动嘴唇。他以为自己说了话，但其实只含含糊糊地发出了几个断断续续的音节，根本就构不成一个完整的句子。

柳弈其实还有很多疑惑想要问清楚，比如，既然你杀人的理由是要报复那些花心的性工作者，但李曼云是一个还没毕业的女大学生，又怎么得罪你了？

可惜他此刻的脑子就跟灌了糨糊似的，根本就转不动了。

"小……戚……小戚……"柳弈迷迷糊糊地半睁着眼，轻声地反复低喃着戚山雨的名字。在这个时候，他也只能想到唯一能救自己的人了。

"你说什么？"

赵携将耳朵凑近柳弈的唇边，却只听到几声闷在喉咙里的气音。

他有些疑惑地看了看柳弈，有点儿搞不懂柳弈为什么会变成这个样子。他的视线在柳弈的脸上反复扫过，最后落到了额角的伤口上，才露出恍然大悟的神情。

赵携站起身，慢慢地走到电脑前。他动了动放在左手边的鼠标，屏幕从休眠状态中亮了起来，回到了桌面。

屏幕右上角有一个黑色的对话窗口，这是一个暗网的聊天界面，此时上面正跳出一条又一条的消息，飞快地闪现，两秒之后，又迅速消失。

他的导师还在用这种方式跟他对话，劝他放弃对刚刚捕获的猎物下手的念头。但赵携已经不想再看对方说了什么了。

他依然尊敬并且爱戴着自己的导师。如果没有对方的指点，他一个相貌平平、满心自卑的社交障碍者，根本没法在网络上扮演一个成功、多金又风流的高富帅，再步步为营设下陷阱，引诱到猎物上钩。

只是，这一切要结束了。

赵携知道，虽然他已经借着检修网络的机会，弄坏了紫调酒吧里的监控视频，但毕竟是在公众场所直接绑走了一个人，只要同行者报警，警方早晚会查到他身上。所以，赵携非常清楚，这是他最后一次下手的机会了。

事实上，猎物到底是不是真正的花心滥交者，到底是不是死有余辜，这一切的一切，都已经不再重要了。

他已经准备好了一整瓶的安眠药、胰岛素和注射器，只想最后享受一次杀戮的快感，然后在警方找到他之前，痛痛快快地自我了断。

赵携关掉聊天界面，拔掉电脑电源，然后打开台式机的机箱，熟练地拆出里面的硬盘，又从工具盒里拿出一把锤子，叮叮咣咣将硬盘砸得稀烂。做完这一切之后，他拿着电脑硬盘的残骸，走出房间，将其丢进了隔壁洗手间的马桶里。

身为一个程序员，赵携觉得，他擅长掩盖网络上的各种踪迹，已经算是自己为数不多的优点了。

他相信警方找到他和被害人的遗体之后，一定会调查他留下的电脑，而只要先毁掉硬盘，警察就很难顺藤摸瓜，找到他曾经登录暗网和导师联系过的痕迹了。

处理好电脑之后，赵携回到房间，先去查看了一下猎物的情况。

"喂，喂，醒一醒！你睡着了？"他伸手在柳弈的脸上拍了几下。

柳弈的睫毛微微颤了颤，艰难地、缓缓地睁开了眼睛。

赵携确认人还活着之后，再次站起身，来到书桌前，打开抽屉，从里面抽出了一把10厘米长的军刀，又拿出一卷尼龙绳。

他拿着这些，回到柳弈的床前，温柔地托住柳弈的后颈，将对方的脑袋搁到了自己的膝盖上。

"不用怕，不会让你疼的……"赵携用安抚小孩儿一般低柔的语调，轻声说道，"我勒紧一些，很快就过去了。"他抖开尼龙绳，将绳子一圈一圈地缠在了柳弈白皙修长的脖子上。"两分钟……我保证，就两分钟……你就解脱了……"

赵携咧开嘴，唇角上挑，带着一种仿若梦游一般飘忽而诡异的微笑。但他绕着绳索的手指明显地在发抖，暴露出他其实非常紧张的事实。

杀戮临近的亢奋、夙愿得偿的狂喜、一切终于走向终结的解脱感，还有人类在杀死同类的时候，难以免除的强烈的负罪意识，糅合成一股灼热的战栗感，让他激动得浑身打战。

赵携捏着绳子的两头，在柳弈的脖子上打了个结。

只要一收紧，他就能牢牢勒住这个人的脖子，像杀死一只蝼蚁那样，轻而易举地夺去这个人的生命。接着，就可以在还带着余温的身体上干一切他想干的事情，最后剁下这个人修长漂亮的十指，放进锅里精心烹煮，然后一根一根地啃干净。

"看在你的脸这么帅气的份上……"赵携的手指在柳弈的脸颊上慢慢地抚摸了几下，"我就不割坏它了……"

柳弈挣扎着睁开了眼。粗糙的尼龙绳陷入了他的颈部皮肤里，绳结压在喉头上，只要赵携再施加一点儿力气，他就会就此窒息。

一滴眼泪顺着他的眼角滑落。

在真正感受到濒临死亡的时候，柳弈才知道，自己真的很不想死。

他明明还在最好的年纪里……

他还有很多很多想做的事情……

就在这个瞬间，忽然听到很轻的"咔嚓"一声，仿佛是电源跳闸的声音，整个房间突然陷入了黑暗之中。

赵携的这座房子位于鑫海市的东城郊，是自建的三层小洋楼。因为地皮不值钱，这一带的房子间距都很远，从高空俯瞰，就好似一把棋子随便往地上一撒，间隔毫无规律，而且十分稀疏。

屋里所有的灯光都灭了，整个房间骤然陷入了一片黑暗之中。

赵携跟触电一样，浑身一抖，将柳弈往外一掀，条件反射地站了起来。

他的眼睛无法适应这突如其来的黑暗，什么都看不见，而且他还处在即将动手杀人的亢奋之中，热血冲头之下，理智和智商都不在线上，只能想到停电这么一个可能性，于是慌慌张张地想去摸放在书桌上的手机，好获得一点儿光源。

可就在这时，房间的窗户传来了"咣当"一声巨响，玻璃被人从外侧打破了。

下一秒钟，好几个全副武装、头上还戴着红外线夜视仪的警官，从破碎的窗户里接二连三地跳了进来，将僵硬在原地、完全动弹不得的男人猛地扑倒在地。

"赵携，你被捕了！"其中一人将赵携的两只手反剪到身后，掏出手铐，咔嚓一下将人扣结实。

戚山雨则几步奔到行军床旁边，扶住柳弈的后脑，让他从狭窄的床板上抬起头来。

"柳哥！柳哥！"戚山雨焦急地叫着对方的名字，又手忙脚乱地去摘他脖子上的绳子，"你怎么样了？！"

柳弈勉强眨了眨眼睛，但他的视力同样还没有适应黑暗，根本什么也看不见。听到戚山雨那熟悉的声音，他真真切切地体会到了何为死里逃生，悬到了嗓子眼的一颗心，终于又颤颤巍巍地落回了原处。

他闭上眼睛。在再次陷入昏睡之前，柳弈听到自己喃喃地说道："……小戚，谢谢你……"

谢谢你，及时赶到了。

柳弈被警方从赵携的旧宅解救出来以后，没等来救护车，就昏了过去，谁都叫不醒，这可把一群刑警特警吓得够呛，带队的安平东做主，直接警笛开道警车飞驰，将人送往了最近的一家大医院。

接到通知的医院见如此阵仗，不敢轻视，一路绿色通道送到急诊外科，照了颅脑CT，得出的诊断是轻微脑额叶挫伤合并轻度脑水肿，然后将人送进了 ICU 里面。

柳弈忍受着头疼、头晕和耳鸣的三重折磨，在 ICU 里时醒时睡，昏昏沉沉地躺了 3 天，到第 4 天情况稳定，才转去了颅脑外科的普通病房。

从那日开始，他的房间里从早到晚就没消停过。来探病的，来录口供的，甚至还有几个记者不知从哪里得到了消息，也企图摸进病房，想对他来个独家采访。柳弈不胜其扰，在第 4 日傍晚，因为头疼又吐了一轮之后，就谢绝了一切无关人员的探访。当然他的谢绝探访名单里，绝对不包括小戚警官。

戚山雨自觉当初在酒吧里是自己疏忽大意，才让柳弈遭此一劫，心中内疚不已，义不容辞地担起了照顾病号的职责。

只可惜虽然连环杀人案的凶手已经落网，但离结案还早得很，戚山雨只能白日东奔西跑，晚上再搭地铁横穿大半个鑫海市，到位于城郊的医院照看柳弈。

如此三天下来，戚山雨整个人都熬得憔悴了。

柳弈看在眼里，只觉得他这样熬下去迟早出事，连连说病情已经稳定了，再过不久就能出院，劝他赶紧回家睡觉，明天别再来了。

戚山雨听了柳弈的劝阻，只是淡淡地笑了笑。

"没关系，反正你也快出院了，等你出院了之后，我就不用每天这么跑了。"对他的这个回答，柳弈也只能无奈地叹了口气。

柳弈知道，戚山雨本性其实非常固执，认准了的事儿，那是绝对不会被轻易说服的。既然他非要坚持，那就随他吧。

柳弈住院的第 7 天，深夜 11 点。

今天戚山雨加班到特别晚，正好在末班地铁停运之前赶到医院，熟门熟路地搭电梯，直奔颅脑外科住院部所在的 13 楼。

探病时间早就过去了，不过戚山雨这几天每日出入病区，值班的护士小姐姐们已经对这个英俊帅气的警官眼熟了，就把人放了进去。

戚山雨穿过长长的走廊，在西侧尽头的单人病房门前停下，伸手推门。

房间里传来年轻男孩儿爽朗的大笑声。

戚山雨先是一愣，再仔细往里面一看，才发现笑的是医院里的小护工。

因为脑挫伤需要安静地卧床休息，柳弈平日里连上个厕所都诸多不便，于是就聘请了这个年轻的护工照顾自己。

这会儿也不知柳弈跟他说了些什么，把人逗得非常开心，笑得前仰后合，手里的大半杯水都快要泼出去了。

"咳。"戚山雨有些刻意地清了清嗓子。

"戚警官，你来了！"小护工脸上还带着未收起的笑容，转头看向他，"行，那我就先回去了，明早再过来。"

"嗯，好。"戚山雨绷着脸，接过护工手里的杯子，朝他点了点头。

小护工拎起自己的小书包下班了，出门后还不忘把病房的门关上。

"你们刚才在聊什么呢？"

戚山雨试了试杯子里的水温，觉得有些凉，又朝里面兑了一点儿热水，然后盖好盖子，插上吸管，递给柳弈，问："怎么笑得那么开心？"

柳弈接过杯子，喝了几口水说："在说我的伤口呢。"他说着，用手指撩起刘海，露出额角的一块纱布，"医生说，明天就能拆线了。"

戚山雨听了，高兴地点了点头说："那就好。"

当时赵携用一把六角螺丝扳手给柳弈来了一记狠的，除把他敲出了脑震荡之外，还在他的额角留下了一道足有2厘米的伤口。万幸位置比较高，大部分在头皮上，剩下一点儿用刘海遮一遮，也就看不出来了。

"就是以后不能梳大背头了。"柳弈笑着调侃了一句，"而且还得谨防发际线后退。"

戚山雨闻言，唇角上挑，也露出了一个浅笑。

"怎么了？"柳弈注意到戚山雨眼下越发明显的乌青，问道，"你看起来精神很差，是不是遇到什么麻烦了？"

戚山雨摇了摇头，沉默了半晌后，才说出了一句话："昨天晚上，赵携死了。"

"什么？！"

柳弈失声惊叫，往枕边一撑就想坐起来。

戚山雨眼疾手快地一把将他按住说："别急，好好地躺着，听我说就行。"

柳弈只好乖乖地又躺下了。

"赵携是昨天深夜在看守所里自杀的。"戚山雨说道，"他用裤腰带在床头系了个绳套，然后躺在床上把自己吊死了。他做得很隐蔽，用被子遮住了脖子上的绳圈，连监控都看不出来，直到第二天，看守才发现他的尸体。"

身为一个法医，柳弈当然知道，只要操作得当，就算是躺姿也可以上吊自杀。

"其实，我能猜到，他是早就不想活了。"柳弈长长地叹了一口气，"赵携这人吧，确实很可恨，但细究起来，还真有那么一点儿可怜……"

虽然柳弈差一点儿就死在他手里，但知道他的过往之后，比起怨恨，柳弈更感到深深的无奈和惋惜。从受害者到加害者，赵携这8年间的心路历程，本就是个非常可悲的故事。

"在赵携市内出租屋垃圾桶里找到了万丽幸被烹煮过的手指残骸，加上现场找到的军刀、氟烷等物证，还有这几天他的口供和现场指认，已经可以确认他就是这一系列连环杀人案的凶手。"戚山雨说道，"但有一点，他到死也从来没有承认过，真有导师这么一个人。"

"导师"这个词，是柳弈被赵携绑架的时候，亲耳从赵携口中听说的。

获救之后，警方来向他问询口供时，他也将这个细节跟安平东他们说了。

但后来警方向嫌犯求证的时候，无论如何盘问，赵携都绝口不承认所谓"导师"的存在，加上电脑硬盘都被他破坏了，警方的技术人员也无法从中获得线索，更没有证据验证这一点了。

现在，凶手在受到法律制裁之前就死了，4个被害人也就再也无法从他身上讨回公道，而这桩杀人案本身的一些疑点，或许也就此被凶手永远地带进坟墓里了。

"我相信你当时没有听错，确实有导师这么一个人。"戚山雨说道，表情认真。

柳弈点了点头。

虽然当时他被脑震荡的后遗症折磨得生不如死，后来回想时，他和赵携的对话甚至还有些模糊，但柳弈非常肯定，那时候，自己确实听到了"导师"这个词。

而且，像赵携这么一个性格木讷、寡言少语的"死宅"，即便在网上想要扮演一个风度翩翩的成功人士，也并不是一件容易的事情。警方曾经找差点儿变成第5个受害人的李瑾仔细询问过证词。根据李瑾提供的聊天记录，她在网络上认识的赵携，博学、幽默、多金，而且能言善道，完全就是一个人生赢家的人设。

这个游走在网络中的凶手，很轻易地就获得了李瑾的好感，他提出晚上在紫调酒吧见面，李瑾完全没有意识到其中隐藏着一个何等致命的陷阱。

柳弈和戚山雨判断，应该有那么一个人，他了解赵携的所有罪行，担任"导师"的职责，指导凶手如何选择猎物，如何扮演一个完美情人，如何诱骗被害人上钩……

只可惜，随着赵携死亡，他们失去了找到这个幕后黑手的全部线索。

"对了，小戚。"柳弈伸手拽了拽他的袖子，"我好像还没谢谢你呢……"

戚山雨先是一愣，然后摇了摇头。他不觉得柳弈应该感谢自己，相反地，他觉得如果他们的行动再快一点儿，柳弈根本不会受这么大的罪。

当时他在紫调酒吧的保安队设备房里，发现位于停车场入口和出口的两个监控摄像头竟然双双坏掉，感到无比绝望。但保安队队长说，黄昏交接班时他查看过，各个监控还是好的，怎么这样赶巧，偏偏在这个时候就坏掉了。

虽然戚山雨当时心乱如麻，但他随即想到一件很重要的事。在上一桩案件里面，被杀的万丽幸所在的小区监控，也是刚刚好在凶案发生的前几天忽然就坏掉了。因为那附近的单元楼已经很有些年头，维护也不到位，小区监控、路灯什么的，隔三岔五就会坏，当时也只以为这是个巧合，没有顺着这条线调查下去。

但是戚山雨想到，万丽幸购买的商品房也位于开发区里，和紫调酒吧的直线距离只有一公里左右！如果仅仅一次监控坏掉还能算是巧合，那么同样的巧合连续发生两次，就一定有问题。

紧接着，当他注意到保安队队长将放在左手边的鼠标，挪到右边的时候，顿时想起柳弈曾经提过的一句话，虽然不敢肯定，但凶手很可能是个左撇子。戚山雨当即向紫调酒吧的保安队队长追问，上一个使用这台电脑的人是谁？

保安队队长被这个突如其来的问题问得一脸蒙，连忙将整间酒吧里的所有保安通通找来。询问过之后，才确定不久前有个网络维护人员来给他们检修了网络系统，那人好像是个左撇子。至此，所有线索全都串联到了一起。

警方很快从网络公司确定了嫌犯赵携的姓名和住址。

他们赶到赵携在市内的公寓时，发现他并不在家，但在他的厨房垃圾桶里发现了他啃食过的人的断指残骸。

有了这关键性的证据，专案组立刻争分夺秒连夜展开调查，终于在赵携即将动手杀死柳弈的前一秒及时赶到了。现在戚山雨每次回想起找到柳弈时看到的那一幕，还是会不由自主地感到一阵阵的后怕。

他完全不敢想象，若当时迟了那么几分钟，柳弈说不好就已经死了。

"对了。"戚山雨不想好友去回忆自己当时差点儿丧命的场面，岔开了话题，"你一直都很想知道的，为什么赵携要杀害李曼云的问题，我们已经审过他了。"

柳弈看向小戚警官："哦？为什么？"

戚山雨回答："赵携说，他其实并不认识李曼云。只是当时听到她和同伴在街上聊天，大声嘲笑过艾滋病患者，说他们都是变态，都活该死掉……"

他顿了顿说："所以，赵携就跟在李曼云身后，在暗巷里将她杀害了。"

柳弈皱起眉，长长地叹了一口气。即便李曼云确实说了一些偏激的话，但无论如何也罪不至死。

在柳弈看来，李曼云那么一个花季少女，绝对不应该因为几句口舌之快就丢了性命。然而，逝者不可追，可惜这一切都已经无法挽回了。结果，嬴川做的犯罪人格侧写，就只有对李曼云的死亡原因的猜测是对的。柳弈想到了嬴川曾经引用的《单刀会》的唱段，也就只有"豁口截舌"四个字让他说中了。

柳弈在医院里又多住了整整6天，在他已经在病房里闷得快要长出蘑菇的时候，管床医生终于宣布他明天就能出院了。

从他被警方从连环杀人犯手里解救起算，已经整整过了2周，由一个艾滋病病人引发的连环杀人案，也伴随着网络上轰轰烈烈的一波舆论风潮，盖棺结案了。

柳弈住院的最后1周里，除戚山雨几乎每夜都来病房陪护之外，来得最勤的就要数他的研究生江晓原了。

因为柳弈以养病为由，谢绝了单位里其他同事来探病，江晓原就只能像一只勤勤勉勉储备过冬粮食的松鼠一般，一遍一遍地将科室里的各种文书、卷宗和通知搬到病房来，让柳弈过目后做好批示，再倒腾回去。

柳弈住院的最后一天，法医科一连接了两桩尸检委托，还都是急件，倒霉催的江晓原同学，也就只能带着一堆需要柳弈签名的委托书，连续跑了两趟。

当他第二回赶到医院的时候，已经时近傍晚了。

抬眼看了看窗户外头渐渐黑沉下去的天色，江晓原忍不住朝柳弈抱怨道："老板啊，虽说事急从权，当时您情况危险，只能就近送医吧，可您现在都稳定了，就不能转个院回市区里？开发区这边离法研所足有 30 多公里呢！"

"你可别咒我了！"柳弈竖起眉毛，"我明天就出院了，还转什么院？"

江晓原连忙点头哈腰地说："好好好，我错了，我错了！"

柳弈已经恢复到不用卧床的程度，他从病床上下来，找了件外套披到身上，把委托书和附带的资料搁到床头柜上，一页一页地翻看了起来。

就在这时，他的病房门传来了几声咚咚的敲门声。

那敲门声很轻，还断断续续，光听那节奏，就能感受到门外之人的犹豫。

柳弈刚刚进入一丝不苟的工作状态中，连头也不抬，随口回了一句："进来。"

房门被推开，进来的是李瑾。

"柳……柳主任……"李瑾紧张地开口打了声招呼。

柳弈抬头，瞅着李瑾，一时间脸色变得十分微妙。"你是怎么找到这儿来的？"

他心想，这姑娘也太神通广大了吧，竟然连自己的住院地点都能打听得到。

"我……我是跟着师兄来的……"

李瑾用楚楚可怜的眼神瞅着江晓原，约莫是指望着对方替她圆了这说辞。但江晓原可没有半点儿要背锅的打算，立刻将脑袋摇晃得跟拨浪鼓似的说："我没有！我不是！我可没带她来啊！"

柳弈明白了。

敢情李瑾是跟在江晓原身后，偷偷摸摸地尾随。

柳弈瞪了江晓原一眼，意思是，这么一个大活人跟你了一路，你竟然没发现？

江晓原慌忙挤眉弄眼，做无辜讨饶状。他感到自己是真的很冤，非常冤！他一个学法医的，又不是特工，压根儿没有追踪和反追踪的技能，没发现身后还跟着个人不是很正常吗！这事儿又怎么能怪他呢！

"有事吗？"看到李瑾的脸，柳弈就想起这货就是害自己脑袋上挨了一扳手的元凶，实在很难调整出什么好脸色来，于是冷淡地问道。

"我……我……我……"这些天来，李瑾将一套词儿在心中演练了 180 遍，但看到柳弈的时候，彻底卡了壳儿，一个字翻来覆去结巴了许久，才终于憋出后文："我是来向您道歉的！"

"哦？"柳弈闻言，漠然地点了点头，"我知道了，你可以走了。"

"啊？"柳弈的反应大大地出乎了李瑾的预料，她吃惊地瞪大眼睛，不敢相信地追问了一句："您是……是接受我的道歉了？"

柳弈回给她一个看弱智的冷眼。

"我收到你的道歉了，不过不接受，也不想再跟你浪费时间。"他扬了扬手里的一页资料，示意自己现在正忙得很，"所以，你可以走了。"

李瑾好像一条离水的鱼，嘴巴张张合合，根本不知道应该做何反应。

柳弈又挥了挥手，示意她赶紧滚蛋。

"柳……柳主任！"李瑾眼见柳弈根本不打算搭理她，顿时急了眼，噔噔噔几步，疾奔到她心心念念的柳主任面前，伸手就要去抓对方的手。

柳弈一缩手，避开了这不必要的肢体接触，说："你到底想说什么？"

"柳主任！我……"李瑾的嘴唇哆嗦了一下，"我喜欢你！"

此话一出口，房间里剩下的两个人顿时都愣住了。

江晓原伸手捂脸，只恨自己刚才怎么那么不小心，竟然让这货尾随自己，跟到了病房里。李瑾一个小小实习生，到底哪来的天大的胆子，竟然敢觊觎自家老板……

江晓原小心翼翼地瞥了瞥柳弈的表情。

看柳弈冷得都快结霜的脸色，江晓原就知道，自家老板对这位李姓小丫头一点儿兴趣都没有。

柳弈放下手里的文件，把它们摆整齐，重新归进文件袋里，放到一边去。

他觉得，万一等会儿没控制好情绪，还是得先确保委托书和资料都安然无恙。

柳弈从来都不认为，自己是个好脾气的人。他本性骄傲又毒舌，平日里那些风度翩翩和成熟稳重，都不过是身为一个成功的社会人士做出来的人设而已。之前不跟李瑾计较，只是因为不屑和这么个小屁孩儿较真罢了。但现在李瑾偏要蹬鼻子上脸，就别怪他把新仇旧恨一并算清楚了。

想到这里，柳弈慢慢地站起身，两手抱臂，居高临下地盯着李瑾。

"我对你没兴趣。"柳弈冷冷地说道。当他收起平日里的温文笑容，露出严酷表情，周身气势全开的时候，简直就跟变了一个人似的，相当具有压迫感。

李瑾被骇得不由自主地后退了一步。

但她依然不死心地追问道："你拒绝我，是因为我还是学生吗？我马上就毕业了，就不能考虑我吗？"

柳弈脸色已经黑如锅底。

李瑾还在絮絮说道："我长得很漂亮吧？而且年轻……你们男人，不就喜欢年纪小的女孩儿吗？"

"你在法研所的实习结束了对吧？"柳弈眼看李瑾越说越不像话，打断了她，"要不是你是个女人，我现在就动手揍你了，信不信？"

江晓原闻言大骇，赶忙化身挂件，吊到自家老板的胳膊上，说："老板，您老人家冷静一点！暴力是不能解决问题的！而且还会上社会新闻版啊！"

李瑾也吓得面如土色，但依然梗着脖子吼了一句："难道我说得不对吗？"

你可闭嘴吧！

江晓原觉得自己简直要哭了。

他就没见过比李瑾智商、情商还低的家伙！为什么心里就没点儿数，就你这脾气、这脑子，就算薄有姿色，老板也看不上你啊！

柳弈眯了眯眼睛。他被江晓原拽着胳膊，确实不好动手，再听李瑾那么一嚷嚷，反而冷静了下来。于是他伸手朝病房墙上一指。墙壁上镶嵌着一面镜子。

"你先照照镜子，看看你现在的样子——活脱脱就是个疯婆子！"

柳弈压低声线："这次的事，完全就是因为你在酒吧里撒泼才惹出来的，现在你口里说着向我道歉，所作所为却跟疯了一样！"

他顿了顿，沉声说道："你也是二十好几的人了，如果还学不会控制自己的情绪，建议来找我道歉之前，先去精神科看看，把病情控制好了再来！"

李瑾被柳弈说蒙了。她条件反射地随着柳弈手指的方向转过脸，看到了镜子中的自己。

镜中的她，双目赤红、头发散乱，眼泪不知什么时候已滚滚而下，和鼻涕混在一起，糊了满脸。

这样的自己，真的非常难看，不堪而狼狈。

"可是……我真的很喜欢你啊……"女孩嘴唇嗫动，喃喃地说道，"而且，你这次也……也没出什么大事啊……"

柳弈深吸了一口气，克制住自己又想撸袖子的冲动。"难道错误非要到不可挽回的时候，才叫错误吗？更何况我根本没看出你有任何道歉的诚意。"

李瑾卡壳了，根本不敢直视柳弈此时此刻的视线。那眼神太冷太严厉，还带着露骨的鄙夷，令她无法不产生自惭形秽之感。

"至于你，我对你没兴趣，也根本不在乎你到底是喜欢我还是讨厌我。"柳弈最后说道："好了，话已经说得够清楚了，你可以死心了。"

李瑾发出一声仿若濒死的小兽般的凄厉哽咽，扭头几步奔到病房门前。

她原本就要夺门而出，却在打开门的时候，看到戚山雨就站在外面。在看到表哥的刹那，李瑾原本就没停过的眼泪，顿时淌得更凶了。

戚山雨看着李瑾，沉默不语，脸上的神情晦暗难明。

"你……你都听到了？"李瑾的心中，竟然在这瞬间，重燃起某种难以名状的期待。她恍然有种错觉，戚山雨还是当初那个好脾气的表哥，依然会被她的软磨硬泡打动，然后无条件地宠爱她、纵容她……李瑾怀着仿若溺水者揪住最后一根稻草般的希望，一边掉眼泪，一边指着病房里的柳弈，颤声问道："你就……就看着他欺负我吗？"

然而戚山雨却蹙起眉。

"柳哥说的是实话。"他回答道,"阿瑾,希望你以后能成熟一点儿。"

5 月份第三周的周三,柳弈终于出院。

戚山雨白天还要上班,柳弈没让他来帮忙,把办出院手续的事情丢给江晓原,自己哼哧哼哧地提着个大行李包,打了辆车直接回家了。

柳弈受伤是为了逮住连环杀手,法研所的一把手很体贴,除了住院时间,还额外给他批了一个月的病假。

柳弈这才有了些因祸得福的感觉,这几日一直都在盘算如何度过这个意外得来的小假期。

若时间倒退回半年前,他一定会收拾行李,飞过英吉利海峡,到伯明翰去陪父母。但现在他毕竟刚刚受了伤,想到长途飞机的滋味,就打了退堂鼓,决定干脆在家里宅着算了。

柳弈在两米大床上连滚了两圈,感受着柔软的被褥和蓬松的枕头的诱人触感,长长地叹了一口气。所谓大难不死必有后福,自己怎么都应该否极泰来,开始走运了吧?

情绪放松之后,他只觉得眼皮变得越来越重,一点一点耷拉下来,不知不觉就睡了过去。

"柳哥!柳哥!"

柳弈觉得没睡多久,忽然就被人扒住肩膀一阵摇晃,硬是从甜梦里给摇醒了。

他迷迷糊糊睁开眼,第一眼就看到了戚山雨着急的表情。

"哎,你来了。"柳弈从床上爬起来,迷迷糊糊地问道:"怎么,出了什么事?"

戚山雨松了一口气,问:"你没事?"

"我能有什么事?"柳弈好笑地答道。

"你吓死我了知道吗?"戚山雨恼火地回答,"打你的电话关机,害我急忙赶过来,按门铃也没人开。用钥匙进来就看见你躺在床上一动不动,还以为你病情又有反复,晕过去了!"

"哦……可能是手机没电了。我又睡得太沉,没听到门铃声。"柳弈从床上爬起来。"那幸好我把钥匙给你了。"他朝戚山雨笑了笑:"要不然你怕是要直接踹门了吧?"

"知道就好。"戚山雨依然板着脸,表情十分严肃。

一朝被蛇咬,十年怕井绳,自打柳弈遇险之后,戚山雨就生怕面前这人再出什么事。

柳弈看着戚山雨绷得紧紧的俊脸,连忙识趣地道歉:"抱歉,让你担心了,我保证下次不会再这样了。"

戚山雨闻言,才觉心头大事落地,笑了起来。

本来戚山雨是打算今天晚上来给柳弈做饭的。

但因为担心匆匆忙忙赶过来,根本没来得及买菜。

　　巧妇难为无米之炊，戚山雨虽说厨艺不错，但也没法凭空变出一顿饭，于是只得叫了外卖。

　　吃晚饭的时候，柳弈问戚山雨："你这个周末有空吗？"

　　戚山雨想了想说："这周末我不用值班，应该有。"

　　只要不会临时再来个案子。不过这种话他可不敢随便说出口，因为只要说了那八成就会应验了。

　　他又问道："周末有事吗？"

　　"嗯。"柳弈点了点头，"Michael 那家伙说，要给我庆祝出院……你知道的，我们在那边念书时的风俗。"

　　戚山雨已经在柳弈失踪那天见过 Micheal，也就是薛浩凡。后来他也听柳弈说过两人在邓迪大学时的一些旧事，知道他们是关系不错的好友。

　　"要在外头办什么 Party 也太麻烦了，我这套公寓的地方还算大，干脆就请几个朋友来吃一顿就行了。"柳弈两眼弯成月牙状，"戚大厨，大概要麻烦你给掌个勺了。"

　　"好。"戚山雨笑着答应了下来。接着问："有几个人要来？"

　　"我在鑫海市的朋友其实不多。"柳弈答道，"大概就 Micheal，还有曾经给小宝看过病的儿科医生方夏和他的大学同学，另外把小江也请来吧。"

　　他掰着手指，笑着问戚山雨："你呢？要不要把你家妹妹也带来？小江那小子正好可以照顾她。"

　　戚山雨摇摇头："蓁蓁快要升高三了，最近课业紧得很，你别招她。"

　　听柳弈提到妹妹戚蓁蓁，戚山雨眉心不自觉微微蹙了起来，轻声叹了一口气。

　　"怎么了？"

　　柳弈注意到戚山雨的表情变化，立刻把 Party 的事情给丢一边去了，问："你跟蓁蓁吵架了？"

　　"没有。"戚山雨摇了摇头，"我们前两天拌了几句嘴，不过没有吵起来。"

　　柳弈知道戚山雨的脾气有多好，尤其是对他真心重视的人，简直可以算得上是宠溺了，而戚蓁蓁也绝对不是什么骄纵的大小姐，其中必然有什么缘由。

　　"你们说了些什么？"柳弈担心地问道。

　　"蓁蓁说她想考公安大学。"戚山雨垂下双睫，表情有些蔫蔫的，"我不想她跟我一样去当警察。"

　　说来也十分奇怪，就好似某种奇妙的继承，有一些工作，总是特别容易子承父业、女继母职，比如说老师、医生、警察、音乐家等，这些家庭的孩子，在进行未来职业规划的时候，常常会选择和他们的父母同样的职业。

　　戚山雨当初因为父亲是个刑警，走上了同样的路，而轮到戚蓁蓁做选择的时候，显然这个小姑娘也想要和他哥哥一样，当一个人民警察。

"我以前之所以会去考公安大学，是因为我爸殉职的事儿……"戚山雨说道，"但当刑警真的太苦太累了，我舍不得让蓁蓁吃这个苦头。"

"我说，这就是你不对了。"

柳弈将桌上吃完的空餐盘一个个摞起来，推到一边去，又搬着椅子挪到自家好友旁边。"蓁蓁已经是个大姑娘了，你不能代替她选择未来想要走的路。"

戚山雨不说话，但表情依然是不太赞同的样子。

"你看我。"柳弈拿自己做例子，"我呢，如果按照爸妈对我的期许，就应该跟我两个哥哥一样，当个厉害的外科医生，搞不好现在已经像我爸当年那样，坐在联合国的直升机上满世界到处飞了。"他笑着指了指自己说："但正是因为我自己选择当个法医，现在才会跟你合作破了赵携那桩大案啊。"

戚山雨似乎被柳弈的这一句话说动了，转过头，注视着好友眉眼弯弯的笑颜。

"所以嘛，人的一辈子那么长，谁又能说得准呢？最重要的是，不要让蓁蓁以后后悔自己的决定。"

柳弈想了想，又补充道："当然，你可以跟蓁蓁好好说说你们这一行有多苦多累多脏，比如我们最近碰到的几个案子，掐头去尾也够经典的了。"

他笑眯眯地说道："没准吓唬吓唬，她一个小丫头就改变主意了呢？"

戚山雨笑了起来，认真地点了点头说："好，我回去就吓吓她。"

周六早上 10 点，柳弈邀请的客人陆陆续续登门。

先到的自然是柳主任那特别乖巧聪明又伶俐懂事的研究生江晓原。

他不仅提早到了，还主动地帮忙准备 Party，端盘子、刷杯子，忙活得像只团团乱转的仓鼠。

然后，柳弈的学弟——儿科医生方夏和他的大学同学，踩着约定好的时间点，几乎一分不差地准时上门了。

而身为 Party 发起人的薛浩凡，迟到了 10 分钟，不过他一向很会做人，这次也带来了两瓶又贵又好喝的香槟，把屋主哄得十分高兴。

柳弈把薛浩凡带来的香槟拿到厨房，准备打开待客。此时客厅里的几人已经团团围坐在一起，一边吃着戚山雨端出来的小点心，一边开始相互介绍。

"这么说，你和你同学，都是柳弈的师弟咯？"

薛浩凡一边向着方夏发问，一边看了看坐在他身边的展星洲。

"嗯，我和星洲跟柳哥一样，都是 Q 大的。"方夏笑着回答，"我们比他低两届，我们认识他的时候是大五，而柳哥已经在念研究生了。"

"是吗！"薛浩凡露出了感兴趣的表情，"你们是怎么认识的？"

方夏闻言，和展星洲互相对看了一眼，然后笑了起来："其实，非要说的话，柳哥是星洲的恩人。"方夏顿了顿，又强调道："差不多可以算是救命之恩。"

"救命之恩？"戚山雨端着刚刚出炉的几个巧克力泡芙从厨房出来，刚好听到了这四个字，惊讶地问。

"你们想知道吗？"方夏笑着回答，"那我就跟你们说说吧。"

方夏和展星洲两人，都是 B 市人。

虽然出生年份上差了一年，但实际上方夏只比展星洲大九个月，穿开裆裤的年纪就被保姆们推着在一个大院里并排遛弯儿，是如假包换的一同长大的发小。

两人从幼儿园到初中，一直都在同一所学校，一起上下学，每天手拉手、肩并肩一起穿过曲曲折折的小巷，简直比真正的双胞胎兄弟还要黏糊。

到了高中，方夏来自妈妈的南方血统开始展现出遗传的威力，发育期只长了 9 厘米，身高含恨停留在了 173 厘米，而展星洲却蹿了差不多有 20 厘米，最后足足比方夏高了 12 厘米。

从此两人看上去再也不像一对双胞胎兄弟了，但仍然是十分要好的朋友。

当年方夏在 B 市重点高中里成绩只能算是中游，后来在学霸展星洲的监督下，高三一年奋发图强，每日温习到凌晨，最终在高考时以勉强过线的成绩，和好友一起考进了 Q 大的医学院临床系。

按照正常的轨迹，他们应该被叠起来总厚度足有 1.8 米的课本和一学期 10 门考试折磨整整 5 年，然后找工作或考研，成为优秀的医生。

然而两人平凡忙碌的大学生活，终于在大五的那一年，被一桩意外给打破了……

"你们听过 Q 大医学院当年那桩轰动全国的案件吗？"方夏朝沙发对面的三位听众问道。

"你是说，那件……医大学生下毒谋杀室友的案件？"

薛浩凡不愧是常年跑新闻的资深记者，即使过去了快 10 年，但只要方医生提到了关键词，他还是很快将这桩旧案件从头脑的记忆库里搜寻出来。

"对，正是这桩案子！"方夏指了指坐在自己身旁的展星洲，"喏，星洲他就是涉案人员。"

"哇哦！"

薛浩凡和江晓原同时发出了一声感叹，戚山雨也有些诧异。

10 多年前一桩大案的涉案之人，竟然恰好就坐到了几人面前。

"正好，正好！"薛浩凡立刻掏出了录音笔，"我能采访采访你们吗？"他的眼中精光迸射，立刻进入了一种十分亢奋的状态之中。

"我记得当年警方只发了一个声明，说经查证本案与网传学生展某无关，学校也照本宣科地发了澄清。但案件的真相到底如何，后续报道十分模糊。借这个机会，我能向你们求证一下当年到底是什么情况吗？"

他指了指自己说："我可以写篇纪实，在晚报上替你们追溯当年的案件内情哦！"

"当然不可以。"柳弈的声音从几人身后传来，同时他伸出手，拿过薛浩凡搁在茶几上的录音笔，手指一推就把电源开关给关上了。

"别为难他们，方子和阿展都跟学校签过保密协议，所谓的案件内情，你当故事听听就好了，登报什么的想也别想。"

他说完，将启封的香槟放在桌子上，再手指一转，变戏法儿一样翻出6个高脚长身的玻璃杯，给每个人都倒上酒，自己端起其中一个，往戚山雨旁边一坐。

"好嘛，不写就不写，说说总可以吧，就当是满足我的好奇心呗！"薛浩凡悻悻地收回自己的录音笔。

"嗯，说一说可以，但不能见报。"方夏竖起一根手指，在唇边比了个"噤声"的手势。"其实我们当时根本没想到，被卷入这样的案子里面……"

方夏和展星洲在Q大医学院念大五那年，临床系里有一个保研海德堡大学的名额。

当年展星洲是全院系都非常有名的学霸，从大一开始，每个学年的综合成绩都排在年级第一，参加过的竞赛和团体活动履历也极为漂亮，加上他英语水平了得，在本科时就参加过国家级课题，还发表了一篇水平较高的论文，是实打实的年级首席。

所以，当时从年级辅导员到每一个同学，都觉得这个海德堡大学的保送名额理所当然就是展星洲的。

然而在距离实习结束大约还有4个月的时候，保送名额的结果出来了，竟然是给了展星洲的室友，一个名叫回广君的男生。

每个同学得悉这个结果之后，都不约而同地回以了呵呵一声冷笑。

原因无他，皆因这位回广君同学，有个身为Q大某院系院长的好爹。在他爹的金手指圣光加持之下，回广君同学平日里就甚为嚣张跋扈，招惹来不少是非。他每一科考试的卷面成绩都很不好，但加上了评分标准成谜的平时分之后，出来的总成绩，居然还能挤入尖子生的行列里。

这一回显然也是有人在背后做了些小动作，给回少爷一连发了3篇不知是何人代笔的论文，最后回广君同学居然在学术成绩一栏上堪堪压过了展星洲，挤掉了公认的年级首席，拿到了这个保送名额。

"竟然还能这样！"这一回，先发出感叹的是江晓原。他研究生还没毕业，必须在自家老板手下讨生活，所以听到这个故事的时候，特别心有戚戚焉。"Q大也太黑了吧！"

"你也觉得星洲很惨很可怜，对吧？"方夏说着，拍了拍坐在自己身边的展星洲的手臂，"当时大家都这么想。"

"当然啊！"江晓原用力地点头，"这多好的机会啊！保送去海德堡哎！谁不想去啊！"

柳弈伸手，在江晓原的后脑勺上轻轻刮了一下说："怎么，念我的研究生就委屈你了？"

"没有，没有！"江晓原一边拼命摇头，一边疯狂找补，"我只是觉得有机会出去见见世面也不错而已！"

"嗯，正是因为每个人都觉得，星洲在这件事上受了非常不公平的对待，自然有充分的理由对回广君怀恨在心……"方夏笑了笑，继续说道，"所以，当后来寝室里出现投毒案的时候，所有人都觉得肯定是星洲做的。"

就在保研海德堡的名单公布后的半个月。有一日深夜，回广君忽然出现症状：呕吐、腹痛、腹泻，继而胸闷心悸明显，还伴随着头晕和视物模糊，脸色白得跟纸片儿一样。

当时他们那一届的学生都在 Q 大附院实习。附院就在校区门口，直线距离 100 米左右。

因此学校就没有再给他们额外安排宿舍，学生们晚上都是回寝室睡觉的。

回广君寝室里住了 8 个人，其中 6 个是临床系，另外两个是检验系。

那天，只有一个检验系的小伙儿要值夜班，晚饭前就已经回 Q 大附院去了，剩下 6 人眼看回广君的情况越来越不对劲，连忙将他送到了附院的急诊处。

结果急诊一做出来，竟然是频发室性早搏三联律伴房室交界性逸搏心律，这可是一个搞不好要出人命的情况，连忙以急性胃肠炎合并心肌炎送进了 ICU 里面。

两小时之后，回广君就出现了心室纤颤。在 ICU 里又是插管又是电击复律外加胸外按压，折腾了许久，好不容易抢救成功，但人已断了两条肋骨，彻底失去了意识，不知何时才能脱离危险。

就在第二天早上，有人往附院的校长信箱里投了封匿名邮件，称他知道回广君不是生病，而是中毒，毒物正是一种叫地高辛的强心药。

同时，一个匿名讨论帖也在校内论坛悄然出现，帖子的题目特别吸睛——学霸的复仇，你抢我保研，我取你狗命！

帖子里面以仿若亲历的第一人称的春秋笔法，描述了临床系某展姓学霸，如何优秀如何刻苦，却偏偏被一个品行不端的官二代抢去了保送国外名校的机会，于是愤然报复，给某回姓室友的晚饭里加了远超过治疗量的强心药，让那官二代中毒送医，现在受害人病情危重、生死未卜……

世人皆喜欢看阴谋论，且愿意相信所谓的内幕，更何况这篇爆料帖写得有鼻子有眼，格外夺人眼球。帖子一发出，立刻以几何速度在 Q 大学生中传播开来。

很快，就有医学院临床系的学生爆料，某回姓官二代昨夜确实急病入院，现在人躺在 ICU 里，情况危殆，而其室友——某展姓学霸，恰恰正是原本公认应该获得那个海德堡大学保研机会的人。

更要命的是，十多页留言之后，写这个帖的匿名小号再次出现，甩出第二个重磅炸弹——一个课题的申请书截图。

该课题是由 Q 大附院的心研所牵头，与本校生化中心合作的项目，研究的正是地高辛的药效与毒性区间重合性问题。帖子还在课题成员名单上用鲜红的框框圈出一多半打上了马赛克的名字，没有打码的部分，一个展字要多显眼有多显眼。

线索都给到这地步了，剩下的不过就是动动鼠标检索课题库的关键词而已。很快"回姓受害人"和"展姓嫌犯"被好事者扒了个底朝天。

从校友们人肉出的种种线索来看，爆料帖里的一切都是真的。

有个学药剂的校友留言，地高辛毕竟既是救命良药，又是致命剧毒，可不是能随随便便拿到手的药品，连药房里都要发 1 支算 1 支，使用和销毁全部要严格登记，口服片剂也严格按照处方取药，临床上的用量也是以 μg（微克）为单位，非常谨慎。

所以，诸位键盘名侦探们讨论来讨论去，觉得既能偷到足够剂量的地高辛，又和回广君有深仇大恨的，也就只有展星洲了。

这个帖子一出，但凡知道这件事儿的 Q 大学子，都已然相信了回广君遭人投毒，而凶手正是他的室友展星洲。在中毒案被证实确有其事之前，这个帖子已经被各大平台疯狂转载，仿佛成了铁板钉钉的事实。

另一方面，Q 大附院收到匿名举报信，也不敢轻视。

作为国内顶尖学府的附属医院，Q 大的理化检验中心也是市内排得上号的，自己就能做地高辛的血浓度测定，当即用回广君的血液样本做了相关检查。很快检验结果出来了，回广君血液中地高辛的浓度竟然高达 0.0043 μg/ml。

这个数字，已经很接近致死浓度，于是医院立刻报警了。

当年那桩轰动一时的大学校园投毒案，就此进入了民众的视野之中。

"哇哦！"听到这里，薛浩凡忍不住发出一声感叹。"要不是看见你们坐在我面前，光听这前情提要，我都觉得投毒的肯定就是阿展了。"他向来就是个自来熟，这会儿也没跟刚认识的朋友们客气，很自然地就随柳弈那般，直接叫了展博士的昵称。"你们看，作案动机和毒物来源都清清楚楚，加上你和受害人还是室友，有的是下手的机会，怎么想都很难让人不怀疑到你身上啊！"

"Michael，你还漏了最重要的两点。"柳弈用"看，你这就外行了吧"的眼神瞥了眼薛大记者，然后扭头看向自家学生江晓原，笑着问道："小江，你觉得呢？"

"啊？"江晓原先是一愣，目光不由自主地往展星洲身上飘了飘。"其实我……我也觉得下毒的是展哥……"他以一个预备法医的专业眼光评判道，"回广君的症状，特别是室性心律失常和房室传导阻滞，以及致命的心颤，都是洋地黄类药物中毒后的典型症状，加上在血液里检出接近致死浓度的地高辛，这案子……"他没把话说完，只怯怯地又瞟了瞟方夏和展星洲的表情，生怕两人会对他的未竟之语感到不悦。

不过，显然方医生是个脾气非常好的人，闻言非但不生气，还哈哈笑了起来。

"没错，警方也是这么想的。"他拍了拍旁边展星洲的肩膀，"当时警察就直接把他从实习的科室里带走，关小黑屋问话去了。他们把人带走的时候，整个病区的医生护士刚听说了这个传闻，还全都跑出来围观呢！"

展星洲只是无奈地摇了摇头，没有反驳。

"哇哦！"这一回，是薛浩凡和江晓原两人异口同声地发出了感叹。

"不过，警察是不会光凭动机和匿名举报，就把某人定为嫌犯进行拘留的。"身为刑警的戚山雨，说出了自己的意见，"除非他们能找到展博士直接或间接的投毒证据。"他想了想，又补充道："比如，展博士确实曾经将课题中用到的药物带出实验室之类的。"

"哦，那倒是没有。"这回展星洲自己回答了戚山雨的假设。"我虽然参与了地高辛的研究课题，但我那时候还只是个没毕业的本科生，参与的是数据统计、整理和抄录的工作，实际接触药品的机会很有限，同组的师兄师姐和助教们也给我做了证，证明我没有偷盗或者私藏药物一类的可疑行为。"

他自嘲地一笑。"不过警方仍然觉得我有重大嫌疑，虽然保释出来了，但还背着嫌犯的名头，不能离开 B 市一步。"

展星洲垂下眼皮，语气平淡地说着当年的往事。"校方也压根儿不信任我，用很严厉的态度找我反复约谈了好几遍。加上回广君他爸给学院施加的压力，我的实习硬是被中断了，学校和医院都待不下去了，还有顺着我曝光的个人信息找过来的记者和好事群众……"

他顿了顿，然后深深地叹了一口气。"我那时整整 3 天没睡过一个囫囵觉，简直觉得快要被逼疯了……有时候精神一恍惚，差点儿都以为这事真是我做的。"

展星洲说到这里，看向坐在旁边的发小。"当时不管是学校还是警方，甚至是社会上每一个知道这件案件的人，都不相信我是无辜的，只有方夏一个人，自始至终都站在我这一边。"

他长长地叹了一口气说："也多亏了他替我奔走，我最后才能洗脱冤屈。"

展星洲没法继续住校，只能在附近临时找了套出租屋暂住。

而方夏虽然急得跟热锅上的蚂蚁似的，但还要继续实习，只好白天强忍焦灼上班，晚上偷偷溜出学校看望好友，四处奔走打听案情进展。

同学都知道他跟展星洲关系很好，这次死党沦为杀人犯，心里铁定不好受，都纷纷劝他看开一点儿，所谓人心隔肚皮，知人知面不知心，谁一生之中没眼瞎个一次两次的呢？

但方夏骨子里特别拗，认准的理儿是十头牛也拉不回来的。

他自问和展星洲当了 20 多年的发小，也不会有谁比他更了解展星洲正直又认真的为人，他相信展星洲绝对不会因为一己私怨就投毒害人。

可偏偏他平日里脾气好，长这么大了都没跟谁急过眼，连吵架都不会，在面对来自同学善意的规劝的时候，竟完全不知如何替好友辩解，只能一遍又一遍地重复"绝对不是他干的"这一句话，换来其他人鄙夷、奚落的眼神。

在案发的第三天晚上，方夏从 Q 大附院打听到了一个糟糕的消息——回广君因为室颤时间太长而脑部缺氧，后来虽复律成功，但至今仍然处于深昏迷状态。心情因此差到极点。

他回到自己的宿舍，还没来得及敲门，就隔着门板听到室友又在讨论这桩投毒案。众人言语之间，虽然没有明说，但竟然都带了一丝丝幸灾乐祸的意味，仿佛盼着回广君真的死了，案子越大越好，借这个机会把整条线里的涉事人员都一撸到底。

方夏只觉得胸口仿佛被一块巨石压得喘不过气来，视野迅速被一层水雾蒙住。

他深吸了一口气，扭头冲下楼梯，直奔图书馆。

当时方夏心中唯一的念头就是，既然只有我一个人相信星洲，那我就自己去查！

当年 Q 大的医学院临床系投毒案发生的时候，柳弈已经在念研二。

他平时跟老板在公安局的法医研究室上班，吃住也在单位附近租住的公寓里，已经很少回学校。不过那几日因为要准备一篇论文，每天下班后会回学校，到图书馆里查找、影印资料。

因缘巧合，那天柳弈手里抱着一本大部头走向阅览区，就看到一个眉清目秀的小男生，一边咬牙切齿地翻书，一边不停地抹泪，一张娃娃脸上眼泪和鼻涕糊得到处都是。大概是这个小男生哭得实在太伤心了，让柳弈莫名有些心软。

柳弈以为这孩子是考试砸锅了，正在委屈地复习，顺手从包里摸了包纸巾，轻轻地推到了方夏面前。

"别哭了，擦一擦吧。"

方夏抬起头，朝柳弈看去。

即使过了那么多年，他回忆起那一晚与柳弈初见时的一幕，依然仿若在昨日。

在感激和仰慕之情的双重美化下，方夏始终觉得，那时候站在明亮的白炽灯下，弯起双眼，朝他微微浅笑的柳弈，是他所见过的最好看的人。

方夏木愣愣地看着柳弈，像一条离水的金鱼一样张着嘴，半天没说话。

"擦擦脸。"柳弈干脆好人做到底，撕开纸巾的包装袋，抽出一张，塞进方夏手里。

"哦，好的……"方夏连忙用纸巾胡乱在脸上抹了两把。"谢谢。"他红着脸拿起剩下的纸巾，递给柳弈。

就在这时，他的目光落到了柳弈手里的大部头上——漆黑封皮的书脊上，用烫金字印着《法医形迹学应用》几个大字。

方夏顿时睁大了眼睛，声音带着一点儿兴奋的颤抖："你是法医专业的学生？"

"对，我是。"柳弈点点头。

他看了一眼方夏在桌子上摞了好几本的法医专业教材，有些奇怪地反问道："难道你不是吗？"他说着还朝方夏刚才正在看的《法医毒理学》抬了抬下巴。

"我是临床专业的。"

方夏紧张地攒起拳头，问道："能不能稍微耽搁你一小会儿？我有几个问题想请教您……"

他知道自己的要求十分唐突。毕竟这个点儿还留在图书馆的，不是在复习备考，就是要赶论文、赶报告，谁都有正事，没那么多闲工夫搭理他。但方夏就是莫名地有种感觉，面前这个刚刚向他释放善意的青年，应该会愿意听他说话。

"行啊。"果然，柳弈想了想，伸手拉开了方夏对面的椅子，坐了下来。"你问吧。"

方夏紧张地咽了口唾沫，问道："我想知道，如果有人服毒的话，有没有什么检验方法，可以检测出这个人的具体中毒时间，比较精确的那种。"

柳弈闻言，微微蹙起眉，说："你问这个做什么？"

方夏咬着嘴唇，犹豫了起来。他和面前的人只是萍水相逢，连自我介绍都没有做过，除对方是法医专业的学生之外，对他根本一无所知……

"我们学校那个投毒案，你知道吗？"方夏用力地磨了磨后槽牙，决定相信自己的第六感，豁出去了！"现在网传的那个对室友下毒的凶手，是我非常要好的朋友。"

方夏抬起头，目光炯炯地盯着柳弈说："我们是很好、很好的朋友，20多年的发小！"他语气坚定地强调道："我很了解他的为人，所以相信他绝对不会下毒害人！"

"你的好朋友，是展星洲？"出乎方夏的意料，柳弈没有一听他的话，就露出嫌弃他脑残护短三观不正的表情，而是沉默了两秒，然后开口确认道。

展星洲的个人资料早就被人肉得渣都不剩了，方夏一点儿都不意外柳弈直接说出了展星洲的名字，只点了点头。"真的，这事绝对不可能是星洲做的，你信我！请你一定要信我！"

柳弈没有立刻表态。

他直视方夏的双眼，而对方的目光不躲不闪，清正坚定，看不出一丝一毫的心虚和惶惑。"嗯。"柳弈忽然笑了起来,"好,我相信你。"

"喂,等等。"

听到这里,特别注重细节的薛大记者,又忍不住开口打断了方医生的叙述。"通常一般人肯定更愿意相信证据,而不是一个陌生人随口一句的保证吧?毕竟连警方都把阿展当嫌犯了!"薛浩凡扭头看向柳弈,"还是说,你以前就跟阿展认识,才会对他特别有信心?"

"呵。"

柳弈回给他一个"你这愚蠢的人类"的眼神。"我之前的确跟阿展见过没错,但我不是了解他的人品,而是对他的智商有信心!"柳弈朝展星洲的方向指了指,说:"我跟阿展在学院的辩论赛里碰到过,还是决赛的对手。"

他向在座众人解释道:"当时他是四辩,给我的印象就是非常冷静、敏锐、理智,反应很快而且逻辑清晰,确实相当厉害。"

展星洲笑着摇了摇头:"不过还是输给了你们。"

"不,重点不是输赢。"柳弈摆了摆手,表示好汉不提当年勇。"我想说的是,阿展这么一个智商拔尖、头脑超群的学霸,就算丢了一个保送留学的机会,难道还不会再去申请吗?犯得着下毒害人毁掉自己的前程吗?"他冷冷地看了薛浩凡一眼,"连Michael 你这样的,不也进邓迪了,以阿展的成绩,还会申请不到学校吗?"

"喂!!"薛浩凡炸毛,"我成绩很差吗!怎么就成反例了?!"

"而且,退一万步来说,"不过柳弈并不理他,继续把话说了下去,"就算阿展真是个心胸狭隘、睚眦必报的人,真咽不下这口气,打定主意要报复,但他可是个学医的学霸啊!"

"嗯。"戚山雨也明白了,"你的意思是,一个成绩很好的医学生,肯定会具备相当充分的毒理知识,就算要下手,也不会用会让人立刻就怀疑到自己身上的地高辛。"

"没错,就是这样。"柳弈点点头,"真想要搞能害人的毒药,别说可以从医院里下手,就是路边的花花草草,我也能弄出来十好几种,还有耗子药、除草剂、杀虫药以及数不清的工业制剂,都比用课题组的强心药靠谱多了。"

他向众人笑着说道:"其实我当时看到网络热帖爆料的时候,就觉得事有蹊跷,方子只不过是让我加深了这个想法罢了。"

薛浩凡和江晓原显然被柳弈说服了,纷纷表示原来如此,真是太有道理了。

"地高辛口服吸收很快,服药后 1 小时左右血浆药物浓度就能够达到峰值,约 4 小时达显效,6 ~ 12 小时达峰效应。"

柳弈将座位从方夏对面挪到他身边,又从自己的笔记本上撕下一页纸,画出案件的时间轴。

"假设回广君是口服地高辛后中毒，以他发病的时间——晚上 11 点倒推回去，那么他的服药时间就应该是晚上 7 ～ 10 点这一段。"

"呜！"

方夏发出一声悲鸣，差点儿就又要再掉眼泪了。"警察说，那晚回广君在宿舍里打游戏，就没出过寝室，所以……如果真是这段时间的话，那星洲他的嫌疑不就……"

"那么有没有可能，药物是事先投好的，只是回广君在那段时间里才服下呢？"柳弈想了想，提出了新的猜测。

"警方拿走了他用过的杯子，没查出有地高辛。"方夏回答，"至于别的，现在还不清楚……"

"就算回广君真是在那段时间服下了地高辛，那除展星洲之外，寝室里的其他人呢？难道就没有嫌疑了吗？"柳弈看到爆料帖的时候，就注意到了一个很重要的细节。

那匿名帖由头到尾都一直在渲染展星洲与回广君的恩怨，就好像两人平日里就势同水火，恨不得有他没我一般。

但同寝的其他人，通篇只字未提。

不了解 Q 大医学院的外人看完帖子，甚至根本不会想到，故事里的两位主角住的其实是一个 8 人间，更不会知道，在事发当晚，除了回广君和展星洲，另外 5 个人也全程都在现场，这些人也应该同样很有嫌疑才对。

虽然方夏和展星洲同在临床系，但两人被分在不同的班里，所以寝室也不一样。

不过两人关系极好，这些年里，方夏经常往展星洲的寝室跑，已经跟他的室友都混得很熟了，自然也能清楚地说出他们寝室里的其他成员。

方夏想了一下，回答道："他们寝室里，除星洲和回广君以外，还有 4 个临床系的学生，也是星洲的同班同学，剩下两个是检验系的。平常星洲和他们 6 个人的关系都还可以，算不上关系好，但也没有什么矛盾。"

柳弈想了想说："先不说那两个检验系的，另外 4 人的成绩怎么样，有机会竞争那个留学的名额吗？"

"虽然他们都是一个班的学生，但你知道的，是尖子班。"方夏诚恳地摇了摇头，"他们 4 个人的成绩在他们班里也就一般吧，说不上特别拔尖，就算星洲和回广君双双被刷掉，这个名额也轮不到他们。"

"这就奇怪了，"柳弈左手托着下巴，右手的笔在指尖飞快地旋转起来，"如果是这样，那他们就没理由要陷害展星洲了啊……"

方夏看了柳弈一眼，他明白这位学长的想法。这个案子刚出来的时候，他也对展星洲同寝的几人产生过怀疑，但后来他还特地找一班的其他同学求证过，所有人都说他想太多了。几乎每个被他问到的人都斩钉截铁地告诉他，那 4 人根本不会去争那个留学名额，这 4 人之中，有 2 人正在奋力准备考研，另 1 个则已经内定了要就业的医院，还有 1 个压根儿就没打算再当医生，准备转行卖仪器去了。

至于另外两个检验系的学生，虽然和他们是同届的，但因为专业不同，连大课都没一块儿上过，方夏对他们了解不深，平常碰面也只是笑着点点头寒暄两句，但想来检验系和临床系既不存在竞争关系，也没有利益纠葛，更不可能掺和进保研名额的事儿里。

"果然……"方夏垂下眼睛，眼眶又湿润了，"警察又不是傻的，犯案动机他们也肯定查证过了，其他几人才会不抓，就只盯着星洲一个人审吧……"

"嗯，你说得有道理。"柳弈听完方夏的说明，倒没露出沮丧的表情，反而说道，"既然警方肯定会从犯罪动机着手，那么术业有专攻，我们也别在这方面费力气了。"

他朝身边两眼通红的小兔子笑了笑说："以相信展星洲的无辜为前提，我们也从自己的专业领域思考一下，这案子的玄机到底在哪些地方。"

方夏显然没想到一个素昧平生的陌生人，竟然肯相信自己，一种难以言喻的感动，伴随着这几日无处排解的心酸和无助一起涌上心头，憋了许久的眼泪终于忍不住掉了下来。

"好！"他用力地点了点头，用手背胡乱地擦了擦脸，"那我们应该怎么做？"

"如果忽略作案动机，单纯从这个案件的可行性来思考的话……"

柳弈握住笔，另起了一行，开始列起表来。

他的字迹是传说中只有医务人员才能分辨的处方体，虽然字迹潦草，但字体洒脱飘逸，颇得草书精髓，方夏戴着滤镜看的时候，竟然从中看出了某种超然脱俗的高人姿态。

"首先，你先前也提到过的，关于用药时间的问题。"

柳弈在纸上写了个序号"一"。

方夏目光炯炯地看着他，问道："之前服药时间的推断，有可能不准确吗？"

"当然有可能。"

柳弈笑了笑："各种肠溶胶囊，或者缓释膜、控释膜技术等，这些都可以改变药物的吸收时间。"但他很快敛去了笑容，"除非是回广君主动把添加了地高辛的胶囊吃下去，不然这些可能性都很小。"

方夏听完柳弈的说明之后，脸色并没有好看多少。"我好像没听说回广君有吃药的习惯啊……"他想了想又说："难道那几天他感冒了，有人把他的感冒药给调包了？"

柳弈答道："如果是有人在他吃的药上动了手脚，那么服药时间和投毒时间的弹性，就实在太大了。"

方夏的目光闪了闪。"对啊，如果有人把一颗动过手脚的胶囊或者药片放进回广君的药瓶，那只要等他自己把药吃下去就可以了，完全可以用这个方法制造不在场的证据啊！"

柳弈点了点头说："但这个推理成立的前提是，必须真的有这么一个药瓶，而且他得保证自己能及时毁灭证据，而且还要确定不会有其他人向警方提起这个情况才行。"

方夏却似乎看到了希望一般，两颊泛出了一点儿红晕，兴奋得两眼闪闪发亮。"没关系，这些我可以查，我一定会找那些跟回广君相熟的人一个个问清楚的！"

"那么，先暂时把有人换药列在可能性上吧。"

柳弈没有再出言打击方夏，而是朝他笑了笑，在序号一后面打了个小括号，然后标注上换药两个字。

"还有呢？还有别的可能吗？"方夏继续追问道。

"当然有，而且还有很多。"

柳弈用笔杆敲了敲学弟的大脑门。"你好歹也是凭真才实学考进Q大的吧，怎么就这么笨呢？动动你的脑瓜儿自己想一想啊！"

方夏委屈地瘪了瘪嘴。他心想我都几天没睡过一个囫囵觉了，脑子没搅成一团糨糊已经不错了，怎么还能转得起来。"学长你比我聪明多了，我怎敢班门弄斧……"

好吧，千穿万穿马屁不穿，柳弈看在这小孩长得可爱嘴巴又甜的份上，决定不为难他了。

"就你会说话。"柳弈笑了笑，收回笔，又举例道："比如，回广君是自己故意服下药物的——换言之，就是自杀了。还有可能是误服，或者遭人诱骗才服药的，等等。"

他一边说，一边将自己的推测一条条写到了笔记上。

方夏听得直点头，然后就着柳弈列出的条目，一项一项地思考应该如何验证这些猜测。

15分钟之后，方夏看着写得满满的一张纸，心中希望的小火苗终于变成了熊熊燃烧的火炬，对替展星洲洗脱冤屈充满了信心。

"还有呢？"他眨巴着哭得通红的兔子眼儿，兴奋地问道，"还有其他可能吗？"

"差不多就这些吧。"柳弈把笔转了转，忽然低声"啊"了一声，随口补了一句，"另外还有一种可能，检验出错或者造假。"

"什么？"方夏非常震惊，"这东西还能出错，还能造假？"

柳弈奇怪地回视了他一眼说："当然啊，这有什么好诧异的，听过著名的辛普森杀妻案吗？"

"不知道。"方夏又露出了那如同离水金鱼一般张着口的、蠢兮兮的表情，"辛什么杀妻案来着？"

柳弈耐心地解释道："在10多年前，美国曾经有一个很著名的案件，前美式橄榄球运动员辛普森被指控在前妻妮可的家中，用刀杀死了妮可和她的情人高曼。当时检方为控其入罪，准备了多项证据，其中一项，就是他们在凶杀现场发现了被告人辛普森的血迹。"

"嗯嗯。"方夏用力点头，表示自己在很认真地听着。

"然而，辛普森的辩护团在复核证据的时候，再次检查了这份血迹标本，竟然在里面发现了乙二胺四乙酸的成分。"

柳弈问道："你知道，这意味着什么吗？"

对临床学生来说，乙二胺四乙酸并不是一个很熟悉的名词，所以方夏足足思考了20秒，才想到了它的用途。"你是说，抗凝剂？"

"对，就是抗凝剂。"

柳弈微笑颔首，提示道："乙二胺四乙酸盐管，也就是我们平常说的 EDTA 管，是一种常用的抗凝管，护士姐姐抽血时紫色头的那种管子就是。"

"我明白了！"方夏大叫起来，"所以，有人把辛普森的血样装在抗凝管里，然后滴落到现场！"

"嗯，庭审法官和陪审团也是这么认为的。"柳弈回答，"当时有一个警长曾经随身携带辛普森的血样，在凶杀案现场停留了 3 小时，然后才把血样送到痕检部门去，加之从现场血迹里检出了乙二胺四乙酸的成分，所以他们怀疑，那是检方为了将辛普森入罪，而故意在现场滴落了他的血样作为伪证。"

他说着摊了摊手："然后这个证据就被判定为不采纳了。"

"厉害了，竟然还能这样！"方夏顿时感到三观受了一番刷新，对美国的警方办案手段产生了严重的不信任感。

"其实我国也发生过类似的事件，有故意的，也有疏忽造成的错漏。"

柳弈继续说道："比方说中毒案，实际上绝大部分的中毒都是源自自杀，真正的投毒案发生的频率并不高，所以大部分的法医机构也不可能为了那些稀有的案子，配备齐所有毒物的检验器材和试剂盒子。要知道，能做那些检查的光谱仪一台就得好几十万甚至上百万呢。"

"那要是真发生了案件呢？"方夏问道。

"将标本送到具有相关资质的机构去做检查。"柳弈回答道，"像回广君这个案子，人还在医院里，那就以医院的检查结果为准。"

他想了想，又补充道："如果我没记错的话，Q 大附院本身就在本市的法医系统名录里，可以接受委托做部分的毒物检查……我明天回去帮你查一下名录再确认一下吧。"

"学长！"方夏却忽然扑过去，一把抓住了柳弈的手，"求……求你了！别等明天行吗？现在能帮我查一查吗？！"

要知道，方夏那爪子可是刚刚才擦过眼泪，顺便还抹了鼻涕，这会儿黏糊糊脏兮兮地摸上来，简直让柳弈汗毛倒竖，差点儿都要犯洁癖了。

他试着往回抽了抽手，却怎么也抽不动，只好哭笑不得地答应道："好，好，好，查，查，查，我这就回去帮你查，总行了吧！"

柳弈说到做到，果然给他的导师打了个电话，简单说明了一下情况。

他没有直接说是为了调查最近在网络上成为万众焦点的 Q 大校园投毒案，只说是有个学弟想以个人名义送检一份血样，做某些毒理检查，他想回研究室查一查可以接受样本的实验室名录。

柳弈研究生时代的导师，也是 Q 市一名颇有名望的资深法医前辈。他老人家从业将近 30 年，什么人情百态没有见过？

确实隔三岔五就有些怀疑自己遭他人投毒谋害的人，在报警之前，想要先去自检求证，这些人绝大部分后来都证实了只是被害妄想，但也有就此牵扯出大案要案的。

所以，柳弈的导师想了想，认为他的要求没什么不合规矩的地方，只叮嘱了几句注意事项，就批准了他深夜回研究室查阅名录的请求。

40 分钟之后，柳弈从研究室里打电话给在图书馆的方夏，将能做地高辛血液浓度检测的几家机构告诉了他，其中果然就有 Q 大附院。

"好，我知道了。"

方夏飞快地记录下几个实验室的名字，然后真诚地说道："学长，谢谢你，今天真是太麻烦你了。"

"还行吧，反正你欠我一顿饭是肯定跑不掉的。"柳弈在电话里笑了笑，"但你知道了这些有什么用？你打算怎么做？"

"那个，其实嘛……我现在不是在 Q 大附院里实习吗？"方夏一边说着，一边心虚地左右看了看，然后压低声音说道："我认识 ICU 里的一个护士，她跟我关系挺不错……我想拜托她在帮回广君抽血的时候，多抽一管带给我，然后偷偷地拿到别的实验室去，再检查一次他地高辛的血药浓度。"

"所以你是觉得，附院的检查结果有问题？"柳弈听了以后，在电话那头挑了挑眉。

"我也不知道。"方夏的声音听起来有些茫然，"不过，我打算将所有可能性全都排查一遍……我想，其中一定有我想要知道的真相。"

"不错，这思路很对。"柳弈爽朗的笑声透过听筒传了过来，让方夏听得隐隐有些脸红。他觉得这位学长真是太厉害了。柳弈那从骨子里透出的潇洒和乐观，对于这些天来备受折磨的方夏同学来说，简直就像是一个在黑暗中徘徊的迷路旅人，终于看到了远方的一盏明灯一般，让他重新寻找到前进的方向。

"嗯，谢谢……"

方夏用力地吞咽了一口唾沫，将眼中的热意压了回去，又重新道了一次谢。

"对了。"

柳弈并没有察觉到小方同学的心潮澎湃，他想到的是另一件事儿。"你把回广君的血样送检的时候，顺便把其他常见的洋地黄类药物的血药浓度也一块儿做了吧。"他建议道。

"啊？"这次轮到方夏诧异了，"什么意思？"

"就是洋地黄类的那一整套，特别是有口服剂型的那些都检查一下。"柳弈解释道，"毕竟这些强心药的中毒症状，都和地高辛的症状极其相似，既然要查，那就一并查了吧。"

"可是，不同种类的洋地黄类强心剂，在检验血药浓度的时候，能准确区分吗？"方夏虽然明白了柳弈这个建议的用意，但他毕竟是学临床的，对检验方面的知识仅仅懂一些皮毛。

"那得看用什么检验方法了。"

柳弈想了想："这样，你把血样送到这个地方……"

他仔细地翻了翻名录，然后告诉方夏一个药物研究所的名称和地址。"他们的洋地黄类药物检测开展得很全，应该没有问题。"

"然后呢？"薛浩凡听得津津有味，几乎是每到一个关键节点，就忍不住开口追问。

"那之后，自然是把血样送去做检查了呀。"柳弈替方夏回答道。说完，他朝不知情的三人神秘一笑，道："你们猜，结果如何？"

"还有你这样吊人胃口的！"薛浩凡立刻不干了，把柳弈撇到一边，扭头盯着方夏，满怀期待地问："方子，你快告诉我，之后怎么样了？"

"我那天一大早就把回广君的血液送过去了，接收了标本的药物研究所下午就把结果发给了我。"方夏是个厚道人，即使是在说故事，也不擅长卖关子。他老老实实地把结果说了出来。

"除地高辛外，还有洋地黄毒苷、西地兰和毒毛花苷 K，全部都没在回广君的血液样本里检出。"

"什么意思？"薛浩凡睁大了眼睛，"就是说，被害人根本没服下过这些药物？"

方夏用力地点了点头，肯定了薛大记者的猜测。

"等等……给我搞糊涂了！"薛浩凡抓了抓额发，满脸写着混乱，"我刚刚还以为你们会告诉我，是 Q 大附院的检查出了纰漏，以为是药物 A，但实际上是同种类的药物 B！"

对一个非医科出身的人来说，薛浩凡实在记不起那一大串名字极为相似的药品名称，只能用 A 和 B 来区分了。"但你现在告诉我，受害人的血里，其实任何一种都没有？"

"嗯。"方夏很肯定地重复了一遍，"常见的洋地黄类药剂，全都没有。"

"这……"薛浩凡想了想，说出了自己的另外一个猜测，"会不会是距离回广君中毒的时间太长了，经过治疗，毒素已经都排出去了，所以才检查不出来？"

"这应该不可能。"同样听得很认真的江晓原插嘴说道。

他作为一个正努力争取两年后成为自家导师同事的预备法医，洋地黄类药物的毒理问题，是必须掌握的基本知识，于是当即反驳道："地高辛的平均半衰期大约是36小时，要基本从体内排出起码需要7天以上，而且连血液透析也没法快速清除。如果当时回广君的地高辛血药浓度真的直逼致死浓度的话，3天之后复查，不可能一点儿都检查不出来的。"他顿了顿，又补充道："而半衰期短的洋地黄类强心药又很少有口服剂型，很难用于投毒啊……"

江晓原说完以后，表情更疑惑了。

"但回广君的情况完全符合洋地黄类药物的中毒症状啊，怎么会检不出来呢？"他看向柳弈，"还有，那Q大附院的地高辛血药浓度结果又是怎么回事？"

"不是常见的洋地黄类药物，还可以是别的啊。"柳弈朝他快要把脸皱成一个包子的徒弟笑了笑，给了他一点提示："比如，我们这儿夏天常常能看见的那些花儿……"

"啊！那个！"江晓原恍然大悟，"我知道了，夹竹桃！是夹竹桃！"

柳弈点了点头："对。"

夹竹桃作为一种常见的观花绿化植物，全株有毒，其毒性成分正是各种强心苷类。因此，夹竹桃的中毒症状自然也与洋地黄类药物的中毒症状非常相似。

"但既然是夹竹桃引起的中毒，那么为什么回广君在Q大附院做的地高辛血检会显示阳性结果？"戚山雨也蹙起眉，"两者的毒性成分总不可能是一样的吧？"

"当然不一样啊！"

江晓原虽然也没想明白这个问题，但依然抢先一步回答道："夹竹桃所含的强心苷类明是欧夹桃苷或者黄夹次苷，无论用什么方法做检验，也根本不可能和洋地黄类混为一谈的！"

柳弈微笑着拍拍自家学生的脑袋说："对。"

戚山雨却在听完江晓原抢答的瞬间，想通了其中的关键。他看向柳弈："所以，做出那份错误检验报告的人，就是真正的投毒者，对吧。"

"Bingo！"柳弈满意地笑了起来。

而薛浩凡和江晓原两人，还是一脸蒙，显然没厘清这其中的关键。

"你们还记不记得，方夏说过，我当年那个宿舍，还有两个检验科的学生？"展星洲叹了一口气，决定自己来说明。

"他们两人，就是给回广君投毒的主谋和从犯。"

薛浩凡震惊道："这是什么神展开？！"他是万万没有想到，当初他在猜测谁是凶手时，被他第一个排除出去的那两个检验系的室友，竟然才是真凶！

"虽然我现在是真的很想知道，他们为什么要投毒害你们寝室那位倒霉的回广君同学，还有为什么要把你整成凶手……"薛浩凡依然显得有点儿混乱，显然是还没有从这个令他大吃一惊的答案里回过神来，"不过一码归一码，得先把重点搞清楚。"他以一个记者的采访逻辑，努力把不由自主开始发散的问题拉回到主线上。"你那两个检验系的室友，当时到底是怎么做的？"

"后来根据我那两个室友对警方的案情交代……"展星洲回答道，"其实这个投毒案的开端，在于其中一人在 Q 大附院实习的时候，接触到的一桩地高辛中毒案。"

当年参与投毒的两名检验系学生，主谋叫吴有良，而共犯叫桑海。

身为主谋的吴有良在 Q 大附院实习，轮转到心血管科的时候，有一天半夜，急诊送上来一个年轻的小伙儿。

那小伙儿因为失恋，一时间想不开，偷偷拿了家里的药盒，一口气吃下了 20 片地高辛和 10 片倍他乐克，后来被家人发现，送到医院，在急诊折腾了一番之后，转到了心血管科里。因为病人情况紧急，值班医生忽然想到自己带的这小实习生好像是检验系里轮过来的，应该和检验的人熟啊，于是就支使吴有良去检验科催结果。

他记得，当时检验科的值班医生，拿着那小伙儿的地高辛血药浓度报告，看了一眼数值之后，随口说了一句："上回看到数值这么高的，还是上个月公安局送来的自杀的老太太的血样了。"

吴有良出生在 X 省的小县城里，家境贫寒且兄弟姐妹众多，父亲在他还小的时候外出务工，在工地上伤了腿，落下终身跛行的残疾，母亲则在他年幼时就抛下家里老小，离家出走至今行踪不明。

可想而知，吴有良的童年和青少年时代过得有多艰难。

贫寒家庭、备受他人奚落的成长环境，让吴有良养出了一副心机深、表里不一的性情，即使脸上挂着讨好谄媚的笑容，心里却可能早就恨毒了一个人。

后来他怀着一定要出人头地的决心，刻苦读书，终于凭着不错的成绩和身为少数民族的政策优待，考上了顶尖学府之一的 Q 大。

然而，进入了大学校园这个小社会，吴有良才终于深刻地体会到原生家庭带来的仿若天堑的巨大差距。他所在的 8 人寝室里，回广君家里有钱，老爸又是 Q 大的领导，自然要风得风，要雨得雨，平日里飞扬跋扈，花钱如流水，而且特别看不起家境不好的吴有良。

吴有良和回广君同寝的这 4 年多以来，虽然脸上从来不显，但其实早就恨透了回广君，只恨不能亲手将他弄死。

几个月前，回广君靠他爸的关系评了优，拿到了学院的特等奖学金名额，大手一挥，就把他的狐朋狗友全部喊来，用那笔抵得上吴有良半年生活费的钱，请他们下了馆子。吃完之后，回少爷拿着账单拍了拍吴有良的脸，笑着说了一句："投胎是门技术活，像我这样的，你等下辈子怕都轮不上吧！"

也就是这一句话，成了吴有良执意报复的根源。

后来，吴有良受那吞服地高辛自杀的小伙儿的启发，就此产生了投毒杀人的念头。

但无论是地高辛还是其他能较小剂量就置人于死地的药物，都不是他一个小小实习生能轻易搞到手的。

吴有良在心血管科实习的两周时间里，处处盯着机会，最后也只偷到了一支用过的地高辛的空安瓿。

安瓿里面余下的药液，大约只有堪堪盖住小玻璃瓶底部的量，加上是针剂，口服吸收效果不佳，想来投毒杀人绝对不够。

于是他转而求其次，想出了另一个方法。

恰好他的室友兼同班同学桑海，因为女朋友被抢，同样对回广君怀恨在心，所以两人一拍即合，联手策划了一出祸水东引的投毒嫁祸案。

吴有良算好时间，在自己和桑海轮转到检验科的时候，将用夹竹桃树皮煎出的水，兑进了瓶装凉茶里面，把凉茶给回广君之后，他就回单位值夜班去了。桑海则负责盯着回广君喝下凉茶，并趁机处理掉做过手脚的凉茶瓶子，再用回广君前一日喝的空瓶替换掉，以防警方查验时露出马脚。

等回广君毒发送医，两人在论坛上发了那篇早就准备好的匿名贴，将所有人的视线引向根本不存在的地高辛，还有被他们选作替罪羊的展星洲。

"吴有良的心思非常缜密，他在实施计划之前，借实习之便，仔细地研究过Q大检验科的运作。"方夏说道，"他特地让回广君深夜毒发，深夜送院，因为夜班时检验科里的值班人员很少，他就可以逮着机会偷偷在回广君送检的血样上动手脚。"

"原来如此，真是够狡猾的！"江晓原听得一拍大腿，"他之前偷的那支用过的地高辛，投毒不够，但添加进送检的血样里，那是绰绰有余了啊！"

"嗯，就是如此。"方夏点了点头。

"因为回广君的症状跟典型的洋地黄中毒完全吻合，所以一旦在他的血样里检出地高辛，无论是医生还是警察，也不会想到其实他服下的是另外一种强心药。"

薛浩凡和江晓原都连连点头，表示凶手这个计划真是太狡猾了。

"我有个疑问。"戚山雨听到这里，却开口提出了自己的质疑，"既然人是送到医院救治的，那么医生肯定不可能只检查一次地高辛的血药浓度吧？而吴有良又不可能一直不下班守在检验室里，他难道不担心万一医生在他不在的时候，又给回广君复查一次，两者结果完全不同，会引人怀疑吗？"

"他当然会有这个忧虑。"方夏点了点头，"所以他才要和桑海合谋，轮班守在医院，保证在回广君情况稳定或者死亡之前，起码要有一个人待在检验科里盯着他的送检血样。"

他说到这里，忽然笑了笑。"不过，毕竟是人为地往样本里做手脚，他们做得不够谨慎。"方夏解释道，"在我向警方告发案情以前，回广君一共查过三次地高辛血药浓度，结果波动很明显，忽高忽低，根本不符合药物代谢动力学的规律——这个破绽，也成了后来警方的一项重要证据了。"

"这事儿也就放在十年前，才让吴、桑两人有空子可钻。"柳弈轻轻地嗤笑了一声，"现在涉及刑事犯罪的投毒案，经常需要第三方的检验报告复核，而且样本多半也是送到公安部门下属的研究机构去。"

"就是就是。"江晓原连连点头，"像我们法研所，自己就能做绝大部分的常见毒物检测了！"

"那后来呢？"一旁的薛大记者追问道，"还有吴、桑两人又为什么要把投毒的罪名嫁祸到阿展身上？"薛浩凡一边问，一边扭头看了看坐姿端正、气质上佳的展星洲，心想这位展博士言行举止一派君子端方，无论怎么看都不像那种恃强凌弱会欺负室友的人！所以，他到底怎么招来室友的怨恨，非得将这口差点毁人一生的黑锅往他头上扣的？

方夏回答："回广君抢救回来了，案件也水落石出，警方和学校也发了公示，替星洲洗脱了污名。后来回广君他爸刚好在那段时间因为侵吞经费问题被抓了，回广君的留学名额也吹了。本来Q大想把名额还给星洲，算是补偿，但我和星洲都腻烦死了这些乱七八糟的事儿，就把名额拒了，我们一起考了鑫海市这边学校的研究生。"

他顿了顿，然后继续说道："至于吴有良他们为什么要嫁祸到星洲身上，警方后来也问过他们这个问题……"

方夏和展星洲对视了一眼，都从对方的眼中看到了无奈。即使已经过去了整整十年，再谈起这件事的时候，嫌犯当年给出的回答，依然令他们感到难以释怀。

方夏摇了摇头说："其实，以前星洲跟吴有良关系还不错，偶尔一起去食堂或者图书馆，星洲还经常借笔记给他，两人当室友那么长的时间，从来没发生过争执。后来他交代说，之所以要嫁祸到星洲身上，是因为他知道星洲在参与一个地高辛的药理课题，而且回广君占了星洲留学名额的事儿在年级里尽人皆知，会让人觉得星洲有充分的作案动机……还有……"

他深深地、长长地叹息了一声："还有，吴有良一直都觉得，星洲对他的关照，是一种怜悯……让他觉得很恶心，让他觉得自己被人看不起。"

"极度的自尊心，同时也意味着极度的自卑。"薛浩凡当记者这些年，社会版新闻里什么奇葩事儿没有遇过，所以倒也不觉得吴有良当时的回答有多么难以理解。

这世界上就是有那么一些人，因为自己日子过得很苦，所以就对一切比他过得好的人抱持着一种尖刻的恶意，觉得日子优渥的人对他们释放的好意，不过全都是伪善，只是以高高在上的眼光在蔑视他们、看不起他们，就像施舍给蝼蚁的怜悯罢了。于是他们总盼着那些人倒霉，越倒霉，他们就越幸灾乐祸。而展星洲这样有才有貌，家境也不错的学霸，在吴有良看来，无异于羡慕嫉妒恨的具象化目标。

展星洲越优秀，吴有良的"红眼病""酸柠檬"就越严重。这股嫉妒一日一日地积累，渐渐发酵成最恶毒的念头以后，他就想出了要通过嫁祸和引导舆论，亲手将天之骄子从云端打落到泥里的计划。至于这毫无道理的嫉妒会不会就此毁掉一个无辜的人的整个人生，他根本不在乎！

"人性的恶意，有时候真是太可怕了……"薛大记者喃喃地道出了在场众人的共同感想。

"说到这儿，我忽然想起还有一件事儿。"方夏说得口渴了，端起自己的香槟杯子，一口气喝光，然后继续说道："那时吴有良对警方说，这计划不是他想出来的，而是有人教他的。"

薛浩凡和江晓原都没料到还有这样的"内情"，立刻都来了精神，问："竟然还能这样？"

方夏回答："吴有良说，是他的一个网友教他的，他只是觉得计划可行就照做了而已。不过后来我和星洲留意了一下案情进展，最后警方也没有逮捕第三个人，大概这所谓的'别人教的'，只是吴有良的一个托词吧。"

展星洲也点了点头，努力回忆了一下："我记得，吴有良管那所谓的网友叫……'导师'？好像是这个称呼吧……"

第八章 !!!!!!!!!!!!!!

轮到你了

也许是从去年年中到今年年初的这9个月时间里大案频发，把2年的工作量都压缩在一起了，在柳弈病休的一个月时间里，倒是十分风平浪静，再没有什么烦心的事儿，他就这么悠闲地休了一个长假。

鑫海市重新恢复了平静，连带着市局的工作量也减少了许多，戚山雨也终于恢复了作息，除了值班，能准时上下班了。

前段时间柳弈刚刚伤愈，戚山雨经常去他家里照顾起居饮食。

于是柳弈干脆将客卧收拾出来，他爱什么时候来就什么时候来，爱怎么住就怎么住。后来柳弈的伤好了，休假结束，也开始了正常上班，不过因为他家离法研所和市局都很近，戚山雨的妹妹又是住校生，一来二去，他们倒变成了室友。

时间到了七月上旬，周五，戚山雨照例准时下班，跟妹妹打电话报备过以后，就带着一背包的换洗衣物，到了柳弈的公寓里。

半小时之后，他站在柳弈的家门外，"叮咚、叮咚"按了两次门铃。

但一分钟之后，屋主仍然没开门，戚山雨干脆自己摸出钥匙，打开了屋门。

客厅里弥漫着一股浓烈的焦煳味儿。

戚山雨大吃一惊，连忙把背包往玄关的鞋柜顶一甩，三步并作两步，冲进了厨房里。

厨房里已经烟雾缭绕，活像火灾现场。

而柳大法医手持一口熊熊燃烧的平底锅，正要往水池子里扔。

"柳哥，别扔，快住手！"

戚山雨一边喊着，一边以自己在公安大学里曾经名列年级前茅的短跑冲刺速度，一个箭步抢上前来，夺过柳弈手里烧得正旺的锅，又抄起台上的锅盖，"啪唧"一下盖严实。

断了供氧，锅里的火很快就熄灭了。

戚山雨这才关了灶台的火，重新将平底锅搁了上去，心有余悸地打开锅盖看了一眼。

平底锅里躺着一块焦黑得看不出本色的肉块，还有一些滋滋冒着白烟的奇怪液体。

"亏你还是当法医的！"戚山雨扭头，凶巴巴地对柳弈说道，"难道不晓得锅着火了不能直接用水灭吗？物理常识呢，盖锅盖你不知道？"

"这不是一着急没想起来嘛……"柳弈瘪了瘪嘴，心虚地抬头看天、低头望地，就是不肯拿正眼看戚山雨。"再说了，谁知道锅会忽然起火啊，我没做心理准备嘛！"

戚山雨真是哭笑不得。这位柳大主任，真是什么都好，容貌俊美、头脑一流、性情讨喜，偏偏是个家务废材。

以前戚山雨只知如果没有家政来帮忙打扫，柳弈能把自己的房子住成狗窝，现在看来，他不仅不会收拾屋子，还是个能把厨房给烧了的主儿。

"你到底干了啥？"戚山雨问道，"好端端的锅怎么会烧起来？还烧得那么旺？"

"我就想煎个牛排而已。"

柳弈委屈巴巴地回答："可能火开得大了，那肉就粘锅了。所以我就想往锅里加点儿汤汁什么的应该就好了……"

他说着，朝灶台边上抬了抬下巴。

戚山雨扭头一看，立刻就看到了灶台旁边搁着的一瓶开了封的红酒——显然柳弈所谓的"加点汤汁"，是直接把红酒一下倒进油锅里。

"这真是……"

戚山雨无语，心想还好他及时赶到，不然非得酿出个小型火灾不可。

"好了，好了，红酒煎牛排是吧，我来，我来。"

他抓住柳弈的肩膀，一个旋身把他来了个 180 度转向，干脆利落地推出了厨房。

"牛排我要嫩一点的，记得啊！"

柳弈不死心地扒着门框，叮嘱了一句，然后愤愤然低喃道："我看菜谱很容易的啊，怎么真弄起来那么麻烦啊！"

"不，并不麻烦，真的很容易，只是你厨艺实在太差了而已。"戚山雨一边熟练地用锅溶化黄油，一边默默地吐槽。

戚山雨的动作很快，煎好柳弈指定的红酒牛排，又煮了一锅意粉，还烧了一海碗小白菜虾米丸子汤。

一顿中西合璧的晚饭摆上桌，才刚刚过了 15 分钟。

"你动作还真快啊！"

柳弈从书房里出来，才把屋子里的所有窗户都打开了通风，味儿还没散尽，大厨就已经把饭做好了。

戚山雨将餐盘餐具摆好，朝柳弈笑了笑："来吃吧，试试满不满意。"

柳弈对好友的手艺，自然是一百个放心。

吃饭时，戚山雨忽然问了柳弈一个问题："柳哥，你明天有没有空？"

柳弈想了想说："应该没事。"他笑着问道："怎么，明天你有什么安排吗？"

"其实，明天……"戚山雨犹豫了两秒，还是决定坦白交代，"明天蓁蓁那丫头说要去见网友，我有点儿担心，所以……"

"等等，"柳弈闻言一挑眉，"我觉得蓁蓁是绝对不会同意你跟着她去见网友的，对吧？"以他对年轻小姑娘的了解，柳弈敢打包票，这点自己绝对不可能猜错。"所以，你是打算跟踪她？"

戚山雨不说话了，就等于是默认。

"喂！你至于吗？！"

柳弈简直都不知道该作何表情了。"蓁蓁都是大姑娘了，又不是什么不懂事的孩子，你给她点儿自由吧！"

"她才17岁。"戚山雨闷闷地回答，"而且见网友这种事，还是有风险的……"

他虽然理智上知道见朋友对现在的年轻人来说，简直是普通得不能再普通的行为，而且在大白天约在金拱门，也很难出什么事儿。但奈何他是个市局重案组的刑警，平时接触的都是杀人放火分尸灭门的大案子，眼看着花儿一样漂亮的妹妹要出门去见陌生网友，就难免想得特别多。

"你不知道，"戚山雨垂下眼皮，郁闷地说道，"我明明都从她的手机里听到男人的声音了，她却骗我说，星期六要去见的是个女生，所以我……"

"好，我懂，我明白了！"柳弈算是听懂了，小戚警官这是伤心了。因为还没成年的妹妹要见陌生男人，而且还为了网友对哥哥撒了谎。

"好吧，你要跟就跟吧。我明天也陪你一起去。"柳弈想了想，决定牺牲自己一天的假期，给好友撑一撑场子。

戚山雨眼神一闪，似乎还在犹豫。

"没事，多个人多一份力嘛。"柳弈笑着打趣道，"而且，万一你明天一时冲动，没忍住上去揍人，我还能帮忙拉架呢！"

"噗！"戚山雨被他逗笑了。

明天的计划，就这么定了下来。

凌晨时分，距离鑫海市约2000公里外的东亚某国首都T市，一间五星级宾馆。

X大心理学的副教授嬴川用房卡刷开1228室的房门，走进了房间。

他抬手扯松系了一整天的温莎结，甩脱厚重的西装外套，再伸手揉乱用发胶固定住的刘海，然后从包里抽出他的手提电脑，搁在了小书桌前。

然后嬴川低头看了看手表，表盘上一大两小三个时钟，显示现在是北京时间的凌晨2点，T市本地时间的凌晨1点，美国S市中午的12点。

他和"某人"约好的时间已经到了。

于是他打开手提电脑，又从行李箱里翻出一块创可贴，贴在了电脑的摄像头上。

虽然他不会打开摄像功能，但能够在暗网上来去自如的，谁没点儿黑客技术，有备无患，他可不想被对方得知自己的长相。

做完这些准备工作，他才打开电脑，手指敲击键盘，经过层层关卡，以不会在网络上留下可追踪痕迹的方式，登录了暗网，然后连接到一个聊天窗口。

"Hi，"耳麦里传来一个变声器加工过后仿若老者的声音，用的是带点儿口音的中文，"你迟到了3分46秒。"

赢川调整了一下耳麦的角度，回答道："Mask，抱歉，今天工作晚了。"在变声器的加工下，他的声音听起来尖细、轻柔，雌雄莫辨。

"Never mind."（没关系。）被他称为"Mask"，也就是"面具"的人，也同样没有打开摄像头，只在聊天框的右上角设置了一个白色的万圣节笑脸面具作为头像，他用低沉嘶哑的老人嗓音回答："Professor，你发给我的资料，我已经看完了。"

"哦？"赢川笑着问道，"你觉得怎么样？"

"很不怎么样。"面具冷冷地回答道，"做得太糟糕了。"

然后赢川听到了耳机里传来"咔嚓、咔嚓"的声音，像是有人在吃松脆的零食，而咀嚼声经过变声器的加工之后，变成了仿佛指甲刮擦黑板的刺耳声音。

"手法太失败了，而且破绽太多了，最要命的是，没有一点儿美感！"面具男一边吃着零食，一边评论道，"还有，他竟然是将人勒死了以后才敢对尸体下手？哈哈，懦夫！胆小鬼！他根本不懂什么才是真正的杀戮美学！"他咽下口中的食物，做了一下总结："Professor，你的水准退步了。"

"是啊，"赢川的语调依然十分平稳，"优秀的学生总是很难找的。"他顿了顿，然后问道："你呢，最近有什么得意之作吗？"

"呵呵。""面具"发出一声沙哑的冷笑。

然后赢川的电脑收到了一个暗网加密视频的链接，他移动鼠标，点击了一下，弹窗跳出，画面中是一个被胶纸捆绑在椅子上的年轻白人。

视频里的光线很暗，但摄像头几乎直接照到那年轻人的脸上。赢川看到，那人有着一头铂金色的柔软卷发、一对轮廓深邃的漂亮眼睛，以及笔挺秀气的鼻梁，这是个颇为英俊的男孩儿。

只是这孩子显然刚刚经历过非常糟糕的虐待。他不着寸缕的身上横七竖八遍布着各色伤痕，有刀子切割出的血淋淋的伤口，有钝器击打后留下的瘀青，还有长长短短的不知道是棒子还是鞭子留下的条状血痕……

年轻的男孩儿胸口还在微微地不甚规律地起伏着，他的伤势极重，但是还剩了一口气。这时，旁边伸出一只戴着黑手套的手，用力抓住了男孩儿沾满血污的浅金色头发，猛地朝后一拽，让他的脖子暴露在镜头前。然后一把长长的猎刀横过他的颈前，锋刃一拉，猛地割开了他的喉咙。

影片到此结束。

"如何？" "面具"的声音即使经过变声器的处理，苍老音色依然难掩得意，明显他对自己的"杰作"感到非常骄傲。

嬴川唇角牵起一抹冷笑，说："很精彩。"

"呵呵……！" "面具"再度发出嘶哑的笑声，"我已经准备好了。"他说道："下一部作品，一定会比这个还要精彩百倍！"

嬴川也轻声笑了起来："很好，Mask，我拭目以待。"

"太久没听过有人跟我说成语了，我都差点儿要听不懂了。"

"面具"回了他一句调侃，顿了顿，忽然换了个话题："你呢？"

他问道："怎么样，你重新遇到你的缪斯了吗？"

"遇到了。"嬴川回答道。

"哦？她怎么样？"

"面具"跟导师交流时，除了对方的理论，他最感兴趣的，就是导师跟他提起过的，那个曾经揭穿了他第一个犯罪构想的缪斯女神。

"他很好。"提到自己的"女神"，嬴川的眼角牵出两道笑纹，"他非常好，比我记忆里的还要更好。"

"优秀到，让人想毁了他……"他说着，舌头无意识地舔了舔干燥的嘴唇。

第二天，戚山雨和柳弈起得很早，收拾了一下，开车回了戚山雨的家，把车藏好，跟俩跟踪狂似的，蹲在楼下的隐蔽角落里，等戚蓁蓁出门。

早上9:40，戚蓁蓁穿着浅蓝色的无袖T恤和短短的牛仔热裤，趿拉着一双绑带凉鞋，高高兴兴地下了楼。

戚山雨盯着妹妹穿得十分清凉的窈窕背影，表情十分纠结。那么漂亮的妹妹，要见的竟然是个陌生的异性网友。

"别担心，别担心！"柳弈连忙拍着好友的背安慰道，"我们这不是跟着嘛，不会让她遇到一点儿危险的！"

戚蓁蓁完全没有察觉到身后缀了两条尾巴，一路步行到地铁站，上了2号线，坐了四站，来到一处繁华的商业广场，然后进了一家金拱门。

"你看，她真是去金拱门！"看到戚蓁蓁的目的地，柳弈又拍了拍旁边一路沉着脸的戚家哥哥，"起码这点你妹妹没骗你吧？"

"嗯。"戚山雨应了一声，脸色总算好看了一点儿。

"哎，小七，这边，这边！"两人正低声说着话，忽然看到稍远处有一桌站起一个穿背带裤的年轻人，朝着戚蓁蓁直招手。

柳弈和戚山雨此时就站在戚蓁蓁身后十几步的距离，赶紧装作没事人一样，闪到角落的一张空桌子旁，坐下之后，对视一眼。

这一刻，戚山雨简直不知道应该怎么样形容自己的心情。

那个朝戚蓁蓁打招呼的年轻人，虽然剪了一头比戚山雨还要短的头发，说话的声音十分低沉，听起来甚至很像刚到变声期的男孩子，但是她的身材曲线玲珑，胸是胸腰是腰，只要不是八百度近视，都能看得出，那是个如假包换的女孩儿！

"……我觉得，蓁蓁是真没骗你。"柳弈用一种莫名怜爱的目光看向小戚警官，伸手敲了敲他的头，"人家说话声音虽然是低了点，但的确是个女生啊……"

"我知道，"戚山雨垂着脑袋，蔫了吧唧地回答，"不亲眼看到，我就是不放心嘛！"

两人又等了一会儿，戚蓁蓁和短发背带裤女孩儿的那一桌，又陆续来了两个年纪相仿的小姑娘，四个女孩儿聚在一起，立刻跟一群出闸的鸭子一样，聊得格外欢畅。

"这下你可以放心了吧？"柳弈粲然一笑，说："走吧，让她们几个小女孩儿好好地聊，我们也去逛逛吧！"

戚山雨到底还是不敢大意，又拉着柳弈守了整整 4 小时。

到下午 2 点多，戚蓁蓁终于和网友们聊够了，才各自回家去了。

两人站在地铁站的走道边上，目送戚蓁蓁脚步轻快地蹦进了闸口。"好了，你这次总算能安心了吧？"

戚山雨抿了抿唇，想了想，有点不好意思地说道："谢谢……今天耽误你时间了，对不起。"

柳弈差点儿没笑喷出来。柳弈起身，拍拍手说道："不耽误，不耽误。走，哥带你吃喝玩乐去！"

两人沿着与地铁站相连的地下商店街一路闲逛，不知不觉绕到了电影院门口。

柳弈随便挑了一部舶来的惊悚悬疑片，拖着好友一起进了电影院。

电影说的是一个身有残障的年轻姑娘，父母兄长一块儿出门度假，留下她一个人在一栋大宅里过周末，却遭遇几个心怀叵测的不速之客，姑娘如何在熟悉的家中独立躲避和求生的故事。

剧情虽然是重复了无数次的老套路，但情节紧凑刺激，气氛渲染得不错。虽然柳弈身为专业人士，看到满屏飞溅的血浆总是忍不住思考这个场面的合理性，但一路看下来，觉得总体还是值两张电影票的钱。

不过柳弈发现，坐在他旁边的戚山雨，全程都心不在焉。

两人是赶在开场前才买的票，已经没多少好位置了，又不喜欢和其他人挤，干脆选了最后一排，所以他们前面和左右都是没有其他观众的。

看电影的过程中，柳弈好几次侧头，都发现戚山雨的脸虽然朝向屏幕，但视线微微朝旁边偏转。

大屏幕里褐发碧眼的漂亮姑娘一脚踏空，摔下楼梯，又挣扎着爬起来，赶在杀人狂追上她以前，一瘸一拐地逃进了地下室里。"怎么？你不喜欢这部电影？"

"唔，没。"

戚山雨不置可否地应了一句，显然心思不仅没放在电影剧情上，而且可能根本就没认真地听身边的人说了什么。

柳弈的眉头皱了起来。不过他没有急着继续追问，而是将视线移回屏幕上，耐心地等待电影结束。

半小时后，荧幕里的女主角成功反杀掉最后一个闯入者，在姗姗来迟的警车包围之中，听着警笛的尖锐蜂鸣声，瘫倒在地上抱头痛哭，影片到此结束。

片尾曲悠扬凄婉的女声吟唱响起，字幕缓缓上行，放映厅重新亮起了灯，观众们都纷纷站起身，穿过排排座椅，陆续离开。

但戚山雨制止了柳弈起身的动作，好像要等彩蛋一样，继续坐在座位上，一直到其他观众全部走光，他俩才离开放映厅。

"到底怎么回事？"柳弈跟在戚山雨身边，一起穿过电影院贴满海报的长长的走廊，脸上疑虑的神色更重了。

"嗯，等等……我还不是很确定。"戚山雨轻轻地摇了摇头，答非所问道，"让我先确认一下……"

说着，他领着柳弈，两人慢慢地顺着电影院所在的商场，一层一层地绕圈。他们从人头攒动的电子产品区开始逛，渐渐走向人流量稀少的切花、热带鱼和装饰品区域。

戚山雨站在一个足有一人高的组合柜大鱼缸前，状似认真地研究着一条在鱼缸里悠然画着八字圈的金龙鱼，大约看了5分钟之后，回头朝柳弈笑了笑说："我们走吧。"

于是两人迎着导购小姐一脸狐疑的眼神，穿过花团锦簇的各色假花和绿植，走向右前方的一个扶手楼梯。

这时，一对母女说说笑笑地从他们身边走过，年轻的妈妈注意到柳弈和戚山雨的长相，说到一半的笑话卡顿住，目光不由自主地在两人的脸上多停留了好几秒。

戚山雨目不斜视，与母女擦肩而过，忽然毫无预警地加快脚步，柳弈也跟着一阵急奔，一步迈两级楼梯，两人瞬间从原本的三楼登上了四楼。

他们转过楼梯旁的一根大柱子时，戚山雨忽然来了个急刹车，然后和柳弈一起躲在了柱子与楼梯的夹角里。

"喂！"柳弈这次是真的震惊了，"你到底要干吗？！"

"嘘！"戚山雨示意柳弈别吱声。

他在心里开始数秒，数到第30下的时候，忽然从柱子后面探出身体，从扶手栏杆上往下看。

刚好在同一时间，一个穿着灰褐色连帽衫的中年男人也正快步从楼梯口绕出，抬头往上看。

他这一仰头，刚好和戚山雨对视，在两人目光相触的刹那，戚山雨和连帽衫男人的脸上，不约而同露出了震惊的神色。

"站住！"戚山雨先是一愣，然后大喝一声。他的话音出口的同时，连帽衫男人扭头就跑。

"站住，别跑！"

戚山雨立刻单手往栏杆上一撑，从楼梯上跃下，一次跳过半层楼高度，朝着连帽衫男直追过去。

柳弈此时也从柱子后面探出脑袋，却只来得及看到戚山雨一闪而过的后脑勺。

逛街遛弯忽然变成了警匪片现场，柳弈简直不知道应该说些什么才好了。

更糟糕的是，他根本不知道那个忽然出现的中年男人到底是谁，更不知道戚山雨干吗要追他，真是连想报警都不知道该跟 110 如何描述。

与此同时，戚山雨已经追着人连跑了三层楼梯，从安全出口冲出，一前一后穿过一楼大堂，在无数人惊诧的大叫声中狂奔出大门，跑到了街道中央。

按理说，以戚山雨的跑步速度，想要抓住一个人，简直毫无悬念。

但这个衣着打扮和气场都非常不显眼的中年男人，竟然跑出了几乎和他不相上下的速度，而且身形灵活，专门往人少曲折的旯旮里钻，简直比泥鳅还要滑溜。跑进一条小巷子的时候，还随手推倒了路口的一台垃圾车，翻滚的垃圾桶和散落的垃圾袋顿时把狭小的入口堵得严严实实。

戚山雨不得已来了个急刹，在他试图跨过的同时，连帽衫男人已经一头扎进了巷子深处，从他的视野里彻底消失。

10 分钟后，戚山雨回到之前那一家购物商场，果然看到了站在门口等他的柳弈。

"怎么？"柳弈抱着胳膊，沉声问道，"人没追上？"

戚山雨摇了摇头，表情颇为凝重。

柳弈皱眉看向他："好了，现在来说说吧，到底怎么回事？刚才那人是谁？他在跟踪我们？为什么？"

戚山雨露出一个颇为无奈的笑容。"走吧，我们回去再说。"

因为刚才那一场突然的插曲，柳弈和戚山雨两人各怀心事，也没有了继续逛街吃饭的兴趣，干脆就地拦了一辆出租车，径直回了柳大法医的公寓。

一路上，柳弈瞅着小戚警官深深紧锁的眉头和抿得笔直的唇线，于是没急着追问，而是让对方先想一想。

回到家里，他拿出滴漏咖啡壶，先泡了两杯加了炼乳的咖啡，端着咖啡，回到客厅，将其中一杯递给戚山雨，"所以，我猜，那个人你认识？"

戚山雨接过柳弈手里热腾腾的咖啡，凑在唇边啜了一小口，老实承认："我确实认识。"

他停顿了几秒，说出了答案："他是我爸还在世时的搭档。"

柳弈猛地抬头，盯着戚山雨的眼睛问："是那个……搭档？"

虽然已经过去了好几个月，但柳弈的记忆力是真不错，尤其是当事情与他在乎的人有关时。柳弈分明记得，戚山雨说过，当年他曾经亲眼撞见自己妈妈的出轨现场，而对象就是他爸的搭档。

"没错，就是他。"戚山雨点了点头，肯定了柳弈的疑问。

"他的名字叫邝乐池，我以前都叫他邝叔。"

他顿了顿，继续说道："他和我爸是十多年的老搭档。我爸殉职之后，他就辞去了刑警的工作，很快就从原来住的地方搬走了。我已经13年没见过他了，当然也没有他的联系方式。"

"所以，今天他是在跟踪我们？"

柳弈疑惑地歪了歪头："一个十多年没露过面的人，为什么要忽然这么鬼鬼祟祟地去跟踪一个故人之子？"

"我也不知道。"

戚山雨也感到十分困惑。

"我在看电影的时候，就发现坐在三排前的一个男人，经常掏出一块小镜子，从反光中观察后排的情况，但当时我并不确定他的目标到底是不是我们，而且放映厅里太暗，我也没看清他的长相。"他解释道，"后来我跟你在商场里绕了很久，他还一直跟在后面，我就确定，他确实在跟踪我们。"

柳弈努了努嘴："我觉得，他的目标应该是你才对。所以你就想将人逮住，问清楚他到底想要干什么？"

戚山雨叹了一口气："可惜，让他跑了……"

"算了，也不急在这一时。"

柳弈拍了拍他的肩膀，安抚道："兵来将挡，他要是真是冲着你来的，迟早会再露面的。"

戚山雨唇角挑起一抹有些勉强的苦笑，说："如果可以，我倒是更加希望……以后再也不要见到他了……"

一周后，柳弈大早上回到法研所，就接到了他重新上班以后的首桩大案。

案发的地点是距离鑫海市地铁第13号线的总站约5公里的一个郊区小镇。

该镇西面一处两层半的自建小楼，于深夜约11：30忽然着火。

火势很大，一下子就将整栋楼全部烧着，从屋里蹿出的火焰还顺风蔓延到了隔壁邻居家。

因为镇子里乱搭乱建的私宅实在太多，道路拥堵，十分狭窄，消防车根本开不进来，而且着火处周边的消防设施十分老旧，消防栓水压不足、阀口密封不良，好不容易接上管子了却出不来水，想要救火那简直就是奢望。

于是消防队只能尽可能疏散火场周遭的民众，并且控制火势蔓延。至于那栋着火的两层半小楼，消防员们也束手无策，只能眼睁睁地等着它烧完了，再去检查里面的情况。

次日清晨4点，房子终于烤得连天花板都塌了，能烧的东西也都烧光了，火势渐渐小了，消防员们才得以进入火场，扑灭余焰。在已经烧成了一堆破砖烂瓦、满是断壁残垣的废墟里，发现了多具烧焦的尸体。从现场火势和尸体情况来判断，起火原因十分可疑，案件当场就移交给了公安机关。

小镇位于东城郊警局的管辖范围，局里的法医简单勘查过现场之后，觉得火场情况太过复杂，已经超出了他们的能力范围，于是立刻和法研所联系，请他们前来协助调查。

在不久前的白骨案里，柳弈已经和东城郊警局的法医们用电话和传真打过好几次交道，不过见面倒还是第一次。

当他带着江晓原赶到火灾现场，远远地就看到小巷外头拉了一大圈警戒线，许多居民围在明黄色的警示圈外，对着那栋焦黑残破的房子指指点点。几个身穿制服的警察和法医，以及留守的消防员全都等在路口，一见他们下车，就一同迎了上来。

"里面怎么样了？"

柳弈和众人握了握手，简单寒暄过后，也不含糊，跟随消防员和警官们跨过一处倒塌的门廊，边走边直接切入正题。

"烧得那叫一个惨啊，两层楼的天花板都烧穿了，阁楼和楼梯都塌了，现在二楼上不去，要查看上面的现场，必须爬梯子。"

一个消防员解释说："一般的火灾烧不成这样，我们怀疑屋子里应该有助燃剂。"他顿了顿，又补充道："而且，附近的居民说，在我们赶到以前，听到屋子里传出爆炸声。"

消防员用手在胸前比画了一下说："一楼的天花板上开了个大洞，我们怀疑就是爆炸造成的。"

说话间，已经进入了火场。

柳弈抬头一看，果然看到两层楼都已经烧得很通透，房子大厅的天花板此时正中央开了个直径七八米的大窟窿，除几根梁柱还勉强支撑着周遭一圈地板之外，几乎很难找到其他证据证明这曾经是一个两层楼的建筑物。

"第一具尸体在这里。"东城郊警局的一个法医指了指废墟中散落的几节焦灰色块状物，迟疑了一下，又有点儿不确定地补了一句，"也许，应该是一具吧……"

柳弈蹲下身，仔细看了看开裂的地砖上一根仿佛闷烧过后的木棍的玩意儿，他从顶端焦灰色的骨关节形状分辨出，那应该是一条肱骨的上半截。他挥了挥手，示意旁边的江晓原赶紧拍照。

"已经烧到接近煅烧骨的状态了。"柳弈说道。

"尽量减少进入现场的人数，大家走的时候千万注意脚下，这些骨头都很脆，一踩就会碎成片的。"

所谓煅烧骨，是指骨头在上千摄氏度的高温之中长时间燃烧，其理化性状都发生了巨大改变的状态。

这时骨质里的碳基成分被去除，剩下无机盐之后，骨头虽然还能保持着原来的形状，但颜色已经呈现灰白色，表面布满细密的裂痕，在外力作用下极容易碎裂。

其实常见的民宅室内火灾，比如电器漏电、煤气泄漏、取暖装置起火，或者蜡烛、火柴、烟头引发的火灾等，火场的温度通常达不到能将骨头烧到煅烧骨状态的高温。

普通的室内失火，火场中心温度一般都在 900℃ 以下，而那些能够烧到上千摄氏度高温的火灾，通常都存在一些特殊的助燃剂，所以消防员们才会觉得，这栋小楼的起火原因非常可疑。

"遗骸碎成这样，还不好判断到底是几个人。"柳弈皱起眉，低声说道。

旁边一个法医听到了他的话，条件反射地问了一句："那怎么办？"

"还能怎么办？"柳弈耸了耸肩，"把残肢尽量收集起来，一点一点拼，能拼多少算多少。"

几个法医和警察闻言，脸上都同时露出了无比震惊和郁闷的表情。

清理火灾现场本来就非常费时费力，而要在一个烧得一塌糊涂的火灾现场里搜寻破损碎裂的残肢断骨，简直就是对耐心和技术水平双重的极致考验。

柳弈跟随引路的警官，又往火场深处走了一段距离，在一楼一间疑似卧房的房间里，发现了一具相对完整的尸体。尸体已经烧得表面完全焦黑，呈现出脱水后蜷曲的姿势，以侧躺的角度，斜斜地倒在床与墙壁的夹角中。

最后一具尸体，则倒在了屋子还未曾坍塌的后门处，焚烧的程度最轻，身上还能看到少量残存的衣物。从体型和服装来看，应该是个男子，只是头、脸和双手都已经烧焦了，但依然保持着两手前伸的姿势，墙上则印着数个焦黑的掌印，显然是这具尸体在生前留下的最后痕迹。

"屋子的后门被人用链条从内侧锁死了。"警察指了指那被烟和火熏烤得发黑的铁链与合金铁锁，"只是现在还不好判断到底是屋主自己锁的，还是外人为了不让屋里的人逃走才锁上的。"

柳弈点了点头，吩咐江晓原仔仔细细地给每一个细节拍照，指挥众人先把两具完整的遗体送回法研所，然后就开始和东城郊警局的法医们一起搜寻现场物证，捡拾那些被高温炙烤得发灰发脆的残骸断肢。

他这一忙活，就从早上 10 点一直忙到了太阳下山，才总算将整个火灾现场大致清理了一遍。把几十袋物证全部打包送回法研所，再分门别类归置好后，已经是晚上 8：30 了。

那栋被烧毁的两层半小民宅，属于镇上一户姓孙的人家。根据镇上居委会的说法，孙家的户主老爷子前两年因病过世，房子现在应该是老爷子的女儿和女婿在住着。

孙家夫妻二人刚刚 30 岁出头，没有小孩儿，平日经营着一家奶茶、小吃店，性格开朗友善，也从来没听说和什么人结过仇。

警方已经将夫妻二人的照片和基本资料交给了柳弈，让他务必尽快核实现场的几具遗骸之中，是不是有两夫妻的。而且，因为现场发现了多具焦尸，法医还必须尽可能地搞清楚每一个死者的身份，尤其是那具碎成了 30 多块的又脆又散的焦骨尸，柳弈光是想一想就觉得头疼。只不过，即便东城郊警局那边如何着急，这工作也不是一天时间就能干完的，拼尸、验尸和解剖的工作，肯定只能放在第二天了。

柳弈把学生江晓原打发回家，然后换下沾了满身泥灰和焦炭的制服，冲了个淋浴，随便穿了套换洗的衣服，头发湿答答地回到办公室里，往沙发上一倒，虚脱似的躺了 10 分钟，才慢悠悠地摸出手机，瞅了一眼。

微信里有好几条未读信息，都是戚山雨发来的。他昨天本来跟戚山雨约好，今晚到他的公寓一起吃晚饭。

但一个纵火案打乱了他的所有计划，于是傍晚时，柳弈就给戚山雨发了信息，告诉他今天有个大案子，虽然现在已经回了法研所，但后续收尾的活儿还不少，怕是得弄到很晚，让对方不要等他了。

结果现在他点开微信，看到戚山雨发来的消息，最后一条竟然是"没关系，我等你"，他赶紧拨了电话打过去。

"喂，小戚，你人在哪里？"电话一接通，柳弈就开门见山地问道。

电话那头稍微迟疑了两秒，才回答道："在你们单位附近。"

我就知道！柳弈忍不住在心中吐槽道。"在附近哪儿呢？"他又追问了一句。

这回戚山雨停顿的时间更长了一点儿："就……反正不远。"

柳弈其实已经听到了法研所斜对街包子铺的吆喝声，只觉得有些好笑。他一边套上外套，一边匆匆小跑出了办公室，同时对戚山雨说道："那行吧，我这边忙得差不多了，你再等我 20 分钟。"

戚山雨果然乖乖地答应了："嗯，好。"

柳弈一路快步疾行，5 分钟以内就来到了街对面那间包子铺门前。

他果然看到戚山雨穿着一身便装，正躲在店铺旁边的一处角落里，手里拿着一个纸袋，低头一口一口地啃包子。

柳弈真是不知应该说他什么才好了。

戚山雨身为经常出入法研所的刑警，只要刷脸就能进去，大可以到柳弈的办公室舒舒服服坐着等，但他就是这么个公私分明的性格，宁愿猫在街对面啃包子，也不愿意进去打搅好友的工作。

"今天是什么馅儿的？"柳弈伸手拿过戚山雨刚刚啃了两口的包子，自己尝了一口，"嗯，还行，香菇鸡肉馅的也挺香。"

"你不是说还有20分钟？"

"嗯，刚才我骗你的。"

柳弈嚼着口中的食物，弯起双眼，朝他笑了笑："知道你应该就在附近，来逮你呢。"

戚山雨稍微错开视线，看着柳弈飞速啃完的肉包子问："你还没吃晚饭？"

"随便吃了点儿，没吃饱。"柳弈抹了抹嘴，"不过现在这样也不错，就当提前吃一顿夜宵了。"他说完，又往回走了几步，从店里多买了两个包子。

两人转回法研所取了车，一同回了柳弈的公寓。

一路上，柳弈一边吃着包子，一边问道："蓁蓁呢？她现在放暑假了吧？自己一个人在家不要紧？"

戚山雨负责开车，目不斜视地说："她这星期还有补习，回学校去了，起码要到8月才能正式放暑假。"

"哎，高三的孩子，就是辛苦啊。"柳弈摇了摇头，"跟她谈过志愿的问题了吗？"

听柳弈提到妹妹，戚山雨跟孩子到了叛逆期的家长一样，不由得蹙起了眉。他们的父亲去世得早，戚山雨还只是个半大少年的时候，就有了当家的觉悟。所谓长兄为父，他和比自己小了9岁的妹妹很亲近，蓁蓁也很懂事，尤其是双亲都不在了以后，兄妹两人相依为命，她无论是学习还是生活都很自觉，几乎没有让当哥哥的操过什么心。

然而，只有这一回，小姑娘不肯听戚山雨的劝选一个轻松安全的专业，而是固执己见，坚持要跟他哥一样考公安大学，毕业以后当个刑警。

偏偏她的成绩和身体都很不错，确实条件都达标。

看到戚山雨的表情，柳弈就已经猜到了结果——这兄妹二人，肯定是谁都还没说服谁了。"没关系，这不是还有将近一年的时间嘛，以后再和她慢慢谈吧。"

戚山雨闷闷地"嗯"了一声，点了点头。

柳弈还惦记着那几具焦尸，所以第二日早早就回了法研所。

"好了，我们准备开始吧。"

柳弈换好全套装备，来到解剖室。

他的学生江晓原、女法医冯铃，还有跟她同组的年轻法医小林，三人已经在解剖床边上等了。

今天他们4个人一共要完成至少3具焦尸的尸检，工作量非常大，必须抓紧时间，不能耽搁。

开始动手前，柳弈先看了看检验中心送来的火灾现场灰烬的化验结果。

看到验单上某一项特别高的数值，柳弈轻轻地"啧"了一声。

"这含铅量，已经基本可以确定是人为纵火案了。"

国内的无铅汽油还未完全普及，目前市面上依然有大量的97号含铅汽油出售。如果在火灾现场的灰烬里检出远高于正常环境的含铅量，基本就可以证明，有人在火场中使用了大量的汽油作为助燃剂。

"对啊，没有助燃剂，火场也烧不到那个温度吧。"江晓原心有戚戚焉地点了点头。

他昨天跟柳弈在检查现场的时候，看到屋子里那些被烧坏了的电线——不仅表层的塑料包层全烧化了，连里面的铜芯都在熔成液态后，一摊一摊地粘在断瓦残垣上。要知道电线里头的铜芯熔点在1000℃左右，一般的火焰可没法达到这个温度。

可以推测，有人用汽油在那栋房子里放了一把火，这火不仅火势极大，而且温度奇高，连金属都可以烧熔，更是把一具人类的躯体烧成了许多块碎骨头。

柳弈几人用捧一堆刚刚起锅的油炸脆虾片的方式，将他们从火场里收集来的焦白色的30多块煅烧骨碎片转移到解剖台上，开始尽可能地把它组装回一个人形。

"颅骨碎得太厉害了，应该没法拼起来。"冯铃小心翼翼地捏着两块最大的头盖骨，试着吻合了一下，看到中央那巨大的三角状缺损，摇了摇头。

"火场中心发生过爆炸，这具煅烧骨的重量又轻，应该是整个被炸飞了出去。"柳弈向昨天没到过现场的冯铃说出在火场里的发现，"我们当时在客厅的各个角落都能找到碎骨，还有两块甚至从天花板中间的大洞弹到二楼去了。"他顿了顿，为难地皱起眉，说道："我记得有块下颌骨，等会儿做个建模，看看能不能找到死者对应的牙科记录。"

众人又忙活了一会儿，将焦骨碎片都拼起来了。

万幸的是，没有出现两只左手或者两只右脚之类令人困扰的情况，从他们拼出来的人形来看，这些几乎被烤成了灰白色的骨骸，应该属于同一个人。

"那么，连同那两具焦尸，现场应该有三名死者了。"江晓原一边拍照，一边说道。

他将拍摄镜头对准解剖台上那散放在"头部"位置的破碎颅骨，说："一个人烧起来，竟然只剩下这么点儿了，真是……唉！"

"还能找到这么多，就已经算很不错了。"

柳弈想起学生时代看过的一个案例。

"30多年前，国外有个案子，一位男士疑似在家遭到枪杀，凶手还放火烧了他的房子。警方在火场里找到了死者处于煅烧骨状态的完整颅骨，上面还有疑似手枪留下的孔洞。但检方把这个关键证据失手掉到了地上，接着一位体重接近100公斤的法官，还不小心在上面踩了一脚。"

江晓原将举起的相机放下，目瞪口呆地说："还能这样？那……那个颅骨最后怎么样了？"

"还能怎么样？"

柳弈耸了耸肩说："当然是被踩得粉碎，捡都捡不起来了呀！"

江晓原发出一声感叹："这也太不靠谱了吧！"

"不靠谱的事儿多了去了。"柳弈又说了个故事，"知道'火灾调查员'这个职业吗？"

他看到江晓原摇头，也没卖关子，直接解释道："这个职业在美国和加拿大都出现过，他们负责调查火灾现场，通常是用耙子把火场里的遗迹、残骸和灰烬全都扫起来，堆成一堆一堆的，然后再去翻找灰堆里面的东西。他们觉得，这样就不会遗漏任何线索了。"

"不能那么干吧！"冯铃皱起眉，"别说清扫的过程中很容易损坏本来就烧得很脆的骨头，光是把东西全挪了位置这一点，就已经是对现场的巨大破坏了。"

"嗯，就是这样。"柳弈点了点头。

"他们把证据都挪了位置……"他的话说到一半，戛然而止。

冯铃奇怪地抬起眼看了看柳弈。她发现柳弈，一分钟前还兴致勃勃地讲着课外知识，这会儿已将目光集中在那具灰白的焦骨上，神情凝重，陷入了沉思之中。

"怎么了？"她疑惑地问道，"有什么问题吗？"

"恐怕还真的有点儿问题……"柳弈含糊地回答了一句。

他的脑子里，现在全都是自己刚才不经意说出的四个字——挪了位置。昨天看到时只觉得有些蹊跷，但还没有想明白的模糊猜想，现在仿若茅塞顿开，骤然在他的头脑中勾勒出了无比清晰的轮廓。

"不过，现在先把那个问题放一放，我们先把这几个死者的身份和死因查清楚。"

许多人都会误以为，杀人以后，只要将尸体烧毁，就能掩藏所有的犯罪证据。然而事实上，即使只剩下一具焦尸，也能告诉法医们许许多多的信息。

那具碎成了30多块的灰白煅烧骨，虽然损坏得很厉害，但柳弈他们还是基本将骨盆给拼了回去，从而判断出是具30岁左右年轻女性的尸体。

柳弈又在女尸的颈椎骨上发现了平整的横断面，这样的横断面不符合骨头烧裂后的正常裂纹走行。所以最大的可能性就是，这位可怜的女士，在遭遇火焚前就已经死了，她的整条颈椎被锐物砍断，甚至很可能是整个脑袋都被砍了下来。

至于另外两具烧得焦黑的尸体，因为能够比较容易提取到DNA，几名法医很快就确定了其中一人的身份。倒在卧室床边的焦尸，正是孙氏夫妇中的男主人。

他虽然浑身几乎全都烧焦了，但柳弈他们并没有在尸体的呼吸道和口腔深处检查到烧伤的痕迹，肺部也没有水肿，证明火势蔓延开的时候，这位男主人已经停止了呼吸，才没有吸入浓烟和热气流。

此外，全身炭化的尸体，骨骼肌遇到高热以后会出现凝固收缩，由于屈肌的力量强于伸肌，尸体的四肢关节会收缩，呈现出屈曲的姿势，就仿佛拳击手准备出拳时那样，被称为"拳击姿势"。这样的特征，不管是烧死的尸体，还是死后焚尸，都会出现。但孙氏男主人的尸体，虽然双脚屈起，但两只手臂反常地外翻在身侧。

研究过现场照片之后，柳弈猜测，在起火的时候，死者的两只手应该是被牢固地捆绑固定在了身后，才会令焦尸的手臂最后维持了一个这么奇怪的姿势。

"他的脖子上有一条很深的伤口。"柳弈用镊子撑开孙氏男主人的脖子，让江晓原拍照，"切口干净利落，锐物一刀切开了气管，还损伤了左颈动脉，应该就是致死原因了。"

另一具焦尸，则是火烧程度相对最轻的一具。他身上还保留了部分衣物——裤子、皮带和拽进裤腰里的一小块衬衣，以及右脚的半只皮鞋。光从这些剩余的衣着，就能大致判断出这应该是一个中年男人，只是没有DNA可供对比，还不清楚此人的身份。

这位无名氏大约是三个人之中，唯一一个在火势烧起来的时候还活着的人。

他的脖子上虽然也有一道长而深的豁口，但仅仅切开了气管，没有伤到动脉。这样的伤势，足以让他在被血沫呛到窒息以前支持一段时间了。

"你们看，他的眼角这儿。"柳弈小心地撑平死者两只眼睛的眼尾皮肤，"眼角皮肤呈鹅爪状改变，角膜和结膜囊也没有多少烟灰和炭末。"

人在遭遇大火的时候，会因为条件反射死死地用力紧闭双目，外眼角的皮肤就会折叠起来，这些褶皱的内侧不容易被烟火熏。尸检的时候，就会看到仿佛鹅爪一样伸展开的正常皮肤——这个特征，常常被用作区分被火烧死还是死后焚尸的有力证据。

"这么看来，这个人应该是被凶手割开喉咙，但没有立刻死去。"柳弈再次拿出从火灾现场拍回来的照片，对比尸检结果。"然后凶手放了火，他挣扎着在地上爬行，想要逃生……"他手持探针，用顶端轻轻点了点照片里那印在墙上的几个焦黑的手印。"但侧门被锁住了，他出不去，就被大火烧死在了门边上。"

同一时间，戚山雨正和他的搭档安平东一道，走进《海风晚报》的报社。

他们亮出证件，前台的两位工作人员早就收到了通知，其中一人立刻起身，带着他们直接上到社会版的办公楼层。

戚山雨和安平东走进办公室，里面一共7个人，5个胸前挂着工牌的报社工作人员，还有两名身穿制服的民警，他们听到开门的声音，全都一起抬头，齐齐看向二人。

戚山雨注意到，这些人当中，竟然还有一个熟人，就是柳弈在邓迪大学念书时的学弟，英文名叫 Michael 的记者薛浩凡。薛浩凡也立刻就认出了他，不过并没有声张，只是小幅度地抬了抬手，做了个"Hi"的口型，就算是打过招呼了。戚山雨也轻轻地点了点头，作为回应。

两人也不耽搁，直接来到众人围着的一台电脑前切入正题，问："你们说的照片在哪里？"

众人连忙让出空间，让两位警官站在最佳的视角位置。

一个明显有些谢顶的西装中年男人满头大汗地移动鼠标，点开了一封邮件。"就是这封邮件……"他战战兢兢地说道，"我没敢乱动，看了附件的内容以后，直接就给你们打电话了。"

根据戚山雨和安平东已经知道的信息，他们面前这位谢顶中年男人是《海风晚报》社会版的洪主编。他今早查看私人邮箱，发现里面有一封新邮件，发件人地址是个匿名邮箱，标题是"大新闻"三个字，而邮件正文信息非常简单，只有短短的一句话："看看附件，你会对里面的新闻感兴趣的。"

当时洪主编以为这又是垃圾邮件，差点儿就把它清理了。

当他准备删邮件的时候，瞥了一眼附件的大小，发现竟然是一个过百兆的压缩文件夹。以他身为资深报刊主编的职业直觉，敏锐地感觉到附件的内容显然不会是简单的文本，应该是带了大量的图片。

于是在好奇心的驱使之下，洪主编下载打开了这个压缩文件夹。

然后，他就看到里头满满当当的好几十张无码高清血腥照片，他吓得当场扔了鼠标，在办公室里大叫出声。

周边的同事被主编的这一嗓子惊动，围拢过来，都被文件夹里的内容吓得够呛。此事非同小可，于是立刻拨打 110 报了警。

"这是你的私人邮箱？"安平东接替洪主编坐到了电脑前，一边点开文件夹，一边问道。

洪主编闻言，额头上的冷汗凝成豆大的水滴，顺着脸颊滑落。他赶紧把头和手都摇得跟通了电的扇叶似的。"不，不，不，我这个虽然是私人邮箱，但很多朋友和同事都知道的！"他急着撇清关系，"我真不知道这是怎么回事啊！这案子跟我一点儿关系也没有！"

"别急，让我们先把照片看完了再说。"安平东回答。

文件夹里的第一张图片打开，是一个官方网页的新闻截图，里面报道了昨日东城郊镇上发生的失火案，其中"初步估计，共造成三人死亡"一句，被人用红笔给圈了出来。

这场刚刚发生没多久的火灾在鑫海市本地的知名度不低，至少在场的几个警察和这些跑社会版的记者都知道。而且两名刑警还多知道一个信息，那就是这场火灾是一桩人为纵火案。

在这张新闻截图之后，剩下的照片不但会令人身心不适，还会让人感到毛骨悚然。

开头几张照片的主角，是一个 30 岁左右、面相憨厚平凡的年轻卷发女人。

第一张照片，这名女士被人用塑料捆扎带牢牢地捆缚住双手双脚，再固定在实木桌腿上，嘴上贴了一圈薄膜胶带，表情惊恐绝望。

下一张，卷发女人的身体已经倒在了地上，身首分离，从颈部的伤口中涌出的大量鲜血，已经将她周身与附近的地板和家具都染成了血红色。

其后接连几张都是卷发女人的照片，有伤口的特写，有表情的特写。镜头凑得很近，观看照片的人甚至能够清楚地看到，她那对没有闭上的眼睛里，瞳孔已经固定，完全失去了焦距。

这画面实在太血腥、太震撼了，这不是惊悚电影里的特效化妆或者圣诞节的恶作剧道具，而是真真实实的一个被杀害的人。

卷发女人的尸体照片之后，画面的主角换成了一个同样 30 岁左右的年轻男人。男人同样长相平凡，只在额头有一块比较有特征性的黑色胎记。这男人似乎身处在一间卧室里，也是先被捆扎带捆住手脚，然后遭人割喉。

"啧！"连安平东这种见惯了凶案现场的资深刑警，也不由得压低声音飙出一句："这要是特效，也太逼真了！"

戚山雨盯着照片里死不瞑目的胎记男人，表情凝重地说："是啊。"

"这么说，这……这是真的？"一个女记者颤巍巍地问道，"所以，这真的是杀人照？"

安平东冷着脸，硬邦邦地回答了一句："现在还不知道。"然后他移动鼠标，继续往下翻。

很快第三个受害人的照片出现在了众人的眼前。

那是一个消瘦、憔悴的中年男人，头发很短，一层青茬紧紧地贴合在头皮上。

他的特写最多，足有 20 多张，镜头把他凄惶而绝望的表情完完整整地记录了下来。

最后几张照片里，他和胎记男人一样，被利刃割开了喉管，但显然伤口还没有深到一刀致命的程度，血液从他捂住喉管的手指缝间涌出，成股地淌下来，将前胸染成一片鲜红。画面中的中年男人仿佛是在忍受血液呛进肺部的窒息的剧痛，五官扭曲，挣扎着向前爬……

末尾几张照片，女死者的无头尸身上淋了厚厚一层透明的液体，这些液体一直蔓延开，似乎淌满了整个客厅。

最后一张照片，是一个远镜头，漆黑的夜色里，画面中一栋二层小楼，熊熊的烈焰从窗户中蹿出，浓烟直冲云霄。

安平东黑着脸，摸出手机，把电话打回市局："喂，头儿，照片看过了，像是真的。"他对电话那头的刑警大队大队长沈遵汇报道。

戚山雨为了仔细看清电脑里的照片，跟安平东凑得很近，隐约能听到听筒里传来沈遵的大嗓门儿。

"嗯，确定，就是两男一女……好，我知道了。"安平东挂断电话，对搭档说道："这案子现在归咱们了。"

他转过头，目光冷肃地在《海风晚报》的几名记者，还有满头冷汗的洪主编脸上逐一扫过。"案情重大，诸位务必要注意保密，配合我们警方的调查。"

鑫海市科学岛的南侧边缘，有一片小型厂房区。

这些小型厂房与成规模的工厂用地不同，由一间一间独立的小平房构成，每一栋的建筑面积有百来平方米，彼此之间都有一段不短的间隔。它们专门用来出租给一些工作室，层高比一般的民用楼层要高出不少，适合安装一些小型机器或者机床，租金也比市中心同样面积的写字楼便宜。

就在戚山雨和安平东查看杀人照的时候，其中一栋小平房里，门窗紧闭，深处隐约传来某种机器运作的轰鸣声。

"你还没好吗？"一个高大的褐发男人，推开其中一个房间的门，马达的轰鸣声顿时大了起来。

"你还没好吗！"褐发男人提高音量，又重复了一遍。

"嗡嗡嗡"的噪声停了下来。

"Mask。"房间里传来一声回答，一个留着披肩半长发的男人从阴影里走了出来。

绰号为"面具"的高大男人，是典型的欧亚混血儿长相，他的肤色较纯粹的黄种人要白，眼睛和头发是褐色的，一对单眼皮形状细长，眉骨高耸，面相颇为凶悍。他身材高大，上半身穿着一件无袖的黑色紧身T恤，暴露在外的手臂肌肉虬结，块块隆起，显然是一个热衷于锻炼的人。

"面具"眯起眼，显出了几分不耐的神色："Glove，你在里面整整一小时了，到底在磨蹭什么？"

而绰号叫"手套"的长发男人，外表看起来则和"面具"是两个极端。他的身高只是普通南方男性的正常身高，体形偏瘦，容貌秀气斯文，甚至可以说是相当漂亮的长相。

"手套"穿了一套墨绿色的无纺布工衣，还在衣服外头罩了一件长长的大雨衣，只是此时全身上下都沾满了褐红色的血迹，配合着唇边一抹浅浅的笑容，呈现出的视觉效果格外诡异。

"I am cutting meat."（我在切肉。）"手套"微笑着回答。他说话的声音很轻很柔，带着刻意压抑的兴奋感，朝旁边错开一步，露出身后一堆零碎。

那是一具老人的尸体。应该说，曾经是一具老人的尸体。

看到地上杂乱地堆叠起来的尸块，"面具"的眉骨高高耸起，说："你又切得那么碎。"语气有些责备，"等会儿收拾起来，有你要哭的。"

"怕什么？""手套"清秀的脸上勾起一个轻柔却诡异的微笑，"反正闲着也是闲着，当然要做得精细一点儿。"

他说着，将高大的褐发男人迎进房间。

这间房间近似正方形，边长约有8米，是这栋小平房里最大的一个房间。

房间里面没做任何装修。墙壁只刷了一层白灰，但白灰上已经沾染了许多暗红色的液体，地面只是整平了的水泥，没有铺地砖和地板，不过"手套"为了方便自己干活，在上面铺了两层透明塑料膜。

房间的南侧墙面上，有唯一的一扇窗户，但窗玻璃上贴了厚厚的不透明反光膜，使得外头的人绝对没办法透过玻璃窥视到房间内的情景。窗户内侧还焊上了铁栅栏，安装了百叶窗，可谓真正的密不透风。

正是因为这样，房间内的光源并不是来自室外正午的灿烂阳光，而是来自高高的吊顶上悬挂着的一盏圆盘状白炽灯。白炽灯的亮度很高，将房间照得十分亮堂，让人一眼就能看清这里的布置。

房间里没有放置任何家具，只在正中摆放了一张小型锯床，但此时锯床的金属床板上遍布血迹，还摆放着一条被锯成两段的人类的大腿。

在靠近屋门的一个角落里，有一扇用手腕粗的铁条焊接成的栅栏，4个活人正像牲畜一样，被人反绑手脚，胶布封嘴，被锁链拴在了栅栏上。

4个人是两男两女，看起来是一家人。

他们之中年纪较大的男女，年龄40岁左右，均身材微胖，相貌普通。剩下两人，一个年龄大些的男孩儿是初中生模样，而另一个小姑娘只有六七岁的样子。

这一家子显然已经被抓到这里有不短的一段时间了，缺喝少吃，长时间神经极度紧绷，时刻被恐惧折磨，精神已经几近崩溃。

他们仿佛一群待宰的羔羊，看见两个男人进来，勉力挣扎了两下，尽可能地蜷缩起身体，躺在角落里瑟瑟发抖。而年纪最小的那个小女孩儿，已经遭不住这种折磨，不知何时昏死了过去。几个人质以这样痛苦的姿势，长时间被困在一个狭小的空间里，当然不可能有机会去厕所，大解小解都只能就地解决。

所以，此时屋里除了浓烈的血腥味，还充满了人类排泄物的臭味，两种恶臭混杂在一起，能把人熏得几欲作呕。

但"面具"和"手套"走进这么一间恶臭熏天的房间，好似习以为常，连眉头都没有皱一下。

"你要找的那个警察的家人，已经找到了。""面具"对他的同伴说道，然后从后裤袋里摸出一张皱巴巴的照片。

照片上，戚山雨和戚蓁蓁相依笑着看镜头，一个俊美英气，一个青春靓丽，当真是俊男美女，养眼非常。

"手套"接过照片，挑了挑眉问："就剩两人了？"

"面具"回答："嗯，他老婆前几年死了，现在就剩儿子和女儿还活着。"

"是吗？"

"手套"舔了舔嘴唇，手指在戚山雨和戚蓁蓁的笑脸上抹过，说："没关系，反正这两个也不差……"

"问题就出在这人上面。""面具"伸手在照片中的戚山雨脑袋上戳了戳，"这人可是个刑警，而且身手很厉害。"

"手套"闻言，睁大眼睛，有些惊讶。然后，"手套"沾着血污的手指划过照片中戚山雨的脸颊，又划过脖子，再划过胸口，仿佛在用肢解尸体的锯子一般，分割着青年挺拔矫健的身躯，说道："是吗，你竟然跟你爸一样，也当了警察……"说完，他抬头看向"面具"说："那我们怎么做？"

别看"面具"个子大、面相粗犷凶恶，但他才是他们之中的领导者，在两人搭档的这几年中，"手套"早就习惯了无条件服从"面具"的安排，只专心享乐。

"不要紧，我已经想到办法了。""面具"笑了起来，走到4个人质面前，指了指瘫软在最边上、已经失去了知觉的小姑娘，还有她旁边那个抖如筛糠的中年妇人说："这两个我带走，有用。"他回头看了看还坐在地上的"手套"，咧开嘴，意有所指地笑了笑说："剩下的，随你高兴。"

柳弈忙到中午1点多，才总算初步做完了3具焦尸的解剖工作。他匆匆冲洗掉身上的焦煳味儿，换了身干净衣服，回到办公室，正打算找点儿吃的，就听到了敲门声。

"柳主任，在吗？我听冯姐说你回来了？"一个法医扭开办公室的门，从门边探进一颗脑袋来。

柳弈问道："什么事？"

"哦，是这样。"那法医回答，"今天前台来了好几次电话，说有人要找你，已经等了你一早上了。"

"哦？"柳弈有些奇怪，"什么人？"

法医回答："他说是个开安保公司的，有很重要的事情找你说。"

他想了想，又补充道："他的姓很特别，姓邝。"

同一时间，市局刑警大队的专案组办公室内。

安平东和戚山雨推门而入，将一叠资料放到了刑警大队队长沈遵的面前，说："头儿，3 名死者的身份都已经确定了。"

沈遵一把拿过资料，迅速翻阅起来。

"客厅里那具身体被烧得只剩碎骨的女尸，还有死在卧室的那具被割喉的男尸，就是那栋房子的主人，孙氏夫妇。"

安平东说道："女死者孙婉丽，她去年年底曾经到附近的口腔医院拔过阻生牙，火灾现场发现的下颌骨，与她留在医院的 X 光照片完全吻合。"

"嗯，很好。"沈遵满意地点了点头。通常被烧成焦骨的尸体最难确认身份，把难点解决了，剩下的就好办多了。

"卧室里被割喉的男尸，法研所已经做过 DNA 对比，就是孙家的入赘女婿、孙婉丽的丈夫罗军。"安平东继续说道。

"至于最后一个，孙家的邻居告诉我们，他们家最近来了客人，是孙婉丽的哥哥孙明志，一个刚刚从牢里放出来的嫌犯。我们已经找监狱方要了孙明志服刑期间的医疗记录，送到法研所去了，应该很快就能出对比结果。"

"什么，竟然是刚出来的？"

沈遵看着手里的资料，摸了摸下巴说："孙氏夫妇没和人结过死仇，那么现在看来，凶手的犯案动机，很可能就出在这个孙明志身上了。"

半小时后，柳弈坐在一家港式茶餐厅里，就着一杯煮得很浓的黑咖啡，往嘴里塞面包。

作为一个资深法医，他自然不会柔弱到看到尸体就吃不下饭的程度，但连续摆弄过三具焦尸，再看到肉类，难免有点儿倒胃口。不过如果中午什么都不吃，那么经过一整天高强度的工作，体力和脑力的双重负荷肯定会将人累垮。所以柳弈选择了最不容易让他产生联想的白面包配煎太阳蛋，好歹得把肚子填饱了。

邝乐池就面无表情地坐在他对面，一言不发地看着柳弈吃午饭。

柳弈把最后一口煎蛋塞进嘴里，囫囵咽下，开口问道："邝警官，你找我有什么事？"

邝乐池显然没料到，柳弈竟能一口叫出他从前的刑警身份，他有些意外地开口问道："你知道我？"

"嗯。"柳弈点了点头，轻轻笑了笑，不动声色地打量着坐在自己面前的这个男人。10 多年过去了，这位当年让戚山雨的老爸戴了绿帽的邝警官，现在已经年近 50 岁。显然，邝乐池当年是一位剑眉星目、玉树临风的大帅哥，现在即便年纪渐长，额头、眼角添了皱纹，但身材保养得很好，配上一张带了点儿岁月沧桑感的英俊脸庞，依然能够算得上是个赏心悦目的中年帅大叔。

嗯，也是，如果没点儿颜值资本，又怎么能吸引戚山雨的妈妈呢。柳弈默默地想道。

邛乐池听到柳弈的回答，脸色顿时黑了。

见坐在对面的帅大叔默然不语，柳弈挑了挑眉，又问了一次："邛警官，你找我到底有什么事？"

邛乐池瞪着柳弈那对笑眯眯的狐狸眼，总觉得这人横看竖看都忒不正经，他停顿了两秒，才总算做好心理准备，开口说道："你知道 13 年前鑫海市发生的那桩金铺抢劫杀人案吗？"邛乐池将一个资料文件夹往桌上一放，直接开门见山地对柳弈说道。

此时已经快到下午 2∶00 了，原本柳弈应该回法研所。毕竟他手头上还有一桩大案，尸检进度可半点儿耽搁不得。但柳弈知道以邛乐池曾经的资深刑警身份约束，说话行事肯定不会不知分寸，既然邛警官有很重要的事要说，那么他就很有必要好好听一听。于是柳弈给冯铃打了个电话，请她先帮忙盯一会儿科里的活儿，自己则留下来，听听邛乐池想说些什么。

"金铺抢劫杀人案？"

柳弈思考了一下，摇了摇头。

"这个案件，当年在本市很轰动。"邛乐池抽出一页剪报，递给柳弈，临了补充道："小戚他爸，就是因为这个案件牺牲的。"

柳弈眼神一凛，接过剪报，仔细地看了起来。

13 年前，鑫海市发生过一桩抢劫杀人案。当年商业街有一家新开业不久的金饰珠宝店，规模颇大，生意很好。店铺里的现货和现金都很多。

在 3 月底一个周末傍晚，金铺在营业结束后不久，遭 3 个蒙面匪徒闯入，歹徒们挟持了两名女店员，强迫她们逐一打开柜台、仓库、收银台和保险柜，将价值近千万的首饰、宝石、金条和现金一扫而光。后来其中一名女店员按响了安保系统的报警器，3 名匪徒被激怒，逃离现场前，残忍地杀害了一名女店员和一个保安。

但也许是司机听到警铃声害怕了，原本接应的车并没有等在约定的地方。3 个蒙面匪徒被赶到的警察堵在一条巷子里，挟持了一个无辜路人当人质，负隅顽抗近 2 小时后，两人被当场击毙，一人被逮捕。

戚山雨的老爸当年就是赶去现场的刑警中的一个。他击毙了其中一名匪徒，为了保护人质，被另外一名匪徒一刀刺中侧肋，送医途中就因为肝脏破裂、出血过多殉职。

"光看新闻，好像看不出什么问题。"柳弈飞快但认真地将 10 多年前那一整页新闻剪报仔细看完，放回桌面，问坐在对面的邛乐池："您为什么现在特地把这桩旧案给翻出来？"

"这是老戚他办的最后一个案子。"

邛乐池叹了一口气，掏出纸笔，给柳弈画了一个人物关系分析图。这是他当年还是个刑警时养成的习惯，即使已经辞去工作多年，也依然保持着这个思维方式。

"案中的三名匪徒，主谋叫宋文星，就是他全程策划、组织了那场抢劫案。另外两个从犯，一个姓雍，一个姓王。"邛乐池说道，"这名叫宋文星的主谋，在挟持人质时被老戚一枪击毙。姓雍的从犯，也在试图强行逃跑的时候被击毙。姓王的匪徒在刺伤老戚以后被抓了，后来判了死刑，已经枪决。"他一边说着，一边在纸上写下三个匪徒的姓氏，并在后面标注了每个人的结局。

柳弈认真地听着。

"我接下来要说的，才是重点。"他顿了顿，"这个案子除抢劫金铺的 3 个匪徒之外，还有两个嫌犯。"

邛乐池在被枪毙的王姓匪徒的名字上打了个圈圈，然后在纸上写下司机两个字。

"根据王姓匪徒的供述，原本有司机接应。但他们离开金铺的时候，应该等在路口的面包车并没有在那儿，显然司机临时退缩变卦，自己一个人先跑了。"

邛乐池在司机两个字后面标注了"逃跑"两个字。

"因为司机是由主谋宋文星单线联络的，而当时主谋已被击毙，落网的匪徒也不知道司机身份，警方追查了很长一段时间，最后也没能找到。"

柳弈"嗯"了一声，问："那么，另外一个人呢？"

"另外一个，是被洗劫金铺的副店长。"邛乐池回答，"就是他收了劫匪的好处，不仅把店铺的营业信息透露给了主谋宋文星，而且提供了店铺后门防盗铁闸的钥匙。当时三名匪徒就是从这扇门闯入金铺的。"

邛乐池说着，在纸张上写下第四个姓氏——孙，并且在后面标注了副店长三个字。

"这个副店长被判了 15 年，后来在牢里表现还不错，减刑了，两周前才从牢里放出来……"

"等等！"柳弈突兀地打断了邛乐池的话，"这个副店长姓孙？刚从牢里放出来？"他蹙起眉，想到一小时前才刚刚收到的警方传真过来的资料——某嫌犯服刑期间的医疗记录，问："他全名叫什么？"

邛乐池看了看柳弈答道："他叫孙明志。"他顿了顿说："看来，你已经明白我想说什么了。"

柳弈的双眼睁大，瞳孔猛地一缩。

"对，他应该是死了。"邛乐池说道，"他出来以后，借住在他的妹妹家里，前天半夜，他妹妹的房子就烧了。"

柳弈盯着邛乐池画出来的人物关系图，手指轻轻地敲了敲桌子，问："你的意思是，有人为了当年的案子，来找他寻仇了？"

邛乐池很肯定地点了点头，然后他说出了自己的证据："我辞职以后，还继续调查过这个案子。"

他在那个被枪毙的王姓匪徒的名字下方，画了一个箭头。

"这人有个儿子，叫王小北，20 世纪 80 年代末生的，他爸死的时候，17 岁出头吧。后来这孩子跟朋友合伙开了一家规模很小的进出口商贸公司，做拉丁美洲的生意。"

柳弈点了点头。他猜测邛乐池会告诉他，这个姓王的青年，也许就是找孙明志寻仇的人。谁知道邛乐池话锋一转，接着说道："王小北 4 年前死了。"

柳弈一愣，不由得重复了一次他的话，"死了？"

"对，死了。"邛乐池肯定地说道，"他和女朋友在墨西哥谈生意，房子失火，两人都没有逃出来。"他定定地看着柳弈，问："你觉得，这套路，是不是和孙明志的死一模一样？"

柳弈沉默地思考着，并没有马上回答。

比起已经离开警察系统的邛乐池，负责给孙家火灾现场做尸检的柳弈，自然更能肯定，孙氏夫妇和孙明志三人绝对不是死于普通失火，而是先遭人残忍虐杀，再纵火毁尸灭迹。

"当时墨西哥的警方说王小北得罪了当地的黑帮组织，才遭人放火报复。那边有多乱你也知道，案子后来不了了之，根本没抓到罪犯。"

墨西哥和中国虽隔着太平洋，国情不同，确实不能用同一个标准来判断。但如果说这一切是巧合，那也实在是凑巧得有些不可思议了。

邛乐池看柳弈没接腔，就低头一边继续做笔记，一边解释道："还有一个理由就是，这是同一个人做下的报复杀人案。"

他用笔尖点了点纸上的另外两个名字。

"当年被当场击毙的另一个匪徒，也就是姓雍的从犯是光棍一个，无亲无故。我不觉得，有谁会在这么多年以后，还会因为他的死而去找人寻仇。"

邛乐池划掉了雍这个姓，转而在主犯的名字上重重地画了两条线，说："但这个主谋宋文星，在犯案之前曾经结过婚，并有一个儿子。"

他从文件夹里翻出了一张小小的黑白两寸证件照，递给柳弈。

柳弈接过照片。

照片冲晒的时间有点儿长了，已经有些泛黄和褪色，但依然能看出那是个长相清秀且标致的小男孩儿，十五六岁的年纪，鹅蛋脸、杏仁眼，一副乖巧温和、人畜无害的样子。

"他就是宋文星的儿子宋斑，他爸爸犯案的时候，才 14 岁。"邛乐池说道，"宋文星和他的前妻早年离了婚，儿子跟着妈妈回了老家 H 省，所以案发的时候，这小孩并不在鑫海市，后来警察也去他们家查过，没发现什么疑点。"

柳弈点点头，仔细地记下这小孩儿的长相特点，并在心里默默算了算，得出了宋斑今年应该 27 岁左右的结论。男生在经历发育期以后，身高、相貌和气质都会有改变。

邝乐池提供的这张照片不仅很旧，而且不清晰，若仅凭照片上的特征，就算长大后的宋珏迎面走来，柳弈恐怕也认不出来。

邝乐池继续说道："十年前，宋珏参加学校的夏令营，到了美国以后就跑了。"

柳弈吃惊地重复了一遍："跑了？"

"对，跑了。"

邝乐池肯定地点了点头说："他有一天晚上溜出酒店后就失踪了，之后再也没回国。"

柳弈的眉心蹙得更紧了。

墨西哥就在美国隔壁，两国只隔着一条 3000 多公里的国境线。那么，潜逃到美国的宋珏，确实有可能找到在墨西哥做生意的王小北，杀人寻仇。

"你的意思是，宋珏现在回国了，而且很可能就是孙家灭门案的嫌犯，对吗？"

邝乐池能查到的东西，市局的刑警们自然也能查出来。

13 年前的金铺抢劫杀人案很快重新出现在众人的视野中，所有人一致认为，当年犯下那桩穷凶极恶的大案的主谋宋文星的独生子宋珏，具有重大的作案嫌疑。

随之而来的首要问题，正是要如何找到这个嫌犯。

宋珏在 10 年前用非法滞留的方式跑到美国。他是一个彻彻底底的黑户，若被美国发现，就会被遣返。

安平东他们仔细查过这 10 年来的遣返记录，并没有从里面发现宋珏。那么，若他真的已经通过正规途径回国，那必然已经改头换面，通过某些渠道重新获得了合法的身份。

7 月 17 日，也就是东城郊某镇上发生杀人纵火案后的第 4 天早上。

这一日原本是周末，但大案当前，市局的专案组办公室里，所有人表情凝重，忙碌地干活，好像一股无形的低气压凝聚在半空之中，偌大一个办公室里竟然没有一个人说话。

"来，开会！"沈遵疾步走进办公室，伸手在门板上大力敲击了三下，"所有人都有，5 分钟，第一会议室集合。"

众人纷纷停下工作，训练有素地收拾好资料，疾步穿过走廊，进了会议室。

正在外勤路上往回赶的安平东和戚山雨是最晚一批到达会议室的，他们进来的时候，已经有人做过详细的案情介绍，柳弈正准备发言。

安平东和戚山雨走进会议室，一眼瞅到留给他们的空位，也不多说一句废话，径直走到位置上坐下参会。

戚山雨坐定，发现他的正对面坐着的，竟然是 X 大的心理学副教授嬴川。

他有些惊讶，没想到这个案件竟然也会邀请嬴川这个市局特聘的犯罪心理学与人格侧写顾问参与调查。

在不久前的那桩艾滋病患者犯下的连环杀人案里，嬴川给凶手做的人格侧写，最后与真凶南辕北辙，要多不准就有多不准。

偏偏他们这些警察还真照着嬴川做的人格侧写查了一段时间。即使没有耽误他们破案，但后来他们私下里议论这事，都觉得颇为打脸，纷纷嘲讽百无一用是书生，嬴大教授那些纸上谈兵的理论，真要用到实处，简直就跟神棍算命似的，全靠一张嘴瞎说，至于准不准，那就只有天知道了。

戚山雨虽然没那么刻薄，但说实话，在接连见识过柳弈洞察人心的精妙推断以后，也觉得这位嬴教授的真实水平确实有待商榷。

戚山雨不由得微微地蹙起了眉。嬴川却毫不知情一般，对上戚山雨的视线，唇角一勾，露出一个毫无攻击性的亲切笑容。

戚山雨没有勉强自己回以微笑，错开视线，将目光投到站起来的柳弈身上。

嬴川抬起手，挡住了自己唇边的一抹冷笑。

"真有意思。"

他用手背掩住的嘴唇轻轻地动了动，无声地说道。

这时，柳弈已经走到一面玻璃白板前，拿起一支油性笔，开始叙述他们法医的尸检结果："根据火灾现场发现的 3 具焦尸的个体特征和遗传学证据……"

嬴川放下抵在唇边的手，侧头看向柳弈。

"……我们现在已经确定了 3 名死者的身份。这 3 名死者，分别是孙明志、孙婉丽和罗军，3 人遗体上发现的伤口，皆与《海风晚报》编辑部收到的照片里的 3 人尸体上的伤口吻合。"

柳弈一边说着，一边在画在玻璃白板上的现场平面图中标出三名死者的名字。

"女死者孙婉丽，当时我们在客厅位置发现了她的尸骨。"他在平面图的客厅位置打了个圈。

"她的遗体焚毁得最严重，软组织已经基本烧尽，遗骨呈现出煅烧骨状态，而且因爆炸冲击而碎裂成多块，部分遗骨甚至被爆炸气浪从天花板上的破洞送到二楼去了。"柳弈顿了顿，"不过我们对比过她的下颌骨与生前在口腔医院留的 X 光照片记录，牙齿特征完全吻合，可以确定该遗骨确实属于死者孙婉丽。"

一般来说，因为下颌骨的骨质结构较为致密，在大部分的火场之中，如果说有什么证据能够留存下来证明尸体的身份，下颌骨通常是法医们的首选。值得庆幸的是，虽然孙婉丽的尸骨在烈火煅烧和爆炸冲击之后，碎成了拼都拼不起来的碎片，但她的下颌骨依然保留得很完整。柳弈他们也找到了能够用来对照的口腔记录，两者一经匹配，就证实了确实有那么一个可怜的女人，在经历了虐杀和斩首以后，尸体被人为纵火焚烧成了一堆碎骨。

　　"孙婉丽的丈夫罗军，他的遗体是在一楼的主卧里被发现的。"柳弈说着，提笔在平面图东侧房间的靠墙位置打了个"×"。

　　"他的消化道和呼吸道里都没有明显的烟尘和炭灰，我们判断起火前就已经死亡。死因是锐物割喉造成的左颈动脉大出血。还有，从他遗体手臂的特殊姿势可以推测起火时他的双臂应该被限制在身后，无法自然弯曲。"

　　"嗯。"刑警大队的头儿沈遵点了点头，"听你这么说，孙氏夫妻的尸检结果，确实都跟洪主编收到的照片里两人的死状相符。"

　　"第三名死者是孙婉丽的哥哥孙明志。尸体的发现地点是厨房旁边通往后院的侧门前方。"柳弈在平面图上打上第三个标记。

　　"虽然孙明志也遭到割喉，但他的伤口没有罗军的深，不会立刻致命，所以起火时他人还活着，在火场里挣扎了许久，企图从侧门逃到室外。"他指了指侧门的位置，"但这扇门上拴着锁链，他打不开。"

　　"门锁上有没有取到指纹？"沈遵问道，"那链条是他们家自己安的，还是凶手给锁上的？"

　　"高温、烟尘和炭灰都会对油脂造成破坏，所以一般的指纹证据很难在火场里留存。"柳弈耸了耸肩，"痕检人员没在锁链和锁头上刷出指纹。"

　　"嗯，行，你继续。"对于这个回答，沈遵似乎也并没有感到多么遗憾，他挥了挥手，示意柳弈继续说下去。

　　"现场因为消防员频繁出入救火，已经无法采到有价值的脚印和车辙痕迹了。不过，我们勘查现场的时候，发现了一个很有意思的细节。"

　　柳弈手里的笔在玻璃白板上移动，笔尖抵在了前门的玄关附近。"这里，我们发现了一些烧毁后的金属零件和金条、金饰。"

　　现场发出了几声低低的疑问声，有几个警员没听明白，纷纷轻声表达自己的困惑。

　　"我是说这样的金属零件。"柳弈将几张放大的照片啪啪啪贴到了白板上。"一根金属杆子、一条烧坏的拉链、两个滑轮，还有这些……"

　　他点了点最后两张照片上几块散落的金条、两条金链子、一对金手镯以及烧焦的不知是什么材质的宝石链坠。

　　"其他的东西都烧坏烧熔了，但是从剩下的这些金属零部件里能看出来，它原本应该是一个拉杆行李箱。"

　　一个警察闻言，伸手摸了摸自己满是胡楂的下巴，问："难道说，这家人是打算出门旅行？"

　　"不会。"戚山雨摇了摇头，"一般人出门旅行，就算会带一点儿首饰，也不会带走那么多根沉甸甸的金条。"

　　他说道："这要么是打算出门送礼，要么就是因为什么急着要跑路了。"

"对，这个切入口很好！"沈遵点了点头，"行李箱放在门口附近，就是要马上带走的，而且里面还放了值钱的金条和首饰……你们去调查一下，看看孙氏夫妇他们最近有没有搬家的想法。"他看向安平东和戚山雨说："如果不是计划好的搬家，那就很可能是有什么理由，让他们匆匆忙忙准备跑路了！"

"明白，"安平东用力地点头，"孙明志才刚刚从牢里放出来，没地方可去才去投奔妹妹和妹夫。如果说真有什么理由让他觉得必须立刻跑路，那么他很可能在死之前通过某种渠道，得知自己可能会遇到危险，但结果还没来得及跑，'危险'就先找上门来了。"

"如果真是这样，那么孙明志必然曾经和这个'危险'接触过，不管是什么方式，只要曾经接触过，就有可能留下痕迹。"沈遵说着，掏出烟盒，从里头抖出一根叼在嘴里点燃，大口大口地抽了起来。

"现在开始，从孙明志出狱前一段时间查起，看他曾经接触过什么人，不要放过任何一点线索！"

因为工作压力山大，需要提神，在场的刑警几乎人人都是老烟枪，眼见着头儿无视会议室禁烟的规定，带头吞云吐雾，都觉得嗓子发痒，有几个人按捺不住，好似漫不经心一般，从口袋里摸出烟盒，动作自然流畅地点上抽了起来。

一瞬间，整个会议室里烟雾缭绕，焦油和尼古丁的气味充斥在空气之中，简直让人担心头顶的烟雾感应装置会不会被浓烟触发，兜头喷所有人一脸水。不过显然他们在会议室里抽烟这事儿早就不是头回干了，警官们一根接一根地抽着烟，开始分析讨论案件细节。

戚山雨作为会议室里极少数到现在还没有掏烟的刑警保持着平静的表情，看不出一点儿多余的情绪。实际上，大家都知道，孙明志和他的妹妹、妹夫一家的死，九成与当年那桩金铺抢劫杀人案有关，而戚山雨的父亲，就是在那桩案件里牺牲的。虽然老戚警官当年的殉职并不属于回避制度中的情况，但他们在调查案子的时候，就必然需要重新翻查十多年前的旧案。戚山雨在翻阅卷宗、走访证人的时候，不可避免地要重新面对父亲牺牲的种种细节，那滋味绝对不会好受。

但戚山雨一直都表现得很冷静，丝毫没有让那桩十几年前的旧案影响到他的办案状态。他的胸襟和气量，众人都看在眼里，都感到服气。连刑警大队大队长沈遵也私下和安平东说，后生可畏，小戚这小年轻，以后一定能成大器。

"无论凶手是不是宋文星的独生子宋斑，既然这是一桩入室杀人放火案，凶手应该不会贸然闯入孙婉丽家，他在下手之前，一定监视了孙家很长一段时间。"戚山雨说道，"我觉得，可以从近期才出现在镇上的生面孔下手，特别是在孙明志出狱后的那段时间里。"

"小戚说得有道理，除曾出入孙宅的亲戚朋友之外，经常在附近出没的人也不能放过。"沈遵将烟屁股丢进了临时充当烟灰缸的空笔筒里，又抖出第二根点上。

"你们等会儿分两个小组出去，把孙家附近派快递、送外卖、跑腿儿、做家政、装网络、修水管、查煤气，以及查水表电表的全都筛一遍，看看能不能找到可疑人物，尤其注意其中有没有与宋斑年纪和外形相近的！"

实际上，与许多犯罪调查类经典美剧的情节截然不同，刑警查案绝不是坐在办公室里拍拍脑袋就如有神助，灵光一现，立刻就能得悉真相、逮到真凶。

刑警办案过程其实非常枯燥烦琐，全靠大量的走访、问询和调查，一点点挖掘线索，找到每一个可疑人员，再排除掉所有的干扰项，锁定目标，找出真凶。

在一些比较复杂的案件里面，他们甚至要逐一询问和排查上百号人。

而且，因为人的记忆有顺时遗忘的特点，比如，人一般能回忆起自己昨晚吃了什么菜，却想不起一周前某天的晚饭菜单，所以，案件拖得越久，警方能获得的线索就越少，线索的谬误和偏差度也越高。

这就意味着，刑警们必须在短时间内大量、细致甚至多次对相关人员进行走访调查，并且迅速将各种琐碎的线索整合串联、抽丝剥。要做到这些，有多么困难和辛苦，从未体验过的人往往难以想象。

"行，我知道了。"安平东一边回答，一边将领导的指示记在了备忘录上，同时已经在心中做好了人员安排。

一众警官又讨论了好一会儿，直到沈遵快要抽完了第三支烟，才忽然想起参加会议的还有个市局特聘的犯罪心理学与人格侧写顾问，扭头看向一直没有发过言的赢川。

"赢教授，"沈遵熟练地弹掉一截烟灰，慢悠悠地说道，"还没请教，你有什么高见？"

其实经过上一桩连环杀人案，沈遵已经认定这位就是个空有名头和光环实际上根本没用的顾问。

偏偏赢川跟"上头"的关系不错，得跟尊佛爷似的供着，开会要让人参加，而且不能把他当成个透明人，直接视而不见。

"在侦查方面，我是外行。"赢川微微一笑。

他像完全没有察觉在座众人的故意忽略，笑得云淡风轻，被沈遵点到名字，也只是谦逊地客气了一句。

沈遵瞅了赢川一眼，以为他经过上一回的教训，这次打算安静到底，在心里默念了句算你识相就别开头要继续无视他的时候，听见这位市局的特聘顾问又补了一个词，"不过"。

"不过，"赢川笑着说道，"关于凶手的身份，我有个猜测。"

"哦？"沈遵回了一个单音节，语气不善，表情也只差没在脸上直接写一句"有话快说，有屁快放"了。

"我刚才听柳主任分析尸检结果，注意到一个细节。"

赢川说话时，特地朝柳弈看了一眼，发现柳弈也在看他，唇角挑起的弧度立刻变得更明显了。"柳主任说，凶手放火焚烧房子之前，女受害人已经被砍掉了头颅，而两位男士是遭人割喉，对吧？"

柳弈蹙起眉。他不明白赢川为什么还要特地把这几人的死状重复一遍，不过依然点了点头。

"我曾经在一本犯罪心理学著作里，读到过变态杀人的行为分类。"赢川说道，"其中提到重复手法这个概念。"

现场大部分刑警都对赢教授掉书袋感到很不耐烦，纷纷露出略显嫌弃的表情，无声地催促他有话快说。

"所谓的重复手法，指的是变态杀人狂在选择实施手法时，常常会下意识地使用重复的、惯用的方式。"赢川笑着解释，"比如白教堂血案、棋盘残杀案、大洋国公路杀手案等，这些犯下过多起案件的杀人狂做下的每一桩案件，几乎都能找到相同点，尤其是作案方式。"

他顿了顿，继续说道："就像有些杀手喜欢用绳子，有些则喜欢用刀，还有一些则更爱用枪一样，一旦形成了某种模式，就会一直继续下去。"

赢川说着，像想起了什么似的，自嘲地笑了笑，提到了让他在警方面前声名扫地的案件："我市年初发生的那桩连环杀人案也是，凶手的下手目标和杀人方法，也是有他的固定喜好的。"

"所以呢？"沈遵对他那么一长串开场白感到不耐烦，皱起眉挥了挥手，打断了他的长篇大论，"赢教授，你到底想说什么？"

"我想说的是……"赢川依然脸上带笑，声音平稳地回答道，"砍头和割喉，对于非理性的变态杀人狂来说，恰好分别代表两种心理倾向性差异很大的杀人方式。"

他语不惊人死不休，迎着众人投来的诧异目光，淡然地解释道："砍头属于肢解的简略形式，喜欢肢解的犯罪者，通常缺乏同理心，物化生命，将人类与其他动物等同，切割人的肢体就像分割大型动物的肉块一样；而割喉更倾向于心理快感，喜欢这种杀人方式的凶手，往往将自己视为神或者上帝，割喉是他们赐予嫌犯的一种解脱和赦免。"

会议室陷入了短暂的沉默中。

戚山雨想了想，开口问道："赢教授，你是说，因为孙家的三名死者一个死于砍头，两个死于割喉，分别代表了两种心理状态截然不同的犯罪形式，所以……所以这意味着，犯罪者不止一个人，是这个意思吗？"

赢川唇角的弧度更加明显了，答道："没错，就是这样。"

众刑警互相交换着视线，一时间没有人再开口说话。

其实"犯罪者可能不止一个人"这个假设，刚才也有人提出过。他们提出这个可能性，是因为众人根据经验，设想过孙宅的情况——里面有两个壮年男性。宋斑十多年前的旧照片里是个纤细秀气的杏仁眼小少年，很难想象这孩子能长到 1.8 米以上，肌肉强壮虬结。他们考虑到孙宅里有三个成年人，仅凭宋斑一人，不一定能一下子制住三人，所以讨论过他还有同伙的可能性。不过目前没有任何证据能够证明这个猜测，因此也只能当成一个可能性了。

现在，赢川这看起来不太靠谱的顾问，却从他犯罪心理学的专业角度，告诉围坐在会议桌前的诸位警官：现场起码有两个凶手，他们一个喜欢斩首，另外一个则喜欢割喉。

柳弈故意拖延了 15 分钟才下楼，可他到停车场取车时，竟然看到赢川仍等在他的车旁边，还大大方方地露出了一个微笑。

简直阴魂不散！他在心中默默地骂了一句，但脸上仍然维持着平静，走到爱车前问："你在等我？"

"当然，"赢川带着招牌式的温文浅笑，朝他点头，"我们好久不见了。"

柳弈歪了歪头说："哦。"

自从数月前跟赢川聊过一回之后，柳弈就对他说话只说一半、总爱语焉不详的习惯相当硌硬，觉得他们很难成为朋友，自然也没兴趣与他保持私交。

先前柳弈遭绑架受伤住院，赢川也曾提出要到医院看望他。但柳弈那会儿还处在脑震荡后遗症时期，但凡扭脖子的幅度大了一点儿，就会忍不住头晕、恶心，根本不想浪费精力去应付赢川的机锋，于是态度强硬、直截了当地拒绝了。

赢教授还算知情识趣，也没有坚持，只发了几条慰问短信，就算过去了。

然而事实证明，即使已经一段时间不见，但柳弈现在看到赢川的脸，依然觉得很头疼。

"你找我有事儿？"他朝着自己的车子抬了抬下巴，掏出钥匙，按下了开锁键。

赢川却好像没看懂柳弈的意思，依然站在原处，身体堪堪挡住车门，说："这边不太好打车，我想麻烦你送我回 X 大。"

柳弈眉心一跳，差点儿没绷住脸上的表情。

市局就在主干道上，周末车多人多，随便打开个打车软件，肯定能在附近找到十辆八辆空车。不好打车这么一个烂到家的理由，也真亏赢川脸皮厚赛城墙拐角，竟然能说得出来！

"我等会儿还要回去工作。"他想了想，决定祭出万能理由，顺着赢川的剧本演下去，假装自己没听出对方的言外之意，"法研所距离市局挺近的，转过两个街口就到了。"他笑得一脸纯良坦然，好像他真的挺着急要回去干活儿一般。

"没事，你载我到法研所门口就行，"嬴川也回答得很诚恳，"那边的路口刚好有一路公交车能到 X 大门前。"

柳弈的目光在嬴川身上扫了一圈，心中莫名觉得有些可笑。这人身上穿得西装笔挺，领带、鞋子和公文包也颇有品位，怎么看也不像个挤公交的。

但偏偏他就能把这分明是装可怜的话说得如此自然，好像他真的打算这么干。

"行吧，请上车。"柳弈朝嬴川笑了笑，"我载你一程。"

嬴川满意一笑，向旁边撤开，方便柳弈开车门，自己非常自觉地绕到了另外一边，坐到了副驾驶座上。

香槟色的宝马 7 系驶出市局停车场。

柳弈目不斜视，专心开车，没有主动和嬴川搭话的意思。

嬴川则舒舒服服地靠在了真皮座椅上，眼睛到处转悠，认真地打量着柳弈车里的布置。

柳弈跟他没什么好说的，一路沉默地将人载回了 X 大，在办公楼下将人放下，又立刻关了车门绝尘而去，仿佛他是一个没有感情的滴滴司机，与乘客不做多余的交流。

嬴川乘坐电梯，一直上到他的办公室所在的 23 楼。

作为鑫海市名气最大的高等学府，X 大的心理学专业排全国前三，所以他们学院能够独占这座新楼的整整三层。嬴教授作为身上挂着一串头衔的最年轻的海归学者，有一间属于他自己的独立办公室。

他从包里摸出钥匙，打开办公室的胡桃木色门，走进去，又轻轻地关上门，然后将门反锁。

做完这一切，他才从随身的公文包里摸出手提电脑，摆在了办公桌上。

"呵呵，真是太可惜了。"嬴川喃喃低语，这是他今天第三次重复这一句话。

他的桌子上，放了一横一竖两个相框。竖着摆的相框里面，放了他和一位女士的合照。女士长相平凡，皮肤很白，戴着一副窄框金丝边眼镜，两片薄唇虽然微微上挑，但依然不带笑意。

两人左手的无名指上还戴着同款的白金婚戒，但两人的肢体语言并不亲密，肩膀与肩膀之间，还留着一拳的距离。

横放的那个相框里面，则是一张多人合照，画面里密密匝匝地挤了 20 多个人。因为队形排得颇为松散，人们互相遮挡，并不是每个人都能清晰地入镜。有的人要么被旁人挡住小半个脑袋，有的人表情崩坏，闭眼的、歪嘴的、鼻孔朝天的，不一而足，总而言之，实在算不得一张多么成功的照片。

如果柳弈看到这张照片，一定会觉得有点儿眼熟，仔细端详能认出，这是他研究生时代跟老板参加过的一个会议，能在角落里找到当年的他。

照片中的柳弈，长相比现在略微稚嫩，剪了个清爽的学生头，短短的刘海耷拉在眉梢，他那时候还没习惯西装革履，所以是照片中唯一一个身穿衬衣和牛仔裤的。

只是柳弈的长相实在出色，尤其是身旁几乎都是一帮叔叔阿姨，他像一棵水嫩嫩的青葱，笔挺优雅地站在角落里，正面朝向镜头，双眼弯成月牙状，笑容很甜。

除了柳弈，照片里仅有另外两个年轻人，一个是圆脸蛋的女孩儿，另外一个是身材高大的男孩儿。

那男孩儿站在另一个角落里，处于柳弈对角线的位置，比旁边谢顶的中年学者足足高了将近一个头，又高又胖，目测得有110多公斤，身上穿的黑色西装明显绷得有些紧，让人甚至有些担心他在活动的时候会不会把衣服撑裂。

黑西装的高胖男孩儿略垂着头，佝偻着脊背，过分厚实的肩膀显得格外突出。从他的体态就能看出，他在努力地降低自己的存在感，但他的体型实在太过可观，即使垂头缩背，努力融入人群背景里，依然能够让人一眼就注意到他。

照片中的高胖男孩儿因为脸上肉多，几乎眼耳口鼻都挤在了一处，很容易让人除了胖，很难记住他的长相特点。

但其实只要细细分辨，还是能够看出，那个含胸驼背的胖子，五官位置和轮廓都和赢川一模一样——照片里的这个人就是10多年前的赢川。

"我给过你机会了，"赢川微笑着看向桌上的大合照，伸出手指，在照片中的柳弈脸上轻轻点了点，"可惜，你不要我给你的机会。"

说完这句话，他拉开椅子，坐在了书桌前，打开手提电脑，通过一系列复杂的反追踪代码，进入了暗网之中。屏幕里，代表着他本人的虚拟形象，乘坐着死神撑的小舟，缓缓穿过冥界之河，从中打捞起了某个暗网成员新近发布的杀戮视频。

"果然是他们。"赢川轻轻一笑，点开了弹窗。

那是有人用手持摄像机录下的视频，拍摄者不知是因为情绪激动，还是技术不过关，画面抖得有点儿厉害，但是内容足够震撼。在被剪辑过的短短5分钟的录像中，先后出现了3名受害者。

一个女士被塑料口袋闷死之后，被切骨用的阔刃菜刀生生砍去了头颅。两名男士则被割喉，一个人的伤口足以立刻致命，而另一个人捂着脖子，挣扎了许久，在地上拖曳出长长的血痕。最后视频结束在冲天而起的大火之中，正是东城郊镇上被烧毁的孙家宅院。

看完视频，赢川肯定了自己的猜测——那位跟他在暗网上有点儿交情的"面具"和"面具"的搭档已经到国内了，而且还将他们的杀戮游戏一并带到了这边。

作为一个常年混迹暗网的资深犯罪爱好者，赢川研究过同样颇有名气的杀手"面具"。他知道，对方是个美国移民或者二代华裔，会说汉语，而且语调中带了一点儿南部沿海地区的平舌音特色。那人的主要活动场所是美国几个治安不佳的地区，以及墨西哥和旁边的几个岛国，他有时也会找当地的一些流浪汉下手。

"面具"喜欢虐杀那些长相漂亮、英俊的年轻男生，在残酷的肉体虐待之后，割断他们的喉咙，最后一把将犯罪现场毁得干干净净。因为他的下手对象几乎都是治安不佳地区里那些无亲无故的流民，常常会将罪行隐藏在当地的黑帮纠纷之后，又神出鬼没，深谙逃脱之道，所以一直都没有人能够真正地逮住他。而且"面具"应该还有个和他志同道合的同伙，那人最喜欢的处置方式是将尸体肢解成碎块儿。

只是赢川没有想到，他的暗网朋友"面具"和他的搭档，竟然就是当年鑫海市发生的那桩金铺抢劫杀人案的关系者，而他们竟然在10多年之后会回到鑫海市，对曾经的涉案人员和他们的家属展开疯狂的杀戮报复。

"以那帮警察的能力，大概……3天，不，2天……"赢川想了想，点开匿名留言界面，给"面具"发去了一张图片。那是一张手绘的黑白插图。图片里，一个美丽的卷发少女，手里拿着一串钥匙，将其中一把插入了锁孔之中。

"安哥，我发现了另外一个案子，好像有点儿不对劲。"周日深夜11点，戚山雨抱着大叠的文件，快步走进办公室。

即使到了这个点儿，专案组办公室里依然还有不少人。3个文职正猫在电脑前努力工作，还有几个刚刚出外勤回来的，则在角落里用椅子拼成一张张临时小床，勉强窝在里头休息。

"什么新案子？"电脑前一个文职人员听到戚山雨的话，抬起头，烦躁地抓了抓头发，"小戚，我警告你，别给咱瞎添乱啊，已经够忙的了，再来个案子我怕自己要过劳死！"

戚山雨不理他，径直在办公室里扫视一圈，在靠窗的一张沙发里找到盖着外套小憩的搭档安平东，疾步走过去，将人给拉了起来。

"干什么？"

安平东从沙发上爬起身，顶着鸟窝似的发型和3天没刮的狂野胡茬，除身材健硕一些之外，造型跟犀利哥基本没有区别。安东平问："你发现什么了？"

他已经在外头跑了整整一天，累得看东西都仿佛叠着重影，脑子里一团糨糊，但被戚山雨叫醒的时候，还是强撑着精神听着。

"你看看这个。"戚山雨将刚刚打印出来的几页纸交给了他。

安平东伸手揉了揉太阳穴，低头看了起来。"失踪案？"

"对，失踪案。"戚山雨点了点头，"这是我市1周前发生的一起失踪案。"他交给安平东的资料，是鑫海市开发区派出所接到的一桩失踪案报警。

有一户姓马的人家，户主名叫马云生，今年42岁，是个司机，名下有一辆轻型货车，和家人一起住在开发区的一处独栋民宅里。6天前，马云生上班的物流公司报案说，已经有 3 天没法联系上他了。民警接到报案以后，上门查看，发现他们家的门完好地锁着，从外头看毫无异状，但叫门无人应答。

于是民警破门而入，发现屋里空无一人，但客厅很乱，还有几处打斗痕迹，家里的贵重财物全在，现场很可疑。于是他们将案件定性为疑似刑事案件的失踪案，很快移交给了市局的刑警队处理。

"马家一共 5 个人，户主马云生、他的太太、岳父赵新，还有一对儿女。"戚山雨给搭档做了案情说明，"我看了看这个案件的调查进展，在报案前 1 天，马云生的儿子和女儿的两位班主任，都分别接到了马太太的手机发出的短信，说是因为家里有急事，要请假赶回老家一趟。"

他从资料里翻出那封短信的截图。"后来我们的人去跟马云生老家的亲戚求证过，根本没有所谓的'急事'，而且他们一家 5 口也没有回去过。"

"确实很可疑。"安平东飞快地扫了一遍手里的几页 A4 打印纸，抬起头，眉头深锁，"怎么，你觉得，这个失踪案和我们现在查的杀人放火案有联系吗？"

"我也说不准。"戚山雨坐到了搭档旁边。

他比安平东年轻 10 多岁，自然体力和精力都要好，但也连轴转了好几天，也觉得累，于是屁股一碰到柔软的沙发皮子，也不由自主地往沙发背上靠了靠，伸了伸腰骨。

"我翻查当年那桩金铺抢劫杀人案的时候，注意到一个细节。嫌犯之所以没逃走，是因为司机没有按照约定等在路口。"戚山雨说道。

"但是因为负责开车的司机是主谋宋文星单线联系的，其他人并不知道那人的身份，而宋文星又因为拒捕被当场击毙，所以即使到现在，依然没找到那个涉案的司机。"

安平东眼神一闪，明白了自家搭档的意思。"所以，你怀疑，这个人……"他抽出马云生身份证复印件，用力地甩了甩说，"这个叫马云生的小货车司机，可能就是当年那个逃跑的司机？"

戚山雨点了点头，肯定了对方的猜测。

"你还有其他证据吗？"安平东抬手压了压眉心，"除了两人职业相同之外，还有别的能证明与这几个案子之间存在关联吗？"

戚山雨诚实地摇了摇头说："没有。"他想了想，看着安平东说："只能说，这一家人的失踪实在来得太巧了。"青年的眼神清澈而有力。"或许，算是直觉吧。"

东城郊小镇上的孙宅杀人放火案发生后的第 4 天，下午 4：30。

"这儿，就是这个，我找到了！"一个年轻的女警忽然丢下握了一整个下午的鼠标，高声叫了起来。

她这一嗓子立刻惊动了周围的人，包括大队长沈遵在内的七八个人站起，呼啦一下全都围了过来，把女警背后的一圈位置堵得密不透风。

"你们看，是这个吧？就是这辆车没错吧？"叫来了一屋子人的年轻女警，激动地指着屏幕中放到最大的一辆黑色厢式货车，"虽然颜色变了，但轮毂和前保险杠上的擦痕都是一样的！"

年轻的小女警激动得脸颊涨红，继续说："这是1周前科学岛的环城路入口的交通监控记录，与马云生一家的失踪时间刚好吻合！"

大家一听也很激动，只有沈遵表情比较镇定，并没有立刻表态，而是一把握住桌上的鼠标，亲自拉开两个界面，将女警找到的黑色小货车与马云生名下的小货车的年审照片进行了仔细的对比。

确实如女警所说的那样，监控视频经过软件放大和精度处理后，里面的那台小货车虽然整个车体都被漆成了黑色，车厢上原本印着的货运公司的标志和名称也已经消失不见，换成了字体和颜色都毫不显眼的某某家具公司的商标，但它们的左前轮毂上都有一个三角锥状的凹陷，前保险杠的左侧也有一道20多厘米的划痕。

车体的喷漆颜色容易改变。事实上，不少专业的偷车贼在得手了以后，都会第一时间将赃车开到相熟的私人汽车修理养护店里，将车子涂装成完全不一样的颜色，再配上假牌照，很容易蒙混过去。但是车子的大型配件很难在短时间内更换，所以对比赃车时，警方可以通过分析大型配件的外观特征进行排查。

"车牌呢？"沈遵眯起眼睛，问道，"是真的还是假的？"

"这是一辆套牌车！"女警脸颊绯红，一把抢过鼠标，点开她刚刚找到的记录，"车牌号码确实是真的，但车型跟车管局里的年审记录完全对不上，所以绝对是套牌车！"

"好，这就对了！"沈遵用力一拍桌子，咣当一下震倒了一个塑料笔筒，里面的几支笔顿时滚了一桌。

沈遵果断下了命令："所有人都有，搜检这一周内位于科学岛的所有交通监控仪的视频记录，务必找到马云生的这辆小货车！"

晚上11点，鑫海市科学岛的南侧边缘，某片小型厂房区西北侧，8个刑警悄然无声地包围了一栋编号为D4-06的独栋小厂房。

小厂房好像废弃了，所有门窗都紧闭，从稍远处看，只见整栋建筑物都笼罩在深深的夜色之中，里外都是黑黢黢的一片，看不到一点儿光亮。

"就是这儿了，没错！"带队的安平东压低声音，指了指停在厂房右后方的一辆厢式小货车，"那应该就是失踪的马云生的车子。"

他朝身后众人扬了扬下巴，同时一挥手，说："我们闯进去！"

戚山雨和其他6个同僚闻言，一起点头。

几人简单地商量后，留下2人守住后门和侧窗，另外6人则安静而飞快地接近厂房，也不敲门，而是用最快最粗暴的方式，直接撬坏门锁，闯进了小厂房里。

门一开，一股强烈的气味就在众人鼻端弥散开来。

那股味道，大概除法医之外，天下少有人比他们这些刑警更熟悉了，那是非常浓重的蛋白质腐烂后所散发出的恶臭。

几人瞬间变了脸色，汗毛倒竖，立刻全身心都进入了警戒之中。

"灯在哪里？"安平东压低声音，在黑暗中警惕地四下张望，"把灯打开！"

一个警察将身体贴到门边，伸手在墙上小心地摸了摸，很快摸到了很像是电灯按钮的东西，"吧嗒"一声摁了下去。可他们头顶的灯并没有亮起来，周围依然一片漆黑。

"应该是电闸被拉了。"安平东从腰间摸出电筒，朝四周照了照。

他们在执行此次突击任务前，就已经事先查过这间厂房的平面图。

为了方便安装机器、装卸运输货物，这一带的厂房虽然是类似平房的结构，但屋顶的挑高比普通的民宅要高出许多，又被高墙分割成5个房间。

不过如果完全密封，各房间的墙壁太高会使空间逼仄压抑，而且不好通风和安装管道，所以像这样的厂房，即使分割出房间也多在顶部预留出一定的空隙，方便租客拉管子接线路。如果租客想要彻底隔开房间也很容易，在预留的间隙上安装方便拆卸的隔板就可以了。

"走，我们一个房间一个房间搜。"

手电的灯光照出一条宽大约1.5米的走廊，走廊两边横七竖八地堆了些纸箱、办公桌椅之类的杂物。就像是有人特地将房间里的家具全都搬了出来，并堆放在了走廊里，让原本就不宽敞的过道更加狭窄。

安平东让众人全都打开手电筒，开始朝着腐臭味儿最浓烈的地方靠近。

然而就在这时，屋里忽然传来了"砰"的一声枪响。

国内禁枪令执行得非常严格，即便是市局重案组的刑警们，也极少在执行任务时遇到持枪歹徒，以至于枪响的瞬间，有人出现了短暂的怔愣。但紧接着，第二、第三、第四声枪响接连响起，显然持枪之人就是冲着几个警官射击的。

"卧倒！"安平东大叫一声，同时飞身将旁边一人扑倒在地，往两张堆叠的椅子后边躲去。

他们现在挤在这么一条狭窄的走廊里，很难灵活移动，简直就跟活靶子似的，只要射手的技术不至于太差，盲射都迟早能打中他们，而且旁边有太多的杂物，子弹打在这样的环境里，很容易发生跳弹。

就在众人四散躲避的时候，第五、第六声枪响接连响起。

安平东忽然闷哼了一声。

"东哥？！"

被安平东护在身下的一名警官焦急地问道："你怎么了！"

安平东咬牙切齿地挤出一句："我的脚，好像中弹了！"

就在这时，一条人影飞身蹿起，一步越过了最前面的安平东，疾步跑进了漆黑一片的走廊深处。

"喂！"有几个警官大声喊起来，"小戚，危险，快回来！"

然而戚山雨已经抬起腿，一脚踹开了走廊右侧的第二扇木门，悍然闯进了房间。

就在凶徒射出第六发子弹的时候，他已经看清了那人所在的位置，而且他非常确定，接连6声枪响之后，听到了一声空扣扳机的声音——那人弹夹里的子弹，已经用完了。所以，对方重新装填子弹的时间，应该足够他冲进疑犯的藏身之所了。

他手里的电筒光线比人更先一步照进了房间里。戚山雨看到，房间里空荡荡的，几乎是只有四面墙壁，除墙角搁着一张破旧的桌子之外，再无其他家具。

而一个身穿黑衣、体形纤瘦的年轻男子，此时正攀在墙壁顶部的空隙上，看到警察破门而入，立刻将打空的手枪往下一扔，腾空双手，仿若一只灵猴一般，攀住墙壁顶部，使劲儿一撑，整个身体就腾空翻起，用了个玩双杠的过杠动作，钩住1米外的天窗，再从那处只有30厘米宽的小窗钻了出去。

戚山雨二话不说，借房间里唯一的桌子垫脚，也用攀缘的方法，飞快攀上了天窗，将上半身探了出去。

这扇天窗位于厂房后侧。戚山雨刚刚将脑袋探出去，留守在墙根下的两名警官就朝着他大力摆手。"上面！上面！"两人一起朝上方指去，"那人跑到屋顶去了！"

他们守在厂房外，听到里头接连传来枪声，顿时急坏了，差点儿就没忍住想要绕到前门冲进去支援。

他们正准备向总部请求支援的时候，忽然看到一个身穿黑衣、身材消瘦的年轻男人从天窗里钻了出来。

那黑衣青年发现外头还守着人，立刻反手攀住从天台边缘伸出来的一根排水管，真跟一只猴子一样，噌一下就蹿到了屋顶上。

两位警官虽然也是正经练过的，但没有让他们下脚的地方，要他们立刻徒手攀上高度将近4米的光滑墙壁，实在太难。

在两位刑警瞪着眼干着急的时候，戚山雨也从天窗处探出身子来，他们连忙示意，告诉他嫌犯此时的去向。

戚山雨果断点了点头，抬头看了看，也和黑衣青年的动作一样，攀住排水管借力，两手一撑，爬上了屋顶。

这一片区域的厂房都是一层式平房结构，屋顶就是天台，楼梯设在走廊尽头。

屋顶灯没亮，而戚山雨的手电筒，在他翻窗的时候，已经顺手插回了腰间，所以此时整个屋顶的照明，就只剩下远处的路灯，自然十分昏暗。

戚山雨和黑衣青年站在阳台上，远远地对峙着，两人都只能勉强看清对方的长相。

"没想到，你们竟然这么快就找到这里了……"体形消瘦的黑衣青年低声笑道。

他的嗓音沙哑而飘忽，缺乏中气，带着些病恹恹的感觉，细细地飘在空荡荡的天台上，简直都快要被夜风给吹散了。

戚山雨借着昏暗的光照，认真地盯着刚才还持枪朝他们射击的嫌犯，忽然叫道："宋珽？"

"你果然知道了……"宋珽再次发出那种轻柔到诡异的笑声，"所以，你应该也知道，我知道了……"

戚山雨皱起眉，一言不发地迈开步子，朝着面带诡笑的嫌犯走去。

"站住！"宋珽忽然大叫一声，撩起身上的黑色 T 恤，从腰间抽出一把 15 厘米长的匕首。

匕首刃口极为锋利，在黑暗的环境里，依然能看到刃锋泛出一道波浪状的冷光。

就在这时，其余人已经找到了上阳台的楼梯，一个接一个地爬了上来。

"不许动！放下刀子！"跑在最前头的刑警一边高声喊道，一边冲上去要夺走宋珽手里的匕首。

但宋珽比他们所有人都更快一步，直接横过刀刃，往自己的脖子上狠狠地一划。

顿时，鲜血从伤口处喷涌而出，仿若张开的血红扇面，飞溅在水泥铺成的屋顶地面上。

嫌犯割喉自杀，刑警们大惊失色，狂奔过去，想要抢救倒在地上的宋珽。

"叫救护车！快止血！"

一个警察脱下衬衣，将布料绞紧，死死按压在伤口。

然而那道豁口实在割得太深，众人听到黑衣青年的喉咙里传出气泡挤压血液发出的咯咯声，汹涌的鲜血很快浸透了捂住伤口的衬衣。而宋珽也在失血和窒息之中，双眼翻白，嘴巴大张，口唇发绀，全身的肌肉抽搐几下，很快就不动了。

两分钟后，一个刑警摸了摸黑衣青年的脉搏，摇了摇头说："人死了。"

又过了数分钟，他们的支援到了。

众人让救护车先将脚部中弹的安平东送走，又抬走了宋珽的尸体，然后开始搜查整栋厂房。

又是枪击又是自杀，警车和救护车一辆接一辆呼啸而过，动静惊动到这一片厂区的管理人，让值班电工恢复了供电，警方也得以在照明充足的环境里进行搜检。

他们撬开了每一个房间的门，很快找到了腐臭味的来源。在最大的房间里，安放着一台染满血迹的锯床。铺着塑料垫子的地板和新粉刷的雪白墙壁上，到处血迹斑斑。

靠近门的墙脚搁着两个鼓鼓囊囊的编织袋，浓烈得化不开的腐臭味，正是从那两只袋子里传出来的。

"呕！"一个警察被熏得喉头直泛酸水，忍不住干呕了一声。他抬眼看了看封得不留一丝空隙的窗户，有些庆幸地说道："还好没留缝儿，要不然满屋子都是苍蝇了吧？"

众人闻言，全都感到心有戚戚焉。

另一个刑警指了指墙脚的两只编织袋说："你们猜里面是什么东西？"其他人用"这还要说吗"的眼神盯着他。

"是现在打开看一眼，还是直接送到法研所去？"

当然是要先打开看看的。虽然每个人都能猜到里面装了什么，但能腐烂的东西可不只有一种，不亲眼确认过不行。

见其他人都没有要动手的意思，戚山雨戴上手套，绷着脸走上前，解开了捆扎住其中一只袋子袋口的麻绳，恶臭从散开的袋口涌出。被戚山雨解开的编织袋里，露出了大大小小的腐败尸块，其中还夹着一只细瘦的断手。

柳弈带着人赶到现场的时候，闻到那股浓烈的恶臭，也感到有些惊讶。而当他在看到房间里那张快要被完全染红的木工锯床，以及房间里大片大片几乎无法分辨出边界的血迹以后，惊讶变成了震惊。

"啧，太凶残了！"柳弈咂了一下舌，"如果这些都是人血的话，就这铺天盖地的血迹，就算把一个大活人全放干了，也不可能达到这个出血量的。"

柳弈问："所以，到底是死了几个？"

"不知道。"一个刑警回答，然后伸手指了指门边靠墙处搁着的两只编织袋，"都在那里面了，我们只打开看了一眼，其他东西都没乱动。"

柳弈上前，看到其中一只袋子口敞着，露出了一堆腐败的尸块，切割得太碎，乍看上去，确实不好分辨到底是属于几个人的尸块。

"先带走吧。"柳弈指了指那两袋东西，"我们回去再拼一拼看看。"

江晓原闻言，脸色一下子就白了。他想到回去以后还要把这么两大袋子零零碎碎的尸块拼成人形，就觉得无比绝望。

江晓原简直可以预见，等他拼死拼活干完这些活儿，下班回家时，就要顶着满身根本无法洗去的尸臭味去坐地铁，一边"香"飘百里，一边忍受周遭所有人鄙夷和厌恶的目光。

"搞不好在闸口就要被拦下来了……"江晓原苦着脸，第 180 遍后悔自己干吗要当个法医。

"行了，把这两袋子都打包带回去吧。"柳弈将袋口解开的麻绳系上，然后视线在房间里扫了一圈说，"还有这满屋子的血迹，全都要取样和拍照。"

法医们在厂房里忙活到几近天明，现场勘查才终于告一段落。

等他们带着满满两大箱子物证和取样回去的时候，两袋尸块都已经装到了车上。那股腐臭味把司机呛得直反胃，在车里待不住，苦闷地蹲在路边一根接一根地抽烟。

“行，我们这就走吧。”司机看到法医们出来了，耷拉着眉毛，掐灭烟头，准备去开车。

柳弈看他实在可怜，从箱子里摸出薄荷膏，让司机先在鼻子下抹一点儿，好歹挡一挡臭味，再去开车。

“我觉得，我的嗅觉已经被熏到麻木了，闻着都没觉得有多臭了。”江晓原坐在车上，眼神呆滞，表情木然。

“行了，别抱怨了。”柳弈摘掉手套，怜爱地摸了摸自己这位备受煎熬的弟子，心中默默感叹，这娃儿还是太年轻了。“等你回去将他们拼好了，就全都习惯了。”

“呕！”江晓原干呕一声，差点儿就要吐了，“老板，求你别说了！”

柳弈倒没有继续欺负他，只弯起双眼笑了笑，收回了自己的手。

侧边印着法研所名称的白色厢式车安静地行驶在黎明前空旷的街道上。

江晓原乖乖地坐了一会儿，目光又不由自主地瞥向那两只鼓鼓囊囊的散发着异臭的编织袋，感觉它们的存在感爆棚，让人根本无法忽视。

“老板啊……”他闷闷地说道，“你觉得，那里面……到底装了多少个人啊？”

柳弈转头看向江晓原，小伙儿脸色苍白、神情委顿，仿佛一只蔫了吧唧的鹌鹑，刚刚被一场暴雨狠狠地蹂躏完，既弱小，又可怜无助。

“你这个问题，倒让我想起30多年前发生在雾都的一桩连环杀人案了。”他说道。

江晓原强打精神，问道：“哦？什么案子？开膛手杰克吗？”

“说到雾都的连环杀人案，你就只能想到开膛手杰克吗？”柳弈摇了摇头，心想我这徒弟还真是愁人啊，难道他平常就不会多看些经典的重大刑事案件资料吗，怎么知识面就这么窄呢？

“凶手名叫丹尼斯·尼尔森，是一个退役军人，后来当了公务员，性格却出奇冷血、凶残。从他32岁起，仅仅5年的时间，就已经残杀和分尸了10多名男性受害者。”他解释道，“警方逮捕凶手的时候，从他的衣柜里搜出了两个尸袋。”

柳弈指了指他们车上的两个编织袋说：“因为那两个袋子都塞得满满当当的，所以当时警察就在想，如果装的是人，那么受害者的体型应该相当高大魁梧。”

江晓原听得很认真，同车的其他法医，还有开车的司机也竖起了耳朵，很想知道之后的发展。

“于是，警察就问丹尼斯里面装了几具尸体？一具还是两具？”

说到这里，柳弈顿了顿，眼见大家的胃口都被吊起来以后，他才继续说道：“丹尼斯回答，都不是，我想应该是15或者16具吧。”

“咝！”车里响起了数道吸气声。

数量太过骇人听闻，所有人听到这个答案之后，都不由自主地怀疑起自己的耳朵，然后他们又“唰”地一下扭头，整整齐齐地将目光投注到车厢中的两个编织袋上，仿佛里面也装了 10 多具尸体。

"当然，后来证明，15 这个数量，只是他杀过的人的总数。"

柳弈伸手拍了拍江晓原的肩膀，示意徒弟不必感到慌张。"当时警方从丹尼斯的公寓里搜出来的尸袋，只装了 3 个受害人的尸体残骸而已。"

他抬手指了指两只编织袋。"至于我们这边，因为不知道袋子里的尸块是否完整，所以不好判断到底有多少个人。等会儿回去拼的时候，搞不好难度会很大，一定要注意个体特征识别才行。"

"哎，可惜凶手已经死了，连问问他到底有几个都不行。"江晓原瘪瘪嘴，低声嘟囔道，"不然让我有个心理准备也好啊……"

他想了想，又问道："刚才市局的警官们好像说过，这些受害人很可能是失踪的一家子，对吧？"

有个法医回答："对，听说是一家 5 口，其中还有 1 个老人和 2 个孩子呢！"

江晓原脸上的表情更愁苦了，说："就这两个袋子的体积，搞不好真的能塞 5 个人吧……"

他喃喃自语道："这是什么深仇大恨，要连人家老小都不放过，来个灭门分尸啊！"

"是啊。"柳弈低声应了一句，然后将目光移向窗外，透过反光膜，看向长街尽头渐渐泛起的一丝鱼肚白。

不知道为什么，他心里总有种不太踏实的感觉。

"……宋斑真的是因为已经报完仇了，才会那么干脆地选择自杀吗？"

虽然当时安平东表现得很冷静，但他的右脚被子弹射中，子弹还嵌进了关节里，造成严重的粉碎性骨折，不仅需要手术修复，而且术后的休养和恢复时间也不短。

市局刑警大队的警察们得知这个结果之后，所有人的脸色都显得很不好看，大队长沈遵更是气得直接砸了一个马克杯。

就算经过恢复，安平东的伤势也很可能没法恢复到以前的最佳状态，说不好就要从此退出一线转任文职。

安平东经验丰富、能力出众，还是一队的队长，他要是转岗……沈遵光是想想都觉得头疼，好像连隐隐有谢顶征兆的发际线，都在一夜之间后移了半厘米。

"查到了吗？凶手的枪是哪里来的？"沈遵憋了一肚子的气没地方撒，只能烦躁地追问案情的进展。

虽然凶手已经自杀，但一口气灭门了两个家庭的重大刑事案件，可不能就此结案。

凶手宋斑当年逃到美国之后，不知用了什么方法，在那边搞到了一个正当身份。他摇身一变成为一名叫"Gary Miller"的三代华裔，这几年以进出口商贸的名义，频繁出入境，在美洲与中国之间多次往返。

宋珽最近一次入境，是在 6 个月以前。回国以后，他就没怎么离开过鑫海市，一直租住在失踪的马云生一家附近。

并且，宋珽还在孙明志出狱以后，用假身份证应聘进入外卖平台，专接孙明志妹妹孙婉丽家附近的单子，借这个机会，把孙家宅子及周边地形路况摸了个一清二楚。

科学岛上那间用来监禁、杀人、分尸和藏尸的小厂房，也是宋珽用假证件租下的，而且他还在行凶前，用短路的方法烧坏了厂房附近的一个摄像头，以免被监控拍到自己出入厂房。

宋珽的反侦查意识很强，行事谨慎，在最近回国的 6 个月里，一直很注意，没有留下太多可供追查的线索。无论是租房子、租厂房还是应聘外卖员，他用的都是假的证件。

如果不是戚山雨发现了失踪的马云生一家与当年那桩金铺抢劫杀人案之间的联系，再顺藤摸瓜，从他们家丢失的小货车一路追查到科学岛上那间不起眼的小厂房，警方恐怕很难在火灾发生后的第 4 天深夜，就找到来不及逃跑的宋珽。

"查到了。"一个警官将一沓鉴定资料递给情绪十分暴躁的沈大队长。

"宋珽用的那把枪，应该是自己拼装出来的，零部件来源，估计是从东南亚一带经特别行政区流进来的。我们在厂房里还搜到了一些没拼合的枪械零件和改装用的螺丝、扳手、锉子之类的工具。"

"喷，知道了。"沈遵烦躁地抓了抓头发，一个从枪支泛滥的美国来的连环杀人犯，能掌握拼装枪械的知识，并不令人意外。

"虽然宋珽身材不算高壮，但如果持枪，能一下子绑架一家人就不奇怪了……"

戚山雨进法研所法医科办公室的时候，里面有不少人都是他早就眼熟了的法医。

虽然这会儿是个大白天，但好些人的精气神都很差，就像是刚刚熬了一整宿，一副累得快要熄火的样子，有气无力地坐在桌子前。

"戚警官，你来了！"

江晓原正在收拾自己的书包，看到戚山雨进来，立刻站起身，背上挎包，朝他走过来。"老板在他的办公室里呢，鉴定书也在他那儿。"他笑着说道。

"你这是要回去了？"戚山雨闻到江晓原身上传来一股奇怪的味道，好似他将一整瓶古龙水打翻在了身上，香得都有些刺鼻了。

"嗯，是啊！"江晓原拉了拉自己的 T 恤，又伸手不好意思地揉了揉头发，"忙了一整天，现在准备回去补觉呢。"

他左右看了看，又忽然凑近一些，压低声音问道："戚哥啊，你闻着，我身上还臭不臭啊？"

戚山雨的脸上露出了一言难尽的表情，默然了两秒之后，才决定实话实说："香水的味道太重了，我估计你这样走在路上，还是会引人注目的。"

"啊，果然喷太多了吗！我跟着老板他们拼了3小时的腐尸，鼻子都熏得闻不出味儿了，还以为这样刚刚好呢。"江晓原抬起手嗅了嗅自己的袖口，一张娃娃脸都皱在了一起。"算了，我还是去再洗一次澡，换一身衣服吧！"

说完，他就向戚山雨挥了挥手，然后背着那只边角磨得褪了色的小挎包，扭头又直奔淋浴间去了。

戚山雨穿过走廊，来到柳弈的主任办公室。

他敲了敲门，听到里面传来懒洋洋的一声应答："进来。"

"柳哥。"

戚山雨走进办公室，看到柳弈正跷着腿，坐在待客的沙发上。

他穿着一件白衬衣和一条有些薄的夏装休闲裤，外头没有罩白大褂，头发还是半湿的，一缕刘海贴在眉角，发梢带着一个外翘的自然卷，显然是刚洗过澡。

柳弈看到戚山雨进来，抬头对他笑了笑，没有起身，而是伸手拍了拍旁边的沙发椅面，示意他坐到自己身边。

戚山雨回身关上门，坐到柳弈给他留的空位上，省去一切寒暄，直奔正题："柳哥，你在电话里说，那两只编织袋里有3具尸体？"

"嗯。"见到戚山雨连一句废话都不说，柳弈无趣地撇了撇嘴，不过还是把搁在茶几上的尸检报告拿了过来。"是的，我很确定，那两只袋子里确实只有3个人。"

他拆开牛皮袋，将里面的打印纸取出，说："我们将尸块一块一块全都拼回去了，虽然有部分肢体和脏器缺失了，但拼出来之后，确实只有3个人。"

柳弈将三张照片抽出，一字排开，搁在面前的茶几上。

戚山雨低头看了看，喉头滚动了一下。即便是个刑警，但照片里面的画面，还是让他感受到了生理性的不适。

3张照片上都是碎肉拼出的人形。肢体都摆放在了原位，血迹也大致清洗干净了，但看起来依然像是某种邪教仪式的现场，无论是构图还是内容，都充满了会让人打心底透出寒意的扭曲和疯狂。

"3名死者的身份都已经查明了，"柳弈点了点放在左边的一张照片，"根据死亡时间的顺序，这一个是马云生的岳父，今年71岁的老人赵新。"

戚山雨顺着他的手指看过去，只见那张照片上的尸块已经腐败得很明显，皮肤肿胀变形，表面遍布腐烂后产生的紫黑色血管网，一颗脑袋斜切成两半。

"这位老先生，已经死亡1周以上了。双耳、右手无名指和尾指，以及右侧的前脚掌缺失，脑组织不全，肠管也不完整。"

柳弈说着，又指了指中间的照片说："第二名死者，就是马云生本人，从尸块腐败程度来看，死了四五天吧。"

威山雨眼神闪动，拿起那张照片，仔细地分辨着放大的画面里那张面容扭曲的脸孔。大约是嫌犯宋珽对当年这个丢下了自己父亲、独自驾车逃走的司机恨意深重，马云生的尸体被切割得最碎，全身上下没有任何一块长度超过 20 厘米的部分。死者的整个脑袋被纵横分割成 6 块，左边眼球缺失，右边眼球的晶状体也破了，鼻尖被贴着根部整个削掉，软组织不知所终。

他的五官被法医们勉强拼凑起来，威山雨下意识地将那张狰狞扭曲的脸孔跟马云生生前的照片对照着看了一下，已经看不出来是同一个人了。

柳弈看了看表情凝重的小戚警官，又将手指移到右边的照片上，着重在上面点了两下。

"至于这个孩子，是马云生的长子马昱，死亡时间大概在 3 天前。"柳弈轻轻地叹了一口气说，"他的遗体是 3 具尸体里相对最完整的一具，凶手只切割开了他的一些主要的大关节，肢端和内脏也是完整的。"

他顿了顿，又补充道："但是，他在生前遭到暴力侵害，后面的伤很重，括约肌裂伤合并直肠瘘……"

威山雨的脸色顿时难看了起来。他咬着牙，低声地骂了一句："畜生！"

马云生的儿子今年才只有 13 岁，无论父辈之间有何恩怨，这孩子也根本不应该遭受这样的残害。

威山雨深呼吸了两遍，让自己从激愤的情绪中冷静下来，才接着问道："马云生的妻子和小女儿，不在那儿，对吗？"

"正确的说法是，她们曾经在那儿。"

柳弈抽出一张检验单，递给威山雨说："找到那两只编织袋的房间里，靠墙的地方有一处栅栏，附近区域有大量人类的排泄物、吃剩的食物以及其他痕迹，我们全部都取了生物物证，从中检出了分属马云生一家五口的 DNA。"

"也就是说，马云生的妻子和女儿曾经被囚禁在那家工厂里，但又从那里失踪了？"

柳弈严肃地颔首，说："不知道她们是遇害后，尸体被藏在了其他地方，还是其中又出了什么变故……"

"总之，生要见人，死要见尸，一定要找到这对失踪的母女。"

威山雨点了点头，开始收拾起桌上的文件，一一摆整齐，装回牛皮袋里，说："我们会去找她们的。"

"等等，我话还没说完呢。我们还在那间工厂里，发现了分属七个人的 DNA。"他重复了一遍，"是 7 个人。"

"什么意思？"威山雨皱起眉。

马云生一家 5 口，外加一个凶手——死去的杀人犯宋珽，一共只有 6 人，那么多出来的那个，又是谁呢？

"这个不知名的第七人的 DNA，是在现场的一块精斑里找到的。"柳弈耸耸肩，无奈地摇了摇头，"现在只能确认是个 A 型血 RH 阳性的男性，因为资料库里没有相匹配的 DNA，所以还不清楚这第七人的身份。"

他定定地看向戚山雨说："虽然吧，嬴川那家伙真的很不靠谱，但我恐怕……他这次确实是说对了。"

"宋珏，有个同伙，对吧？"戚山雨眉心紧蹙，回视着他的好友。

"而且，那个人很可能还带走了马云生的妻子和女儿。"

案子有了新的进展，市局专案组又忙起来。

偏偏这种时候安平东还受了枪伤，专案组失去一个强大的战斗力，沈遵只能从其他队里抽出人手，协助搜查宋珏的同伙和失踪的马家母女。

戚山雨没了搭档，只能临时并到隔壁组去，依然负责在厂房附近四处走访，查找那名神秘的第七人的线索。

他没日没夜地连轴转到第五天，在回市局交接文书顺便吃中饭的时候，实在困得撑不住了，直接靠在椅背上睡着了，嘴里还叼着小半块面包。

这一幕刚好被路过的沈遵看到，心似铁的"沈扒皮"终于良心发现，担心队里备受瞩目的得力新人真被压榨得过劳死，连忙给戚山雨安排个代表大家去探望安平东的任务，放了他半天假，打发他回家补觉去。

虽然整个专案组，上至担任总指挥的沈遵，下到只负责跑腿的文职人员，人人都在加班加点，累到快要散架，但要论工作时长，确实没有一个人比戚山雨还要多的。即便仗着还年轻力壮，但这会儿也确实到了极限了，他觉得自己连看东西都似有重影，就更别提还要开车满鑫海市东奔西跑了——那可是一个不小心就会搞出车祸的严重安全隐患！

于是戚山雨接受了沈遵的好意，打车回了家，胡乱洗了个战斗澡，又随便吃了几口东西，往自己的小房间一钻，连门都没力气关，后脑一沾枕头，就直接睡了过去。

他这一睡就是天昏地暗，直到感到有一只手捏住了他的脸使劲地揪了两下，才把他从无梦的酣眠中硬拽了出来。

"喂，你干吗呢……"戚山雨迷迷糊糊地睁开眼，不耐烦地嘟哝了一声，将妹妹的纤纤魔爪从脸上抓了下来，"还有，你怎么会在家里？"

听到哥哥的这个问题，戚蓁蓁眉毛一挑，说："你睡糊涂了吧，老哥！"

她笑着回答："之前发微信跟你说过的，我从今天开始就放暑假了！"

"是吗？是从今天开始吗？"戚山雨揉了揉酸胀的眉心，从床上爬了起来，一边在贴身的无袖汗衫外头套了件 T 恤，一边说，"我都忘了……"

"你最近真是够忙的。"

戚蓁蓁看着哥哥现在的尊容——眼下青黑、胡子拉碴，瘦了一整圈，配上松垮垮的加大码 T 恤，简直要多颓废有多颓废。"虽然还是很帅，不过哥，你还是收拾一下吧。"

"嗯。"

戚山雨取了剃须膏和刮胡刀，开始拾掇他 3 天没打理过的胡茬。

"对了，柳哥刚才来了。"戚蓁蓁一边听着洗手间里哗哗的流水声，一边说道，"不过他看到你睡得很香，就没叫醒你。"她趿拉着拖鞋，从门边探出颗脑袋说："柳哥还带了两盒点心来，一盒是让你带给安哥的，另一盒自己吃。"

"嗯，知道了。"戚山雨擦掉脸上的泡沫，抬眼打量镜子中的自己。虽然眼球里的红血丝还没退尽，但模样看起来精神了许多。

他脖子上挂着毛巾，从浴室里出来，坐到餐桌前，拆开柳弈送来的其中一盒点心，剥开一个蛋挞就开始大口大口地啃。戚山雨边吃边抬眼看了看墙上的挂钟——下午 5：40，他这一觉，整整睡了 4 小时。

"哥，我买了牛肉、土豆和洋葱，冰箱里还有咖喱块，等会儿我来做饭吧。"戚蓁蓁也拉开一把椅子，坐到他对面，从点心盒里挑了一块巧克力蛋糕，小口小口地慢慢吃。"今晚吃咖喱饭，行吗？"

戚山雨点点头："好。"

反正他这位妹妹，平常很少下厨，拿得出手的菜实在有限，除咖喱饭之外，他能选的也就只剩蛋炒饭和西红柿炒鸡蛋了。所幸戚山雨从来都不是什么挑挑拣拣的人，饭菜只要能吃就行。

"哎，哥啊，感觉你最近瘦得厉害，真有这么忙吗？"

戚蓁蓁看着大哥连垫肚子的点心都吃得狼吞虎咽的样子，不由得有些心疼，将餐盒往戚山雨那边推了推说："你多吃点儿。"

戚山雨"嗯"了一声，埋头开始吃第二块酥皮卷。

他眼见时间还早，既然妹妹主动承担了做饭的活儿，那么他打算等会儿先到附近的省院探望刚刚做完手术的搭档安平东，从医院回来，正好能赶上吃晚饭。

"对了，哥。"戚蓁蓁怕她哥噎着，给他倒了杯水说，"我明天要出门一趟。"

戚山雨问道："哦，去哪儿？"

"学校组织的本地大学参观活动。"

戚蓁蓁顿了顿，瞅着老哥的脸色才说道："我报了公安大学和军科院……"

戚山雨放下手里吃了大半的点心，定定地看着坐在对面的妹妹。

戚蓁蓁刚才说话的语气虽然好似漫不经心，但意思实在不要太过直白——她在告诉哥哥，她的志愿已经定了，要么当个警察，要么就进部队。

"你非要选这两条路吗？"

　　戚山雨感到自己因睡眠不足而隐隐酸胀的太阳穴开始一抽一抽地疼，就好像有人将一圈粗皮带紧紧勒在他脑袋上一样，很难受。

　　说实话，如果是自己，怎么辛苦都无所谓。他也确实想像他早逝的父亲一样，当一个出色而优秀的刑警，也很以自己的职业为傲。

　　然而，当戚萦萦说自己也想当个刑警的时候，他却觉得很难受。

　　这个工作又脏又累，还十分危险。

　　一旦进入这个领域，就意味着要面对社会和人性中最残忍、最黑暗的一面，要面对一桩接一桩的人间悲剧及穷凶极恶的亡命之徒。

　　刑警这个职业，常常要没日没夜地奔走在第一线，他们将人生中最好的年华消耗在繁重而劳累的工作之中，无法和大多数同龄人一样，享受恋爱、玩乐和青春的乐趣。而对其他人来说再普通不过的家庭美满、天伦之乐，在他们这儿，却很可能因为工作性质成为一种奢望。事实上，警察，尤其是一线刑警，他们的单身率和离婚率，要比大多数职业高许多。原因就是他们的工作太忙，不能好好地照顾到家庭，家人对此无法理解。

　　戚山雨烦躁地抓了抓头发。他想到父母失败的婚姻，想到忽然重新出现在他面前的邛乐池、惨死的孙明志和马云生两家人、至今生死不明的马家母女，以及那个现在依然还潜藏在黑暗中的宋斑的同伙……

　　"萦萦，我觉得，当刑警真的不合适你。"戚山雨揉按着抽疼的太阳穴说，"你就不能考虑一下别的出路吗？"

　　"不考虑！"戚萦萦噘起嘴，断然拒绝道，"我就想当刑警，跟你一样，跟爸爸一样！"

　　她倔强地回视哥哥说："如果不让我当警察，我就去当兵！"

　　戚山雨真是要愁死了。

　　他本就不是什么能言善辩的个性，要他跟人抬杠，还得把人说服，实在不容易。更何况现在他的对手还是知根知底、对彼此性格和脾气都极为熟悉的妹妹，真让他感觉不知应该从何下手。

　　虽然柳弈说过，反正距戚萦萦高考还有1年，可以找机会慢慢地劝。

　　但现在眼看妹妹的决心越来越坚定，都已经要去学校参观了，那态度认真得不行，根本不像是能被他劝动的样子，真是越想就越觉得头疼……

　　"你自己也看到，我当刑警有多累。"他疲惫地摇了摇头说，"你一个女孩子，何必吃这个苦头呢？"

　　"你怎么知道我不能吃苦？"事关自己的梦想，戚萦萦寸步不让，"你能坚持的，我也一样可以！"

　　戚山雨叹了口气说："你还小，很多事情不懂，考虑问题的时候难免理想主义……"

"哥!"戚蓁蓁突兀地打断了戚山雨的话,"你又是这样!你总是这样!一直都是这样!"她声音比平常大了一倍,语气也急促了许多。

戚山雨看着脸颊发红、情绪激动的妹妹,不明白为什么她忽然会如此生气。

"我已经长大了,不要老是把我当成一个孩子了!"戚蓁蓁声音一噎,眼圈微微地泛红。

"爸爸过世的时候也是,妈妈生病的时候也是,你总是什么都不告诉我,然后替我做决定,觉得这就是为了我好!"

她说到这里,嗓子仿佛被某种干硬的东西哽住一般,喉头滚动了两下,终于还是把心里憋了许多年的后半句话也说了出来。

"还有,爸妈……之间的事情也是……你以为一直瞒着我,我就不会知道,就不会受到伤害吗?!"

老旧而并不宽敞的客厅里,陷入死一般的沉寂。

戚蓁蓁说完,突然意识到很伤人,顿时好像发条走完的人偶一般,僵直地坐在椅子上,呼吸急促,嘴唇翕张两下,但一个字也说不出来。

戚山雨的眼皮垂落下来,遮住了眼中骤然熄灭的一缕微光。

他从来没有想到,原来戚蓁蓁是这样想的。

先前妹妹不肯听他的意见,坚持想要考警校,他更多的只是感到心疼和发愁。但戚蓁蓁刚才说出的话却像一把刀子似的,直直扎进他的心头……他一直以来,小心翼翼地守护这个家庭,其实对妹妹来说,却是一种欺骗……

"哥……"戚蓁蓁等了很久,一直没等到哥哥开口说话,咬住嘴唇,怯生生地从嗓子里挤出一个音节。

戚山雨忽然站起身,一言不发地回了自己的房间,两分钟之后,又从房里出来。他已经迅速地换好了一身外出的衣服,从餐桌上拿起没动过的那盒点心,闷头出了门。

"喂,哥!"戚蓁蓁噌地一下从椅子上站起来,对着戚山雨的背影叫道,"你等会儿会回来吃饭的吧?"

然而戚山雨没有回答,径直关上房门,下楼去了。

同一时间,戚家小区外,一条巷子里,正停着一辆白色的丰田厢式吉普车。

车窗完全贴上了深黑色的反光膜,路人经过,即使透过车窗,也无法窥视到车厢里的半点儿情况。前座和后车厢之间,也加装了铁栅栏和阻隔窗,让后车厢俨然成了一个完全独立的空间。

后车厢里,正坐着一男一女两个人。

男人30多岁的年纪,身材高大,肌肉健硕,是典型的混血儿长相,一对单眼皮形状细长，眉骨高耸，面相凶悍，让人一见就觉得心生寒意。而坐在他旁边的女人，年纪 40 岁上下，面容憔悴，脸颊和双臂都很消瘦，偏偏连衣裙下却有个突兀的大肚子，好像快要临盆的模样。

女人将一双手抱在胸前，右手的拇指和食指神经质地捏着自己左手手背的皮肉，掐出了许多凌乱的血印子，但她仿佛一点儿都感觉不出疼痛一样，依然继续着这种自虐的行为。

"别抖，老实地坐着。"

男人转头看向女人，冷冷地投出一个警告的眼神。

大肚子的女人立刻打了个寒战，往椅子深处瑟缩了一下。

高壮的男人看她老实了，别开了视线，将目光固定回手机屏幕上。

他的手机屏幕上显示的，是某单元楼出口的监控画面——一个挺拔俊美的青年，手里提着个点心盒子，从楼梯下来，快步出了单元楼，往人行道左侧一拐，离开了监控画面的范围。

高壮的男人唇角挑起一抹冷笑。

"别急，很快到你出场了。"

他朝身边的女人一咧嘴，露出两排白森森的牙齿。

"记住，如果你不想让你老公和小孩死掉的话，就按照我交代的做，知道了吗？"

戚山雨走后，戚蓁蓁一个人坐在椅子上，发呆近 10 分钟，然后慢慢地走进厨房，淘米烧饭，切肉切菜，开始煮咖喱。

人在做饭的时候，手上忙碌着，脑袋就会闲下来，于是她不可避免地又想起了刚才和哥哥的争执。

"笨蛋老哥！"

戚蓁蓁一边搅拌着锅里沸腾的咖喱，一边吧嗒吧嗒地掉眼泪。

她觉得自己真的是委屈极了。

戚蓁蓁从小在警察世家长大，耳濡目染，她很早就有了将来要当个刑警的理想。

虽然她知道哥哥是因为心疼她，才不想让她从事这个既危险又劳累的职业，但戚蓁蓁坚持认为，她的理想根本就没有错，而且她已经做好了足够的准备，再辛苦再危险她也不会放弃这个从小到大的目标。

她不明白，平常那么疼爱自己的哥哥，怎么就是不懂她的想法，怎么就是在这件事上格外固执，以至于自己一时气愤，说出了伤人伤己的话……

戚蓁蓁伸手抹掉腮边的泪珠，拿起盐罐子，从里面舀出一大勺来，就要往咖喱里撒，哼，咸死你拉倒！

不过，她执着勺子的手指悬在半空中，还是没舍得倒下去。

戚蓁蓁忽然想起，她上次亲手给哥哥做饭，还是在去年放暑假的时候，距离现在已经有 1 年了。她快要高考了，还是在管理非常严格的寄宿类重点高中的尖子班，平常学业忙碌，回家的机会不多。但事实上，戚蓁蓁仔细回忆，好像不知从何时开始，家里的家务几乎都是戚山雨在她没有注意的时候，就不声不响地一个人包干了。和自己相比，她哥才是更辛苦、更劳累的那个，但戚山雨好似理所当然一般，总是从忙碌的工作夹缝中挤出时间，尽可能地揽下全部的家务。

戚蓁蓁看着面前那锅油色黄亮的土豆牛肉咖喱，感到了一阵难过。

正是因为她哥是这么个性格，所以她从小就没体会到生活艰难，直到现在也只会烧这种用速食咖喱块融出来的咖喱。

想到这里，戚蓁蓁抽了抽鼻子，眼泪掉得更凶了。

她其实知道，戚家的家境完全不算好。

她的父亲猝然早逝，没有留下多少积蓄，慰问金和烈士家属的月补贴，也不过堪堪够这个家庭维持在这个一线大城市里的基本开销。

后来她的妈妈生了重病，手术和后期的治疗更是花光了家里仅剩的存款。最困窘的时候，几乎到了就要被迫卖房的境地，全靠亲戚和父亲当年的老同事们接济，才熬过了难关。

可是，这些事情，戚山雨都从来没有跟她提起过。

妈妈刚刚病逝的时候，戚蓁蓁才 9 岁，只知道刚刚上大学的哥哥，有一段时间很忙，连节假日都早出晚归，回家了也还窝在书桌前不知道在做些什么，每晚她凌晨一两点起来上厕所的时候，还能看到哥哥的房间里亮着灯。

后来等她年岁渐长之后，才逐渐从长辈口中得知，那时她哥除了勤工俭学，还每天去做家教、当拳师，接翻译和打字的活儿，拼了命地攒钱，将当初妈妈治病时借来的钱全都还清了。

然而，即使家里的经济条件很差，戚山雨也从来没有缺过她的一点儿花销。就算戚蓁蓁不能像富家大小姐那样，过着朱门绣户、锦衣玉食的生活，也从来没有受过一点儿委屈。

为了让年纪尚小的妹妹有一个无忧无虑的快乐童年，戚山雨才刚刚成年，就已经顶门立户，担起了绝大部分同龄人都不需要面对的沉重担子。

戚蓁蓁越想越难过，终于忍不住，双手扶住灶台边缘，号啕大哭起来。

她一想到自己刚才说了什么，就后悔得肠子都要青了。

是的，戚山雨确实瞒了她很多事情。

但是，哥哥隐瞒这些事的初衷，不过是不想让妹妹对此感到为难、困扰或者伤心罢了。

戚山雨只是一直在努力，让自己最珍爱的亲人能够幸福而已……

戚蓁蓁哭了足有 10 分钟，直到锅里的咖喱渐渐烧干、锅的边缘散发出淡淡的焦煳味儿，她才猛然醒神，一边手忙脚乱地关火，一边擦掉糊了一脸的眼泪鼻涕。

很久以后，她粗鲁地揉了揉自己发红发肿的双眼，又使劲往自己的脸颊上掐了一把。

"没关系，哥哥那么疼我，肯定能哄好的！"戚蓁蓁用力地一握拳头自言自语，"反正大不了就挂在他肩上，撒娇卖乖，软磨硬泡，我就不信哥哥还会生气！"至于志愿的问题，反正还有时间，一次不行就两次，两次不行就三次，戚蓁蓁觉得，就凭自家老哥对她的宠爱和纵容，她迟早有办法说服对方。

"对了，我还能去找柳哥呢！"戚妹妹忽然想到，他哥跟柳弈的关系很好，若请柳哥帮忙说情，哥哥的态度一定会软化很多。

捋清思路之后，戚蓁蓁很快重新打起了精神。

她用勺子搅了一下锅里的咖喱，又尝了尝味道，除烧干了的边缘有一点儿轻微的焦煳味儿之外，味道还是很正常的。

刚好电饭锅也在这时发出几声蜂鸣，提示饭已经焖熟了，戚蓁蓁过去拔掉电源，又抬头看了看墙上的时钟。

时间已经过了，哥哥差不多该回来了。

"对了，冰箱里还有可乐吗？"

戚蓁蓁忽然想起，哥哥喜欢在吃辣味的菜时，配一点儿冰镇的饮料，连忙过去拉开冰箱门，朝里面看了一眼。

很可惜，戚山雨这段时间忙得连回家的时间都没有，别说可乐之类的碳酸饮料了，冰箱里空空如也，连一枚鸡蛋都翻不出来。

"好吧，我去买几罐回来。"

戚蓁蓁穿上外套，拿了手机和钥匙，趿拉着拖鞋出了门。

她所住的小区对面就是一家 24 小时营业的便利超市，来回一趟花不了 10 分钟，很方便。

戚蓁蓁下了楼，穿过一楼老旧的井字结构的门廊，走出单元楼和小区，然后站在人行道的红绿灯下，耐心地等待红灯转绿。

就在这时，站在她旁边的一位孕妇忽然发出一声痛苦的呻吟，脚下一软，踉跄着往旁边一摔。幸好妇人用双手撑住了红绿灯的灯柱，才堪堪稳住了身体。

"您没事吧？"

戚蓁蓁大惊，连忙伸手扶住了那位身形不稳的孕妇。

"没……没事……"

孕妇抬起头，目光躲闪，视线飞快在她脸上掠过，又移到了一边。

她说话的声音带着明显的颤音，脸颊上滚落着大滴大滴的汗珠，脸色苍白，手心冰冷，浑身颤抖，模样看起来可一点儿都不像是没事的样子。

"我只是……只是觉得有点儿……头晕……"

孕妇低着头，依然没有看戚薁薁，只是原本扶住灯柱的双手，挪到了少女的胳膊上，颤颤巍巍地抓住了她纤细的手臂。

"您这是低血糖了吧？"戚薁薁连忙扶住摇摇欲坠的孕妇，推测说。

她面前的这位孕妇，看上去 40 岁左右，身穿白底蓝灰色印花的宽松的亚麻长裙。和大多数临产时体形都会显得丰腴的孕妇不同，她露在衣服外面的脸颊、颈项和胳膊都很消瘦，更衬托出她的肚子出奇的大，简直都快要跟肢体不成比例了。

"我帮你叫 120，好吗？"戚薁薁担心地问道。

"不，不，不！别打 120！"

孕妇连忙摇头，还用汗湿冰冷的手拽住了少女想要去摸手机的手腕。

戚薁薁低头，冷不丁瞅见孕妇抓住她的那只手，立刻皱起了眉。

妇人的手，简直是用冰块雕成的一般，又湿又冷，摸不出一点儿暖意，而且手背上布满了横七竖八的指甲印儿，很多都已经掐破了皮，从这些痕迹的角度和大小来看，应该是孕妇自己掐的。

"哦，我的意思是……"

孕妇飞快地瞅了一眼戚薁薁的表情，从她蹙起的眉心里读出了少女心中的疑虑，慌忙打了个补丁："我今天刚刚产检回来，就是……就是为了检查，没吃东西，才会……才会头晕的……"

"哦，原来是这样。"戚薁薁点了点头说，"那我去给您买点儿吃的，您先垫垫肚子？"

"不用……不用！"孕妇再度匆匆打断了少女的建议，"我……我老公的车就停在那边，车……车上就有吃的……"

她回过头，朝街对面一条巷子的方向指了指说："能麻烦你扶我过去吗？"

戚薁薁顺着她指点的方向扭头看去，果然看到 50 米开外，一辆白色的厢式吉普车停在小巷入口处，从她现在的角度，刚好可以瞅见车屁股和小半个后轮。

"当然可以。"

戚薁薁朝孕妇笑了笑，随后将对方的一条胳膊架到了自己的肩膀上，说："我这就扶您过去吧！"

第九章 ‖‖‖‖‖‖‖‖‖‖‖‖

猫抓老鼠

戚山雨大约在 3 小时后才惊闻妹妹戚蓁蓁失踪的消息。

他在看望搭档安平东的时候，接到了头儿的电话，说是有线人提供了城南某群租屋发现疑似潜逃重犯的线索，让他立刻赶去和其他人会合，一起搜检目标群租屋。

戚山雨给戚蓁蓁打了个电话，想告诉她不用等他吃饭。

然而电话里却传来"您所拨打的电话暂时无法接通，请稍后再拨"的提示。

戚山雨寻思着，戚蓁蓁总不至于如此小肚鸡肠，两人吵个架，就把她哥给拉黑名单里了吧？所以八成只是忙着做饭，手机没电了自动关机，她也没发现而已。

于是戚山雨切到微信里，给妹妹发了一条留言，就直奔城南去了。

城南群租屋里确实匿藏了一个抢劫犯，连带着还揪出几个负责蹲点望风销赃一条龙的同伙来。

戚山雨和几位警官一忙就忙到晚上，然后他就忽然接到了柳弈那位记者好友薛浩凡的电话。

"小戚……"

他听到薛浩凡的声音虽然竭力保持着镇定，但依然带着明显的颤音。

"我们报社又接到了带照片的匿名邮件。"薛记者深深地吸了一口气说，"我瞅着，照片里的……像是你的妹妹！"

自从《海风晚报》的主编收到带着几十张高清无码的血腥恐怖杀人照邮件之后，差点儿没吓出精神衰弱来，连带着看过照片的不少编辑，也跟着做了几宿的噩梦。

收到邮件的邮箱，主编说什么也不敢再用了，直接连地址带密码上交给了刑警大队，随便警方怎么折腾去。

所以，这回收到匿名邮件的，不再是上次那名倒霉催的主编，而是一名姓陈的记者。

这位陈姓记者在《海风晚报》里有个风评和人气都颇为不错的长期专栏，叫《明珠拾遗》，专门报道鑫海市及周边地区的旧物往事，比如，某条巷子里一间百年历史的古宅、几十年前 X 大的第一批毕业生等。

为了收集这些古老物事的线索，陈记者将一个邮箱地址直接印在了自己的专栏下面，人人皆可往里面投稿。而那第二封匿名邮件，正是堂而皇之地直接发到了这个公开邮箱里。

有了上一回的经验，当陈记者打开他的征稿邮箱，发现 10 分钟前送达的这封匿名邮件的时候，他瞅着相似的标题以及巨大的附件，不敢贸然点开，直接就报了警。

110 很快派来了附近的民警上门排查，当着众人的面下载了附件，解压后打开，就看到里面排着一溜儿女孩儿的特写。

镜头中，一个短发少女给塑料捆扎绳反束住双手双脚，嘴上还粘了胶纸，睁着一双水灵灵的俏丽杏眼，表情恐惧地望向镜头。

少女的脖子上还拴着块破纸板儿，像是从瓦楞箱上随手撕下来的，上面用黑色的马克笔写了一行字，字迹幼稚，但内容充满了令人胆寒的不祥之兆——戚警官知道我是谁！

民警翻看照片的时候，薛浩凡就站在旁边。

他一看到纸板上的那句话，当场就一激灵，再仔细琢磨了一下少女的眉眼，果然和戚警官有几分相似，立刻掏出电话，拨给了戚山雨。

照片里的少女就是戚蓁蓁无疑。

戚山雨妹妹疑似被连环杀人犯绑架的消息很快传到市局里，大队长沈遵气得暴跳如雷，差点儿没把专案组的办公室整个儿给砸了。

"如果小戚他妹妹这次真出了什么事儿，我就把嫌犯扒皮拆骨，自己直接吊死在市局大厅正门前谢罪得了！"

沈大队长在宛如狂风过境般的专案组办公室里来回踱步，一根接一根地烧着烟。

原本放在桌子上的烟灰缸已经被他在盛怒之中扫落，扣在地板上，灰白的烟灰撒了一地，但谁也没空去收拾。

整个专案组，连同法研所以及技术部门全都在深夜里来了个总动员，纷纷守在岗位上，竭尽全力搜索失踪的少女。

戚山雨则在来来往往的人群之中，像一尊泥塑木偶一般，僵直地坐在自己的办公桌前，一遍遍地翻看着嫌犯发来的妹妹的照片。

邮箱里的照片被技术部门调整过精度和亮度，原本乌漆麻黑的背景，也能看出一些内容来了。

但显然绑走小姑娘的嫌犯是一个经验丰富的老手，反侦查意识很强，他把镜头拉得很近，除他想要强调的受害者本人的特写之外，背景摄入的信息实在少得可怜。

戚山雨研究了许久，只能从中分辨出，背景是一块深灰色或者深棕色的墙面，有一道一道垂直的纹理，从反光来看，好像还带着点儿金属光泽，但说不准，那到底是墙壁本身的特点，还是只贴了某种竖条纹路的壁纸而已。

除此之外，被镜头摄入画面里的，还有一张折叠椅的一角。只是那把椅子不过是超市里到处都能找到的普通款式，实在称不上是线索。

"戚蓁蓁的手机，最后出现的地点是在这里，就在距离小戚家大约 3 公里的路口处。"

技术组里一个戴着黑框眼镜的年轻警官点了点屏幕，指出了众人都非常关心的一条重要的线索。

"随后 GPS 信号和蜂窝信号都一起断掉了，手机不但关了机，还被拆了 SIM 卡。"

戴着黑框眼镜的警官一边指着屏幕里的红色箭头，一边回过身，先是看了看沈遵，又将视线移到了戚山雨身上，说："最后的关机时间是傍晚的 6 点 47 分 32 秒，距离现在大约经过了 3 小时 25 分钟。"

"锁定戚蓁蓁的手机号码，只要她的手机一恢复信号，立刻追踪信号的精确位置。"沈遵果断交代道。

交代完戚蓁蓁手机的事情后，他一手揽过戚山雨的肩膀，动作强硬地拽着人往另一队人那边走去。

"监控录像查得怎么样了？"

沈大队长刚才已经让交警那边将戚家附近所有的交通监控摄像头的录像都调了出来，一盘一盘地筛查。

"我这边找到戚妹妹了。"一个警员回答道。

沈遵和戚山雨闻言，立刻凑上前去。

那是一个安装在路口红绿灯前的摄像头，画面中，一个女孩儿扶着一个腹部高高隆起的孕妇，从上方缓缓横穿而过，整个影像的时长足足接近 20 秒。

"小戚你看，这是你妹妹吧？"警员问道。

戚山雨看着镜头里还身穿着家居服的妹妹，用力咬了咬后槽牙，强压下心头的酸楚，应了一声"嗯"。

他顿了顿，又指了指画面里的十字路口，补充道："这里应该是我家小区正对马路的路口。"

"有邻居看到戚家小妹在 6：40 左右出了单元楼，朝小区外面走。"

沈遵摸了摸自己已经留成了络腮胡的下巴，说："而且看她的打扮，应该是临时起意，只打算短时间离开家而已。这种情况，多半就是出门买点儿什么东西，或者拿个快递。"

在他说话的时候，警员已经放大和精修了从监控画面里截取出来的人物脸部特写。

摄像头所在的位置和目标人物隔了整整一条四车道的马路，距离有些远。监控中的画面即使经过了处理，孕妇的长相依然显得颇为模糊。

但只凭截图中妇人不甚清晰的五官轮廓，就已经能够让人分辨出来，走在戚蓁蓁身边的孕妇，就是马云生的妻子——已经失踪多日的马太太傅芸芸！

"不对啊！"

旁边一个警察也认出了傅芸芸的长相，立刻发出了疑问的声音："我怎么不知道马太太她还怀着身孕啊？而且看这个肚子，八成快要生了吧？"

"你是不是傻！"沈遵回身，用手指在说话的警官额角戳了一下，"人看起来大着肚子就一定是怀孕吗？买个假孕肚往腰上一绑，你看起来也像是快要生的人！"

"嗯。"戚山雨喉咙滚动了一下，"她不可能怀着那么大月份的身孕，一定只是个伪装。"

他说话的声音虽然听起来条理清晰、逻辑分明，但即使再控制，语气里依然带着微微的颤抖。"她化装成孕妇，不过只是为了降低蓁蓁的警惕心而已。"

沈遵低头看了看戚山雨扶在桌沿上的手。他看到，青年的指尖牢牢抠住桌面，手指绷得很直，因为极为用力，十指指甲和骨节全都泛着不正常的白。

"她的女儿还在歹徒手上，而且可能还不一定知道老爸、丈夫和儿子的死讯，会受嫌犯胁迫并不奇怪。"沈遵说道，"现在要紧的不是追查这位马太太为什么要帮歹徒做事，重要的是他们当时怎么样将戚蓁蓁带离现场的！"

他想起凶嫌在马家绑架案里的犯案手法，立刻朝周围一圈人吩咐道："全体都有，排查录像里的所有可疑车辆，尤其注意有没有套牌车！"

警方找到了更多的线索。

戚家附近的监控摄像头并不多，范围也主要集中在路口，死角着实不少。

不过戚蓁蓁出门时，在居家服外罩了一件颜色颇为抢眼的橘红色外套。有了这个线索之后，警方在搜索监控记录的时候，自然有了更明确的方向。

"哎，头儿、小戚，你们过来看看！"10分钟之后，就听到有人大声叫了起来，"这儿，我这里好像发现情况了！"

呼啦一下，专案组办公室里腾空了一大半，十几颗脑袋一块儿挤到了开口说话的警官身后，朝着他的屏幕看去。

那位警官在翻看的不是交通监控摄像头的记录，而是某家便利超市自己安装在门口的防盗监控。因为店铺位置在戚家附近，警方在案发现场调查走访的时候，就顺便将店家的这一个摄像头的监控记录也调取了。

发现了线索的警官将进度条往前拉了一小段，然后点下播放按钮。

视频一帧一帧往后走着，除了最后几秒在镜头斜上方经过一位牵着条吉娃娃的老太太，再没有其他可疑人员入镜。

后面围观的人里有人提出了疑问："这拍到了什么吗？"

其他人也觉得奇怪，那位老太太眼瞅着得有七八十岁了，总不能说她有什么嫌疑吧？

"是窗玻璃！"

戚山雨却眼尖，瞅见了关键所在，他伸出手指，点了点屏幕左上角的一块窗玻璃。

那块玻璃贴上了浅绿色的反光薄膜，从摄像头所在的角度拍过去，有点儿镜子的效果，隐约反射出对面小巷的光影来。

"让一让，让一让，让我来！"

技术组那位戴着黑框眼镜的警官一屁股把坐在电脑前的同僚挤开，抄过鼠标就开始捣鼓起来。

他是市局里电子影像系统的专家，专治跟图像有关的各种疑难杂症。

只见戴黑框眼镜的青年警官左手在键盘上五指如飞，右手也快速地点击着鼠标，将窗玻璃的反光区域框选放大、调整角度、强化对比、补全精度，一气呵成。

身后所有人全都屏住呼吸，愣愣地看着他的操作。

"行了，这样应该就能看得清了。"

片刻之后，戴着黑框眼镜的警官长长出了一口气，再次点下播放键。

只见一片暗绿色的背景中，三个影子剧烈摇晃，竟是一个高壮的身穿黑衣的人影从一辆车上跳下，挟住一个显然要比他矮小瘦弱得多的红衣身影，在另外一个白裙人影的帮助下，扭打着回到了车上。

又过了半分钟，车子启动，离开了玻璃窗的反光可及范围。

所有人都静默了。

万万没有想到，那块窗玻璃竟然用这样的方式，记录下了绑架发生的整个过程。

"反光实在太模糊了，我尽力了，但确实没办法看清楚车牌号码。"

戴黑框眼镜的警官将画面放到最大，但车牌位置只能看到一片灰蒙蒙的色块，根本看不清任何一个字符。

"没关系，能看出嫌犯使用的大致车型就行！"

沈遵伸手，在戴黑框眼镜警官的肩膀上大力一拍，然后吩咐道。

"以戚蓁蓁的身材作为参照物，把嫌犯的身高、体型特征估算出来！"

在仅仅知道身高、体型的情况下，要从一个千万人口级别的大城市里找出一个人，乍听起来仿佛是大海捞针一般。

但实际上，刑警的侦查工作，很多时候就是通过这些常人看来无比渺茫的线索，一寸寸摸遍沙砾礁石，硬是将那根小小的铁针，从茫茫大海中捞出来。

而且即使还没有经过精细的计算，仅凭玻璃反光里黑衣男子和戚蓁蓁强烈的体型差异对比，他们就能看出，绑走少女的嫌犯，一定比大部分男人都高大壮硕，这等体型，在人群中本就十分显眼。

　　加上他们还找到了嫌犯驾驶的大致车型和车身颜色，以及车子驶离犯罪现场的准确时间和方向，他们最终会找到被绑走的戚萦萦。

　　十分钟之后，技术组的警官就拿着他们做的嫌犯身高体重推算资料过来了。

　　现在正值盛夏时节，鑫海市白天里气温一直在30℃以上，人都穿得不多，所以在通过视频图片影像做嫌犯的体型推测的时候，基本可以排除掉衣物的干扰。

　　窗户玻璃里的反光，经过戴黑框眼镜警官专家级的影像处理之后，基本可以分辨出，嫌犯上身穿着一件贴身款式的黑色短袖衬衣或者T恤，下面则是一条略宽松的深色长裤。

　　"推测身高187～192厘米，体重95～100公斤。"

　　沈遵摸着下巴上乱糟糟的胡茬，寻思着有这个体型的壮汉，只要一条手臂就能制住戚萦萦那么一个还在发育期的小姑娘。

　　为了准确判断他的身高、体型，技术组在照片上拉出了许多纵横交错的辅助线，更让人清楚地看出了此人与戚萦萦和变装成孕妇的马太太的身材体型差距。

　　戚山雨盯着资料上放大的黑衣男人的身影说："沈队，我觉得既然这个黑衣人是宋珽的同伙，那么他应该会经常和宋珽接触，甚至可能曾经一起生活过。"

　　他顿了顿，继续说道："而像他这样的身材，应该会很容易让人留下印象，或许会有人还记得他。"

　　"你说得对！"沈遵点点头说，"调查一下宋珽回国后的交际圈，看看有没有人曾经见过和这个人相似的可疑人员！"

　　沈遵的命令吩咐下去之后，外勤的几个组全都很快收到了黑衣男的照片以及新的调查方向指示。

　　晚上11点半，众人依旧奔波在鑫海市街头，一户户地敲开关系者的家门，仔细询问他们有没有见过某个高壮男人。

　　而同一时间，市局的专案组办公室里，一个管通信的技术组警官忽然大叫起来："快来，有发现！戚妹妹的手机！她的手机！开机了！她的手机开机了！"

　　沈遵一个箭步蹿上来，扒住那人的椅子靠背说："快快快，立刻定位！"

　　"我正在弄！"

　　这位警官脸颊憋得通红，手指在软件上飞快地点击着，说："给我2分钟！"

　　戚山雨也站在了技术组同事的身后，双手紧紧地攥成拳头，手心里紧张得满是冷汗。

　　然而，就在下一秒，他的手机突然响了起来。

　　整个专案组办公室仿佛按下了静音键一般，一片死寂。

　　十几双眼睛死死地盯着戚山雨，等待他掏出手机。

"没错，是戚妹妹手机的拨号！"技术组的警官瞥了一眼屏幕，紧张地说道。

"接起来。"

沈遵抬起手，示意他的部下赶快接通手机。

戚山雨按下了通话键。

他的手机在确定戚蓁蓁遭人绑架的第一时间，已经装上了监听、录音和定位软件，所有的通话信息都会即时联网同步到技术组的通信分析软件里。

"喂？"他干涩地挤出一个音节。

"呵呵。"电话那头传来了一个男人的声音。

那人没有使用变声器，嗓音略显低哑，说的是普通话，但显然带着点儿东南沿海不卷舌的口音。

"你一定很想知道，小丫头现在死了没有，对吧？"

男人开口就是一句颇具威胁性的话语。

"蓁蓁她……怎么样了？"

戚山雨在公安大学的时候学过谈判学，知道在无法保障人质的生命安全的时候，绝对不能激怒绑匪这个道理。但是，此时他听到电话那头的陌生男人的声音，一种难以言喻的激愤情绪，还是如同海潮涨到了顶点，几乎要将理智的孤岛淹没。

"呵呵。"男人又发出了一声意味不明的冷笑。

他好像一点儿都不急着要和戚山雨进行谈判，更不害怕会被警方追踪到所在之处，连说话的语气都是不急不躁。

沈遵朝他挤了挤眼，意思是让他尽量拖延时间。

"快了，再半分钟！"

坐在电脑前的通信技术组警官满头大汗，盯着屏幕中央还在转动的光圈，伸出三根手指，用力地晃荡着。

戚山雨深深地吸了一口气，问道："你到底想怎么样？"

"对啊，我到底想怎么样呢？"电话那头的男人再度低声笑了起来。

他的语气听起来极为愉悦，好像一只猫正在玩弄掌心里无力反抗的耗子一般。

"你不妨猜猜看，我到底想怎么样好了……"

"找到了！"

技术组的警官激动地挥了挥手，将定位拉到最大，只见一个绿色的小箭头，正在一条狭小的巷子里，朝着某个方向，匀速而规律地缓缓移动着。

待他们看清了绿色标记的具体位置之后，专案组办公室里所有人都先是倒抽了一口凉气，然后一同在心中爆发出一声咒骂，恨不得把这个绑架犯的祖宗十八代都痛骂无数遍。

因为，地图上显示的定位竟然就只跟他们市局隔了两条街，直线距离甚至不超过

200米！

一个起码参与残杀了两个家庭一共6条人命、手里至少还捏着3名人质的连环绑架杀人重犯，竟然还光明正大地出现在市局附近，这简直就是明晃晃、赤裸裸地挑衅。

"快！"

沈遵朝着身后一群人挥了挥手，立刻有几人迅速戴上耳机和通信器，再揣上家伙，往定位指示的地点冲过去。

戚山雨迈开脚步，也条件反射地想追过去。

"站住！"

沈遵一把抓住戚山雨的胳膊，用极为严厉的眼神盯着得力爱将的双眼，嘴唇比出"留在这里"的口型，并且示意他继续和电话那头的人交涉。

"你现在很担心你妹妹吧？"电话那头的人依然冷冷地笑着，用不紧不慢的语调逗弄着戚山雨，"我让你听听你妹妹的声音，怎么样？"

戚山雨死死地咬住嘴唇，紧握拳头的手指深深嵌进掌心里，低低地应了一个字"好"。

"不行啊，你这是求人的态度吗？"话筒里传来男人忽然提高了音量的笑声。

他放肆大笑了片刻之后，笑声戛然一收，语气也瞬间冷了下来，说："重新再来一遍！"

嫌犯话语间胁迫的意味再明显不过。

他带着浓重口音的话语，通过监控软件放大，再顺着耳麦送入专案组办公室的大多数人耳中，好似化作一条吐着信子的毒蛇，顺着皮肤一寸一寸盘旋而下，所过之处皆带出一身鸡皮疙瘩。

现场的大多数人都是资深的刑警和技术人员，他们常年和鑫海市及周边地区的重案要案打交道，经验自然相当丰富。他们都知道，在办案时，警方面对那些视人命如草芥的嫌犯，最大的优势，就是他们刑警的身份对犯罪分子天然的震慑感。

即便再穷凶极恶的嫌犯，他们也都清楚地知道自己的行为是在犯罪，也知道罪行败露后的严重后果，所以会在面对警方追捕的时候，产生慌乱、恐惧和畏缩的情绪，而人在害怕和恐慌的时候，行为往往会显得混乱，更容易露出破绽，也易于制服。

但此时和戚山雨通话的这名嫌犯，绑架了一名刑警的亲妹妹，并且好像在炫耀自己的所作所为，大大咧咧地在一大群刑警的眼皮子底下，打来威胁电话，公然挑衅和羞辱他们。

这样的嫌犯，心理状态已经不能用常理推断，完全就是疯狂和凶残的代名词。

而对一个疯子，你根本无法预测他会做出什么事情来。

尤其是现在戚蓁蓁还在这个男人的手上，他完全有能力在几秒之内将人质杀死，所以他们绝对不能在交涉中激怒一个疯子。

"求求你……"戚山雨喉头滚动两下，声音哽在嗓子里，干涩而沙哑，"求你……让我听听妹妹的声音。"

"注意注意，目标移动速度加快了！"

在绑匪与戚山雨通话的同时，技术组里管着通信追踪的警官一直死死地盯着戚蓁蓁的手机信号定位，一边监控通话，一边压低声音，捏着通信器，指导前去追赶凶手的几个刑警要往哪个方向去。

"目标在西华东路与西华横路交界处左拐，转进了西音巷子里，往东南方向去了。"警官压低声音，急急地催促道："快，快，快，你们的距离还有不到1000米！"

"收到！"

通信器里传来一个刑警带着喘的回答，他们显然已是全员都在疾奔之中了。

"呵呵。"

与此同时，戚山雨听到嫌犯再度笑了笑。然后，话筒短暂沉默了数秒，忽然毫无预兆的，响起了少女啼哭和喊叫的声音！

"哥，哥哥，我想妈妈！我要妈妈！"

戚蓁蓁慌乱的哭声从话筒中传来，紧接着是"啪"的一声巴掌落在皮肉上的脆响，少女的哭喊被突兀地打断。所有人都能猜测到，戚蓁蓁是被嫌犯打了一巴掌。

然后，男人带着口音的声音，在稍远的距离响起，他语气凶狠地说道："不要说废话！好好想想你有什么想说的！"

戚蓁蓁抽泣着，沉默了两秒，重新开口，只是因为害怕，她的声音一直在发抖，抽噎得很厉害，把一个句子说得断断续续的："哥……呜呜……我好害怕……我……呜……我……"

她的哭声抖得几乎让人难以听清她到底说了什么。

"快救……呜……我……"

随后，姑娘沉默了，只剩下断断续续的呜咽声。

再过两秒之后，电话里传来了"哔"的一声，像是某种装置切断的声音。

"还有500米左右！"负责通信的警官紧张得满头是汗，手指无意识地在桌面上急促地敲击着，"快，快，快，前面一个岔路口，往左转！往左转！他朝着人少的小岔路去了！"

这时，戚山雨的听筒里又换成了嫌犯的声音。

"好了，你都听到了？"

他再次呵呵地笑了起来，那笑声中透着一股难以描述的疯狂意味。"所以，你觉得，你还有机会再见到她吗？"

"等等！"

戚山雨浑身一颤，骇然大声叫道："你想干什么？"

负责通信的警官，连带着后面监听着他们对话的沈遵和其他警官，也全都变了脸色。

"快！快！快！快！快！快！"负责通信的警官拼命地催促着，"只剩下400米了，下一个路口，右转！右转！"

然而，电话却在这时骤然切断了。

沈遵顿时爆出了一句几乎要掀掉屋顶的咒骂声。

戚山雨已经飞快地按下了回拨键。

但显然那边的嫌犯并不想跟他再做任何交流，电话响了一声之后，就被嫌犯按了拒听，然后再次关掉了戚萋萋的手机。

"没关系，他还没把 SIM 卡拔掉，我还能追踪到他！"负责通信的技术组警官抬手擦了擦快要掉进眼里的汗水说，"你们还有 300 米，不好！"

他突然骂了一声，捏住通信器的麦克风，朝着外头正在追赶目标的几名刑警大声喊道："他忽然改变方向了，而且还加速了！！"

在众人的瞩目中，电脑屏幕里的绿色光点，在地图上忽然来了个大转弯，蹿进了一条小道里，移动速度还变快了许多。

"这个速度，看起来应该是他骑上自行车了！"

沈遵一把夺过那负责通信的警官手里的麦克风，凑到嘴边大声叫道："我不管你们怎么做，追上去！立刻给我追上去！"

正在路上狂奔的警官，听到大领导的最高指示，立刻也回过神来——对啊，为什么非要开"11 路"——用两条腿跑呢？！嫌犯能想到用自行车逃跑，那他们也可以用自行车甚至小电瓶车追啊！

两个警官立刻左右观察。

其中一人拦住一个刚刚解锁了小黄车的行人，夺过车子就骑了上去，两脚狂蹬脚踏，朝着目标逃逸的方向追去。

另一个人干脆直接截了一个送外卖的小哥，硬是征用了他的电瓶车，一路疾行，擦着那位骑车的警官的边儿过去，转眼就蹿出了近百米。

留下的几人里，有人负责留下解释和安抚备受惊吓的行人和外卖小哥，而更多人依然继续用腿往前追赶。

"还有 100 米！"

骑电瓶车的警官听到耳机里传来沈遵的指示："你看到人了吗？"

"看到了！"警官大声地回答，他的声音喘得厉害，"有个人，我看到了！一个骑车的男人！我去把人拦下来！"

在专案组办公室里的众人，双眼眨也不眨地死死盯住追踪软件上的标志。他们看到代表骑电瓶车的警官的红色小箭头，朝着目标的绿色标记靠近，十几秒之后，完全重合。

同时听筒里传来"乒乒乓乓"重物撞击的声音，以及好几声的喊叫声。

很快，稍落后些的那几名警官也先后追了上去，好几个红点堆叠在绿点上面，听筒里的收音也变得混乱无比。

"什么情况？！"沈遵急得双眼赤红，朝着听筒大声地喊道，"快报告！到底什么情况？！"

一个警官拿起通信器，愤怒地喊道："我们被耍了！"

他的声音气得发抖，看向扭成一团的人堆。

一个穿着印花T恤的年轻男人一脸惊慌茫然地被一群刑警摁在地上，一只装了蔬菜的帆布袋散落在地上，里面的鸡蛋和豆腐都已经摔得粉碎了。而一支挂着橘色小挂件的女式手机，被一个警官拿在手里，沮丧地朝着众人摇头。

"那浑蛋，把戚妹妹的手机偷偷丢进了过路人的帆布袋里！我们一路都追错人了！"

同一时间，一个身材异常高大的男人，站在200米外的一座人行天桥上，远远地眺望着路口尽头发生的闹剧，嘴唇牵起一抹冷笑。

"真有趣。""面具"一边笑着，一边滑开自己的手机屏幕。

他的待机壁纸，是一张手绘白描风格的插图。

这张图，是"面具"在暗网上收到的。

他的网友"导师"把这张图夹带在一封不能追踪IP地址的邮件里发给了他。

图中一个高鼻深目的金发少女，手里拿着一把钥匙，把它插进了一扇门的钥匙孔里。

插图画的是童话故事《蓝胡子》里的一个经典画面——女主角在好奇心的驱使下，打开了她的丈夫蓝胡子叮嘱她绝对不能打开的密室，然后看到了那些死去的前任女主人。

他收到这张插图的时候，并没有立刻明白对方的意思。但不久之后，警察找到了"手套"宋斑的藏身之所，"面具"才明白，当时导师是在用《蓝胡子》的典故提醒他们"你们的秘密，已经被人知道了"。

"面具"不知道导师是怎么猜到他们回国了，又是怎么得悉警方侦查办案的进展的，不过既然对方特地发来了警告，显然还是站在他们这边的。

"面具"打开手机相册，点开了他和宋斑唯一的一张合照。

照片里的两人，光着膀子缩在一个昏暗的被窝里，朝镜头微笑。

因为拍照的环境过于昏暗，他们都只有半张脸被清楚地照出来，另外半张脸和身体都隐藏在不可见的黑暗里面，带着一种隐匿的诡异感。

"放心……""面具"朝屏幕中已经死去的那个人笑了笑说，"你的仇，我一定会替你报的……"

整个专案组竟然被一个嫌犯耍得团团转，所有人都爆发出了滔天大怒。

太想当然了，嫌犯不可能带着戚蓁蓁这个肉票，明目张胆地在市局附近晃悠。

所以，刚刚那通电话里戚蓁蓁的哭喊和求救声，是嫌犯事先用录音软件录下，再故意放给戚山雨听的。

他知道警方一定在追踪戚蓁蓁的手机信号，但依然选在与专案组距离极近的地方打这通威胁电话，然后再把手机投进附近行人的袋子里，利用信号追踪引开警方，自己则轻松地逃之夭夭。

嫌犯在电话里没有提出任何要求。

他一不勒索求财，二不挟持人质进行谈判，仿佛只想单纯地挑衅和激怒警方，向受害者家属炫耀他掌控他人生死的能力。

因为那只是一通录音，警方甚至无法确定戚蓁蓁此时此刻是否还活着。这种被人玩弄于股掌之中的焦灼感，简直比用刀抵着脖子还让人难受。

"嫌犯比普通人的身材要高大健硕，你们立刻在附近搜索，看看能不能找到！还有附近的监控该查的查，重点要找到他的车子和逃逸的方向！"

沈遵朝部下布置了任务之后，又转向技术组的众人。

"把刚才那通电话给我掰碎了分析！"他咬牙切齿地说道，"我不管多小的线索，给我挖！往死里挖！懂了吗！"

"知道了！"技术组的警官们也正怒火攻心，立刻齐声回答。三两人一组，各自分析这段录音。

安排好这些事情，沈遵转头看向戚山雨。

"小戚……"他顿了顿，然后换成自己所能使出的最软的音调，对戚山雨说道，"别急，既然嫌犯敢在这附近出现，就一定会留下痕迹的，一定能找到他！"

然而戚山雨却没有回答。

他的全部心神，现在都集中在了刚刚听到的妹妹的那段哭叫之中。

很显然，嫌犯在录这一段语音的时候，出手打了戚蓁蓁，而且还打得很重！

作为一个非常疼爱妹妹的哥哥，落在戚蓁蓁身上的那一巴掌，简直比刀子扎在他自己身上还让他疼痛。

但是，戚山雨很了解自己的妹妹。蓁蓁是个非常坚强冷静的女孩儿，同样是在生死关头，蓁蓁不会因为惊慌失措就乱了方寸。

戚山雨清楚地记得，那时候戚蓁蓁还是个刚刚记事儿的幼稚园小朋友，父亲还在人世。有一天，他练完拳回家，正好碰到爸爸在逗年仅4岁的妹妹玩儿。

"蓁蓁啊，爸爸教你个事儿，你可要记好啰！"

戚爸爸让妹妹坐在自己的膝盖上，摸着头发。

妹妹扑闪着一对大眼睛，兴奋地听着父亲的话。

"以后万一你遇到了什么危险，但又没法直接开口跟爸爸说的时候，你就说要找爷爷，知道了吗？"

"为什么？"

妹妹歪了歪头，当时的戚蓁蓁明显年纪还太小，像她那样的小孩儿，自然无法理解大人教给她的这许多弯弯绕绕。"可是，爷爷不是已经不在了吗？"

"就是爷爷不在了，才让你说要找爷爷。"

戚父顺着女儿柔软的黑发说："因为只有我们一家人知道爷爷已经不在了，你这么说，就不会引起坏人的怀疑了，对不对？"

"哦……"

妹妹懵懵懂懂地点了点头，也不知道到底听没听懂。

后来，爸爸在这件事之后没多久就牺牲了，也没有人再跟妹妹提过求救暗号的事情。

戚山雨不确定隔了这么多年，幼年时父亲教的那一个求救暗号，妹妹到底记不记得。

但是，在刚才的那通录音里，戚蓁蓁提到了他们早就不在人世了的妈妈。

如果小姑娘不是惊吓过度、吓掉了魂儿的话，那么她忽然嚷着要妈妈，是不是想起了儿时爸爸的教导，想用这种方法，传达些什么信息给哥哥呢？

想到这里，戚山雨的双手再次紧紧地攒起了拳头。

求救暗语是为了让她在遇到危险但又不方便明说的情况下，可以隐晦、不引起嫌犯警觉地向家长求助用的。

但戚蓁蓁遭遇宋斑同伙绑架的事情已经很明显，小姑娘自然不必再特意隐晦，如果只是单纯地想要求救，直接喊出来就可以了，而且后来她也确实这么做了。

那么……

戚山雨的指甲死死掐进手心的皮肤里。

那么，妹妹提到妈妈的理由只有第二种，那就是，她想要不引起嫌犯的警觉，而偷偷向自己传达某种信息！

想通了这一点，戚山雨猛地扭头，朝向他们的头儿说："沈队，我觉得，蓁蓁是想要向我隐晦地透露自己的某个情况！"

"嗯？"

沈遵闻言，蹙起眉头，露出了疑惑的表情。

戚山雨将他爸曾经教过妹妹求救暗号的事情，简单地跟沈遵说了一下。

沈遵眉心深锁，陷入了沉思之中。

毕竟戚妹妹才十几岁，这么大点儿的一个小姑娘，被一个杀人犯绑架，都快被吓死了！而且人在最害怕的时候，都会下意识地喊妈妈，这是心理学里一个很基本的常识。

沈遵思考了一会儿，才慢慢地分析道："你觉得，在这种情况下，她还能理智地思考，试图用录音的机会，特意提起你们已经过世的妈妈，借此向你传达信息？"

他顿了顿，不赞同地摇了摇头说："我觉得，这不太靠谱，有点儿太强人所难了吧？"

"我了解妹妹，蓁蓁她是一个很坚强、很理智的女孩儿。"

戚山雨注视着沈遵的双眼，眼神里有某种坚定的信心。

"我相信，她一定不会单纯因为惊吓过度就胡乱说一些没意义的话。"

沈遵盯着戚山雨好几秒，终于还是招架不住，先行移开了视线。

"算了，算了！"沈大队长挥了挥手，"你是她哥哥，肯定比我们更了解她，就算是这样吧。"他长长地叹了一口气，说："所以呢？如果你觉得戚妹妹想要通过刚才那通留言跟你传达信息的话，那会是什么呢？"

戚山雨苦闷地抓了抓自己的头发。他就是不知道，才会感到如此焦躁。

他平日里一直都觉得自己是个相当理智的人，轻易不会惊慌失措，然而戚山雨现在才知道，当至亲生死未知、极为危险的时候，再冷静的人，也会动摇的。

"好吧，我们换个思路。"

看到戚山雨紧抿嘴唇，浑似热锅上的蚂蚁的样子，沈遵顿时就又心软了。

他拍了拍自己身边的一把椅子，示意青年坐下说话。

"假设戚妹妹真的在话中留下了某些信息，我们不妨来想想，这会是什么呢？"

沈遵看到戚山雨坐下之后，接着说道："其实，我觉得最有可能就是这两种而已。"

戚山雨松开了自己紧握的双拳，强迫自己镇定下来，顺着沈遵的提示，继续思考，"您是指嫌犯的身份……或者蓁蓁她在录音时的所在地，对吧？"

"没错！"沈遵一拍拳头。

"这两个都是破案和救人的关键，如果戚妹妹是个聪明姑娘的话，一定会想尽办法将这些信息透露出来！"

他再度深深地蹙起眉，道："问题是，她如果明说的话，嫌犯肯定会察觉，根本不会让我们听到这一段留言，而且她自己很可能会遇到危险……"

"我知道了！"戚山雨忽然站起身，冲到负责处理音频的技术组警官身后说，"是摩斯密码！蓁蓁她曾经背过摩斯密码表！"

他记得，戚蓁蓁高中的时候曾经学过无线电，有一段时间，她还把一张摩斯密码表贴在浴室门的后面，每天吹头发的时候就"滴滴答答"地背诵那些长短字符。

那时戚山雨也跟着看了 2 个月，自然而然就将它们也背了下来。

不过因为他在日常工作里几乎没有机会用到摩斯密码，所以慢慢地忘记了，现在让他完全回忆起来，还是很有难度的。

"摩斯密码？"

技术组的警官被戚山雨冷不丁的话语吓了一跳，先是疑惑地重复了一遍，然后扭头去看屏幕上的音频文件。

戚蓁蓁的那段电话录音，已经被他们单独抽取出来，变成一条纯人声声纹的音轨，平行铺排在其他众多音轨之中。

他操作鼠标，将戚蓁蓁的声音放大，单独显示在屏幕上。

"对啊！"技术组的警官忽然大喊一声，"你们看！她的每个词之间，都有一个比较长的停顿，好像哽咽得说不下去了一样！"

他这一嗓子，再次把整个办公室的人都招了过来，但他并没有在意，只疯狂地用鼠标在屏幕上噼里啪啦地点击着按钮。

"但是如果把这些嘤嘤的哭声都去掉的话，就只剩下明显的呜和求救的话语。"

警官再次点击屏幕说："如果把呜当成是摩斯密码里的点，而其他的字当成是长的话，那就是长点点、长长长长、长点、长点点、长长点长……"

他将结果输入翻译框里，按下了回车键，只见屏幕里立刻跳出了【D*NDQ】几个字符。

"不行，第二个字符错误，没有'长长长长'这个字符，而且剩下的四个也连不成有意义的文字……"

"等等！"他身后一个围观的警官飞快地打断他，"如果把点和长倒过来呢？"

"我试试！"

技术组的警官手速飞快地重置了一下点和长的位置，再次输入翻译框里。

屏幕的翻译框再次得出了结果。

【WHARF】——码头。

鑫海市是一座港口城市，能叫得上名字的大大小小的码头就不下十个，而那些属于私人或者公园、工厂甚至学校的不知名的小码头，更是多到一时半会儿难以确定准确的数量。

而且，码头的范围也是很大的。

鑫海市最大的轮船货运码头，有上百个泊位，可以停泊万吨级的大型远洋货轮，码头范围内还有与之配套的装卸区域、仓库、停车场、办公和住宿区域。

而那些规模较小一些的码头，也有好几十个泊位，每日船只、车辆来往频繁，流动性极高。

况且，戚蓁蓁留言里的码头这个词，指的还不一定就是她身处码头之中。如果她

新锐法医 2 迷雾

指的是能看到码头的地方，那么还要把码头的周边区域全都纳进搜索范围里，真找起来，也不见得比大海捞针简单多少。

若仅凭码头这一个关键词，想要在短时间内迅速找到身陷险境的戚蓁蓁，完全不是一件容易的事情。

"没关系，无论是多含糊的线索，有线索总比没线索要好！"

沈遵正想要继续布置后续调查，忽然听到有人发出一声大叫："啊！我明白了！"

众人将视线纷纷投向大叫出声的那名技术组的警官。只见他一屁股坐到一把椅子上，来了个潇洒帅气的滑步，带着屁股下的椅子"哧溜"一声滑出了数米，直接撞开一个不巧正站在他电脑前的同事，然后手指狂点鼠标，拖出了一条音轨。

"这是我从戚妹妹的求救录音里分离出来的一条背景音轨，原始音量很小，只有10分贝左右，几乎完全融进了背景音里。"

他说着，将音轨点开，音量调大。"但是，我把它给放大和处理了一下之后，播放出来的时候，就变成了这样……"

技术组的警官按下了播放键。

同一时间，整个专案组里鸦雀无声，所有人屏住呼吸，生怕自己的呼吸声会干扰到音频的播放效果。

"注意，第九车道倒车。请注意，第九车道倒车。"

一个完全听不出语调起伏的电子女合成音，将这一句话重复了三遍。

一个警察疑惑地问道："这是什么声音？"

"我就说怎么听起来有点儿耳熟呢！"分离出这条背景音的那名技术组的警官语调非常激动，"我老婆在生娃以前，曾经在蛎山港做过一段时间的物流管理。那时候，我去接她下班那会儿，常常听到跟这个很像的背景音！"

他的手用力地拍着自己的大腿。

"这是蛎山港那儿的仓库，叉车出入装卸货物的时候，就会播放跟这个一模一样的提示音，提醒过路的行人和车辆注意回避，区别只是第几车道而已！"

话说到这儿，简直都不用沈遵再多说什么废话了。

立刻有人给外勤的几组人发了通知，让他们以最快的速度赶去蛎山港，封锁相应的区域，尤其是第九车道附近的几座仓库，更要逐一仔细搜查。

同时，沈遵也带着戚山雨，还有其他十几个刑警，一同驱车，一路风驰电掣去往蛎山港。

蛎山港在鑫海市的正南面，在填海造地的新区范围内。整个港口的规模不大不小，有40多个泊位，最大靠泊量为2000吨级货轮，有配套的物流和仓储服务，主要以冷冻食品和纺织品的进出口业务为主。

当沈遵和戚山雨赶到的时候，现场已经被迅速地封锁了起来。

"都排查过了，第九车道附近这一片都是小型仓库，全都可以对外出租。"

一名刑警疾步走在前头，领着自家头儿和戚山雨等人，径直往第九车道所在的区域而去。

"前头几间仓库都没有问题，全是正规公司租用的，也有负责管理的工作人员在，都很配合地立刻开了门，让我们的人进去检查了，我觉得应该不可能用来关押人质。"他一边走，一边语调飞快地解释道，"唯有最边上的编号为9-12的一间仓库，我们上门检查的时候，门是反锁着的，窗户上也贴上了反光薄膜，仓库里面也好像没开灯。"

沈遵闻言，深深地皱起了眉。

"但是，我们向蛎山港仓库的管理人员求证过了，9-12号仓库，在两个月前就已经租出去了，但负责物流的工人们说，他们从来没接到过9-12号仓库的装卸货任务，也没有人出入过，以至于他们一直以为，那间仓库是空置的。"

"确实很可疑！"沈遵点了点头说，"准备暴力突破，我们把门锁撬开，进去看看！"

10分钟之后，那间编号为9-12的仓库门锁就被警方砸得稀烂，沉重的卷帘门被千斤顶撑开，露出了足以让人通过的缝隙。

戚山雨不顾众人的阻拦，第一个钻进了门缝里。

其他人也一个接一个地通过门缝，钻进了仓库之中。

整个仓库里空空荡荡的，连呼吸声都会引起回音。

仓库里的窗子全都紧紧地关着，上头还贴上了不透光的深褐色玻璃膜，上百平方米的室内几乎黑得伸手不见五指，看不清任何东西。

但是，所有人都闻到了一股非常浓烈的血腥味。

这股不祥的味道，凝固在空气之中，仿佛化成了实体一般，重若千斤，压在了每一个人的心头。

这时，有人在墙上摸到了电灯的开关，然后按了下去。

"啪"的一声响后，黑黢黢的仓库忽然变得明亮了起来，随后响起了许多倒抽凉气的声音。

因为在场的每一个人，哪怕是他们这些早就习惯了血腥场面的刑警，在看到仓库里的情景时，也感到了一种冷彻骨髓的寒意。

100多平方米的地板上，到处都是血——还没有彻底干透的、黏稠而猩红的、味道刺鼻、呛人的鲜血。

柳弈带着法研所的法医们赶到蛎山港9-12号仓库的时候，在强烈的铁锈味中，入目所见的，便是那几乎涂满了整个地板的鲜血。

一股寒意，如同闪电一般，从他的尾椎直蹿延髓。

资深法医柳弈甚至不需要用称重和面积法进行出血量估算，只光凭经验，他就能确定，如果这满地的猩红液体都是人血的话，那么这出血量，起码得有两千毫升以上。

同时，作为戚山雨最要好的朋友，柳弈自然是很熟悉戚蓁蓁的。

以戚蓁蓁的身高、体型推测，她的体重也就 45 到 47 公斤，以 7% 的均数换算一下，她全身的总血量也就 3000 毫升左右。

事实上，一个体型正常的女性，急性失血量达到 2000 毫升以上，如果没有经过及时治疗，就几乎没有生还的希望了。

也就是说，如果这一地的血，都是从小姑娘身体里流出来，那根本不需要找到尸体，就可以直接下定论，戚蓁蓁已经死了。

"去……"

柳弈的嗓子哽了一下。

他强迫自己的声音听起来镇定一些，但语调依然干涩得仿若被砂纸打磨过。"去做血痕预试验，立刻就去。"

"好，好的！"

江晓原一激灵，立刻和其他几个法医一道，四散开来，到仓库各处取样，就地做起血痕预试验来。

所谓的血痕预试验，目的是要从大量的可疑血痕之中，筛除掉不是血痕的那些东西。因为很多斑痕外观上与血痕十分相似，例如，油漆、酱油、染料、铁锈甚至蔬菜和果汁等，而预试验能够帮助法医们迅速将这些痕迹与血液区分开。

虽然仓库现场的血腥味已经浓烈到了让人窒息的程度，但柳弈还是抱着那么一点儿微弱的希望——他希望这满地半凝固的鲜红液体，并不是人血。

江晓原抖着手，从仓库的大门边上一道拖曳的痕迹上刮下了一点儿粉末，然后把它们挑到白瓷反应板上，依次滴入冰醋酸和联苯胺，静置了一分钟后，在滴入过氧化氢溶液的瞬间，立刻变成了蓝色。

"预……预试验阳性……"

江晓原磕巴着说出了这个结论。

与此同时，其他几名法医，也得出了同样的结果。

也就是说，他们在仓库现场分散取样的几个点里面，血痕预试验全部呈阳性。这就差不多可以证明，这几乎涂满了整块地板的猩红液体，都是血液。

"好，我知道了……"

柳弈深深地吸入了一口带着浓烈血腥气的空气，又将它们缓缓地吐出。

"按照流程，全部拍照、绘图、采样，计算大致的出血量，同时注意有无血脚印、血手印一类的重要痕迹······"

他顿了顿说："该怎么做，就怎么做，明白了吗？"

"明，明白！"

江晓原的声音哽咽得更厉害，眼眶已经不由自主地泛起了一圈红晕。

其他几名法医也点了点头，然后一言不发，埋头做事去了。

安排好一切之后，柳弈转身，走出了仓库。他看到，戚山雨正坐在隔离带附近的一道楼梯前，两肘撑在膝盖上，脸则深深地埋在了双手之中。

"小戚······"

戚山雨抬起头，双目充血，嘴唇哆嗦了一下说："柳哥······"

他的嗓音低哑，声音轻得几乎要融进空气之中。"里面的······是不是？"

虽然戚山雨问得很含糊，但柳弈立刻就听懂了。

"小戚······"他的声音哽住了。

柳弈早就记不清楚，他以前到底有多少次，亲眼看见家属得知亲人的死讯时，那一瞬间仿若天塌地陷般的崩溃和痛苦。

在他念研究生的时候，隔壁组有个姓王的学长，是从临床系转到法医系的。

通常只有学法医的学生，因为受不了这个工作的脏、臭、苦、穷，考研的时候转到别的专业，像王学长那样反其道而行之的，法医系里可能好多年都碰不到一个。

所以，柳弈后来和姓王的学长混熟了以后，还特地问了对方转系的理由。

当时那位学长长长地叹了一口气，然后告诉柳弈，他在临床实习的时候，每天都要目睹病人辞世后家属围绕在病床边悲痛欲绝的模样，那场面实在让人感到压抑，他始终无法习惯，所以才从临床转到了法医系。

说完理由之后，那位姓王的学长又自嘲似的摇了摇头，接着说道："我之前还很天真地以为，学了法医以后，反正交到我们手里的已经是尸体了，就不用再去面对家属的痛苦了······但其实根本不是这样，只要我一天还和'医'这个字打交道，就一天逃不出面对人世间的各种生离死别。"

"柳哥······"戚山雨微微地发着抖问，"里面的······是不是？"

柳弈听到没有回答，戚山雨又低声问了一遍。

"现在还不知道。"柳弈低声安慰道，"我们会查清楚的，不要着急······"

他顿了顿，又补充道："别慌，等我们的结果，好吗？"

戚山雨垂下眼帘，死死地咬住嘴唇。

"我不知道······"他的声音里带着无法压抑的颤抖和隐约的哭腔。

"我不知道······柳哥，我现在真的很乱······"

其实，身为一个刑警，在看到仓库里满地血迹的时候，戚山雨就已经意识到，那意味着什么了。

　　无论是多么理智的一个人，在面对至亲的死亡时，都根本做不到冷静地面对。就算柳弈没有正面回答他的疑问，但戚山雨其实已经从柳弈的表情中看到了答案。好友那样怜惜和心疼的眼神，几乎已经等同于肯定了他心中的猜测。

　　"柳哥……"戚山雨的声音低到几乎让人难以听清，"柳哥，告诉我……我现在，应该怎么办？"

　　"你现在应该等我们这边的结果。"

　　柳弈不断地安抚道："等会儿跟我们一起回去吧，让你在旁边盯着，行吗？"

　　听到柳弈的这个建议，戚山雨浑身一颤，明显地抖了一下。

　　"我……"

　　戚山雨只说了一个字，就再次紧紧咬住了嘴唇。

　　柳弈盯着好友的双眼。他从戚山雨湿润的眼瞳中，看出了如同一个溺水者，在眼睁睁地看着身下那块承载着最后一缕希望的浮木正在往下沉时产生的强烈恐惧。

　　柳弈以前在邓迪大学修博士学位的时候，曾经跟着导师参与过一个课题。

　　该课题是使用多种现代法医人类学鉴证技术，将一些无名尸骨与失踪人口进行匹配，找到那些死者的真实身份。

　　那个始于社会公益性质的课题，找到的无名尸骨多是一些死于疾病或者意外的流浪汉、拾荒者、偷渡客和难民，本意是想要帮助这些客死异乡的可怜人找到死后的归宿。

　　然而，当法医们将他们的死讯送回家属手里时，得到的通常不是感谢。

　　柳弈记得，曾经有一对年过七旬的老夫妻，抱着他亲手交给他们的属于他们女儿的遗物，双双哭倒在了家门口。

　　那对老夫妻的独生女，在 30 多年前和一个外乡来的年轻小伙儿私奔了，从此音信全无，再也没有回过家。

　　夫妻两人苦苦寻找多年未果，从此一直保留着女儿曾经的房间，30 多年来从未搬家，每日守着这栋老旧的乡间木屋，就只盼着在他们有生之年，女儿会再一次踏进这个家门，一家团圆。

　　然而，柳弈送来的属于他们女儿的遗物，彻底打碎了二老最后的希望。

　　即便已经过去了好些年，柳弈依然能清楚地回想起当时老太太说过的每一个字。

　　她说："如果你不把这些东西送来，我们到死时都会觉得，我们的女儿，现在可能在某个我们不知道的地方，过着幸福的生活……"

　　老人抱着那个小小的遗物盒，任由泪水淌过瘦削而苍老的脸颊。

　　"可是，我们现在知道了，我们的女儿已经死了，她在 30 年前……在她还是个年轻姑娘的时候，就已经死了……"

　　在柳弈的记忆中，那位不列颠老太太说这些话的时候，她的一双眼睛，就好像两颗蒙尘的玻璃珠子。哀莫大于心死。

她的眼神，和现在戚山雨的眼神一模一样。

人在必须面对最终的结果时，总是会感到恐惧。

因为在真相揭开之前，他们还可以抱着最后的一丝希望。

无论那种希望有多么渺茫，甚至很可能只是自欺欺人，但起码还没有绝望。

"你在家等我，好不好？"

柳弈想要分给他一些力量，"等我这边出了结果，就去找你。"

这一次，戚山雨终于缓缓地点了点头说："好，我等你。"

根据规定，直系亲属成为案件受害者，戚山雨应该依照回避制度退出调查。

不过包括沈遵在内，专案组的所有人都很有默契地睁一只眼闭一只眼，没有在这个骨节眼上提起这茬儿。

只是戚山雨现在的情况，也实在不合适继续奔波在第一线了。

于是沈遵指了个别组来支援的年轻警察，在旁边陪着戚山雨，然后带着专案组里的其他人，立刻重新投入案件调查中去了。

用沈遵自己的说法，戚妹妹十有八九已经没了，如果他们还不能尽快将凶手绳之以法，那么真的可以拿一根裤腰带将自己挂在市局大门前，一死以谢天下了。

戚山雨也知道自己现在看起来很糟糕，他没有逞强，而是听了柳弈的话，让沈遵指派的年轻警官将自己送回了家。

这会儿天还没有亮，距离戚山雨出门去医院的时间，才过去了不到 12 小时。

他摸出钥匙，打开了屋门，然后靠在门框上，伸手往墙上一摸，摁开了客厅的白炽灯。

因为戚蓁蓁是在自家住处附近失踪的，所以戚家前后来了两批警察和鉴证人员，不可避免地把客厅弄得十分凌乱，尤其是玄关处，满地都是带着"GA"花纹的鞋印。

戚山雨将房门关上，背靠在门板上。上一次，他走出这扇门的时候，还因为和戚蓁蓁吵架，妹妹说的两句话让自己感到伤心和难过。

可是，明明只是十来个小时前的事情，现在回想起来，却好像隔了一片浓重的雾气，连细节都变得模糊不清了。

无论曾经有过多大的矛盾，在生死面前，一切都会变得不值一提。

他上次体会到这个道理，是妈妈得癌症离开人世的时候，而这一次他失去的是最后的至亲。

戚山雨抵着门，默默地站了许久，久到他仿佛化成了一尊雕塑，除了睫毛偶尔微微颤动，已然看不出半点儿活人的气息。

直到他闻到空气中弥漫着的一股隐约的香味，才好像冰雕化冻了一般，缓缓地抬起了头。

那是一股食物与各种香料混合后的特殊气味。

戚山雨挪动脚步，慢慢地穿过玄关，走进了厨房。

他打开厨房的电灯，看到炉灶上搁着一口锅。

锅盖是盖着的，只是边上卡了一把勺子，所以没有盖严，从里头飘出一股咖喱特有的香辣气味。

戚山雨伸出手，指尖微微地颤抖着。他揭开锅盖，看到满满大半锅黄澄澄的咖喱土豆炖牛肉。

时间隔得久了，锅里的咖喱早就凉透了，结成了黄褐色的块状物，表面还析出了一层半透明的油脂。

戚山雨又转了转视线，看到了灶台旁的电饭煲。

他打开盖子，里面是煮熟了的两人份的米饭，但在夏夜里放久了，已经泛出发酵过度的酸味。

电饭煲旁边还垒着 2 只干净的碗，是准备盛饭用的。

戚蓁蓁在他出门前，曾经问过他，是否回来吃饭。

戚山雨的视线渐渐模糊了起来。

他忍了许久的眼泪，终于不受控制地大滴落下。

他站在只剩自己一个人的厨房里，对着妹妹留下的冷透了的饭菜，沉默地流着泪，却连声音都哭不出来。

戚山雨在厨房里站了许久，直到晨曦透过窗户，照进屋里的时候，他才擦了擦脸上的眼泪，不发一语，开始收拾屋子。

接下来，他要做的事情还很多很多。

他要等柳弈给他带来最终的结果，他要抓住嫌犯以告慰每一个死者的在天之灵，他还要背负着对故人的回忆和思念，继续走下去。

在戚山雨的心中，还是有那么一丝丝希望，妹妹还活着。

即使他知道这个希望非常渺茫，但只要他没有得到戚蓁蓁死亡的确切证据，这一缕希望就会像灰烬深处的火种一般，微弱但一直地燃烧着。

如果蓁蓁真的已经死了呢？

戚山雨想不出答案。

他以前面对过两次至亲的离世，每一次，他都能够很快地振作起来。

因为他还有要照顾的人，必须坚持下去继续生活。

但如果这一次，连他的妹妹也不在了呢？

戚山雨慢慢地冲掉盘子上雪白的泡沫，空茫而无措。

他觉得自己的心脏好像被凿开了一个巨大的洞，唰唰地往里灌着风，明明身处 30 多度的盛夏，依然冷得遍体生寒。

水流冲刷过他的双手，戚山雨定定地望着水波漾出的纹路，视野又渐渐变得模糊。

他知道，就算妹妹不在了，他还是会和现在一样，每天为罪案奔波，与那些穷凶极恶的嫌犯拼死相斗。

他还有挚友以及许多志同道合的搭档，还有想要坚持下去的工作。关于妹妹的一切，会成为他毕生的怀念和遗憾，直到他人生终结，永远不可能放下。

戚山雨眼眶里积蓄的泪水再次滚落，顺着脸颊淌下，又从下巴滴到他手中的盘子里，转瞬汇入汩汩流水之中。

"好了，小戚。"

忽然，身后响起安抚声。

"别哭了，不管怎样，现在还不是伤心的时候。"

那人就站在戚山雨的身后，说话的声音里还带着一路急奔的喘气，语调却放得极轻极软。"别哭了，好不好？"

柳弈有戚家的钥匙，所以戚山雨不用问也知道，柳弈肯定是自己开门进来的。

只是他平常都很警觉，有人进屋绝对会听到动静。今天这样，人站在自己身后了都没有发现，可见已经心乱到何等程度了。

盘子从戚山雨手里滑落，"啪嚓"一声在料理台里磕裂成两半。

他的手抖得几乎连拳头都无法握紧。

"柳哥……"

戚山雨听到自己用几近气声的音量，颤抖地问道："……是不是，有结果了？"

柳弈面对面看着戚山雨，说道："嗯。小戚，你听我说。"

"那些不是蓁蓁的血。"柳弈一字一句，清楚地说道，"那间仓库里，有2500到3000毫升的血液，我们在18个点进行了采样，全部做了DNA分析，与戚蓁蓁的DNA序列并不吻合。"

戚山雨的眼睫毛眨了眨，问道："真的？"

"是的，是真的。"柳弈很肯定地回答道，"那些血，都是马云生的妻子傅芸芸的，至少，蓁蓁不在那儿。"

戚山雨双手死死回握住好友的胳膊，嘴唇颤了颤："你说，蓁蓁她……不在那儿？"

柳弈非常用力地点了点头。

戚山雨长长地松了一口气，然后，好像虚脱了一般，一屁股坐到了地上。

柳弈干脆也席地而坐，说："好了，好了，不哭了，不哭了。你眼睛都哭肿了。"

柳弈无奈地叹道："案件又回到原点了，我们再一起去找蓁蓁的下落吧。"

戚山雨眨眨眼，又是一颗泪珠从眼眶中滚落下来。

他的一对眼睛已经红得跟兔子一样，眼皮微肿，鼻尖通红，模样看起来很狼狈。

戚山雨现在看上去就像一只家养的大型犬，不小心跑丢了，又被一场大雨淋得皮毛尽湿，好不容易找到了回家的路，委屈又可怜地用一双湿漉漉的眼睛直勾勾地看着人，让人十分心疼。

戚山雨别开头，用衣袖在脸上胡乱擦了擦，又深深地、深深地呼吸了几次。

柳弈耐心地等他调整好自己的情绪，问道："冷静下来了吗？"

"嗯。"戚山雨垂下眼，点了点头。

"我现在就回市局去。"

戚山雨一边说，一边站起身，又回到了平日里认真、细致又坚韧的模样。

"仓库那边的线索，就拜托你了。"

戚山雨简单地洗漱了一番，换了一身干净衣服，就坐着柳弈的车，回了市局。

而柳弈也随之转道，回了法研所。

尽管蛎山港9-12号仓库里的满地鲜血已经被证明不是戚蓁蓁的，但她还没找到，依然生死未卜，而且那个极度危险的嫌犯也还流窜在外，不知道会做出什么事情来，所以他们没有那么多的时间可以浪费。

除了马云生妻子的血样，柳弈他们还在仓库的现场发现了许多值得研究的线索。

这些线索包括几个显然是属于男人的尺码和步幅的鞋印，一些织物的纤维，头发和皮屑等生物痕迹，仓库后门沾了血的轮胎印子，等等。

那满地的血迹，本身也包含了非常多的信息。

几千毫升的大量出血能证明一个还没找到尸体的人的死亡。法医们还能通过血液成分的变性和血清氯渗润基质的宽度，推测出傅芸芸的大概死亡时间，从而判断凶手逃逸的时间段。

他们甚至还能从现场不同的血痕形状里，看出凶手杀人的方式和移尸的轨迹。

物证调查起来简直千头万绪，非常烦琐耗时。

柳弈虽然很担心戚山雨，但法研所那边的事儿，他要是不亲自盯着，很难感到放心，唯恐谁一时疏忽，哪怕只是出了一丁点儿纰漏，就会错失找回戚蓁蓁的线索。

于是，柳弈跟法研所的同事足足忙了一整个白天，才总算将那些迫在眉睫的物证检查全部做完。

此时已经是下午6：30，距离戚蓁蓁在自家附近遭人绑架，已经接近24小时了。

江晓原先脱了手套，然后摘掉口罩，最后掀了头上戴着的一次性手术帽，露出自己乱得仿若鸟巢的头发来，说："老板啊，我去给大伙儿买点吃的喝的，您有什么需要的吗？"

柳弈正坐在电脑前，逐字逐句检查已经写好的鉴定书，说："你去吧，给我带一份三明治就行。"

他心里满满地塞着戚蓁蓁的安危，人累到了极点，胃部也因为紧张、压力和空腹时间太长而开始一阵一阵隐隐地抽疼，还有点儿反胃感，其实什么也不想吃。

但是他现在还有很多的事儿要忙，就算是硬塞，也要往肚子里垫点儿食物。

"对了，多买一些。"柳弈想了想，忽然抬起头吩咐道，"给车展那群人也送几袋子，他们也跟我们一样忙了一天了。"

江晓原挑了挑眉，露出了意外的神色。

他可没想到，老板跟 12 楼物证科的头儿袁岚平日里关系势同水火，这次倒还能想到要给他们送吃送喝。

不过江晓原一向精灵乖觉，立刻应了一声"好嘞"，一句话也不多问，扭头出了门，就要直奔饭堂而去。

然而，他才走了几步，就迎面撞上了一个人。

"小江，你老师在吗？"来人笑眯眯地伸手拦住他问，"我有事想要找他。"

"嬴教授。"

江晓原自然是认得嬴川的，于是老实地点了点头说："老板在他的办公室里，正在弄文书呢。"

嬴川笑着说了句"谢谢"，就径直朝着柳弈的主任办公室走去。

江晓原看着对方的背影，十分为难地抓了抓头。

他心想我家老板现在正忙着呢，心情看着也不太好，嬴教授您老人家要是没什么要紧事儿，就不能换个时间再来吗？

"应该不会吵起来吧？"

江晓原轻声嘀咕了一句，犹豫了两秒，没有跟上去，还是按照自己的原定计划，到饭堂给众人买晚饭去了。

嬴川敲门的时候，柳弈正在给市局的专案组办公室打电话，口头传达他们这边的进展。

"是的，发现了一名男性的血样……没错，跟先前在厂房里发现的精斑 DNA 是同一个人……"

他听到敲门声，一开始以为是江晓原忽然想到什么事情，去而复返了。

但嬴川敲门的节奏很规律，先是缓慢而清晰地叩击了三下，停下两秒后，再用这个节奏重复了一遍，然后就安安静静地停下，等待里头的人的允许，给人一种十分礼貌而且有分寸的感觉，跟江晓原平日里风风火火的敲门方式完全不一样。

"……嗯，就这样，报告我等会儿传真给你们……好，再见。"

柳弈分出三成心神，思考了一下门外的人是谁这个问题，然后结束了和沈遵的通话，答应了一声"进来"。

嬴川打开办公室的门，微笑着走了进来。

柳弈无言。

"怎么，你就这么不欢迎我吗？"嬴川一边打趣，一边掩上办公室的门，"你看，你眉毛都拧起来了，你这表情太明显了，让我觉得很伤心啊。"

他口中虽然说着很伤心，但脸上的笑容很灿烂，一点儿都看不出伤心的模样。

柳弈默默地移开目光，假装在整理手里的鉴定书纸页，说："嬴教授，我这边现在有点儿忙，可能得麻烦你稍等一会儿了。"

他的话说得着实不客气，简直就差没直接说我现在没空搭理你，哪儿凉快哪儿待着去了。

"我知道你们现在肯定很忙，毕竟，戚警官的妹妹，遇到那样的事儿呢……"

嬴川见这间办公室的主人并没有从书桌后面站起来的意思，干脆自己搬了把椅子，直接坐到了柳弈的身边。"不过，我想了想，有些话，还是要找你说说。"他伸出手，比了个一字说，"耽误你一刻钟，行吗？"

柳弈停下手中整理纸张的动作，抬起头看向嬴川问："是关于什么的？"

嬴川知道，柳弈这就是想听他说话的意思了，眼角的笑纹又更深了一些。"是关于我对那名在逃嫌犯所做的心理侧写。"

"如果是关于这个的话，"柳弈歪了歪头，"你应该去跟沈队长说吧。"

"嗯，我当然是去说过了。"嬴川叹了一口气，"只是，他们要忙的事情太多了，我的意见，沈大队长也只能当作参考而已。"

嬴川的话确实是真的。

虽然他作为专案组的顾问，可以了解到案情的进展，并且在自己的专业领域之内，提供他对案情的意见和推测。

但是，就柳弈对沈遵的了解，他们对嬴川这个总是掺和进调查里的犯罪心理学教授，多少有点儿轻视。

他们觉得这人不过就是个纸上谈兵的书生，做的犯罪侧写也是时对时错，在某种程度上，跟街头算命的神棍似的，准不准全靠蒙，十分不靠谱。

而现在正是案情紧急、千头万绪的时候，市局那些人全部忙得一个人当两个人来用。对于嬴神棍提交上去的犯罪侧写，沈遵也只是匆匆瞅两眼，再让手下的人留意一下意思意思，就随手丢到一边儿去了。

果然，柳弈听到嬴川说道："但是你不同，你跟戚警官是好友关系，而戚警官的妹妹又是这个案件的被害人，加上沈大队长一直很信任你。"

他露出一个略显无奈的苦笑，继续说："所以，我琢磨着，应该把自己的想法跟你说一说。如果你也认同，再代为传达，我觉得，沈大队长他们应该就会更重视一点儿，你觉得呢？"

"等等。"柳弈抬起手，打断了嬴川的话，"容我纠正一下，戚蓁蓁还不是所谓的'被害人'。"

他盯着赢川，显然是不喜欢他的用词。"我们已经检查过了，码头仓库里的血不是蓁蓁的。"

"这就是我想要跟你说的第一件事儿。"

赢川说完，收起脸上的笑容，身体微微地向前倾，朝柳弈凑近了一些，然后，一字一顿地说道："首先，我觉得，戚蓁蓁绝对不可能还活着。"

柳弈闻言，立刻变了脸色，问道："你这是什么意思？"

"你先听我说。"赢川摊开手，比了个稍安勿躁的手势，"我的这句话，是建立在对嫌犯的犯罪心理侧写上的推论。"

他瞅着柳弈的表情，从对方的双眼中看出了明显的焦躁，内心闪过一丝隐秘的愉悦。

他从学生时代起，就对坐在他身旁的这个俊美的男人，有着某种复杂到难以言明的兴趣。

这种兴趣，绝对不能用喜欢之类浅白而明晰的词汇来描述。

柳弈有一副完全符合赢川胃口的漂亮精致的皮囊，更重要的是，他非常非常聪明，跟自己一样，有一种洞察人心的能力，并且好似冥冥之中注定一般，他们明明有着十分相似的求学经历，却选择了两条截然相反的道路。

赢川知道柳弈，是他还在国内念研究生的时候。

他高中时期开始拔高，又因为体质问题，曾经体重达到 110 多公斤，整个人仿佛一尊肉山铁塔，外形看起来十分扎眼。

这样惹人注目的身材，曾经一度让赢川感到格外自卑，总是下意识地蜷缩起来，仿佛这样就能减少存在感似的。他的性格也出奇沉默寡言，几乎不和同学们交际，只整天宅在自己租的公寓里，沉迷在不需要将真容暴露在人前的网络世界之中。

极度的自卑，通常又会和极端的自尊心联系在一起。

赢川头脑极好，在他因肥胖而变得阴沉自闭的那几年里，他学会了如何成为网络世界里一个来去自如的黑客，又通过暗网见识到了一个超越国境线桎梏的仿似无底深渊的黑暗世界。

赢川凭借心理学专业的优势很轻易地在网络世界里获得了存在感，并且渐渐沉迷于揣测和掌控人心。

在研究生毕业的那一年，赢川在网上认识了一个名叫吴有良的 Q 大医学院的检验系学生。在半个月之后，他成了对方的知心好友，而且从对方口中得知，那人深深地憎恨他们同寝的一名富二代，时时盼着能将室友除之而后快。

于是，赢川就利用吴有良对室友的恨意，替他筹划了自己人生中的第一桩"完美犯罪"——他教吴有良如何巧妙地利用时间差投毒，又怎么嫁祸到另一个室友身上，还黑进 Q 大的校园网版块，以知情人士的身份发表爆料帖，将那名无辜的替罪羔羊推到了舆论的风口浪尖上。

也就是在那一次，嬴川第一次体会到了将那些素未谋面的陌生人操纵在股掌之间的快感。

那是一种难以描述的、极端的亢奋与愉悦，让他觉得，自己仿佛就是个全能的神祇。

他能够左右别人的情绪，能够控制他人的人生，就连那些被他的帖子煽动的万千网友，也不过是一群被他随意戏耍的猴子罢了。

然而，吴有良的案子，只用了不到 1 周，就被警方侦破了。

后来嬴川才知道，揭破他骗局的，原来是一个名叫柳弈的法医专业研究生，只比他小 1 届，而且年龄还比他小了 3 岁。

嬴川在网上搜到了柳弈的照片和资料。那真是一个非常俊美而且非常优秀的青年。

在对柳弈的长相感到惊讶的同时，他又无比强烈地体会到了嫉妒和憎恶。

他知道，那是因为自惭形秽而产生的，毫无道理但又无比强烈的卑劣的妒忌之心。

他感到自己的心中有一头潜藏于阴影中的怪物，在暗夜中看到一朵盛开在枝头的高岭之花，于是想要攀折，想要撕扯，想要将那朵漂亮的白花碾进泥土里，让他变得和自己一般肮脏。

柳弈大概永远也不会知道，在这些年里，一直有个可怕的关注者，偷窥着他的一切社交账号，知道他曾经用过的每一个电话号码，甚至会定期黑进他的邮箱翻看他的邮件……

想到这里，嬴川状似无意地抬起手搓了搓鼻尖，借此挡住自己唇角那抹恶意的微笑。

他想，以后他还会找机会进到柳弈的家里，在他以为最安全、最私人的地方，偷偷装几个针孔摄像头。

那样他就可以随时随地监控柳弈了……

只可惜，柳弈不懂什么读心术，自然看不穿嬴川的想法。

他现在一门心思都在戚蓁蓁的安危上，甚至根本没注意到嬴川投在他身上探寻的视线以及嘴角的诡笑，问道："你到底什么意思？"

"我觉得嫌犯绑架戚蓁蓁的原因是她是那位殉职的戚警官的女儿。"嬴川回答道，"宋斑和他的同伙犯下的这几件连环绑架杀人案，下手的对象全都是当年那桩金铺抢劫杀人案的当事者和他们的家属，目的非常明确，就是为了报仇。"

柳弈点了点头。

"除了死在墨西哥的王小北，还有前不久遇难的孙家和马家两家人，很显然，当年殉职的戚警官的两个孩子，也就是戚山雨和戚蓁蓁，也在他们的复仇对象之中。"

　　赢川说到这里，顿了顿，忽然问道："那么，你觉得，为什么他会选择先对戚蓁蓁出手呢？"

　　"这还用说吗？"柳弈一秒都没有迟疑，很直接地回答道，"当然是因为，蓁蓁是个小姑娘，要绑架她，比绑架身为刑警的小戚容易多了。"

　　"没错，正是如此。"赢川微笑着点头说，"其实，嫌犯在绑架了戚蓁蓁之后，会采取的行动，无非只有两种。"

　　他竖起一根手指说："第一种，是他在控制了戚蓁蓁以后，以此作为筹码，要挟戚警官。"

　　柳弈点了点头，表示自己在认真地听。

　　赢川继续说道："毕竟，从宋珽和他同伙的角度来看，比起杀死戚蓁蓁，肯定是杀死戚警官会让他们更有成就感，对吧？"

　　柳弈再次蹙起了眉。

　　他非常不喜欢赢川说话的方式，尤其是当赢川把戚山雨假设成两个嫌犯的猎物的时候，那种语气让他感到很厌恶。

　　"但是，问题也正是在这里。"

　　赢川注意到柳弈明显不悦的脸色，调整了一下语调，让自己的吐字显得更加轻柔一些。"戚警官是个刑警，性格谨慎、稳重、理智，而且据我所知，他的身手还相当厉害，对吧？"

　　柳弈依然沉着脸，点了点头。

　　"所以，即便嫌犯以他的妹妹作为人质，想要对他出手，也很难有胜算。就算侥幸得手了，也很容易暴露自己的行踪，被警方逮住。"

　　赢川耸耸肩。"当然，除非嫌犯不介意豁出性命，跟警方拼个鱼死网破。"

　　柳弈随手从自己的办公桌上捡起一支笔，在手指间转了起来。

　　这是他思考时的一个习惯性的小动作。

　　"听你的意思，是想说，嫌犯很惜命，不会跟小戚以命相搏，所以也不会用蓁蓁作为威胁，是这样吗？"

　　赢川笑得很满意，说："是的，正是如此。"

　　"等一等，"柳弈抬起手，打断了他，"我能问问你，你是基于什么理由，才做出嫌犯的这个心理侧写的？"

　　"说实话，对于这点，我并没有很有说服力的证据。"

　　赢川摊开手，无奈地笑了笑。

　　"只是我仔细地看过前两桩案子的细节，然后有一种感觉，另一个嫌犯——我指的是宋珽的同伙，每次作案前，都会先做好周详的布置，然后快速得手，并且最大限度地减少能被警方追查到的线索，反侦查意识很强，而且得手之后，都逃逸得很迅速。"

他想了想，又补充道："怎么说呢，狡兔三窟，应该这么形容吧？"

柳弈盯着他，没有说话。

"所以，我觉得，他是一个典型的变态杀人犯，但也很惜命。他在享受杀戮的同时，却会惧怕自己的死亡。"

嬴川看着柳弈，问道："你还记得我前几天开会时，曾经说过的，关于肢解和割喉所代表的两种完全不一样的心理倾向吗？"

柳弈点了点头。他记得，嬴川曾经给宋斑和他的同伙做出过一个犯罪心理侧写。

当时柳弈对他的侧写持保留意见，并没有完全相信。

只不过，后来案情的发展证明，嬴川有一点说得并没有错。这桩案子，确实存在两个嫌犯。

"如果现在让我继续将这个心理侧写补充完整的话，我会猜，喜欢肢解的，是宋斑。"

柳弈问道："为什么？"

"因为他面对死亡的态度。"嬴川回答，"无论是受害人还是他自己，他都视为物件，在肢解受害人的同时，也对自己的死亡没有半分恐惧。这一点，从他面对警方追捕时，毫不犹豫地选择自杀就可以看得出来。"

柳弈的笔飞快地在指尖旋转着，问："这也是你的推测？"

"是推测，也不全是推测。"嬴川回答，"我在耶鲁进修犯罪心理学的时候，曾经读到过一个课题的研究成果。有几个学者研究了世界范围内的近百桩大案要案的嫌犯的犯罪手法和心理特征。那些并非以掩藏尸体为目的而对被害人进行肢解的嫌犯，他们对'杀人'这件事本身的愧疚心理是各类嫌犯之中最轻的。同时，在法庭面对审判，甚至面对极刑的时候，也几乎不会感到恐惧。"

他朝柳弈勾了勾唇，道："你看，是不是跟宋斑的情况很相似？"

柳弈想了想，道："这么说，另一个人，那个喜欢割喉和扮演上帝的嫌犯，正好和宋斑的情况相反，他恐惧死亡？"

嬴川赞赏地一笑，说："正确的说法是，他们那一类人，恐惧的是自己的死亡。像他们那样的人，通常选择的受害人，都是远比他们弱小而且易于掌控的对象。从他们身上获得满足和快感的同时，会最大限度地让自己处在一个绝对优势的环境里。"

"'心理安全领域'理论。"柳弈想起自己曾经听过的心理学名词，"你是说，选择那些弱小的对象，会让他们获得安全感和绝对的掌控感，是这个意思吗？"

嬴川依然保持着自己脸上的微笑，点了点头。

柳弈敛眉，思考了几秒钟。

忽然，他手里转动着的笔从指尖滑落，啪嗒一声掉到了桌子上。

柳弈从椅子上站了起来，说："如果真是这样，那么蓁蓁她……"

"别急，"赢川伸出手示意柳弈，"你现在着急也没有用。所以我刚才就跟你开门见山地说过了。"

柳弈重新坐下去，赢川还在继续自己的分析："虽然很遗憾，但是，戚蓁蓁她不可能还活着。"

柳弈烦躁地拨了拨耷拉到眉毛上的刘海。

他已经明白了赢川到底想要表达什么。

如果照赢川的推测，绑架了戚蓁蓁的那名凶徒，是个只会挑选那些绝对弱于他的受害人下手的懦夫，那他不可能挟持戚蓁蓁，用以威胁戚山雨。

因为他没有和戚山雨这么一个优秀的刑警，甚至是整个市局的警官直接对上的勇气。

那么这就意味着，戚蓁蓁失去了身为一个人质最重要的作用，也就没有继续活下去的必要了。

"嫌犯想要报复戚家，但他又不想直接和戚警官硬碰硬……"

赢川嘴角的笑容加深了一下，透出了一丝诡诈的意味。"如果我是那个嫌犯，一定会换一种方法，达到我复仇的目的。"

柳弈闻言，抬起眼，盯着赢川的双眼。

赢川悄然将唇边的笑意往下压了压。"我会折磨、残杀戚警官的妹妹，再将这个过程完完整整地记录下来，寄给戚警官，让他看到妹妹惨死的模样……"

他看着柳弈仿似凝了一层霜的脸色，心中泛起一股隐秘的愉悦感。"因为这样做，对戚警官来说，甚至会比杀了他更残忍。"

柳弈猛地咬住了嘴唇。他很想大喝一声，让赢川住口。

但是理智告诉他，这人说的话，很可能是对的。

因为那名嫌犯，确实已经做了类似的事情。他用戚蓁蓁的手机打电话给戚山雨，然后让哥哥亲耳听到妹妹的哭喊声和求救声。如果嫌犯这样做并不是为了胁迫戚山雨，那么嫌犯的目的就只有一个，那就是折磨他，令他感到痛苦。

然而，赢川可没打算就这样放过柳弈。"那么，你觉得，在杀死了戚蓁蓁以后，凶手又会怎么做呢？"

柳弈的手颤了一下。

他想要捡起掉落在书桌上的笔，但笔杆从他的指尖滑落，在桌面上打了个旋儿，滚到了电脑显示屏下方。

"他……"柳弈听到自己的声音干涩地回答，"既然那人已经达到了复仇的目的，会逃，对不对？"

赢川严肃地点了点头说："是的，他一定会逃。他会离开鑫海市，甚至逃到国外。总之，跑到警方找不到的地方，蛰伏起来，避开风头。"

柳弈抬起手，烦躁地用拳头抵住下颌问："你怎么肯定，嫌犯一定会撕票？或者他需要一个人质呢？比如在逃跑的时候，可以作为跟警方交涉的筹码什么的。"

"因为他有更合适的人质。"赢川说道，"蛎山码头的那间仓库，里面的血迹是马太太的。这就意味着，嫌犯已经杀死了马太太，对不对？"

他看到柳弈点头之后，又继续解释道："所以，现在马云生一家唯一一个还不知生死的，就只剩下马家那个刚刚上小学的小女儿……"

"行了，别说了！"

柳弈的拳头在桌上叩了两下，打断了赢川的话。

他知道，赢川是想说，和戚蓁蓁相比，马家的小姑娘当然更好控制，也更合适当人质，如果嫌犯一定要留一个的话，肯定会选马家的小女儿。

赢川果然住嘴了，只抿住嘴唇，默默地盯着柳弈的脸看。

办公室顿时陷入了一片沉默之中。

足足过了有1分钟，柳弈才深深地呼出一口气。

"你对你刚才的推测，有多大的把握？"他问坐在自己面前的赢川。

赢川想了想，谨慎地回答："六成吧。"

柳弈深深地看了他一眼，然后掏出手机，给戚山雨拨了电话。

赢川不动声色地看着柳弈的动作，心中那股隐秘的快意，再度升腾起来，甚至又膨胀了数分。

他绝对不会让柳弈知道，他的把握，其实足有九成。

因为嫌犯是他的旧识。

他和"面具"已经在暗网上认识了6年，他清楚对方的一切手法、喜好和性格。

所以对赢川来说，他在替对方做这一份人格侧写的时候，就好像一个从出题人手里提前得到了考题的作弊考生，愉快而又心安理得地参加了一场仅对他"开卷"的考试。

柳弈的电话打过去，听到戚山雨那头十分嘈杂。

接了电话的青年，似乎正在急促地跑动之中，他身边还有人在大声说话，显得很忙乱。

柳弈的心脏"咯噔"了一下，原本打算说的话变成了询问："怎么了？"

戚山雨言简意赅地回答道："发现那人的行踪了！我们现在正赶过去！"

毋庸置疑，戚山雨口中的那人，指的当然是宋斑那个依然在逃的同伙了。

"嗯，好。"

既然警方已经发现了嫌犯的踪迹，那么赢川刚才所做的犯罪心理侧写，似乎也变得没有多大意义了。柳弈想了想，忍不住还是叮嘱了一句："自己多当心。"

戚山雨应了一声，挂断了电话。

柳弈攥着手机，还是觉得有些担心。

虽然他相信好友和市局刑警们的能力，但毕竟他们现在正在追捕的，可是一个手上人命累累的匪徒，要说连一点儿担心都没有，那是绝对不可能的。

他抬起头，看到坐在身旁的赢川，正用一种兴味盎然的眼神一直盯着他看，就仿佛正在研究一件非常新奇有趣的东西。

赢川回了柳弈一个微笑问："怎么了？戚警官他们那边，是出了什么事吗？"

柳弈接触到赢川的视线，不知为什么，就莫名地打了一个冷战。

"没什么。"柳弈别开头，随口答了一句。

他说不上来赢川到底是哪里不对劲。

但这个人此时此刻给他的感觉，就好像在脸上戴了一个画着笑脸的面具，面具下面隐藏着一个看不到底部的深渊，让他感到了一股无来由的寒意。

"嗯，既然我要说的事情说完了，"赢川笑了笑，拿起公文包，站起身说，"那我就先走了。"

"等等！"

柳弈忽然拦住赢川，挡住他的去路，连说话的语气都显得十分急促。

赢川回头问："怎么了，还有事？"

柳弈想了想，道："还劳烦你特地跑一趟，我总觉得有点儿过意不去。"

他朝赢川微微一笑："要不然，干脆现在就让我请你一顿晚饭吧。"

赢川露出了略显诧异的表情，问："你们现在很忙吧？会不会太打搅你了？"

柳弈弯起眼睛，回给赢川一个状似真诚的笑容，说："没事，反正也到晚饭时间了。只要你不嫌弃只有食堂菜的话。"

赢川愣了愣，然后哈哈大笑了起来，说："当然不嫌弃，能趁机让柳大主任您请客，我荣幸之至。"

柳弈也站起身，做了个"请"的手势。"那我们现在就过去吧。"

说完，他打开办公室的门，领着赢川穿过走廊，搭乘电梯，往饭堂所在的楼层去了。

柳弈其实并不想跟赢川吃这顿饭。

但他总有种说不清是不是应该归类为第六感的感觉，总觉得在小戚警官为这个案子拼命的关键时刻，自己最好盯着面前这个人，以免……

……以免什么呢？

柳弈自己也说不清楚，但他就是觉得自己应该这么做。

赢川走在柳弈的身边，一边和对方聊着天，一边分神将手探进西装口袋里，摸了摸自己的手机。

虽然柳弈刚才并没有回答他的疑问，但事实上，赢川从柳弈叮嘱戚山雨当心这一句里，就已经能够猜出，八成是警方那边又有了什么进展，甚至很可能已经找到了"面具"的踪迹，现在正准备进行抓捕了。

　　其实，只要给他5分钟独处的时间，他就有办法像当时寄给"面具"《蓝胡子》的插图那样，用最隐蔽的方法，提醒对方危险将近，让那人及时逃跑。

　　只可惜，柳弈竟然一改先前冷淡疏离的态度，主动请客吃饭，来了个紧迫盯人。

　　赢川自然不会在柳弈已经产生怀疑的时候，再在他的眼皮子底下搞些多余的小动作。比起一个至多只能算是有点意思的暗网杀手，此刻就在身旁的柳大法医，当然要重要百倍。他可不能冒着加深柳弈怀疑的风险，搅和了警方的行动，只为了救一个对他来说可有可无的乐子。毕竟，赢川坚信，柳弈才是那个能够陪他一直玩下去的人。也只有柳弈，才能让他体验到最强的挑战，感受到最大的愉悦。

　　这时他们已经走进了饭堂。

　　正值饭点儿，饭堂里虽然算不上熙熙攘攘，但也是人来人往，十分热闹。

　　赢川从口袋里抽出手，状似无意地轻轻搭到了柳弈的肩膀上。

　　"我看到二楼好像是小包间？"他笑出了一口雪白整齐的牙齿，"我们去上面吃吧？"

　　同一时间，戚山雨正坐在市局的外勤车里。

　　车子驶上高速，一路疾驰，开往鑫海市填海区最东面的一处港口。

　　那港口名叫龙吞，名字虽然霸气，但实际上只是一个私人投资兴建的小港口，只有几个泊位，最大的一个泊位也无法停靠千吨以上的船只。四年前，一个旅游公司承包了港口，开发一些近海游玩项目，白天时也还算热闹。

　　不过根据市局辗转从线人那里收到的线报，龙吞港偶尔还会接一些生意。

　　因为南海某个小岛国就在鑫海市的正东面，两地只隔了一个海峡，所以时不时就有些因为各种理由不能正大光明地通过海关的人，会辗转从一些私人港口偷渡出入境。

　　虽然海关最近这几年对这些港口的监察收紧了很多，但架不住利益驱使，总会有人铤而走险，从私人港口出入的偷渡客还是屡禁不绝。而这个龙吞港，正是被海关和水警列在重点监查的黑名单上的一个。

　　就在一小时前，戚山雨接到了一个他从来没有预料到的电话。

　　电话那头是一个中年男人的声音。

　　男人先是叹了一口气，然后开口说道："小戚，是我。"

　　戚山雨迟疑了好几秒，才用不太确定的语调，低声问道："……邝叔？"

　　邝乐池再度长叹一声："没想到……你还愿意叫我一声叔。"

　　他是真的万万没有猜到，自己竟然还有给戚山雨打电话的一天。

　　虽然邝乐池已经离开警局相当长一段时间，转行经营着一家安保公司，但他在警界里还有一些交情不错的好友，也因为公司性质的关系，常常会和公安机关打交道。他前刑警的身份，也算是一种让他能够在这一行里吃得开的资本。

邛乐池这些年来一直关注当年那桩金铺抢劫杀人案的后续。

尤其是在宋珽出逃到美国之后，身为一个刑警的直觉告诉他，这个案子还没有真正结束。

后来，金铺抢劫杀人案里其中一名从犯的儿子和女友，在墨西哥双双死于不明原因的火灾，更让邛乐池的警惕性提到了最高。

所以，在孙明志出狱以后，邛乐池回到了鑫海市，想要借此机会，重新调查当年那桩案子的所有涉事人。

然而事情的发展却快到完全超乎了邛乐池的预料。

当年的金铺副店长孙明志和他的妹妹、妹夫被残杀后焚尸。那名逃逸的司机马云生以及他的家人，也没躲过来自宋珽的报复。到最后，连戚蓁蓁也遭到绑架，生死不明……

邛乐池当然不能眼睁睁地看着戚蓁蓁出事。

在他的心中一直都觉得，他这一辈子都亏欠着老搭档一家。如果戚警官留下的两个孩子再出了什么事儿，他怕是到死也不能安心闭上双眼。

所以自他收到戚蓁蓁失踪的消息之后，就发动了自己全部的力量和人脉，辗转在鑫海市和周边地区，没日没夜地找寻她的下落。

也许是天意注定，邛乐池的安保公司，正好负责龙吞码头旁边一个物流公司的保安工作。

大约 2 小时前，一个保安在巡视的时候，正好看到了一个身高接近 190 厘米的高壮男人开着一辆白色的丰田厢式吉普车从龙吞码头的后门出来，特意绕开不远处的监控摄像头，硬是将他的车子挤进了旁边一条极狭窄的巷子里。

因为那个男人的身高体态实在和老板在找的人太过相像，而且行为举止又十分可疑，保安立刻警觉起来，给邛乐池打了电话，报告了自己的发现。

而现在，邛乐池又将这个重要的情报转达给了戚山雨。

邛乐池对着电话那头的戚山雨飞快地说道："小戚，龙吞码头旁边就是一片城中村，我已经让人打听过了，确实有那么一个身材高大的外地人，一口南部沿海口音，在两个月前在城中村里租了一套三层的自建房。"

他仿佛回到了当年还在当刑警时的状态，省略去一切无用的开场白，单刀直入，说出了他现在掌握到的全部线索。

"但是那套房子一直都没有人在住，直到昨天深夜，才有个邻居看到灯忽然亮了。"

邛乐池顿了顿说："我还让人跟龙吞码头的工作人员打听过，那个男人今早到码头，直接就去找了码头的经理……我怀疑，他是想走水路逃跑！"

龙吞港附近的城中村就叫龙吞镇，里面的建筑几乎都是村民自建的。门牌号非常混乱，全是自编某某号，毫无规律，可能这一间屋子还是 26 号，它正对面的那一栋就成 126 号了。

用附近快递员和外卖员的话来说，与其让他们按门牌号码找某某栋某某号，还不如直接描述那栋建筑物的特征，比如，在金拱门上面、星巴克隔壁之类的特征。

市局的警官们要找的房子，在快递员口中，就是对门开了家理发店的那一间。

龙吞镇中除了唯一一条横贯镇子的主干道，道路大多相当狭窄，有些小巷子更是窄到把车子开进去以后，分分钟堵在里面倒不出来的程度。

除路况问题之外，七八辆警车呼啸着冲进镇子，也很容易打草惊蛇。

考虑到嫌犯手里很可能还有人质，为了人质的生命安全考虑，沈遵亲自带队，让众人在镇外一处农家小院里弃了车子，揣好装备，趁着夜色渐深，准备由邝乐池带路，潜入龙吞镇。

上一回，戚山雨虽然被邝乐池跟踪了大半天，但两人只在最后匆匆打了个照面。若不是邝乐池的相貌改变并不明显，戚山雨还不一定能够那么容易就认出他来。

而这一回，戚山雨仔仔细细地看过邝乐池的面容，和自己少年时代的记忆做过对比之后，才直观地感受到，这位曾经是他父亲最好的搭档和朋友，又给他的家庭带来过巨大伤害的邝叔叔，和以前很不一样了。

邝乐池的身材依旧笔挺，但从前锻炼出的紧实虬结的腹部已经不可避免地出现了微微隆起的弧度。他的两鬓斑白、脸颊消瘦，颧骨和法令纹也变得更加明晰了。

他依然是戚山雨印象里英俊帅气的邝叔叔，但他脱掉那一身藏蓝的警服之后，现在看来，已经更像一名严肃睿智、事业有成的普通而平凡的中年人了。

戚山雨忽然感到，某种长久以来一直填充在心头沉甸甸的东西，在这一刻，悄然坠落了。

就如同时间和人生一样，只能一路向前，过去的事儿，也该翻篇儿了。

邝乐池没有将时间耗费在寒暄上，甚至就像不认识戚山雨一般，没有跟他多说任何一句话。他迅速分辨领队的是沈遵以后，单刀直入，立刻就开始报告情况："我让我公司的人在那间出租屋附近盯着梢儿。已经确认那间房里有人，且不止一个。"

"等等。"沈遵抬手打断了邝乐池的话，"你说你的人正在盯梢？"

他深深地皱起眉，说："让那人立刻撤回来，万一被嫌犯发现的话就糟了！"

邝乐池回答："不要紧，他是我手下一个退伍兵，以前在连队里就是搞侦查的，很有能力，不会暴露的。"

听了这解释，沈遵的脸色才缓和了一点。

他点了点头，继续问道："屋子里不止一个人是什么意思？"

邝乐池掏出手机，让市局的刑警们传看负责盯梢的退伍兵发过来的照片。

照片是用长焦镜头拍的。

第一张是他们目标出租屋的正门。

211

　　大门开了一条缝儿，隔着栅栏式的防盗门，可以看到里头有一个男人，只露出半个脑袋和一条胳膊。因为头是低着的，所以看不清楚脸，但从他的头顶与门框的距离判断，这人身高起码接近 1.9 米。

　　第二张则是二楼的一扇窗户。

　　窗户拉了窗帘，但两块窗帘之间有一条人字形的缝儿。从缝隙中可以看到窗户边有人，因为从缝隙里露出小半只手，苍白瘦削，指节纤细，看起来应该是一只属于女人的手。

　　"这手，感觉像是个女的，而且不像是小孩啊……"

　　其中一个警官忍不住将这句话说了出来，一边说，还一边用眼角余光往戚山雨身上瞟去。

　　戚山雨没有说话，但他的手攒成了拳头，指甲深深地嵌进了掌心之中。

　　在场的这些警官都很清楚，现在还没找到尸体的受害者就剩下马家母女和戚蓁蓁了。

　　马太太已经死亡，马家的小女儿又才刚刚上小学，那个年纪的小女孩的手掌尺寸，和成年女性还是有明显的区别的。

　　因此，看到照片以后，所有人的心中都不由得泛起了一丝希望——戚蓁蓁说不定还在嫌犯手上，而且就在那间屋子里！

　　"那张能看到人手的照片，是在 2 小时前拍的。"邝乐池长叹一声，拿回自己的手机，又往后拨了几张，然后再次递给沈遵，"然后，这一张，是在跟你们碰头前，盯梢的人传给我的……"

　　沈遵接过手机，往屏幕上一看。

　　只见还是差不多的角度，几乎相同的构图，两扇窗帘的人字形缝隙里，依然露出了小半只纤细而苍白的人手。如果不是天色已暗，路灯亮起，乍看上去，简直让人误以为那是两张连拍照。

　　然而，看到这第二张手部照片的时候，在场的所有人，顿时感到心脏往下一沉。

　　一个人或许可能出于各种原因，在窗户边待上 2 小时。

　　但是，一个人在窗边待了 2 小时一动不动，那么只能说明，这人要么昏迷不醒，要么已经死了。

　　"总之，不能排除人质在嫌犯手上的可能性，所以，我们的关键问题，是要怎么在确保人质安全的前提下，对嫌犯进行抓捕！"

　　沈遵皱起眉，沉声说道："现在开始，讨论突破方案，等天色黑透之后，立刻展开行动！"

　　市局的刑警们迅速而隐蔽地清空了目标出租屋附近的几套房子，通过红外线探测装置，很快确定了目标房屋里，此时有两个属于活人的热源。

两个热源都停留在二楼的一个房间里，距离只有不到 3 米。

其中一个热源身材高大，常常在房中移动。

另一个热源体型则显得非常瘦小，而且一直保持着蜷曲贴墙的姿势，几乎一动不动。除了在成像屏幕上的颜色表明那还有体温，再也没有任何活人的征兆。

至于此前警官们在负责盯梢的退伍兵发来的照片中看到的那个在窗户边的人，在红外线探测装置上的成像，已经和周边的环境几乎融为一体了。这就意味着，那人已经死了相当长的一段时间，体温已经降到了 25℃左右。

看到这一幕，现场的警官们唯一的希望，已经只剩下窗户边上的人千万不要是戚菁菁这么一个念头了。

他们设身处地换位思考了一下，都觉得，如果遭遇这事儿的不是戚山雨，而是自己，在看到嫌犯的瞬间，他们大概根本无法控制自己的杀意，会直接掏枪，将那人射成个筛子。

"不行，没法狙击。"

沈遵听到耳麦里传来狙击手的声音。

在现场只有一个嫌犯的情况下，为了确保人质的安全，狙杀嫌犯最为妥当。

然而，城中村的建筑物密度确实太高，高高低低错落重叠，障碍物互相遮挡，实在很难找到合适的狙击位置。

市局的狙击手爬到附近一栋房子的天台上，从高点往下瞄准嫌犯所在的房间，却发现根本没有适合的狙击路径。他的目镜里全是楼下的发廊晾晒在窗户前的衣服、被单和毛巾，完全没法瞄准。

"变更方案，强行突破！"

沈遵听完狙击手的汇报，沉下声音，果断对自己的队员下了指示。

建筑物太过紧密虽然不利于狙击，但在某种程度上，却给警方的突破制造了机会。

嫌犯龟缩在房间里，不敢与人质距离太远，也不敢出现在窗户附近，恰好大大方便了警察们趁着夜色行动。

负责突击的十多名刑警和特警进入旁边一栋房子，搭了个梯子，爬到目标出租屋的楼顶，再从屋顶垂下软梯，悬到了嫌犯所在房间的窗户正上方。

"嫌犯现在距离窗户 3 米左右，人质则在窗户左边约 1 米的墙角。"

警官们听到耳机里传来沈遵的声音，他郑重叮嘱了一句："务必首先确保人质的安全，明白了吗！"

没有人说话，但警官们都用手指叩响了别在胸前的麦克风，以此代替声音，给出了肯定的回答。

负责指挥的沈遵停顿了两秒，忽然又开口问道："小戚，你行不行？"

虽然沈大队长非常清楚戚山雨的能力，并且把他编进了突击行动的第一梯队之中。

但到了关键时刻，他还是难以避免地感到了一丝担忧。

谁也不知道突破房间以后，他们会看到怎样的情景，戚山雨作为很可能已经遇害的戚蓁蓁的哥哥，很快就要直面绑架甚至杀害了他妹妹的歹徒。

即使戚山雨如何表现超出了年龄的成熟和稳重，但他也不过才二十出头。沈遵忍不住担心，他看到屋里的景象之后，到底还能不能保持理智。

沈遵的这个问题问出口之后，频道里一片寂静。

戚山雨没有回答。然后，他和刚才一样，用指尖在胸前的麦克风上，短促但有力地叩击了一下。

当警方打破窗户的时候，看到的是挡在窗前的一个低垂着脑袋的女人。

虽然他们早知道窗口有人，而且那人九成九还是具尸体，但他们看到因为爆破的冲力而翻倒在地上的一个女人的尸体的瞬间，还是感到了一股难以名状的怒火。

那是一个40岁左右的妇人，已经死去多时，身体都已经僵硬了。

显然在死前遭受了长时间的痛苦折磨，人已经瘦得只剩一层皮包着骨头，眼窝深陷，颧骨突出。

她在倒地以后，正好面向窗户的方向，朝冲进房间的警官们露出她那一对无法闭合的、永远失去了焦距的混浊双眼。

女人因为失血过多，皮肤呈现出一种仿若无机质的带着青灰色调的苍白。她身上原本穿的应该是一条浅色的宽松连衣长裙，但现在看起来像在血水里泡过一遭，又生生晾到干透似的，板结成深深浅浅发褐发黑的深红色的一团。

大约是这身血衣看起来比较扎眼，嫌犯不知出于什么心态，给死者罩了一件深蓝色的披肩。此时披肩随着女人倒地的姿势歪歪斜斜地散开，仿佛在尸体身下垫了一只被压坏的蝴蝶。

"保护人质，快！"混乱之中，有人大声吼道。

立刻有几名特警挤进房间，一个箭步冲上前，将蜷缩在墙脚不知是生是死的小女孩团团围住。

而同一时间，屋中那名高大壮硕的嫌犯，花了半秒钟的工夫衡量警方和人质与他本人的距离，立刻毫不迟疑地转过身去，一头冲出了房间。

"站住！"

"面具"听到身后传来警察们的吼叫声与大量的脚步声。他不敢回头，快步跑过走廊，来到楼梯口。但此时，大门已经传来了砰砰咚咚暴力拆卸的动静。

"面具"即刻明白，他藏身的这栋房子，此时各个出口已经被警察围得水泄不通。他们在确认人质安全之后，肯定会毫不手软地来个内外夹击，将他跟包饺子一样，堵死在房子里。

"面具"果断扭头，跳上楼梯，朝三楼跑去。他目前租住的这栋自建小楼，是经过屋主多次违章改建和扩建的，结构远比那些正常规划的别墅复杂得多。

在三楼走廊的左手边有一个房间，主人在那间房里修了个悬挑式的阳台，又为了安全考虑，在阳台上装了一张防盗网。

但是在几个月前，"面具"和他的搭档"手套"租下这间房子以后，就曾经设想过要留一个逃跑的路线，所以让人将防盗网改装了一下，留下一处只有他们才知道的可以拆开的地方。平常就用螺钉扭住，不仔细看的话，根本看不出来。

阳台大约两米外，就是隔壁楼的屋顶。而区区两米的距离，以"面具"的身高，一步就能跳过去。他虽然不确定对面楼有没有警方的布控，但这已经是他此时所能想到的最有可能逃离包围圈的方法了。

他想，自己现在身上还揣着枪和军刀，只要能离开房子，他就有办法再抓一个人质，或者干脆抢一辆车……他一定能逃掉，他一定不会被抓住的……

"面具"一边这么想着，一边迅速蹿上三楼。

他不敢回头，因为他已经听到紧追在身后的脚步声，以及手枪上膛的咔嚓声。

那些警察实在追得太紧太紧了，以至于他连拔枪还击的时间都没有。"面具"知道，即使他射倒了两三人，后头也有更多的警察赶到，哪怕耽搁那么几秒钟，他都很可能就此错过最后一丝逃跑的机会。

于是"面具"拼了命地往前疾奔，一头扎进左手边的那个房间，在拍上门板之后，还不忘推倒墙边的一个置物架，让它横在门口，用以阻碍身后的追兵。

"嫌犯逃进房间了！"

戚山雨只比嫌犯晚了一步，就眼睁睁地看着房间的门板在他鼻子前面合上了。

城中村里这一类的自建房出租屋，门板一般都只有薄薄一块，合页、门锁一类的五金配件也很不结实。戚山雨当即毫不犹豫，抬脚就踹。

他使出全力，狠狠连踹三下之后，门板发出一阵"嘎吱嘎吱"的声音，合页崩裂，门板朝一侧斜斜倒去，却被房里什么东西挡住，半掉不掉地卡在了几名警察与房门入口中间。

断裂的门板被面具推倒的置物架挡住了，戚山雨和几个警官一时间都没法进屋。

他们的视线穿过门板与置物架之间的缝隙，投进屋内，只见这个房间有七八平方米，一眼就能瞧到底儿。

戚山雨几人看到，那身材高大健硕的男人，正爬上阳台的防盗网，然后慌慌张张地去拆防盗网上的螺丝，一边拆还一边频繁地回头，提防着门外的警察进来。

"注意！注意！嫌犯想要爬阳台逃跑！在屋子北面三楼的房间！"

立刻就有人抓住别在胸前的对讲机，大声喊道："请各单位立刻布防！"

挡在门前的金属置物架并不算重，警官们自然也不会眼睁睁地看着嫌犯从屋子里跑掉，戚山雨等人开始手脚并用，合力推撞木板门，努力将挡在门口的置物架顶开。

而此时，"面具"已经满头大汗，脸颊涨成了猪肝色。

嬴川给他做的犯罪人格心理侧写，有一点判断得很对，那就是"面具"确实是个非常惜命的人。

他疯狂地沉迷和享受杀戮，可一旦攻守逆转，他从猎人变成猎物的时候，就会仿若一只落入牢笼的困兽，失去一贯的从容冷静，甚至慌不择路，为了逃命丧失理智。

"面具"听到门外有人正在通报他的位置，急得肺管子都快要打结，一颗心蹦得要从嗓子眼里蹿出来，一门心思只想赶紧逃出去。

他的两手疯狂地扭着防盗网预留的出口上的螺丝，将它们一颗颗拔下来。

然而，"面具"越着急，那张该死的防盗网就越跟他对着干。

不知是不是他们留下出口的铁栅栏形状不太对，此时卡在了外框的内侧，任由他如何用力拉拽，就是没法打开。

"Bastard！ Damn it！"（混蛋！可恶！）

"面具"一边疯狂地摇晃着卡住的防盗网，一边从口中飘出了成串成串的咒骂。

他是在美国长大的二代混血华裔，虽然回国后会说一口带着明显南部沿海口音的中文，但在心急如焚的时候，本能地就吐出了英语。

就在这时，戚山雨他们已经硬是顶开了横在门边的置物架，从门板中挤出一条可供一人进出的缝隙。

"Freeze！"（站住！）

"面具"脸色由红转白，已经急得慌了神。

他从腰间抽出了枪，打开保险，扣动扳机，一发子弹朝着房门前的警察打去。但因手抖得厉害，没有命中，子弹打在了墙上，扑哧一下嵌进了墙皮里。

"Freeze！"（不准动！）

"面具"又大喊了一声："我说，站住！"

同时，他第二次开了枪。这一回子弹离门缝近了一些，把守在门外的警官们逼退了一步。

"各单位注意，嫌犯有枪！"

"面具"听到这样的声音之后，才恍然从惊惶中回过神来，发现自己过早地暴露了底牌。如此一来，无论是外头还是屋中的警察，显然都会更加谨慎，他就更加难以找到逃命的机会了。

他从门板的缝隙里，看到了戚山雨的脸。

那个他和"手套"都曾经幻想过的，将会成为他们狩猎对象的青年，此时正死死地盯着自己，漆黑如墨的眼瞳中烧着两团火焰，即便隔着数米的距离，也能清楚地感受到青年刑警的视线中沸腾的恨意与杀气。

"别过来！"

"面具"后退一步，发出绝望的嘶声大喊，握枪的双手不受控制地疯狂颤动，枪口左右摇晃，竭力想要瞄准戚山雨的脑袋。然而，就在下一秒，他感到了脚下忽然一晃。

就是刚才那无意识的一退，让爬到了防盗网上的"面具"，一脚踩在了他刚才死活都无法拽开的出口栅栏上。

那卡死的栅栏发出"吱"一声尖锐的摩擦，竟然朝外一掀，整个滑脱了下去，而站在上方的"面具"，脚下猛然一空，随着地心引力，骤然往下落去。

在失足的瞬间，"面具"松开了手里握着的枪，本能地想要伸手去拉拽什么东西。然而他没有抓住任何支撑物，却因为身高太高，前胸压住了屋主横吊在阳台上的一根晾衣绳。

那根晾衣绳是用数股细铁丝扭成的金属绳，只有 3 毫米粗，材质却相当坚韧。它滑过"面具"的胸口，然后卡在了男人的脖子上，又被对方接近 100 公斤的体重往下硬拖了一段，末端猛地收紧，缠挂在了防盗网上。

门外的戚山雨眼见"面具"突然从防盗网上坠落，脖子被晾衣绳缠住，甚至来不及发出一声惨叫，就好似一块要被风干的腊肉一般，摇摇晃晃地悬在了阳台外。

他长腿一伸，跨过斜斜挡在门缝前的置物架，冲进了房间。

其实，在嫌犯失足掉落的刹那，戚山雨心中升起了一个念头——这等人渣，干脆就这样看着他死掉好了！

但这个念头只闪过一瞬，身为刑警的责任感让他选择了一个截然相反的举动。

戚山雨爬上防盗网，俯下身，上半身从嫌犯坠落的位置探出去，伸长两条胳膊，艰难地揪住了挂在阳台上的高壮男人的衣领，拼命地想要往上扯。

然而那人实在太重了，且已经失去了意识，近 100 公斤的重量沉甸甸地坠在戚山雨的手臂上，简直像拖了一麻袋的生铁块，生生撕扯着他手臂的筋肉，抻得他疼出一额头的冷汗。

"小戚，撑住了！不要松手！"

门外陆续挤进七八个警察，见此情形，纷纷手脚并用，连拉带拽，死死抱住半个身体已经悬空的戚山雨，带着他一寸一寸艰难地将嫌犯给重新拖了上来。

警察们七手八脚解开了缠在嫌犯脖子上的晾衣绳，然后将人平放在房间的地板上。

"没气儿了！"有人试了试嫌犯的呼吸，立刻大叫起来。

戚山雨捂着酸疼不已的右臂，靠在墙边。

刚才他们将嫌犯拉上来的时候，接近 100 公斤的重量全都吊在了他的胳膊上，加上救人时拖曳的力量，显然拉伤了他右臂的肌肉，现在右手疼得抬不起来。

他看着同事们开始给躺在地上的嫌犯做心肺复苏，现场一片混乱。

两分钟后，从正门突破的一队警察也成功冲进来，还带来了医生和护士。

专业人士立刻接替了刑警们继续抢救，努力了 10 分钟之后，他们遗憾地摇了摇头说："没救了，人已经死了。"

戚山雨一直站在墙角，不肯先一步去医院检查自己的手臂。

这时，他透过乱纷纷的人群的缝隙，默然看着倒在地上一动不动的高壮男人。

和其他勒颈而亡的死者一样，男人瞪着双眼，眼球外突，面部青紫，唇色发绀，舌头朝外膨出，面容显得狰狞且骇然，好似罗刹夜叉具现人间。

就算是一个手上人命累累的凶手，在死去之后，也和那些被他夺去了性命的受害人一样，只是一具不会呼吸、没有心跳、再也不能活动的尸体而已。

法医们很快赶到，和警方一起勘查了现场，然后带走了嫌犯和女性受害人的尸体。

出租屋里唯一还活着的人质——马云生那年仅 7 岁的小女儿，被警察们严密地保护起来，第一时间送往附近的医院。

戚山雨也因为手臂肌肉拉伤，被沈遵半强迫地摁进救护车里，一并载去了医院。

虽然这名人犯已经死亡，但他和宋瑛犯下的这几桩连环杀人案，还远未到结案的时候。

这个案子牵涉甚广，凶手现在又都成了无法开口的死人，从犯案动机到犯罪手法，以及这第二名嫌犯的身份，还有太多的疑问等着专案组去刨根究底，更遑论戚蓁蓁现在还行踪不明、生死未卜。

所以柳弈接到两名死者的尸体之后，立刻二话不说，直接将他们推进了解剖室，领着他组里的法医们进行尸检。

"这个男人的死因，不是因为缢颈造成的窒息，而是颈椎骨折导致的脊髓损伤。"

柳弈检查过从龙吞镇的出租屋里带回来的嫌犯尸体之后，下了结论。

一般来说，人在缢颈时，常常由于呼吸道、颈部血管和神经或者颈静脉窦同时受压，意识丧失得很快，因而缢吊者很难有自救的行为。

但缢颈时虽然人的意识丧失得很快，但通常不会立刻死亡。

死亡一般都发生在缢吊后的 5 ～ 10 分钟之内，有些甚至会长达 20 分钟，所以，如果抢救及时，还是有很大的机会能够复苏的。

然而，这名凶手的情况却不一样。

缢颈造成的脊椎和脊髓损伤，从前常见于被判处绞刑的死者。

受刑人的颈部套上绳索，站在离地 2 米左右的高架踏脚板上。行刑时，突然抽去踏脚板，受刑人的身体迅速坠落而悬空，其颈项部因猛烈的牵拉而使第二、第三颈椎或者第三、第四颈椎互相脱离，甚至造成颈椎粉碎骨折、延髓撕裂，人会立刻丧失意识，且可能会因生命中枢受损而迅速死亡。

根据柳弈从现场的警察那儿听到的事情经过，嫌犯坠楼的经过，正巧和绞刑者的情况很相似。

　　嫌犯那时正好站在阳台的防盗网上，脚下的防盗网出口忽然滑脱，他双脚骤然悬空，又在下坠之时被晾衣绳勒住了脖子，男人身材又非常高大壮硕，体重也比大部分人要重得多，所以他在突然坠落的时候，颈椎承受了极大的冲量，以至于颈椎粉碎性骨折，损伤了延髓，即便两分钟之内就被警察们拉了上来，也已经没救了。

　　站在柳弈旁边，负责拍照的江晓原摇了摇头，低声喃喃道："这就是报应吧？自作孽不可活，他杀了那么多人呢……"

　　柳弈没有回答自家学生的这句疑问，而是转头看向在场唯一的女法医冯铃，然后吩咐道："准备检查另一具尸体。"

　　比起追究凶手的死亡是不是所谓的报应，他们这些法医现在最重要的工作，就是仔细检查两名死者的遗体，分析现场找到的所有物证，不放过任何蛛丝马迹，希望找到戚薁薁的线索。

　　虽然赢川已经在他给嫌犯做的犯罪人格心理侧写之中，给戚薁薁下了死亡通知书，但在真正看到小姑娘的遗体之前，柳弈是无论如何都不能死心的。

　　与嫌犯状似缢死的尸体相比，马太太傅芸芸的死因，就显得非常明确了。

　　她的致命伤在咽喉处。

　　凶手在她的颈部一共割了两刀，第一刀割开了她的喉管，第二刀则在第一刀的基础上又加深了伤口，割破了她的左颈动脉。

　　致命伤很深很重，身体里的血液，迅速从伤口里喷射而出，她会在数分钟之内，就因为大量失血而死。

　　鲜血将傅芸芸身上的棉麻长裙完全染红，血污又渐渐干结。冯铃给尸体脱掉衣裙的时候，不管如何小心，依然一碰就有大量的红黑色的血末从布料上簌簌掉落，在解剖床上扬得到处都是。

　　"放到旁边的工作台上，我们先检查她的衣服。"柳弈指了指冯铃手中盛着裙子的托盘，对她说道。

　　冯铃点了点头，端着托盘，搁到了解剖床旁边的工作台上。

　　检查死者的衣着情况，如女性死者衣物是否整齐，有没有反穿、层次错穿、撕破、纽扣脱落、破损等情况，衣着的血迹污染和异物的附着情况，等等，可以从中分析和判断犯罪者的杀人动机、死者在死前的活动等重要线索。

　　如果是具无名尸体，很多时候，还可以根据死者衣着的数量、式样、质量、商标、大小、鞋帽的特征，或衣兜内的物品等细节，分析出死者的身份、职业、民族、工作，以及生前出没过的地方。凭借这些线索找到死者的身份。

　　虽然傅芸芸身上的血衣，乍看上去好像除了沾满鲜血，再没有其他的特别之处，但柳弈他们依然不能疏忽。

　　柳弈手持镊子，小心缓慢地展开那件被血污黏着成一团的棉麻质地的长连衣裙。

这身裙子的腰线设计得很高，腰部和裙摆都极为宽松，显然是给孕妇穿的。

这名女死者曾经在协助嫌犯绑架戚蓁蓁时，假扮过一名孕妇，裙子八成就是在那时换上的，到她被杀身亡，也未曾脱下来过。

他对身边的江晓原说道："手电筒打开，帮我照着点儿。"

江晓原立刻照做了，他小心翼翼地握着手电，将光圈扭到最亮，配合老板，开始一寸一寸地检查连衣裙上的血迹。

"啊，这……这个！"

当检查到傅芸芸的裙摆后方时，负责举着手电的江晓原，忽然大叫出声。

因为过于激动，他的声音听起来都有些发抖了："这是不是……有字？！"

只见在手电光线的穿透下，被柳弈展开的裙摆的一角，一片隐隐发黑的暗红底色之中，有几个地方的透光性更强。这几个线条的走向十分不自然，拼凑起来，竟然有点儿像一个字的样子。

在场的每一位法医，脸上都出现了震惊和诧异。

他们立刻更加仔细地检查起了这条裙子。

很快，柳弈他们在裙摆上发现了更多的痕迹。布料上的笔画歪歪斜斜，时断时续，却还是勉强拼凑成了三个字——二乔山。

对鑫海市的本地人来说，二乔山是一个耳熟能详的地名。

这座山位于鑫海市的正南面，与嫌犯曾经躲藏过的蛎山港的直线距离不过数公里。

这座山原本是海中的一座孤岛，后来经过填海造地工程的改造，与开发区连在了一起，成了鑫海市周边的一处旅游景区。

二乔山有 30 多座山峰，两座主峰呈驼峰形，前山最高处海拔 520 米，后山最高处海拔 480 米。

两座主峰植被茂盛，长有许多藤本攀缘植物，于是人们非常牵强附会地扯了个"铜雀春深锁二乔"的典故，将其取名为二乔山，两座主峰也就理所当然地被叫作大乔峰和小乔峰了。

虽说二乔山是个旅游风景区，但实际上人流量算不上很多，在非年非节的时候，全日客流量也就在三百上下。这几百号人错开时间，散落在偌大的山林中，虽然说不上荒无人烟，但也当真算得上十分稀疏。

柳弈来鑫海市的时间不长，对于二乔山，他也只是听过名字，从来没有去过。

但江晓原可是土生土长的鑫海市本地人，家里还有个信佛的外婆，每年都要去二乔山上的寺庙烧香礼佛，对这座山名可是熟得很。

所以江晓原是最快一个辨认出傅芸芸写在裙摆上的字的，他立刻大声叫了起来，喊出了自己的发现。

从字迹所在的位置和方向来看，那应该是死者在双手被反缚在身后、双眼无法看到的情况下，凭着感觉摸索着写完的，因而字迹十分歪斜，加上裙摆没有完全铺平的缘故，好些笔画或偏离字体，或半途截断，"二"字和"乔"字还有部分重叠在一起。要不是江晓原对山名足够熟悉，众人怕是还要辨识很久，才能研究出傅芸芸到底写了什么。

很显然，死者想尽办法在衣服上写下这个山名，绝对是有意义的，这应当是她想要留给警方的某个线索。

于是，很快市局专案组就接到了来自法研所的专线电话。

在电话中，柳弈告诉沈遵他们的发现，傅芸芸的裙摆上有二乔山三个字。

"字是用水淀粉溶液写的。"柳弈对沈遵解释道，"这种液体在布料上干了以后，就什么都看不出来了，不会被发现。而且，就算后来衣服被血液浸透，这些字迹也还能检查出来，这大概是傅芸芸给警方留下的。"

他想了想，又说道："不过，有一点，我觉得挺奇怪的。"

"奇怪？"沈遵皱起眉，随后很快明白了柳弈的意思，"你是指，为什么傅芸芸能想到这种方法，对吗？"

"没错。"柳弈回答，"能想到这种办法的人一般都有一定的刑侦知识。傅芸芸是一个中专学历的全职家庭主妇，不太像是会知道这个的。"

"这问题，以后再琢磨也不迟。"沈遵隔空挥了挥手，"总之，我们现在先调查一下二乔山，看到底跟凶手有什么关系！"

专案组这一查，很快就查到了答案。

2小时之后，沈遵他们在二乔山风景区的入山监控里，找到了疑似嫌犯驾驶的那辆白色的丰田厢式吉普车。

此时距离戚蓁蓁从家中被绑架已经超过48小时了，从监控中看，嫌犯驾驶着吉普车进二乔山的时间，大约是在戚蓁蓁遭到绑架的3小时后。照此推测，当时戚蓁蓁应该已经在嫌犯手里了。

紧接着，又有人查到了一个非常重要的线索。警方当时从嫌犯在龙吞镇租的屋子里搜出了七八套失窃的证件和与之匹配的银行卡，应该都是嫌犯备着用来隐藏身份的。

而在3个月之前，曾经有人用其中一张证件，在二乔山的某处别墅度假山庄里，租赁了一套位置十分偏僻的别墅。警方立刻推测，这套别墅很可能就是嫌犯设在二乔山的据点。

得到这条线索后，专案组二话不说，立即驱车赶往二乔山。

警方很快找到了位于后山小乔峰山腰的那处别墅度假山庄，撬开了位于山庄西北角的一间别墅的门。

然而，别墅里空空如也，专案组的刑警们只在房中找到一些拍摄用的器材，柜子中还有全新的锋利刀具、捆扎带、胶布、鞭子、棍棒等物品，那显然都是嫌犯备在这儿的作案工具。

负责采集指纹的法医，很快给出了答案："别墅的正门和车库的门锁上没有发现新鲜的指纹，近期应该没有人进过这栋房子。"

"那可就奇怪了。"

沈遵的眉心紧紧地拧出一个"川"字，陷入了沉思之中。

"嫌犯在房子里准备了拍摄器材和行凶工具，明显是为了拍下杀人过程。"

这位市局刑警大队大队长还记得，嬴川不久前交给过他一份嫌犯的犯罪心理侧写。

在那份侧写中，嬴川曾经提到，嫌犯为了令戚山雨最大限度地感到痛苦，一定会拍摄下虐待和杀害戚蓁蓁的过程，然后将这份影像资料发给警方。

"可既然他都将戚蓁蓁带进二乔山里来了，为什么又不进别墅呢？"

站在沈遵旁边的一位警官，听到了头儿的碎碎念，回了一句："有没有可能，是他在把戚妹妹带回这栋别墅的时候，出了什么岔子？"

那警官想了想，又补充道："比如，人质跑了什么的。"

"对啊！"沈遵猛地一拍大腿，"你说得对！"

他大声地说道："立刻联系二乔山本地的警队和救援队，请他们协助搜山！"

在场的刑警脸色顿时一凛。

"以这间别墅为圆心，给我努力搜！抓紧时间，现在就开始搜！"沈遵高声吩咐道，"如果戚蓁蓁真的逃了的话，现在应该还有生机，但再耽搁下去就危险了！"

第十章

"水鬼"上岸

　　戚山雨接到通知，从医院赶到二乔山的时候，小乔峰西北角林地的悬崖边已经拉起了亮黄色的警戒线。警戒线内停了六七辆警车、两辆消防车和一辆救护车，几十号人围拢在悬崖边，各色制服混杂，其中有他很熟悉的刑警队的同事们，以及蓝色制服的片警，另外还有十多个穿着鲜艳的橘红色制服的消防员。

　　"沈……沈队！"

　　戚山雨越过警戒线，跑向沈遵。他根本没有注意到，自己说话的声音都在发抖。

　　"现在的情况……到底怎么样了？"

　　"搜救队在悬崖边发现了嫌犯和你妹妹的足迹，你妹妹的脚印最后消失在悬崖边，悬崖边的土上还有踩踏后留下的滑落痕迹，现在推测，人可能摔到下面去了。"沈遵回答道，他一边说着，一边看了看眼前这位年轻警官。

　　戚山雨此时只是脱掉了突击时穿的外套和防弹衣，但身上穿的依然是浅蓝色的制服衬衣，袖口和衣摆被蹭得满是灰和土，背脊的布料被汗水浸透，透出了一大片深色的汗渍。右手因为肌肉拉伤，绑了一块三角巾，晃晃悠悠地吊在胸前，模样看起来真是非常狼狈。

　　"别着急，消防队的伙计们已经在做准备了，立刻下去找人。"

　　沈遵一边说着，一边拍了拍戚山雨没受伤那边的肩膀。

　　戚山雨一听，顿时急了，焦躁万分地说道："我也要下去！"

　　说着，他就要去摘自己右臂上的三角巾。

　　"住手！"沈遵大喝一声，架住了戚山雨的胳膊，"乖乖给我在这儿等着！千万不要乱来，知道了吗？"

　　就在他们争执这几句话的工夫，悬崖边的消防队拉好了爬下去的绳套，已经有两名队员顺着绳子往下爬，很快就消失在了悬崖边的葱茏绿荫之中。

　　戚山雨急得两眼发红，但被沈遵和另外两个同事左右夹击，死死地扣在了原地。他们不让戚山雨靠近，戚山雨只能焦急地等着，紧张得后槽牙都咬得咯咯作响。

　　其实，时间只过去了不到十分钟而已。但这十分钟对戚山雨来说十分难熬，他仿佛是一个身患绝症的人，正在绝望地等待着死神的宣判，心中好似被一股火焰炙烤，烧得他几乎快要发疯。

　　终于，站在悬崖边等候的救援人员，收到了爬下去的两人的通话信息。

　　戚山雨站在警戒线旁边，只见前方的人群中忽然爆发出一阵响彻云霄的欢呼，然后有好几个人转过身，朝着他们这边用力地挥着手。

　　他在耳鸣与眩晕之中听到有人大声喊道："女孩儿找到了！就在下面，人还活着！人还活着！"

　　听到这两句话，戚山雨整个人如脱力一般，跪倒在了地上。

　　同事们钳制在他肩膀上的手已经松开了，他很想跑到悬崖边，亲眼看看他失踪了两天两夜的妹妹，他的双脚却好像灌了铅一样，根本不听他的使唤。

　　戚山雨泪眼朦胧，手脚并用，十分狼狈地向前爬了两步，又被同事拽住，只能眼睁睁地看着悬崖边骚动的人群。

　　一张吊床从悬崖底下缓缓升起。

　　吊床之中，躺着一个高挑纤瘦的短发少女。

　　"蓁蓁……"戚山雨咬着嘴唇，嗓子里传出一声呜咽。

　　他的眼泪再度不受控制地夺眶而出，淌满了整张脸。

　　戚蓁蓁从山崖下被救上来的时候，意识还是清醒的，只是她从悬崖上摔下去时受了一些伤，而且两天以来粒米未进，只靠着两口露水活命，早已经虚脱了。

　　她被人从吊床上迅速平稳地转移到了担架上，然后又被推进了救护车里，救护车快速驶向医院。

　　戚蓁蓁看着守在床边已经哭得一塌糊涂的哥哥，很想对他说一句"我没事"，但她实在太虚弱了，四肢无力动弹，嘴唇翕张两下，发不出半点儿声音，只能用手指勉强钩住自家哥哥的手，眨了眨眼，示意对方不用担心。

　　然而，戚山雨又怎么可能不担心呢？他紧紧地回握住戚蓁蓁的手，好像很害怕好不容易失而复得的妹妹在他的眼前凭空消失了，说什么也不肯松开手。

　　两人就这么保持着握手的姿势，直到救护车到了医院。

　　戚蓁蓁被医生从早就准备好了的绿色通道送进急诊室。途中，一个彪悍又犀利的护士对戚山雨半劝半拉，将他挡在了急诊室外头。

　　所幸鑫海市地处中国东南部沿海，常年气候温暖、雨水丰沛，尤其现在正值盛夏，草木最为葱郁。

　　戚蓁蓁摔下去的那处悬崖又高又陡，托繁茂植被的庇佑，尽管她摔得不轻，身上大大小小的伤口看起来很吓人，但都只是皮肉伤，养个十天半个月就能完全恢复。

　　小姑娘身上最严重的伤在右胳膊和右脚踝上。她右臂肩胛关节脱臼，右脚踝骨骨折。伤筋动骨一百天，这都是需要好好休养才能养好的。

万幸的是，这些都不是什么要紧的伤势，养好了完全不会留下任何后遗症。

至于因为长久没有饮食造成的疲劳、脱水和低血糖等问题，打几瓶吊瓶再好生养养，很快就能缓过劲儿来。

这已经是让所有人都能松一口气的结局了。

几小时以后，沈遵来医院探视戚蓁蓁。

听主治医生说明小姑娘的伤势之后，沈遵长长地舒了一口气，用手钩住了那位中年主任的肩膀说："太好了，我差点儿以为自己真要在市局门口谢罪了！"

"好什么呢？"那位留了一撇小胡子的中年主任不给这位刑警大队长半点儿面子，"本来让这么个小女生涉险就是你们的失职，更别说人家差点儿连小命都给丢了！"

沈遵闻言半点儿不恼，反而虚心受教，连连点头说："是是是，您说得对，您说得太对了！"

说完之后，他才推开病房的门，到里面探望戚蓁蓁。

因为案件特殊，医院考虑到小姑娘的情况，给她安排了一个单独的套房。

此时戚蓁蓁正躺在病床上打点滴，右脚脚踝上打了石膏，右肩关节也已经复位了，用一块三角巾吊着来固定。

坐在旁边的戚山雨因为手臂肌肉拉伤，右臂也吊在胸前，两兄妹一同回头看向门边的沈遵。两人长着相似的面容，还刚好是同样的造型，看上去竟然有种莫名的喜感。

沈遵一反平日的严肃，难得露出了一个微笑。

"戚妹妹觉得怎么样了？"他声音温柔地问道。

戚蓁蓁朝他甜甜一笑，说："没事，我现在一切都还好。"

沈遵很高兴地点了点头说："本来我们应该找你问话的，不过我让他们先缓缓，明天再说。"

他伸手摸了摸戚蓁蓁的头发说："你今天先好好休息一下，没事儿，我们的人都在医院里守着，绝对不会再让你遇到任何危险了。"

戚蓁蓁慢慢地摇了摇头。

她说话的声音听起来依然十分虚弱，但她态度坚定地说："没事，沈队长，您问吧。"

沈遵朝戚山雨看了一眼，看到他也点头了之后，就从旁边拖了一把椅子，坐在戚蓁蓁的床头。

就在这时，房门再度打开，柳弈左手提着个暖水瓶，右手端着个杯子，进了病房。

"哎，沈队长。"

他十分随意地朝沈遵点了点头，算是打了个招呼，然后将暖水瓶搁到床头柜的架子上，又走到床边，将满满一杯热腾腾的巧克力牛奶递给了戚蓁蓁。

做完这一切之后，柳弈走到戚山雨身边，往墙边一靠，一点儿没有要回避的意思。

沈遵再次看向病床上的戚蓁蓁，问道："能告诉我，你在被嫌犯绑架的那段时间里，到底经历了什么吗？"

戚蓁蓁用没有受伤的那只手端着马克杯，喝着里面香甜而温暖的液体，朝沈遵说道："沈队长，我想先问一个问题。你们是怎么找到我的？"

沈遵指了指旁边的柳弈，说："柳主任他们在一个女性受害人的衣服上发现了用水淀粉溶液写的字迹，上面写了'二乔山'三个字，我们就是凭这条线索找到你的。"

戚蓁蓁听了他的回答，猛然睁大了眼睛，说："你说的是……那位姓傅的阿姨？"

沈遵点了点头说："没错，就是她。"

戚蓁蓁垂下了眼睛。她的睫毛扑簌簌地抖动了几下，端着马克杯的手指，也有微微地颤抖。

"我没想到……"沉默了许久之后，戚蓁蓁轻声地说道，"我没想到……她最后会救了我……"

小姑娘深深地吸了一口气，继续说道："她说，她是被逼的……因为如果不照那人说的话去做，她的家人就会死……"

柳弈接过戚蓁蓁手里的杯子，然后伸手揽住了女孩儿的肩膀。

戚蓁蓁侧头，将眼角的一点泪水悄悄地蹭在了柳弈的衣服上。

"这个方法，其实是柳哥上回跟我们吃饭时，当故事一样说给我听的。"她嘴角勾起一抹苦笑，说，"没想到，竟然真的用上了。"

两天前。

戚蓁蓁从自己家离开，被马云生的妻子傅芸芸伪装成的孕妇骗到小巷巷口，又被"面具"挟持到了他的吉普车上。随后，"面具"在傅芸芸的帮助下，用塑料捆扎带捆好了戚蓁蓁的双手和双脚，在姑娘嘴里塞了手帕之后，再用胶带封上，接着将她们带回了蛎山港的9-12号仓库中。

其后，戚蓁蓁在"面具"的威胁和殴打下，录下了那段包含只有她哥哥才知道的暗号和摩斯密码的求救录音。

其实当时她非常害怕，而且极度担心。她很怕哥哥听不懂自己在留言中留下的密语，更害怕她偷偷留下密码的行为会被嫌犯察觉，因此激怒嫌犯，使他变得更加疯狂、变本加厉，甚至当场要了她的小命。

万幸的是，"面具"虽然是个二代华裔，但显然从来没有接触过摩斯密码，因此没有发现戚蓁蓁留言里的猫腻，并且后来将那段录音原原本本地放给了戚山雨听。

很快，戚蓁蓁从"面具"的话语中绝望地发现，嫌犯虽然让她录了求救的留言，却并没有以此威胁戚山雨，提出要求。这就意味着，嫌犯绑架她，单纯只是为了报复戚家，让戚山雨感到痛苦而已。

换而言之，嫌犯根本不打算留下她的性命，反而很可能用最残酷的方法杀害她，以此达到目的。

戚蓁蓁对沈遵说道："所以，我那时候，用米粥在自己的衣服上写了字。我写的，是'蛎山港'三个字。"

她顿了顿说："当时，傅阿姨就在我的旁边，她看到我写字了……"

得知"面具"很快就要带她去"某个地方"时，戚蓁蓁就知道，嫌犯打算对她动手了。

于是，趁着"面具"去准备车子和行李箱的间隙，戚蓁蓁用手指蘸着地上搁着的盘子里的粥水，在裤子上写了"蛎山港"三个字。

为了羞辱人质，"面具"这些日子里，给马云生一家准备的食物都是装在狗食盘里的一些冷粥馊饭。

人质们被反绑双手双脚，吃喝拉撒都没有被松开。他们进食的时候，只能像一只狗一样趴在地上，用舌头一点一点地舔狗食盘里的粥和饭。

当时戚蓁蓁看到的，就是搁在她脚边的一个狗食盘。盘子里面还有刚刚盖过底部的一点儿粥水，因为隔的时间长了，米粥已经完全凉透了，表面结了一层薄薄的半透明的胶状物。

电光石火之间，戚蓁蓁立刻想起了在不久之前，她和哥哥一起跟柳弈吃饭时，柳哥曾经说过的一个鉴证学知识。法证人员不仅能检出沾在衣服上的血迹，像果汁、米汤一类的痕迹，也能查出来。

于是，她当机立断，趁着绑匪不在，用盘子里的粥水，在裤子上写下了她们现在身处的地方。

写完地点，戚蓁蓁抬头，正好对上了傅芸芸惊疑的视线。

"这样，等我的尸体被人找到的时候，他们就会知道你们在哪里了……"戚蓁蓁朝那满脸惊讶和畏缩的女人笑了笑，轻声地解释了一句。

现在回忆起来，她只记得傅芸芸听了她的这句话以后，全身突然剧烈地颤抖起来，好像遭受了极强烈的痛苦一般，整个人蜷缩成一只虾米状，一个字也没有说。

她那时根本没有想到，自己的这个举动，竟然会成为那位妇人生前最后的善意。

很快，"面具"就拖着一个行李箱回来了。

原本，他想将戚蓁蓁塞进箱子里。可戚蓁蓁虽然瘦，但个子高挑，任他怎么用力地塞，就是没法拉上箱子的拉链。

为了享受在镜头下虐待和杀害人质的乐趣，"面具"硬是憋住了火气，扇了戚蓁蓁两个耳光，就直接把人捆住手脚，塞住嘴巴，摁进了车子的后座。

然后，他开着车驶进了二乔山。

戚蓁蓁在被"面具"拖上车的时候，假装挣扎，抓住了仓库门边的一块碎玻璃，并且用这块玻璃，在车子开往二乔山的路上，割断了捆扎手脚的塑料捆扎带。

最后，她在嫌犯打开车门的时候，抓住了对方毫无准备的瞬间，猛然一头冲出，扎进了树林里。

那时已经过了晚上九点，天色彻底黑透，小乔峰山腰的别墅区十分荒凉。

戚蓁蓁不知自己到底在何处，只看到远处稀稀落落的几点灯光。

在黑暗和陌生的环境之中，她只觉得那些灯光好像荒野坟间零星摇曳的鬼火，暗得令人恐惧，远得令人绝望。

她不敢朝有光的地方跑，只能跟一只不辨方向的鸢一般，闷头往草木最茂盛的地方没命地逃。

她听到身后传来男人追赶时踩踏草木的急促的脚步声，心中又怕又慌，乱得根本无法思考，只能凭着强烈的求生本能，不顾一切地拔足狂奔。

在逃跑的期间，戚蓁蓁被树根断枝绊倒了好几次，又挣扎着爬起来，继续往前跑。她身材瘦削，又专往隐蔽物和障碍物多的树林子里钻。身高接近一米九、体重100多公斤的"面具"，在这种地方反而很难活动开，让戚蓁蓁跑在了他的前头，差了十来步愣是追不上。

那时，戚蓁蓁觉得自己好像跑了很远很远。但后来警方进行调查的时候，拿尺子在地图上一比画才确定，从她坠崖的地点到"面具"租下的别墅之间的直线距离，不过五十米左右。

虽然这片别墅区算得上偏僻，但也不是渺无人烟的。

"面具"不敢拔枪。

一是他对自己的枪法没有那么自信，在这到处是树光照又昏暗的地方，他不觉得自己能轻易打中前面乱跑的戚蓁蓁；二是他开枪的话，难保枪声不会惊动附近的人，到时候要收拾起来可就麻烦了，而且一个不小心，还很可能惊动警方，暴露自己的位置。

"面具"就这样，追着戚蓁蓁在密林里跑了一段时间。

就在他气到几近发狂，打算掏枪的时候，他面前的小姑娘忽然发出一声惨叫，然后身形一坠，不见了踪影。

"面具"连忙快跑几步，追到戚蓁蓁消失的地方，一看才发觉前面是一处陡峭的悬崖。从他的角度往下看，只能看到下方一片黑黢黢的，根本瞧不见底儿。

他不敢再追，连忙原路折返，自己租的别墅也不去了，直接回到他在蛎山港的仓库，打算立刻转移。

他这种穷凶极恶、长期以杀人为乐的连环杀人犯，不管在哪个国家，每一次都能顺利逃过警方的追捕，除了反侦查意识强，更重要的一点是他非常谨慎。在任何可能暴露的时刻，他首先考虑的是如何逃跑。

虽然戚蓁蓁坠下的悬崖看起来很陡峭，但只要他没看到戚蓁蓁的尸体，就不能肯定对方已经死了。万一她真的那么命大，不仅没死，还被人救了起来，那么她一定会告诉警方他的藏身之所。

因为戚蓁蓁跑了，"面具"回到蛎山港仓库的时候，情绪非常暴躁。

他先对傅芸芸一顿拳打脚踢，边打边骂，中英文夹杂，狠狠发泄了一通。将可怜的女人打了个半死之后，他才撇下倒在地上奄奄一息的女人，开始收拾自己的东西。

当时傅芸芸已经处于半昏半醒的状态，只剩一口气了。

她知道，自己快要死了。

在经历了十多天的长久折磨之后，她终于也要和她的父亲、丈夫、儿子一样，死在这人的手里了。

可……可是……她的小女儿……

傅芸芸一边流着眼泪，一边竭力抬头，想再看一看自己那个蜷缩在墙角，连哭都哭不出声音的幼女。

就在她抬头的时候，看到了脚边被打翻的狗食盘。

里面的粥水零零散散地洒在盘子旁边，在地面上留下一道泼墨状的痕迹。

"这样，等我的尸体被人找到的时候，他们就会知道你们在哪里了……"

在意识渐渐模糊时，傅芸芸忽然想起那个被她诱骗的女孩儿在不久前曾经说过这一句话。

她拼着最后一点儿力气，挣扎着艰难地用被捆扎在身后的手指，蘸着洒落在地面上的粥，在自己的裙摆上写下了"二乔山"三个字。

这个地名，是傅芸芸刚才从"面具"口中听到的。

她听他说，那女孩儿被他带去了二乔山，然后掉下山了。

如果……如果那孩子还活着的话……

"面具"将所有东西装上车，又将已经吓得不会哭、不会叫的马家小女儿绑到车上，再次折返回仓库，看到傅芸芸倒卧在地上，已经意识模糊、一动不能动了。

他抓住傅芸芸的头发，将她拽起，在她的脖子上连割两刀，划开了她的咽喉。

血液喷薄而出，将地板染红，留下了一片血泊。

"面具"等到傅芸芸身上的血快要流光之后，才将她的尸体用塑料薄膜包好，硬是塞进了先前戚蓁蓁进不去的大行李箱里，然后拉着箱子，一起带上了车。

之后，"面具"带着一死一活两个人质，转移到他在龙吞镇的出租屋里。

等他觉得已经安全了以后，才带着戚蓁蓁的手机和不久前逼迫戚蓁蓁录下的求救音频，来到市局附近，拨通了戚山雨的电话，公然向警方挑衅。

做完这一切，"面具"回到龙吞镇，联系龙吞港的经理，打算第二日晚上逃离，偷渡到东南亚某岛国去。

只是"面具"压根儿没料到，除了警方，邝乐池和他的安保公司，也一直在追查这个案子。

"面具"出入龙吞港的时候，因为体型显眼、举止可疑，被邝乐池公司里的一个保安盯上了，并且很快将这个情报转达给了专案组。这才有了后来沈遵带队追捕，"面具"失足摔下阳台，颈椎骨折身亡的结局。

至此，这一桩延续了整整十三年，范围跨越了一片大洋，涉及的人命直逼两位数的连环杀人案，才算彻底告终。

戚山雨手臂的肌肉拉伤不算很严重，三角巾挂到第二天，就可以摘掉了。

虽然他的伤好得快，但戚山雨在找到戚蓁蓁的第二天中午随便吃了一碗面条后，忽然感到胃部一阵抽痛，吐了个天翻地覆。

吐完以后，他非但没有觉得胃舒服一点儿，反而感觉更加难受了。到了傍晚，他已经连稀粥都咽不下去，甚至到了喝一口水都想吐的程度。

柳弈被戚山雨的样子吓了一跳，押着人连夜去看急诊，医生给的结果是压力性胃炎。

戚山雨最近这些日子，精神绷得过紧，又太过劳累，以至于压力解除之后，一直靠毅力硬撑到极限的身体来了个病来如山倒。

一开始，戚山雨还只是觉得胃不舒服而已，算不上多大的毛病。柳弈让他请假休息，他还很为难地说，现在专案组里的事情很多，他这只是小问题，请假不太合适。

然而，吐到后来开始出现头晕、困倦和发热的症状，他终于妥协了。

大约是体谅到戚山雨最近实在太辛苦了，沈遵在电话里听了他的情况，十分爽快地就给他批了假，而且还大手一挥，将原本三天的病假给他延长了，让他好好休养十天半个月再回来，顺便还可以照顾照顾受伤住院的戚蓁蓁。

柳弈押着戚山雨在医院打了一晚上的点滴，又安排好了戚蓁蓁的住院陪护事宜，快到天亮时，才将病得蔫头耷脑活像一株缺水豆芽的好友领回了家。

输液以后，戚山雨胃疼和呕吐的症状缓解了许多，只是人累得连说话都感到费力。

回到柳弈的公寓以后，他勉强支撑着到浴室里简单洗漱，然后一头栽到客卧的床上，蒙起被子，睡了个天昏地暗。

他这一觉睡得很沉很香。其间，断断续续地做了几个梦，但都因为实在累得睁不开眼，以至于那些乱梦都未能将他从深度睡眠中弄醒。

戚山雨这一觉整整睡了十小时。

他从医院回到柳弈的公寓时，是凌晨四点半，一觉醒来，已经是下午三点多了。

经过充足的休息，戚山雨已经感觉好多了，自己取了床头柜上的温度计查了体温，果然已经退烧了。

于是，他给还在住院的戚蓁蓁打了电话，确认那边一切都好、诸事妥当以后，才彻底放下心来。

戚山雨原本打算回医院陪护妹妹，但戚蓁蓁态度坚决地拒绝了。她让哥哥好好地在家待着，早点儿康复才是正事。

戚山雨向来拗不过妹妹，尤其是戚蓁蓁故意用带点儿撒娇的语气要哥哥保证会听她话的时候，他只能妥协。他答应下午在家好好养病，傍晚再给女孩儿带些好吃的。

然后他度过了在自己看来，极其颓靡的一个下午。

戚山雨到柳弈的书房里随便找了一本推理小说，回到床上窝着，等书看完，也就到傍晚五点了。

他精神饱满地爬起来，洗漱完到了客厅。

这时，柳弈已经将三人份的米淘好，兑好水放进电饭锅里煮了，就等着戚大厨起来做菜。

戚山雨让柳弈从厨房里出来，开始动手烧菜……

六点左右，一切准备停当，柳弈和戚山雨就拿着保温桶，去医院给戚蓁蓁送饭。

戚蓁蓁的病房在骨科病区的最里侧。

戚蓁蓁又是院方特别照顾的病人，被安排在了唯一的 VIP 套房里。尽管现在是饭点儿，走廊里来往的人并不算多，远比其他地方要清静许多。

柳弈和戚山雨两人穿过走廊，来到戚蓁蓁的病房门前。他们一开门，就闻到了一股十分浓郁的花香味。

两人先是一愣，然后看到病房里，连花束带花篮，五颜六色，一溜儿排开，一共六束，全都整整齐齐地摆放在门边的柜子上。

"这些花是怎么回事？"戚山雨疑惑地问道。

"哦，这些花啊，都是今天来探病的人送的。"陪护的阿姨笑眯眯地从套间里出来，向两人解释道，"蓁蓁现在可是个小名人啦。今天不仅她学校的老师和同学，还有你们警队的警官都来过了，后来还来了好几批记者，都是想找她做采访的。"

她瞅见戚山雨皱了眉，又连忙补充道："当然，医生说了，蓁蓁她现在要多休息，所以探病的人也没来打搅她，只是留下这些花篮，就全都回去了。"

戚山雨听完，眉头展开，向陪护阿姨道了谢，提着装了戚蓁蓁晚饭的保温桶，拐进里间。

戚蓁蓁听到外头的响动，就一直伸长脖子等着，现在一看两人进来，立刻笑出两排小白牙，问："哥！柳哥！你们刚才在外头磨蹭什么呢？"

"你的事情，已经上新闻了。"戚山雨一边替戚蓁蓁支小餐桌，一边说道，"以后可能还会有记者想来采访你……"

他顿了顿，看向小姑娘，说："自己注意些，不要让我担心，知道吗？"

"放心吧，哥！"戚蓁蓁哈哈笑了起来，然后摇了摇头说："我又不想出这个名，不会接受他们采访的。"

宋斑和"面具"犯下的案子是非常严重的恶性事件，一经报道，就引发了民众激愤。

戚蓁蓁身为一名刑警烈士的遗孤，即使遭到匪徒的绑架，依然坚强冷静，不仅给警方留下了破案线索，最后还凭着机警和果决，成功从嫌犯手中逃生。这等波折的经历，经过记者渲染，简直都能直接拍电影了。

因为戚蓁蓁还未成年，官方新闻对她的报道都做了化名和马赛克处理。

但奈何小姑娘实在长得好，即使在她眼睛上打了一层码，可她在照片上的下半张脸——鼻梁高挺、下巴尖尖、唇红齿白，让人一看就知道这是个精致漂亮的美少女，更是给她的这段经历添了几分传奇色彩。

两名嫌犯伏法的新闻在昨天就见了报。不久之后，戚蓁蓁的故事也很快通过各种媒体，飞速传播开来。

事实上，戚山雨这两天也接到了不少媒体的电话，不过都让他以不方便私下接受采访为由，坚决地拒绝了。

他先前还担心戚蓁蓁一个小姑娘，可能容易被说动，不过现在看来，妹妹在这方面的性格还是跟他很像的。

兄妹两人说这几句话的工夫，戚山雨已经给妹妹支好了小桌板，打开保温桶，将饭菜一盒盒地摆到戚蓁蓁的面前。

戚蓁蓁右肩关节脱臼，虽然已经复位了，但一时半会儿还要用绷带固定，恢复不好的话，有可能会变成习惯性脱臼，所以她现在没法用筷子，只能左手拿着勺子，有点儿笨拙地一勺一勺舀着吃。

不过她吃得很香，风卷残云一般，很快就吃完了满满一大碗炖菜，饭盒里的米饭也扫去了大半。

"对了，哥，还有柳哥……"戚蓁蓁一边用勺子喝汤，一边抬眼，状似不经意地说道，"刚才有件事，我忘了跟你们说……"

她的目光在两人身上来回穿梭，看到两人都看着自己，她又垂下了眼皮，掩饰似的舀起汤里的一块胡萝卜，放进嘴里。

"今天中午，我的班主任和年级教导主任来看我了。"

她顿了顿，才说道："她们说，公安大学招生办跟学校联系过，说……"

因为紧张，她的语速不由自主地变得急促了起来。

"说公安大学今年会给我保送名额。"

戚蓁蓁的事儿通过媒体传播开以后，民众都对这个家庭背景特殊、有勇有谋的坚强少女有了好感。尤其是得知这个女孩儿是高三生，未来的志向是子承父业当警察之后，这份好感更是变成了感动。新闻下的赞许和祝福都有上万条了，全都是祝她如愿以偿。

于是，公安大学的招生办在了解戚蓁蓁的家庭背景和在校的成绩及品行之后，非常果断地向小姑娘递出了橄榄枝——把一个特招保送的名额给了她，而且还表示，她可以随便挑专业。

"所以，我能去念吗？我是说公安大学……"

戚蓁蓁用没有受伤的那只手紧紧捏住勺子，紧张兮兮地盯着哥哥。

戚山雨没有立刻回答，只用一种十分复杂而且纠结的眼神，直勾勾地回视妹妹。

兄妹俩就这么大眼瞪小眼，互相对看了足有半分钟。

终于，戚山雨妥协了。

他长长地叹了一口气，说："好吧，既然你想念的话，就去念吧。"

"真的？！"

戚蓁蓁双眼骤然一亮，要不是脚踝上打了石膏，怕是会立刻跳起来往哥哥身上扑。"你同意了？哥！你同意了，是不是？"

戚山雨苦笑着点了点头说："我想过了，这毕竟是你自己的人生，即使是我这个当哥哥的，也不应该干涉你的选择……"

戚蓁蓁用撒娇般的语气叫道："哥！你不要这样说嘛……"

她伸长手臂，把指尖搭到哥哥的胳膊上，说："我很尊重你的意见，也知道你这是心疼我呢……"

她的话还没说完，戚山雨就从椅子上站起身，上前一步来到病床边，伸手搂住了妹妹。

戚山雨轻轻地将妹妹的小脑袋瓜子压到自己的胸前，说："我知道，我不是在说负气话，我是真的支持你。"

他说着，揉了揉戚蓁蓁细软的短发，继续说："而且，真要遇到危险的时候，你如果受过专业训练，也能更好地保护自己，对吧？"

"那是当然的！"戚蓁蓁立刻点头如捣蒜，说，"我以后会变得很厉害的，起码不会输给你！"

"不光是要变得厉害，"戚山雨在妹妹的脸蛋上捏了一把，说，"更重要的是，以后一定要注意保护好自己，不能瞎逞英雄，凡事量力而行，知道吗？"

"是是是！懂懂懂！"戚蓁蓁一面虚心听训，一面用力点头，说，"我一定听话！一定听话！"

兄妹两人的话说到这里，先前的心结也算是解开了。

戚蓁蓁吃完晚饭，就催着柳弈和戚山雨快回家休息。

她朝两人挥了挥手，说："你们还没吃晚饭吧？哥，你的胃还没好呢，不用在这儿陪我啦，快去吃点儿东西！反正我后天就能出院啦，到时候你们再来接我就行。"

柳弈和戚山雨在七点时离开病房。

两人穿过走廊，却在护士站那儿看到了一个让他们都觉得意外的人——戚山雨爸爸从前的搭档、前刑警邛乐池。

邛乐池正背对着他们，弯腰将手中显然是探病用的花递给值班的小护士。

柳弈和戚山雨走过去，听到邛乐池正好对护士说道："就说是她爸以前的朋友就行，不用留名字了……"

"邛叔。"戚山雨开口叫了对方的名字。

邛乐池听到这个称呼，身体明显一僵。

他在转身的时候，右脚不自然地挪动了一下，像是差点儿要拔腿逃跑，但又生生地忍住了。

"小戚……"他有些艰难地挤出了这两个音节。

两人面对面地站在护士站前，气氛莫名显得无比尴尬。

沉默了片刻之后，邛乐池咳嗽了一声。

"我就是来给蓁蓁送点儿花和水果，没别的意思。"他板着脸，别扭地移开视线，说，"没想进病房打搅她，东西打算让护士帮忙转交……"

"嗯，谢谢。"戚山雨轻轻地点了点头。

停了两秒之后，他忽然又补充了一句："还有这次的事，真的……谢谢……"

邛乐池垂在身侧的手指，忽然颤动了一下。

他的嘴唇紧紧抿起，喉结上下滚动。

中年男人看向戚山雨的眼神充满了惊讶与难以置信。他从来没有想过，自己竟然会在戚山雨的口中听到这一声"谢谢"。

邛乐池嘴唇抖了抖，似乎有话想说，但一个字也没说出口。

而戚山雨道谢后，也不知还能说些什么，于是再度沉默了下来。

两人好像正在演一出默剧似的，相对无言，气氛从尴尬变成了诡异。

连一旁围观的小护士都察觉出了不对劲，目光在一老一少两个帅哥身上移来移去，显得很疑惑。

柳弈有些无奈地上前两步，碰了碰好友的胳膊，说："你们别站在这儿说话了。"

他用下巴朝护士的方向抬了抬，示意他们不要吓到人家小姑娘，说："找个吃饭的地方，我们坐下慢慢说吧。"

戚山雨轻声地应了声"好"。

邛乐池闻言，却立刻摇头说："不了，不了。"

他后退了一步，有些慌张地说道："我……我还有事，这就先回去了……"

事情已经过去了十多年，邛乐池也不知多少次想象过，有朝一日能够冰释前嫌，然后心平气和地和戚家的孩子们说话的场景，但事到临头，他却感到不知所措。

他还没做好心理准备，不知应该如何面对这个永远都会觉得亏欠的青年。

既然邝乐池不想去，柳弈和戚山雨自然也不会勉强。

于是三人互相道了再见，柳弈和戚山雨就转过身，准备回家了。

可他们只往前走了十几步，邝乐池忽然就在两人身后喊了一嗓子："小……小戚！"

戚山雨回头。

邝乐池追上他们，从上衣口袋里掏出一个名片夹，从里面拿出自己的名片，然后将它递给了戚山雨。

邝乐池嘴唇哆嗦了一下，说话也带出了一丝颤音："小戚……以后，等你有空的时候……给邝叔打个电话吧……"

戚山雨伸手接过名片，揣进了衬衣口袋里。

"好。"

他朝邝乐池笑了笑，应下了对方的请求。

戚蓁蓁在医院里观察了三天，身体情况恢复良好之后，就被批准可以出院了。

她被柳弈和戚山雨接回了柳弈的公寓里。

用柳弈的话来说，戚家的老宅是老式的楼梯楼，戚蓁蓁的伤又是在脚上，若是回了戚家的房子，连出入都不方便，要么得让人背进背出，要么就得拄着拐杖一步一步地爬上去。他住的公寓有电梯，戚蓁蓁不用自己爬楼，到医院复诊、复健都会方便很多，而且他家地方也足够宽敞，三个人完全住得下。

戚山雨早就习惯了不跟好友瞎客套，立刻接受了他的这个提议，倒是戚蓁蓁还犹豫了一阵子。她担心自己住进去会妨碍他们的工作。

不过，她因为脚踝上的骨折，没有个把月根本没法下地走动，也只能认命，被柳弈和戚山雨拎回家了。

即使戚蓁蓁出院后，柳弈和戚山雨依然隔三岔五就要往医院跑一趟。

因为戚山雨的搭档，在逮捕宋斑时为了保护同事而中弹受伤的安平东，昨天才做完了他的第二次关节手术，现在正躺在病床上，等着手术创口慢慢愈合。

安平东运气不是很好，子弹伤到了他的脚。医生预计，手术恢复以后，虽然他的日常生活无碍，但他想要像以前那样跑跑跳跳，每天奔波在第一线上，却是万万不能了。

沈遵听了医生的意见之后，递了申请，要帮安平东转到后勤组去。等安平东重新回市局上班的时候，申请应该就批下来了。

所以严格来说，安平东现在已经不是戚山雨的搭档了。

戚山雨听到这个消息以后，默默地低下了头，足足有五分钟没有说话。

对戚山雨来说，安平东亦师亦友，是他极其重要的搭档。

他从公安大学毕业的第二年，从基层调到了市局刑警大队，那时起就是被分给安平东来带。

两人搭档了两年，戚山雨从一只初出茅庐的小菜鸟，成长到现在这般足以独当一面，安平东就像一个老大哥一样，给过他不知多少关照和鼓励，也教了他许多东西。

现在，戚山雨突然听到安平东要调到后勤去，一时间感到既伤心又遗憾。

他们两人一直配合得很默契，也早就处出了无可替代的深厚友谊。

安平东作为一名资深刑警，本身的能力非常优秀，无论是办案侦查的才能，还是为人处世的情商，都算得上是市局刑警大队里数一数二的人物，若是在现在这个岗位上继续做下去，迟早会升到沈遵的位置，甚至更进一步。

但他若是就此调去了后勤组，那就意味着他最多只能当个组长，前程差不多到此为止了。

不过，安平东倒是想得很开。他在柳、戚两人去探望他的时候，对着眉眼间写满了"沮丧"二字的戚山雨无所谓地耸了耸肩，然后伸手拍了拍自己里三层外三层裹了厚厚纱布的脚。

"没事儿，我也是个今年就要奔五的人了，本来再过几年也要从一线退下来啦！"安平东淡然笑道，"现在就当是提前了一点儿，多腾点儿时间陪陪家人呗！"

听了搭档的回答，戚山雨扯起嘴角笑了笑。

只是他的笑容里带着三分勉强、七分苦涩，好像因伤退居二线的是他自己一样。安平东看得都觉得有点儿不忍心了。

安平东抬起手，在戚山雨的肩膀上拍了两下，说："不要紧，你以后有空了，就下楼来找我喝茶，老哥我随时欢迎！就是记得给我带点儿好茶叶就行！"

"好。"戚山雨抬起头，朝安平东笑着点了点头，说，"安哥，以后我会经常下来找你的，带你最喜欢的大红袍。"

柳弈和戚山雨探望完安平东，走出外科住院楼，却在医院门前意外地碰到了一个熟人。

"哎呀，好巧，竟然在这儿碰到你们俩了！"

那人先一步发现了柳、戚二人，小跑几步赶上来，笑着拍了拍他们的肩膀。

柳弈回头，很高兴地回道："您好。"

此时站在柳弈和戚山雨面前笑得一脸温柔的女士，正是洛医生。

柳弈抬头看了看她身后的内科住院楼，问："洛医生，你怎么在这儿？你是来探病的？"

洛医生却摇了摇头，说："不是。"

　　她想了想，直接说："前几天闹得沸沸扬扬的那桩杀人纵火和绑架案，是你们市局侦办的吧？"

　　洛医生看向戚山雨，说："你们救出来的马家那个小姑娘，现在由我负责做心理疏导。"

　　柳弈和戚山雨都轻轻"啊"了一声，明白了。

　　在宋斑和"面具"的绑架杀人案里，马云生的小女儿作为马家唯一的幸存者，在凶徒手里待了十几天。其间，她不仅受尽折磨和惊吓，还目睹了自己外公、双亲和哥哥的死，被警方解救出来的时候，已经好似一只吓傻了的鹌鹑，连哭都不会哭了。

　　之后的几天里，马家的小女儿表现出了严重的创伤后应激障碍。

　　她没法像同龄孩子那样正常与人交流，甚至无法说出任何一个表意完整的句子，她的心智仿佛倒退到了幼儿时期。

　　她每天蜷缩在病床上，极端反感和抵触任何人的靠近，哪怕是医生、护士走到她的身边，她都仿佛一只被逼入了绝境的受伤的小动物，浑身颤抖、凄声尖叫，直到哭得晕厥。

　　而且，女孩儿的睡眠还非常浅，但凡有一点儿风吹草动，哪怕只是深夜里护士推着护理推车从她病房的门外经过，她都会从睡梦中惊醒，再度恐惧地尖叫起来。每一回，她不叫到嗓子嘶哑失声，就绝对不会停下来。

　　医生不得已只能给她使用小剂量镇定安眠的药物，让她起码能够好好休息一下。

　　渡过了应激障碍最为严重的前三天之后，马家小女儿歇斯底里的症状终于有了些许好转。

　　但她依然无法像正常人一样说话，反应也从歇斯底里转变成一种茫然和淡漠。她任由警察、医生、护士和来探病的人在自己身边来来去去，视若无睹一般，只保持着蜷缩的姿势，埋首在被褥里，谁叫也不抬头。

　　小姑娘的样子实在是太过可怜，看得人心生怜悯。很快就有儿童福利机构提议，给她找个儿童心理学方面的专家，好好疏导疏导。

　　于是，洛医生作为本市十分权威的儿童精神创伤学研究员，便顺理成章地接下了这个委托。

　　洛医生很同情这个可怜的小女孩儿，也很愿意尽自己最大的努力去帮助她。

　　这些天来，洛医生每日都往马家小女儿的病房跑，尽职尽责地给她做心理疏导。努力了几天以后，她总算看到了一点儿进展。就在刚才，小姑娘终于愿意抬起头，用双眼看她了。

　　"她……现在怎么样了？"戚山雨有些犹豫地问道。

　　他其实也一直很想去看看那名幸存的小女孩儿的情况。

　　但警局对未成年受害人的探视有严格的条例规定，院方也表示小姑娘的精神状况十分不好，不宜再受任何刺激，尤其是体型高大、健壮的年轻男性，能不要出现就不要出现，所以戚山雨只能作罢。

洛医生微微摇了摇头，回答道："她的创伤后应激障碍很严重。什么时候才能恢复，能恢复到什么程度，现在还不好说……"

柳弈朝戚山雨瞥了一眼，看到他垂在身侧的手忽然握紧了拳头，知道戚山雨在心疼和自责。

"那就麻烦洛医生多费心了。"柳弈朝着洛医生说道。

洛医生点了点头，说："我一定尽力。"

三人又随意说了几句话。柳、戚两人忽然想到了好几个月没见的谭洛宝。

"对了，小宝最近怎么样了？"柳弈问道，"是不是又长胖了一点儿？"

"对啊，他又胖了，现在脸圆得跟个球似的！"

听到两人提起自家的宝贝养子，洛医生立刻笑成了一朵花。

她笑着掏出手机，热情又神秘地眨了眨眼，说："我这儿有昨天才拍的照片，你们要看吗？"

柳弈和戚山雨两人点头，异口同声道："要看！"

说完，两人围到洛医生身边，伸着脑袋看她手机里小宝宝的照片。

果不其然，他们立刻被小宝宝那肉乎乎、鼓鼓的脸蛋萌化了，然后当场决定开车送洛医生回家，并且顺道去看看小宝宝。

洛医生所住的别墅小区距离医院有点儿远，开车要接近一小时。

柳弈和戚山雨算了一下，他们来回一趟，再看看小宝宝，回到家时，刚好来得及给还在养伤的戚蓁蓁做晚饭。

戚山雨负责开车，而柳弈则陪着洛医生坐在后座。

工作日的下午，鑫海市路况还算良好，车子一路畅通，从城南上了环城高速，往大学城方向驶去。

柳弈和洛医生两人随意地聊着天。

洛医生说起小宝宝的近况，从新长了几颗牙，到他上周开始学爬，脸上满满都是一个幸福母亲的笑容。

柳弈看得出来，她和她先生，都对谭洛宝真心实意，完全把小宝宝当成亲生儿子一样宠爱呵护。

"然后，小宝没坐稳，向后一仰就倒了，头在胶垫上磕了一下，他不疼，但好像被吓了一跳。"洛医生弯起眼睛，笑着说道，"他愣了两秒，左右看看，发现我和我爱人正盯着他笑，就咧开嘴'哇'的一下号了起来，张开手要抱抱呢！"

柳弈也随着洛医生的话笑了起来。

小宝宝的身世十分凄惨。他出生在一个支离破碎的家庭，父亲是个吸毒的赌徒，母亲是个柔弱无助的听力残障人士，降生仅仅两个月，就差点儿死在了自己生父的手上，全靠妈妈拼死相护，才得以存活。

但同时，小宝宝又是幸运的。他有一个即使不惜牺牲自己，也要保护他的妈妈，还在深冬的寒风中坚强地撑到了被柳弈他们找到，更重要的是，现在他还有了一对真正爱他、疼他、护他的养父母，能够在一个远胜于原生家庭的优渥环境里，和其他同龄小孩儿一样健康、平安地长大。

同样是父母双亡，成了孤儿，与小宝宝相比，马家的小女儿就要可怜得多了。

小宝宝遭遇变故的时候，只是个完全不记事儿的小婴儿，在他成长到足够沉稳和理性之前，不会知道他的生父用多么残酷的方式杀死了生母，也不会记得他的妈妈抱着他拼命在冬夜冷风中奔跑的一幕。

但马家的小女儿已经七岁了，她会清楚地记住自己落在凶徒手里那十几日的遭遇，会知道自己的家人如何惨死在她的面前。这样的心灵创伤，会变成她终生无法磨灭的阴影，长久地折磨她的身心。以后无论是交由儿童福利机构抚育，还是被另一个家庭收养，她过往的生活和不幸的遭遇，都会如同烙印一般，很难彻底消弭。这就意味着，她很可能无法轻易融入一个全新的环境。

事实上，对儿童的创伤后应激障碍研究表明，六岁到十四岁这个年龄段的孩子所受到的心理创伤，是最难被抚平的。

他们不像婴幼儿那样，容易遗忘、容易适应。因为他们弱小、缺乏抵抗能力，更不懂如何自救，所以很多时候，对于遗弃、灾难、意外等伤害，他们很可能会比成年人记得更加牢固，更容易陷入曾经遭遇过的伤害中，难以走出来。

"Move on."（继续前进。）这样一个说起来简单的词，对于孩子们来说，却是十分艰难的。

所以，柳弈现在也只能希望，经过洛医生的心理疏导之后，马家小女儿的心理状况能够有所好转。

话说到这里，柳弈忽然又想起了另外一件事。

"对了，洛医生，"他侧过头对洛医生说道，"能向您打听一个事儿吗？"

洛医生笑着点了点头，说道："请说。"

柳弈问道："我想问，您对嬴川嬴教授这个人，了解吗？"

洛医生诧异地睁大眼睛，似乎没料到他会忽然提起嬴川，用的还是这种很难判断出含义的开场白。

她犹豫了两秒，换了个谨慎的反问句："你怎么会这么问？"

正在开车的戚山雨，听到好友忽然提到嬴川，也抬眼看了看后视镜，刚好对上了柳弈的视线。

柳弈朝戚山雨弯了弯双眼，示意他不用担心。

"没什么。"他对坐在身边的洛医生说道,"我们最近有两个案子,他以顾问的身份参与了调查,我跟他合作过以后,觉得……"

柳弈顿了顿,选择了一下措辞,说道:"觉得他这个人挺有意思的……想法好像很特别。"

洛医生可是在心理学方面颇有造诣的学者,自然不会听不出柳弈语气中的微妙成分。很显然,他所谓的"挺有意思",并不是褒义评价。

洛医生瞅了瞅柳弈唇角那抹浅浅的冷笑,有些为难了。

她向来不喜欢在背后论人长短,更何况他们现在谈论的对象,还是一个在业界颇有声誉的同行。

"我跟嬴教授工作的单位不同,虽然聊过几次,但实在说不上有多熟。"

洛医生想了想,选了一个中肯的回答:"不过,嬴教授在专业方面的成绩是真的很不错的,人也成熟稳重,在我们业界评价很高。"

柳弈微笑着追问道:"除这些之外呢?"

洛医生苦笑着摇了摇头,说道:"小柳啊,你这就不厚道了。你这是在逼我跟你说他的八卦消息,对吧?"

"被你看出来了。"柳弈也不觉得脸红,顺着她的话接了下去,说道,"没事,就随便说说嘛。"

他想了想,说:"比如他在专业方面有什么特殊见解之类的,但凡你觉得有意思的东西,什么都可以。"

洛医生不知道柳弈为什么会对嬴川的事情那么感兴趣,不过如果只是谈论嬴川的心理学观点的话,倒是没什么不能说的。

于是她回忆了一下,想到了一件事。

"说起来,我以前曾经跟嬴教授讨论过一个有关人性本质的问题。"洛医生说道,"现在想起来,还蛮有意思的。"

"哦?"柳弈挑起眉,问道,"关于人性本质的问题?"

"对。"洛医生回答,"就是那个争论了数千年的,'性本善'还是'性本恶'的永恒命题。"

孟子说,人性向善,就像水往低处流一样。而荀子则说,人性本恶,食色、喜怒、好恶、利欲,种种情绪欲望,不论是君子还是小人都是一样的。

这命题扩展出去,从哲学、心理学、行为学、社会学等方面又延伸出了无数个分支。几千年来,古今中外,大致分成两个流派,各执己见,谁也没有说服谁。

"我呢,是人性本善派的。"洛医生笑着指了指自己说道,"就拿我领养孩子这事来说吧。我不会介意宝宝的生父母是个什么样的人。虽然小孩子有他们各自的性格特征,但后天的家庭环境和培养方式,才是决定他们以后会成长成什么样的人的关键因素。"

柳弈点了点头，表示理解。

他想，正是因为洛医生夫妻两人抱着这种观点，他们才不会介意谭洛宝的生父是个嗑药滥赌的杀人凶手，依然把小孩儿当亲生儿子一样宠。

"但赢教授是性本恶一派的。"洛医生继续说道，"他曾经跟我说过，他觉得决定一个人本质的关键，是来自父母的遗传，也就是所谓的血统论。"

她笑了笑说道："当然，现在血统论在世界范围内都被公认为一种歧视和偏见，不过实际上，如果不考虑政治正确的因素，这个观点，在各行各业中还是蛮有市场的，对吧？"

柳弈笑着点了点头。

如果从遗传优劣方面来讨论人性本善或者人性本恶这个问题，正反双方的论点都有权威论据支持，相关论文更是一搜一大把，一时半会儿实在很难争出个所以然来。

但是事实上，大部分人或多或少地认为遗传因素对于一个人的影响非常重要。

所谓"龙生龙，凤生凤，老鼠的儿子会打洞"，很多人都会觉得，学霸养的孩子应该是个小学霸，而犯罪者的小孩很可能是个潜在的罪犯。以至于在不能摆上台面的精卵买卖中，买家也要专门指定那些身强力健、长相标致、成绩优良的男女大学生。

"先不说我们俩的说法谁对谁错这个问题，当时他提过一个观点，我印象深刻。"洛医生接着刚才的话题说了下去。

"赢教授研究的是犯罪心理学，所以常常要通过案件的每一个小细节，去揣测罪犯的动机和心理。"

柳弈轻轻地"嗯"了一声。

"那时候，赢教授说，正是因为人性本恶，所以若没有亲身代入犯罪情境之中，只是以旁观者的角度看的话，很难理解罪犯的想法，以及那样做的原因。"

洛医生继续说道："虽然我知道不少心理学家都是主张设身处地感受他人想法的沉浸体验派，作为一个犯罪心理学者，赢教授的做法也无可厚非……"

她轻轻地叹了口气，说道："但是，我总觉得，把沉浸体验用在研究犯罪心理学上，太累，也太危险了……"

柳弈眼光一转，问道："危险？"

"你应该听说过，很多心理医生工作时间长了以后，或多或少都会有点儿心理问题，比如抑郁，以致于不得不开始吃药。"

洛医生再度露出了一抹淡淡的苦笑，说道："当一个'树洞'当得久了，尚且很难避免他人的负面情绪在自己身上积累。"

她转头看向车窗外的车水马龙，轻轻地说道："更何况，是试图去感受那些更加阴暗、血腥和邪恶的想法呢……"

戚山雨在家休息了整整一周。

但柳弈没有那么长的假期，除了周六和周日，平常他还是要老老实实地去上班。

戚山雨休息的那几日，柳弈公寓里从前基本只是摆设的厨房，利用率高到出奇。家里每天一日三顿都有现做的餐点，到下午茶时间还有水果、甜汤一类的点心。

每到饭点，戚蓁蓁都是一边埋头苦吃，一边暗自担心，哥哥是不是打算把她喂成个球，好让她将来报考公安大学时体检不能达标。

一周之后，戚山雨精神饱满地回市局上班了。

宋珏和"面具"犯下的绑架杀人案，在两天前结案了。

市局重案组全体上下都好似卸下了一个巨大的包袱，现在他们终于轻松，每个人脸上都带着一种如释重负的愉悦之情。

九点半，大队长沈遵走进办公室，身后还跟了一个年轻男人。

"大家集合一下。"

沈遵拍了拍手，引起办公室里众人的注意。

戚山雨搁下手里的茶杯，站起身，和其他同事一起围着站到沈遵的面前。

"介绍一下，这是我们一队新来的同事。"

沈遵说道，同时让出了身后的年轻男人。

众人都露出了了然的表情。

大家都知道，安平东因为腿伤，要调去后勤组了。

市局重案组本来就忙，这段时间更是大案要案接踵而至，每个人都忙得恨不得一个人掰成两半来用。现在忽然少了一个人，还是安平东那样能干又镇得住场子的资深刑警，对整个重案组来说，实在是非常重大的损失。

虽然谁都不想安平东这么一个优秀的刑警退到二线去，但他受伤已成事实，这个人事缺口还是必须要尽快补上。所以众人都估摸着，新人最迟这几天也就该到了。

"来，介绍一下，林郁清。"

站在沈遵旁边的这名叫林郁清的青年，身高大约一米七五，对警察这一行而言，他的体型显得偏瘦，袖口露出的手腕十分伶仃。偏偏身上的制服有些宽，使得袖管看起来空荡荡的，加上脸又显嫩，活像个在偷穿长辈衣服的半大小子。

他面容很清秀，眼睛圆，眼角微垂，给人乖巧又文静的感觉。比起常常要与歹徒以命相搏的重案组刑警，他看起来更像一个坐在办公室里，每天喝喝茶、搞搞学术的文静书生。

在场的人都沉默了，各位警官面面相觑，一时间都不知应该如何反应。

"高才生，政法大学的公共关系硕士。"沈遵假装看不懂他下属们那些无比复杂的目光，继续自顾自地说道，"他之前一直在政治部宣传科，最近自己打的申请，要调到我们这儿来。"

警官们全都倒抽了一口气。

还有人嘴形微动，虽然听不出声音，不过从口型来看，似乎是吐槽了一句"没病吧"。

确实，向来只有一线刑警受不了繁重工作，想方设法调去其他科室，尤其是行政岗位，更是人人争抢的香饽饽。

这小兄弟一个学公共关系的，放着好好的行政岗位不干，自己申请跑来他们这辛苦劳累的地方，真是令人费解。更何况……

警官们挑剔的目光好似探照灯一般，在林郁清身上来来回回、上上下下地扫了几遍，越看越觉得这小身板儿，实在不像是能耐得住做这一行的。

像这样文质彬彬的小少爷，光是查案时每日外勤走的十几公里，怕是就能把他累垮了吧？

"咳。"

沈遵见众人的反应都十分微妙，没有半个人有捧场的意思，便硬邦邦地咳嗽了一声，伸手拍了拍林郁清的肩膀。

"小林子，我们很欢迎像你这样有理想、有志气又肯吃苦耐劳的年轻人加入。"

他憋出一句场面话，然后剑眉一挑，恶狠狠地瞪着面前一圈下属，示意他们赶快配合。

刑警们连忙抬手，一边起哄，一边噼里啪啦地鼓掌。

"好了。"

待到掌声停下，沈遵环视一圈，目光落到了站在人群外围的戚山雨身上，便把这块烫手山芋迅速给扔了出去。

"小戚，你现在不是没搭档吗？小林子就暂时交给你带吧。"

他说着招招手，示意戚山雨上前一步。

戚山雨垂下眼，顶着所有人的目光，排开人群，走到沈遵和林郁清的面前。

沈遵指了指戚山雨，侧头朝林郁清介绍道："小林子，这是戚山雨，一队里最年轻的警官。别看他年纪跟你差不多，但特别能干，在组里的表现是没得挑的。"

林郁清抬起头，看向戚山雨的双眼中好像嵌着两颗星星，闪闪发亮。

他咧开嘴，露出了两颗颇为俏皮的小虎牙，朝面前的英俊青年伸出手，说道："你好，以后请多多指教。"

安排好新同事的位置之后，沈遵回了他自己的办公室，众人也皆散开。

林郁清好像一条小尾巴似的，一边喋喋不休地做着自我介绍，一边跟着戚山雨，一路穿过办公室，进了茶水间。

"喂，山雨。"

244

进入茶水间以后，林郁清立刻换了个热络的称呼，问道："你不记得我啦？"

"小林。"

戚山雨有些无奈地回头，问道："说真的，你怎么会调到我们科来？"

林郁清耷拉下眼角，表情十分委屈，瞅着自己的新搭档，说道："你以前明明叫我阿清的。"

戚山雨抬手摁了摁眉心，觉得十分头疼，说道："叔叔同意你当刑警了？不可能吧？"

"你说我爸吗？"

林郁清微微噘起嘴，说道："他当然不同意啊，我都跟他闹了半年多了，最近被我闹得没法儿了，才勉强松口的。"

戚山雨跟林郁清是发小。

林郁清家里也是从警的，他小时候跟戚山雨住在同一个大院里。两人年龄相近，自然经常玩在一起，是非常熟悉的朋友。

戚山雨从小就长得高，又因为每日练拳，身手远胜于同龄小孩。

对十来岁的小男孩来说，他这样长相俊美、成绩不错，还有身手的小伙伴，简直就是偶像级别的存在。

小时候的林郁清是个小书呆子，特别喜欢看书，长得瘦瘦小小的。他三岁就因为高度近视，戴起了酒瓶底儿一般厚的眼镜，因此被大院里的玩伴起了个外号叫"四眼田鸡"，还常常被小伙伴捉弄。

戚山雨从小就很有正义感，不会坐视一个小孩儿被人欺负，于是经常主动带着他玩儿，一来二去，两人就成了十分熟的朋友。

只是后来林郁清念中学，他的爸爸升迁外调到隔壁市去了，他便跟着父亲一起搬走，和戚山雨断了联系。

今日再见，戚山雨发现当初那个矮矮小小的男孩儿长高了不少，摘下了眼镜，虽然还是瘦削得厉害，但记忆中对方那种怯生生的眼神已经变得明朗了许多，只是那一双有些下垂的圆眼睛，依然显示出当年那个乖巧温和的样子。

戚山雨看向林郁清，想了想，问道："你现在不用戴眼镜了？"

"嗯，我做了矫正视力的手术。"林郁清回答，"现在不戴眼镜我也能看得清东西啦！"

戚山雨又沉默了。

他很想劝发小，刑警尤其是他们这些重案组的刑警，可不是那么好当的，可不要异想天开，自讨苦吃。

但是以他刑警的立场，却不适合说这种话。

他犹豫了一阵，还是问道："你还没回答我，干吗要调来重案组？"

林家本来就是警察世家，林郁清会选择当警察，一点儿都不奇怪。

但林郁清这身板儿怎么看都不是个当刑警的料，他在大学里学的专业也不对口。虽然警队公开招聘以后，还会对招来的新警察进行培训，但就凭那点儿训练，怎么想都远远不够应付重案组一线刑警的工作。

林郁清不回答，只是笑眯眯地看着戚山雨。

他当然不会承认，自己是因为戚山雨才非要从行政岗位调到重案组的。为了能顺利调岗，他还动用了家里的一点儿关系，为此更是跟他老爸大吵了一架。最后，还是他闹着要离家出走，他爸才勉强应承下来的。

大约人都难免有一种雏鸟情结，在林郁清看来，戚山雨就是他儿时记忆里的英雄，是他崇拜和仰慕的存在。

他知道戚山雨从小的志向就是当个警察，自然也以此作为自己的目标。

不过林郁清打小身体就比较弱，参加高考的时候才开始长个儿，一米七二的个头，体重却只有百十来斤，瘦得跟个皮包骨头的猴儿一样，根本达不到公安大学的录取标准。

不过好在他自小会念书，成绩一直很好，研究生毕业以后，他以笔试、面试双第一的分数，轻轻松松地通过了警队的公务员考试，考取了政治宣传科的行政岗，然后自己递了申请，从一个人人艳羡的好科室，转调到了刚好人手不足的重案组。

而令林郁清感到意外和惊喜的是，他不仅进了重案组，还直接就被头儿分配给了偶像戚山雨来带。

"以后，我们就是搭档啦。"

他笑着伸出手，一把拉住了戚山雨的手，上下摇晃了两下。

"山雨，多多指教啊！"

太平安宁的日子总是过得特别快，很快到了八月中旬。

今年的八月十五日是农历的七月十五，也就是传说中的七月半鬼节。

这一日，柳弈大早上就去外头开了个会，回到法研所时，已经快到吃午饭的点了。

他没有直接回自己的主任办公室，而是先去了一趟法医鉴定科的大办公室。

柳弈打开门进去的时候，里面的人并不多，除两个他只记得姓氏的实习生和进修生之外，就只有学生江晓原。江晓原正一个人缩在角落里，斜斜地背对着他，一手拿着杯奶茶，一手戳着平板电脑，对着屏幕看得津津有味。

看江晓原这表情，柳弈就知道他肯定又在工作时间偷偷上网了。

理论上来说，法研所办公大楼的网络是不能连接外网的，只能用来登录院内网和工作系统。

不过上有政策下有对策，其中最简单的方法就是开启手机热点，就什么问题都

鑫海

迷雾速报

NO.0000001

XX年X月X日

星期日 | 天气晴

新长垣工地惊现一具无名尸骨!

　　近日，鑫海市东城郊在建中的新长垣影视基地南侧，挖出了一具无名白骨，东城郊警局的法医部门已将尸骨送到法研所，委托其代为核实该无名氏的确切死亡年龄。

又起波澜，
鑫海市惊现断指连环杀人案!

　　平静数月的鑫海市又发生了一件骇人听闻的大事！断指连环杀人凶手有可能就隐藏在我们的身边。

　　几日前，百丽小区604的住户在家中惨遭杀害。据现场第一目击者透露，死者的十根手指不知所踪，面目也遭割毁。

　　目前，警方已立案开启调查。希望鑫海市的市民们近日注意出行安全，避免去人烟稀少的地方。

NEWS
-PAPER

DENSE
FOG

花季少女
雨夜遇害

　　昨日，鑫海市师范大学汉语言文学系的大三女学生李某云在艺松巷惨遭杀害，花一样的年纪，却无辜遇害，实在令人唏嘘。

　　再次提醒广大市民，尽量避免夜间单独出行、避开危险地带，如遇危险及时求救。

《新锐法医2迷雾》 非卖品

心理安全

指人们感受到心理本身的安全，及心理免于危险、不受威胁和危害的客观状态。

吕老师的小tips：

文中提到的心理安全领域只是心理安全研究涉及的一个方面，大概就是内心不安全+控制欲强的人PUA别人的时候一般会选择比自己弱的人……

创伤后应激障碍（PTSD）

是指个体经历、目睹或遭遇到一个或多个涉及自身或他人的实际死亡，或受到死亡的威胁，或严重的受伤，或躯体完整性受到威胁后，所导致的个体延迟出现和持续存在的精神障碍。

Q1 》》》

《新锐法医2》案件难度升级，和1相比，运用了很多心理学方面的专业名词，作者大大可以透露一些相关的参考书目吗？

主要参考书目是我本科时期的教科书，人民卫生出版社出版的《法医精神病学》《精神病学》《医学心理学》，另外推荐美剧《别对我说谎》和电影《心灵捕手》，都很有趣呢！

Q2 》》》

文中戚妹妹用水淀粉在衣服上写字留言，这一举动的理论基础是什么？

哈哈哈！我以为这是常识！其原理可以参考给衣服上浆。在法医的实际工作中，经常能在受害人的衣物上发现形形色色的液斑，这些东西都是很重要的物证，法医会逐一检查液斑的性质，哪怕只是一块酱油渍或是一滴果汁都不会放过。

Q3 》》》

《新锐法医2》中，一个新人物登场了，但很好奇一点，作者大大为什么会选择一早就暴露赢川是大反派的身份呢？

读者们都好机智的，这种脑门上写着"可疑"二字的人物一下子就被看出来了，藏也藏不住的嘛，干脆老老实实承认了！

解决了。

"看什么呢？"柳弈走过去，胳膊一伸，搭在江晓原的肩膀上，拖长了音调懒洋洋地问道，"看得这么聚精会神的？"

江晓原被老板的突然袭击吓了一跳，差点儿没直接从椅子上蹦起来。他下意识地想藏起他的平板电脑，然而被柳弈的胳膊压了个结实，完全动弹不得。

"没……没啥……"

他的声音哆嗦了一下。摇头打哈哈："就……就随便看看嘛。"

柳弈径直从他的手里取走平板电脑，看到了屏幕上显示的内容。

屏幕上显示的是一个在年轻人中很流行的视频网站，江晓原打开了网站里的一个视频播放界面。从画面的形状和画质来看，这个视频明显是用手机拍的，全程两分多钟的视频，进度条已经走了一大半，只剩下最后的三十多秒了。

"这是什么？"

柳弈径直把视频的标题给读了出来："SHOCK！鬼节深夜鑫海市惊现水鬼上岸？"

他十分嫌弃地扭头看向江晓原，问道："怎么听上去像某某网站的头条标题似的？"

江晓原哈哈干笑了两声。

"老板啊，你不知道鑫海市的鬼节传说吧？"

他先抬头看了看墙上的挂钟，此时已经十一点四十七分，眼见要到午休时间了，然后又仔细观察了一下老板的表情，看柳弈笑得挺高兴的，好像没有要追究他不认真上班的意思，于是大着胆子，开始以一个鑫海市土著的身份，给刚来本市不久的柳主任科普鑫海市的都市传说。

"我们这里有个说法，在中元节当日溺水的死者，会找不到尸体哦……"

江晓原的话显然引起了柳弈的兴趣，他拖过一把椅子，在自家学生的旁边坐下。

他们两人的对话，也吸引了办公室里的实习生和进修生。见有故事可听，他们纷纷围拢过来，催着江晓原往下说。

"是这样的。"

江晓原开始讲故事。

"在我还小的时候，每逢七月半前后，家里的长辈就会禁止我们下水游泳。因为据说每年这段日子，都是水鬼出没找替身的时间，特别容易出事。"

那个从N省来的进修生点头附和："哦！我小时候长在黄河边上，咱那旮旯也有类似的说法，农历七月半不能下水游泳的，不然会被水猴子拉住脚溺死。"

"不止是这样，"江晓原继续说道，"在七月半淹死的人，尸体会神秘失踪，不管怎么打捞都捞不到的。"

他压低声音，朝听故事的三人又凑近了一些："你们知道，为什么吗？"

"为什么？为什么？"另外两人被勾起了兴趣，连声追问。

柳弈也侧过头，这是他认真地听人说话时的一个习惯性小动作。

江晓原缓缓地回答："因为，七月半那天溺死的人会变成水鬼，半夜从河里、湖里、海里爬上岸来……"

柳弈盯着他，问道："然后呢？"

江晓原蒙了一下，说道："什么然后？"

柳弈继续追问道："然后呢？那些爬上来的尸体又到哪里去了？"

"这……这……"

江晓原磕巴了一会儿，犹豫了一下才回答："就……爬上来以后，消失了吧……我也没听说他们到底去了哪里。"

"不可能，"柳弈摇了摇头，说道，"就算按现在流行的那些极端不科学的丧尸说法，死人变成行尸走肉以后，身体也还是在的。淹死的人也一样，一百多斤的骨肉，怎么可能凭空消失，就算是爬上岸了，也该有个去处吧？"

"老板啊，你这反应，可不是听鬼故事的正确姿势啊！"江晓原抚额，无奈地道，"你这样让我怎么继续下去……"

说到这里，他又像忽然想起了什么似的，指了指柳弈手上的平板电脑，说道："不过，昨晚还真有人拍到水鬼上岸的一幕呢！不信，你自己看呗！"

柳弈闻言，滑了一下播放器的进度条，从头开始看起。

拍摄者是在挺远的地方进行拍摄的，画质不甚清晰，背景看起来应该是一条河堤，看不出具体的地点，不过看那刷成淡红色的堤坝式样，好像是在填海区工程的施工场地。

拍摄者拍摄这段视频的时间大约是深夜，四周十分黑暗，最明亮的光源来自路灯，画面上还有一些零零星星的光，有明有暗。因为距离太远，就凭这糟糕的画质，看不太出是什么东西发出来的光。

在昏暗而且有些不稳的画面之中，有个人好像喝醉了一般，摇摇晃晃地走在堤岸上。

从画面上来看，那人确实像是刚刚从水里爬出来的样子，浑身湿透，身上衣物看不出颜色，在水和光的双重作用下，显得湿漉漉的。

那人顺着河堤，一路缓缓地往前走，三分钟之后，走出了拍摄者的手机拍摄范围，消失在了夜色之中。

这条视频的播放量已经超过了十万，弹幕也很多，其中以起哄"真可怕"的和高呼"好假"的两种反应最多。

有人吐槽道："为什么每次拍到所谓的灵异事件，你们的摄影器材就会瞬间倒退二十年？"这其实是在暗讽拍摄者的造假技术不够专业。

当然，弹幕里还有自称鑫海市本地人的，说市里根本没有拍摄者拍的那个地方，这绝对就是假的。

看完以后，柳弈用手指滑了一下屏幕，看了看视频下方的评论。

果然，从画质到人物动作，全方面鉴定拍摄者哗众取宠的评论被顶到了热门第一条。

评论下方的拍摄者还发起了毒誓："这都是真的，如是摆拍，'全家富贵'。"然而，这并没有什么用，评论区还是满满的嘲讽话，大部分网友的留言还相当不客气。

"呵呵。"

柳弈把其中一段念了出来："死人会出现尸僵，膝盖根本不能像视频里的那样打弯？"

他笑了一声，说道："他怎么就知道尸体死了多久？肯定已经尸僵了？"

江晓原好像找到了知音一样，两眼发光，说道："这么说，老板你也觉得这视频是真的了？我也觉得他拍得蛮真的……"

"这可说不准。"

柳弈把平板电脑抛还给自家学生，弯起眼睛朝他一笑，说道："毕竟，我还没见过死人复活以后是怎么走路的。"

江晓原吐了吐舌头，机灵地藏好平板电脑，不再提七月十五日水鬼上岸的事，果断抱起自己和老板的饭盒，一溜烟似的跑去饭堂打饭去了。

今天是周四，饭堂有江晓原最喜欢的红烧狮子头。这道菜十分受欢迎，去得晚了就肯定没有了。

所以江晓原卡着午休的点儿，冲到打饭的窗口前，给自己和柳弈各买了一份红烧狮子头，然后回到科室，美滋滋地享用这每一口都是肉的美食。

很可惜，江晓原这一顿饭才吃了一半，他家老板就接到电话，说是开发区那边发现了一具男尸，请他们立刻过去看看。

柳弈和江晓原乘着单位的外勤车，一路赶往开发区，很快到达了发现尸体的地方。

"什么情况？"

柳弈从车上跳下来，穿过明黄色的警戒线，走向几个穿了制服的警察聚集的场所，然后很高兴地看到，里头主事儿的是戚山雨。

"看到你们，就知道这是谋杀案咯？"柳弈问。

戚山雨眨了眨眼，说道："暂时还不能确定。"

戚山雨咳嗽了一声，清了清嗓子，说道："今天中午，有个流浪汉在桥墩下面发现了一具男性尸体。民警来看过以后，在男尸的额头上找到了一处很明显的外伤，觉得死因可疑，所以叫我们来看看。"

"原来如此。"

柳弈一边点头，一边戴上手套，走到男尸面前，蹲下来，开始检查尸体。

从戚山雨身前走过的时候，柳弈注意到，跟他很熟的安平东已经不在了，小戚警官身边换了个他从来没见过的瘦瘦的年轻警官。这个年轻警官长得挺清秀的，眼睛圆而清亮，乍看起来一副十分纯良的模样。

要不是那警官胸前挂着市局重案组的工牌，又站在戚山雨的身旁，柳弈简直都要以为对方只是个从附近派出所过来帮忙的小辅警了。

柳弈自然听戚山雨提起过他换了新搭档的事，他还说那人小时候跟他住一个大院里，算是有点儿时的交情。

当时柳弈想着以后和戚山雨的新搭档打交道的机会肯定还有很多，还特地认真记下了对方的名字。没承想，后来两人聊着聊着，话题一发散就跑到天边去了，以至于现在他只能想起对方好像是姓林。

那是一具年约三十的男尸。

男人的长相很普通。宽额头、驼峰鼻、嘴唇略厚，因为牙齿咬合不良，前牙有些"地包天"，下颌显得有些外突。整体面相算不上难看，但也和"帅"字完全不搭边儿，完全就是丢进人堆里再也抓不出来的平凡的青年人。

尸体呈半坐半卧的姿势，靠在桥墩下方。

发现男尸的这片区域，属于开发区的北部，较为偏僻，附近都是些填海以后造出的滩涂，远处则是上百公顷的红树林保护区。即使在大白天，这里路过的行人也不多。

尸体所在的桥墩，在一条横跨河汉的人行桥的南边，位置比较隐秘，周围杂草丛生。从堤岸上往下看，不仔细看，甚至看不出桥墩旁半躺着个人。

"尸体的第一发现人是谁？"柳弈一边检查尸体，一边问道。

"是一个在这一带拾荒的流浪汉。"回答柳弈的是戚山雨的新搭档。

柳弈趁着对方站在他正前方的机会，飞快地瞄了一眼他的名字，看清"林郁清"三个字之后，抬起头，朝他微笑了一下，说道："谢谢。"

林郁清从一开始，就注意到了这个长相俊美得有些不可思议的法医，现在看到他对着自己这么微微一笑，顿时有些慌了，脸颊一下涨得通红，立刻错开视线，"嗯嗯"两声，然后挤出了"不用谢"三个字。

"那这个流浪汉有没有可疑之处？"柳弈继续问道。

"这……"林郁清犹豫了一下，又条件反射地抬眼看了看自家搭档，见戚山雨没有要接话的意思，想了想回答道："民警那边问过话了，那个流浪汉平时就经常在这一带沿街翻垃圾桶，今天经过这里的时候，看到桥墩下面倒了个人，过来一看，发现人已经死了，吓得立刻报警了。"

"真的吗？"柳弈朝尸体的方向抬了抬下巴，说道，"我看不见得吧？"

戚山雨蹙眉，顺着柳弈的视线在尸体上扫视一番，然后对柳弈说道："你们继续检查尸体，我先去找他问问话。"

"好。"

柳弈回给他一个微笑，不再说话，和学生一起开始干活了。

戚山雨则带着林郁清，快步走向十多米外几位民警聚集的地方。

林郁清十分茫然，边走边问："怎么回事？那第一发现人有什么不对吗？"

"你没发现吗？"戚山雨没有回答，反问了一句。

林郁清是真的没看出来有什么问题，他正努力思考时，两人已经走到了民警们的面前，自然也就没时间听戚山雨的回答了。

"我们要找他问问话。"戚山雨看向坐在路基上的一个衣着破烂的中年男人，对几个民警说道。

拾荒者闻言，站起身，从民警们身后钻出来，战战兢兢地站到了两名警官面前。

这个尸体的第一发现人，个头十分矮小，看样子还不到一米七，不知是因为长期背着重物，还是因为面对警察，背脊明显地佝偻起来，畏首畏尾的，只敢拿眼睛的余光偷瞄戚山雨他们。

"你是什么时候发现尸体的？"戚山雨也不跟拾荒者废话，开门见山地问道。

"这……大概是中午的时候吧……"

拾荒者想了想，又补充道："应该是……差不多是在十二点吧……"

戚山雨点点头，又问道："你是怎么发现尸体的？"

拾荒者抬起眼，说道："我……我刚才都跟……跟警察说过了啊……"

他朝几个民警那边瞟了瞟，问道："还要再说一遍吗？"

"是的。"戚山雨板着脸，"麻烦你再说一遍。"

戚山雨虽然年轻，但身材高大，在重案组干的这段时日，经历的大案多了，渐渐养出了一身气势。此时，他一张俊脸绷起，声音沉稳有力，给人一种无形的压迫感，唬得拾荒者不由得向后退了一步。

"就是……我每天都会从这附近经过，因为河堤这段有很多垃圾桶嘛……"

拾荒者的手不由自主地揪住自己的衣摆，他说话有些颠三倒四。

"然后，我就看到有人靠在桥墩上，以为他喝……喝醉了，就想过去叫醒他……"

他朝被拉了警戒线的区域看过去，接着说道："结果那人动都不动，一摸胸口，人没呼吸了……就……把我吓得够呛嘞，然后我就报警了！"

拾荒者一边说着，一边用力地拍着自己的胸脯，一副惊魂未定的模样，就好像发现尸体这件事，确实给他带来了极大的惊吓一般。

"你在报警以前，接触过尸体吗？"戚山雨追问道。

拾荒者目光飞速游移了一下，朝自己的右侧看了一眼。

"刚……刚刚就说……说了……"拾荒者回答，"我摸了他的胸口，想看看那人死……死没死啊……"

他虽然在很努力地强装镇定，但说话的声音里带了不应有的磕巴，这分明就是心虚的表现。

绝大部分没有受过专业训练的人，在说谎的时候，难免会觉得紧张。

这种情绪反映在身体上面，通常就会跟戚山雨和林郁清面前的这人一样，脸色发红，额头、鼻尖冒汗，手指无意识地揪紧一些触手可及的物件，目光游移，回避询问者的目光，视线常常会不可控地飘向右下方。

就算是林郁清这样没有半点儿刑侦实操经验的菜鸟，也能看出这个拾荒者在撒谎。

"有一件事，我要提醒你，"戚山雨并没有立刻拆穿对方特别拙劣的谎言，而是说道，"不管你碰过尸体什么地方，都会留下指纹。"

他看了看拾荒者粗短黢黑而且脏兮兮的十指，说道："如果到时候查出你留下指纹的地方和你的证词不符的话，后果会非常严重。"

他压低声音，一字一顿地说道："这可是一桩命案，死了人的案子，你明白吧？"

拾荒者浑身一个激灵，豆大的汗珠从额头渗出，顺着脸颊往下落，很快就将他身上那件脏兮兮的灰色 T 恤的领口和背脊给染成了深灰色。

"我……我……那个……"

他脑袋左右乱转，双脚在原地来回移动，一边语无伦次地说着些无意义的单音节，一边想着如何拔腿逃跑。

然而戚山雨发现了他的企图，高大挺拔的身体挡在拾荒者的面前。那种无形的压迫感变得更加强烈了，让对方感到肩膀上好像压了块十几斤的巨石，脊背瞬间变得更加佝偻。

"你想清楚了没有？"戚山雨又重复了一遍，"这可是杀人案。"

"我……我说！我什么都说还不行吗！"

拾荒者似乎将他面前这位警官的警告理解成了另外一个意思，以为对方这是要把杀人的锅往他身上扣，顿时吓得脸色煞白，仿佛被抽去了脊梁骨一般，腿一软，"扑通"一声，倒在了地上。

随后，他在两位刑警的盯视之中，从自己的裤袋里摸出一沓钞票来，战战兢兢地捧起来递给戚山雨。

"我……我从那死鬼身上拿了这些……"拾荒者哭丧着脸回答。

戚山雨戴上手套，接过那沓纸钞。

他在手上翻动了一下，发现面额并不大，除六张粉红色钞票之外，都是些零散的钞票，加起来也就七八百的样子。在这些零散的钞票里面，还夹了一张皱巴巴的便利超市购物小票，小票末尾的日期是四天以前的。

但无论是钱还是小票，显然都是在水里泡过的，现在摸上去，中间的几张还没完全干透，纸片与纸片还半湿不干地粘在一起。

戚山雨不敢再随意翻动了，把这沓钞票装进一个小物证袋里以后，再次盯着跪趴在地上的拾荒者。

"除了这沓钱，你还拿了别的东西没有？"他严厉地追问道。

"没有，没有，绝对没有！"拾荒者将脑袋摇得仿佛拨浪鼓一般，说道，"真的没有！我发誓！真的就这些了！警官同志，你们要相信我啊！"

林郁清气得直咬牙，他朝拾荒者大声喊道："你知不知道擅自偷走死者身上的遗物属于妨碍警方侦查，要负刑事责任的！"

拾荒者听到他的这句话，顿时哆嗦得更厉害了。

戚山雨抬了抬手，做了个手势，制止了搭档怒气冲冲的话语。

他蹲下来，与拾荒者视线平齐，目光炯炯地盯着拾荒者，继续逼问道："你真的没拿走别的东西吗？"

他拿出自己的手机，在对方面前挥了挥，问道："那人的手机呢？你有没有拿？"

"没……没有！"拾荒者回答得飞快，"我翻了他的口袋，没找到手机！"

说完以后，他发现自己说错了话，再度低下头，小声地辩解道："是……我当时想过要拿他的手机，但……真的没找到啊……"

戚山雨仔细地看着拾荒者的表情，半晌之后，点了点头，又换了一个问题："那沓钱，你是在哪里翻出来的？"

"在那死鬼的口袋里啊。"拾荒者答道，"就……衬衣胸口那个袋子。"

盘问完发现尸体的拾荒者以后，戚山雨带着林郁清，回到了正在做尸体现场检查的柳弈等人那边。

柳弈见戚山雨回来了，弯起眼，朝他微微一笑，问道："怎么样，你们问完了？有没有问出什么东西来？"

"有。"戚山雨拿出那个装了一沓钞票的物证袋，递给柳弈，说道，"发现者说这是他从死者的衬衣前胸口袋里拿的，我摸了摸，发现这些钱是湿的。"

柳弈挑起眉，说道："好巧，我也发现了这人曾经落水的证据。"

时值盛夏，鑫海市中午的地面气温接近四十摄氏度，晴空万里，艳阳高照，就算是把一床棉被丢进水里，捞出来摊在烈日下晒上两三小时，也能晒到干透。

因此，用测量尸温的方法来判断死亡时间，变得十分不准确。

事实上，与大部分人所认知的"人死了身体就会变冷"的观点不同，人身体变冷的速度和程度与环境温度直接相关。当尸体所处的地方的温度超过37℃时，尸体的体温非但不会下降，反而还会升高。

所以，法医在用尸温判断尸体的死亡时间时，通常会根据当地的实际温度，用回归方程进行逆推算。

不过，柳弈检查过尸体的基本情况，发现这具男尸的角膜已经呈现轻度混浊状态，尸斑处于坠积期，指压可褪色，尸僵已经形成，且遍布各大关节，但还未达到顶峰。

综合判断下来，柳弈觉得，这尸体应该已经死亡6至10小时。也就是说，男人死亡的时间，应该是在今天凌晨四五点钟到天色亮起的这几小时里面。

柳弈一边向戚山雨和林郁清说出他推断的初步死亡时间，一边指点他们去看死者的右手，说："你们看他的拳头。"

林郁清蹲在尸体的旁边，伸手就要去抓男尸的拳头。

"等等，你不要乱碰！"戚山雨连忙伸出手，一把抓住了林郁清的手腕，说道，"你没戴手套，连这点儿常识都要我提醒吗？"

林郁清讪讪地收回了手，好像一个犯了错的孩子似的，委屈地瘪嘴，不敢再乱动了。

柳弈瞥了好友一眼，目光中带了两分无奈、三分责备，又轻轻地摇了摇头。

然后他抽出一对没用过的一次性薄膜手套，递给林郁清，接着伸手轻轻地掰开了尸体的拳头，露出了死者掌心里的东西，说道："死者手里握着海草，指缝和指甲里还有泥沙。"

紧接着，柳弈又指了指尸体的衣摆和裤脚，说道："他的衣服上有盐粒析出，所以我推断，他死前很大概率曾经在海里泡过。"

柳弈说完以后，抬头对林郁清笑了笑，问道："小林警官，你觉得呢？"

"嗯，对！对！您说得对！"林郁清红着脸，好似小鸡啄米一样拼命点头，不知不觉中还用了敬语。

他说完，好像忽然想到了什么重要的事情一样，朝发现尸体的拾荒者看了看，又看向柳弈，态度诚恳地问道："您刚才怎么知道那个拾荒者曾经动过死者的尸体的？"

"因为尸体的口袋翻出来了。"柳弈好脾气地解释道，"你看，这人的外套口袋和牛仔裤侧袋边缘是外翻的，证明肯定有人匆匆掏过他的口袋，然后又忘了把它们恢复原状。"

他看了看死者的装束，又看了看拾荒者，说道："从这具尸体的情况来看，这不太像是一桩抢劫杀人案，所以我猜，有可能是尸体发现人干的。"

林郁清低声地发出"啊"的一声惊叹，他那双原本就很圆的眼睛睁得更大了，仿佛一个正在向老师提问的中学生，问道："您是说，这是一桩谋杀案？"

"对，这很明显是一桩谋杀。"柳弈回答。

"死者的头部有四处外伤，一处在额头，三处在后脑勺儿。"

他拨开男尸额头上的头发，让戚山雨和林郁清看死者额头上的伤口。

"根据我的经验，这几处伤口，应该是由硬物敲击造成的钝器伤，具体凶器是什么现在还不好说，得等我们做了尸检才能确定。"

柳弈朝林郁清笑了笑，态度显得非常柔和。

"不过，只集中在人体要害部位的多处钝器伤，怎么想都不可能是意外，对吧？"

"对！对！对！"林郁清再度点头如捣蒜。

虽然他和柳弈只是第一次见面，但光凭刚才这位法医露的两手，就足够让他这只刑侦小菜鸟钦佩了。他简直恨不得立刻抱着对方的大腿，求对方直接告诉他凶手是谁。

"可是……"林郁清犹豫了几秒，想到另一个问题，问道，"您又是怎么确定，这不是一桩抢劫案呢？"

他问完这个问题以后，自己随即想到了答案："因为死者身上的钱没有被拿走，对吧？"

柳弈点了点头，说道："除头上的四处钝器伤之外，他身上暂时没有更多明显的外伤，证明他在遇到袭击的时候，完全没有警觉，受袭后也没做出多少抵抗。"

他伸手轻轻点了点男尸身上的衣服，又拉住尸体的手腕举起来，让林郁清看男尸的手。

"这名死者身上的衬衣、外套、裤子、鞋子，都是很便宜的地摊货，而且这人看起来只有三十来岁，正是身强力壮的年纪，身材也长得颇为高壮，肤色黝黑，从手掌的老茧来看，应该也是个做惯了体力活的。"

柳弈歪头一笑，说道："我想，一般的抢劫犯，也不大会挑这样的人当作下手目标吧？

林郁清显然被说服了，一边点头，一边轻声嘀咕道："也对……看来，我要学的东西，还有很多啊……"

简单检查完男性死者的遗体之后，法医们把尸体装进敛尸袋里，准备送回法研所进行尸检。随后，他们又以尸体的发现地为中心，朝外围进行探查。

众人很快在河堤上发现了疑似男性死者滑落下来的痕迹。他们爬上河堤，又在河堤沿岸的人行道上，找到了零零星星的盐粒痕迹。

他们知道死者在生前曾经落进过海里，地上这些圆形、类圆形还带着彗星尾的盐粒碎屑，很明显就是海水从死者的衣物上滴下来后干燥留下的痕迹了。

所幸今天天气好，无风无雨，路上的行人也不多，柳弈等人找到的盐粒大部分还保持着原状，没有遭到破坏，完整地记录了当它们还溶在海水里面的时候，每一滴水落地时的形状。

人在运动的时候，从身上滴落的液体，无论是血、水还是其他任何一种流质，都会留下特殊的运动痕迹规律。柳弈他们仔细研究过那些盐粒的形状之后，得出了一个结论：当时死者应该是用相当缓慢的速度，一步一步地往前走。

地上干燥后的盐粒呈现出经典的滴状图案。

它们的形状呈圆形和类圆形，周围溅出逗点状或者线条状的小锯齿，朝南的一面拖出一条短短的彗尾，而这彗尾的朝向，正是死者当时行走的方向。

于是柳弈和戚山雨几人，顺着彗尾的反方向往前追踪，一边走一边在路面上仔细搜寻，小心翼翼地寻找相似的盐粒痕迹。

几人足足往前走了将近百米，盐粒越来越多，随后还找到了与死者所穿的鞋子鞋底花纹相同的脚印，脚印上全是海水干了后留下的盐粉，其中还夹杂着一些滩涂上的泥沙。

"这里，老板，在这里！"走在最前面的江晓原忽然大叫了起来，"我发现死者上岸的地方了！"

柳弈和戚山雨等人闻言，快走几步，赶到江晓原的身边。果然，在一片浅浅的滩涂上，发现了一连串脚印和手掌印，以及身体在泥地上碾压过的痕迹，明显是有人曾经挣扎着从此处爬上了岸。

江晓原在地上摆好了长短不一的比例尺，然后咔嚓咔嚓地不停拍照，一边拍，一边喃喃自语："嗯，这就奇怪了……我们这一路走来，只发现了死者一个人留下的痕迹啊，那他是什么时候受到袭击的？"

"对哦！"

林郁清听江晓原这么一说，连连点头，同时回过头，看向身后的柳弈和戚山雨，仿佛一只睁着眼等着主人们指点的警犬，问道："所以那人到底是什么时候受伤的？"

柳弈侧过头看看戚山雨，笑着摇了摇头，说："现在还不好说。或许，这伤是在他落水之前受的呢？"

林郁清诧异地睁大眼睛，不太确定地问道："他受了那么重的伤，还能从水里爬出来？而且还能走那么远？"

柳弈依然只是笑着说："没做尸检之前，都不能确定，不过从理论上来说，这也不是不可能的。"

林郁清"哦"了一声，依然有些似懂非懂。

"另外，还有一件事儿……"

柳弈站在原地，转了大半圈儿，朝周围远眺了一番，视线最后落到了十多米外的一处淡红色的堤坝护栏上。

"这地方，我怎么看着觉得有点儿眼熟啊。"

他拍了拍正在专心拍照的学生的肩膀，示意江晓原抬头。

江晓原搁下相机，顺着柳弈手指的方向看过去。

"那护栏的式样，看着眼熟不？"

柳弈说完，又补充道："昨天，可是七月半呢！"

江晓原浑身一个激灵，大声叫了起来："啊！难道他就是那个——水鬼！水鬼！"

戚山雨和林郁清当然不知道江晓原口中的"水鬼"到底是什么东西，不过经过对方简单的解释以后，很快就了解了。

现在看来，那位拍摄者，应该无意中拍到了男人刚刚从海里爬上来，然后沿着河堤往桥墩方向走的一幕。

"如果找到那个上传视频的人的话，就能知道那段视频的准确拍摄时间，从而更精准地推断出死者的死亡时间了，对不对？"

林郁清这一回倒是理解得很快，扭头看向戚山雨，一双眼亮晶晶的，好像想寻求对方的表扬一般。

只可惜，戚山雨觉得身为一个刑警，想到这一层是最基本的能力，根本没有什么值得称赞的，只是轻轻点了点头。

"我们先去找那个拍摄和上传视频的人，然后去调查死者的身份。"

他对柳弈说道："至于死者的死因，就拜托你们了。"

"SHOCK！鬼节深夜鑫海市惊现水鬼上岸"的视频拍摄者，在两小时之后，就让戚山雨和林郁清找到了。

拍摄和上传视频的人，是鑫海市本地某大专大三的一名姓程的学生，学的是自动化专业。临近毕业，他从一周前开始，就在附近的一个工地实习，每日早出晚归，提前体验"996"的痛苦生活。

昨天深夜，这个程姓小哥照例加班到晚上十一点半。

那时，他饥肠辘辘，于是在回宿舍的路上，步行绕去了两公里之外的一家烧烤大排档去吃夜宵。至于为什么是两公里外，自然是因为这附近一带实在太过偏僻，想要在半夜里找到一家还在营业的餐馆真的非常不易。

用程姓小哥的话来说，他吃完烧烤以后已经是凌晨三点半左右了。吃饱之后，他沿着原路往宿舍走，快到宿舍时，就看到河堤那边有人爬上滩涂，摇摇晃晃地往前走。

因为他是土生土长的鑫海市本地人，自然也听说过七月半水鬼上岸的都市怪谈，于是立刻掏出手机，对着那人拍了起来。

从程姓小哥的手机里，戚山雨和林郁清看到了那个视频的准确拍摄时间——08/15，AM4：47。

这是戚山雨第一次带着林郁清出外勤，两人在外奔波了一整天，让从来只习惯做文书工作的小林警官累了个够。等到搭档终于肯放他回家的时候，他手表上的指针已经走到了八点二十分的位置。

虽然他很开心能够和他憧憬和崇拜多年的山雨哥一起共事，但再大的喜悦也不能补充他的体力。

他拖着脚步，爬上出租车，"扑通"一下瘫在后座椅背上，喃喃地告诉司机去哪儿之后，就想直接睡过去。

在他迷迷糊糊快要睡着的时候，林郁清想起搭档刚刚告诉他的明天的调查计划，只觉得生不如死，恨不能就这样睡死过去，再也不用面对才好。

原来当刑警，真的好辛苦、好辛苦啊……

在闭上眼睛的时候，林郁清只感到"无语泪千行"，并且开始怀疑起自己当初要选择调岗的决定。

戚山雨到家的时候，柳弈竟然还没有回来。

他掏出手机，果然看到了好友在两小时前传过来的微信。说是尸检刚做完，还要把鉴定书写完才回来。

好吃好喝休养了半个多月以后，戚蓁蓁的脚伤好了许多，已经可以自己拄着拐杖慢慢地走动了。她近来在家闲着没事，除温习和看书之外，还会帮忙做些家务，提前做好晚饭。

于是，戚家兄妹一起吃了晚饭，又给柳弈留了一份。

到十点的时候，柳弈终于回来了。

他在法研所已经梳洗过了，换了一身干净的衣服，但神色依然疲惫，看起来确实是忙了一整天的样子。

戚山雨立刻走进厨房，帮柳弈热好饭菜，又多煎了个荷包蛋，端到餐桌上。

柳弈饿坏了，也顾不得吃相优不优雅，捧起碗就埋头苦吃起来，很快就清空了。

柳弈吃完饭，端着一汤碗，咕咚咕咚喝干，长长地舒了一口气，然后用手拍了拍肚子，有些郁闷地道："唉，这晚饭，都能当夜宵了。看来明天我得多跑几公里，才能减掉这顿夜宵长的肉啊！"

戚山雨知道柳弈最近一直很在意身材，怕好不容易练回来的六块腹肌又连成一片。

原本柳弈喜欢赖床睡懒觉，不到非出门不可的点儿绝对不从被窝里爬起来，但他为了保持身材，这段时间也习惯了跟戚山雨一起早起晨跑八公里了。

"你哪里胖了？"

戚山雨把碗筷送回厨房，又变戏法儿似的端出一杯热腾腾的参茶。

"而且你今天这么累，多吃点儿才有体力。"

柳弈觉得戚山雨说得颇有道理。

为了尽快将尸检结果做出来，他今天也确实够累了。好在辛苦还是值得的，他们已经找到了无名男尸的死因。

"你猜，那人是因为什么而死的？"柳弈一边小口小口啜着热腾腾的参茶，一边问道。

以戚山雨对好友的了解，通常他在这样说话的时候，要给出的一定是一个会让他觉得意外的回答。不过，戚山雨依然很配合地猜了猜："因为死者头部的打击伤？"

"嗯，是，也不全是。"

柳弈摇了摇手指，将一点儿茶水倒在茶杯的托盘上，用手指蘸起，在桌上勾勒出一个人的头部示意图。

"死者头上一共挨了四次打击，其中一次在额头，另外三次在后脑勺儿上。"

他的食指在头部示意图上点了四下，标注出了具体的位置，然后继续解释道："不过这四次打击只是让他出现了脑震荡和轻度的脑挫裂伤。当时，人可能只是晕过去了，并没有直接丧命。"

"哦？"

戚山雨露出了讶异的表情，问道："那他的死因到底是什么？"

柳弈回答："是颅内动脉夹层破裂造成的蛛网膜下腔出血。"

蛛网膜下腔出血是指脑底部或脑表面的病变血管破裂，血液直接流入蛛网膜下腔引起的一种临床综合征，是一种可能致命的常见疾病。

引起蛛网膜下腔出血的原因有很多，但不管是哪一种原因，只要血液进入蛛网膜下腔，就会通过围绕在脑和脊髓周围的脑脊液迅速扩散，刺激脑膜，引起剧烈的头痛和颈强直等脑膜刺激征，而且还会使颅内压升高，引起严重的脑水肿，甚至形成脑疝，直接威胁到患者的生命。

戚山雨自然听说过"蛛网膜下腔出血"，这种病是可以要人命的，却不知道"颅内动脉夹层"又是什么。

"动脉的管壁，有内膜、中膜和外膜三层。"

因为天气炎热，刚才柳弈画的头部示意图已经差不多干了，他又蘸着茶水，在旁边画了一条动脉血管剖面示意图。

"以这个死者来说，他的椎内动脉上本来就长有一个血管瘤，在头部受到暴力打击后，这个血管瘤的内膜和中膜层撕裂，使血液在动脉压的作用下，从破口处进入了两层膜之间的夹层里面。"

柳弈简单地画了个好像三明治一样的血管截面图，继续解释道："外面这层是外膜，下面这一层是中膜，里面的夹心则是从破口涌进去的血。"

他说着，将"三明治"的夹心层往外延长了一截。

"由于颅内动脉的肌层和外膜厚度只有颅外动脉的三分之二，外弹力膜的发育也不完全，滋养血管又少，血液从破口涌进去以后，很容易撕开两层管壁，导致外膜下发生夹层。"

"原来如此。"戚山雨点点头，表示自己听懂了。

"这仅剩的一层外膜，其实十分薄弱，而且周围又没有多少支持组织。"

柳弈用指尖戳了戳"三明治"的表层，说道："只要有一点儿诱因，比如血压升高，或者再次受到撞击什么的，这一层外膜就有可能破掉，血液就会从脑动脉涌出，引起蛛网膜下腔出血。"

他看向戚山雨，说道："这就是死者的真正死亡原因。"

戚山雨了然。

从现场痕迹来看，死者从海里爬上来，再到他死去的地方，一共走了接近两百米，中途还摔到了河堤下。无论哪一个环节，都有可能造成他脑中的动脉夹层破裂，使他最终丧命。

戚山雨又想到了另外一个问题，问道："那么，他又是什么时候落水的？是在受伤前，还是受伤后？"

柳弈笑了笑，回答道："死者头部的伤口组织有明显的炎症反应，而且我们做了组织切片，在创口组织比较深层的部位里找到了海水的成分以及单细胞海藻。这些特征通常都是人在受伤以后伤口在海水里浸泡过才会出现的，所以我个人倾向于，死者应该是在受伤以后才落水的。"

"既然是这样……"戚山雨用食指抵住下巴，轻声地说道，"死者受到袭击以后，失足落到海里，又或者是被凶手抛进海里，但他当时的伤势还不足以致命，所以挣扎着从海里爬了上来，在走了一段距离以后摔下河堤，最后死在了桥墩下方……"

他说完以后，看向柳弈："你觉得，我这个猜测，合理吗？"

柳弈"嗯"了一声，说道："我也是这么想的。"

他想了想，又继续说道："虽然我们没有在死者身上发现属于另一个人的生物痕迹，血迹、皮屑、指纹什么的都没有，但发现了几根白色的毛发。"

"毛发？"戚山雨追问道，"是指白头发吗？"

柳弈摇了摇头，说道："不，我们查过了，是猫的毛，粘在了死者裤腿的内侧，至于他是在哪里粘到的，就不太好说了。"

他说完这些以后，仰头喝完了杯子里的参茶，放下茶杯，问道："那你呢？你们今天有什么发现？"

戚山雨将他们今天的发现告诉了柳弈。

"吃完夜宵是三点多，但拍下视频的时间却快到五点了，这时间间隔有点儿长啊。"

柳弈琢磨了一下，问道："你们查过拍视频的那个姓程的学生了吗？他有没有疑点？"

"查过了，他在回宿舍的路上绕去了一家二十四小时便利店。"戚山雨回答，"那孩子对那家便利店上夜班的一个年轻女孩儿有意思，所以每次吃完夜宵以后，都会绕去便利店买东西，再趁机和姑娘搭讪聊天。"

他有些无奈地摇了摇头。

"已经找那个上夜班的女店员查证过，也看了便利店里的监控器。那个姓程的学生在店里买了一份碗仔翅和一听可乐，就坐在收银台旁边，一边吃一边和店员聊了半小时，把这段时间也算上的话，确实和他的口供对得上。"

柳弈点头表示同意："也对，如果他真的涉案了，估计不会有胆量拍了视频还往网上放。"

毕竟穷凶极恶的犯罪者只占很少很少的一部分，绝大部分的凶徒，在犯下罪案以后，都千方百计地想要掩饰现场，或者尽快逃得远远的，生怕被人发现。胆敢主动把受害人的视频放上网的，多半不是恐怖分子就是心理有问题。

"我们查过了，死者口袋里那张购物小票上的地址，是一家开在城西的泰丰雅苑的连锁超市。"

戚山雨继续说道："我和小林打算明早去那儿了解一下死者的情况，看能不能查出他的身份。"

"嗯，辛苦了。"

死者的尸检已经做完了，属于法医的活儿暂时告一段落，但戚山雨他们这些刑警的侦查工作才开始，要一直到查清真相、找出凶手为止。

"说起来，你那新搭档，还蛮可爱的。"

听戚山雨提起明日的调查计划，柳弈就想起白天见过的林郁清。

"是哪家的公子啊？以前做文职的吧，怎么就调到你们组来了？"

戚山雨摇了摇头，说道："小林他爸确实是警界系统的，不过他家很早就搬走了，我也没打听过他家现在的情况。"

他确实对林郁清家里什么背景没多大兴趣，现在也只是把他当成普通同事对待。

"你那新搭档还是个新人吧？"柳弈笑着说道，"你啊，别对人家太凶了。"

戚山雨再度摇了摇头，说道："我觉得小林不适合调来我们组。他成绩很好，记忆力也不错，但体力太差了，也没有应付现场的经验……"

这段时间，市局没接到大案子，戚山雨就想趁着时间充裕，让林郁清尽快熟悉他们的工作。于是，他不仅借来了一大堆近些年的卷宗让小林一份一份地看，而且还带着人跟别的组一块跑现场，想让他早些习惯他们的工作节奏。

林郁清在看卷宗时表现很好，他的记忆力很好，只要是看过的案子，他基本能够完整地记住整个案件侦破流程的年日月，甚至精确到几点几分这些小细节，简直堪称"人肉计算机"。

但是一到现场，他的表现就很差，不知应该如何处理。

有一次，戚山雨带着林郁清去旁观一个抢劫伤人案的处理现场。歹徒抢了一个女士的提包，还用小刀捅伤了她的同行男伴，却因为逃窜时太过慌张，冲出马路，被来不及刹车的小货车卷到了车轮底下。

林郁清看到车祸现场的斑斑血迹和被碾成两截的抢劫犯之后，一句话不说就蹲在花坛旁边，吐了个天昏地暗，最后还很丢脸地被正好赶到现场的救护车给拉走了。

那一回以后，整个重案组都知道一队来了个貌似晕血的小少爷。连沈遵也在那天之后私下里找林郁清聊过一轮，说重案组现在还有个联络岗缺人，话里话外都是委婉地劝他转回文职岗位。

不过，谁也不知道林郁清为什么那样坚持，他拒绝了沈遵的安排，继续跟戚山雨搭档，努力适应现在的新工作。

"体力可以练，经验也是慢慢积累的。"

法研所里形形色色的实习生、进修生和研究生每天来来去去，对"菜鸟"这种生物，柳弈早就见惯不怪，自然就变得越发宽容了。

"你看江晓原小朋友，我刚带他的时候，他连给尸体拍照都会害怕得手抖，拍出来的画面经常自带高斯模糊滤镜，还不是练着练着就习惯了？他现在拍出来的照片都可以收进图谱了。"

柳弈接着说道："既然你搭档成绩不错，想必脑筋也不差，不至于总学不会，估计他缺的也就是一些现场实战经验而已。所以，有点儿耐性吧，不要着急。"

"嗯。"戚山雨点了点头，觉得柳弈说的确实有点儿道理。

毕竟每个人都是从职场新人一点一点成长起来的，有人快，有人慢，有人对新岗位适应良好，有人则要花上更多的时间才能上手。

不过，世上无难事，只怕有心人。既然林郁清当真立志做个刑警，那他身为搭档，确实应该多给对方一些耐心和帮助才对。

城西的泰丰雅苑位于鑫海市的老城区，原名泰丰村，是将近二十年前市政进行城市改造时，第一批拆迁重建的城中村之一。

当年市政采取的是按面积补偿新房的政策，原泰丰村的村民们以户为单位，可以获得一定的补偿金，并且在新小区建起之后，还可以得到几乎等同于原来楼房面积的新房。

若是泰丰雅苑建成，村民们相当于人手几套黄金地段的全新商品房。以鑫海市的楼价折算，他们啥都不做，就能躺着吃喝三代了。当时，本地还有个很流行的说法，那就是"只要能娶到泰丰村的姑娘当老婆，起码能少奋斗三十年"。

在泰丰雅苑正式开售半年以后，泰丰村的老村主任果然嫁孙女了。

新婚夫妻的照片刊登在当日报纸民生版的头条，女孩儿胳膊上缀着的十八对纯金龙凤手镯更是成了全城讨论的焦点，而"拆三代"也变成了那一年鑫海市里最火爆的流行词。

一晃十九年过去了，时移势易。当年作为高档小区代名词的泰丰雅苑，也渐渐被市里陆续建起的众多新楼盘抢去了风头，现在不仅楼龄旧了，物业维护也变得松散了，早就不复当年的气势。

　　戚山雨带着林郁清穿过仿罗马式拱门的小区门楼，抬头看向上面的"泰丰雅苑"，已经明显能看出岁月留下的痕迹。那四个红色漆字早就脱落得差不多了，石制门楼上满是雨水冲刷后干透的泥灰印子，显然很久没有人去清理擦拭了。

　　"这里已经没有多少泰丰村原本的村民了。"林郁清记得自己查过的资料，一边走一边对戚山雨说道，"现在的住户多是倒了好几手的，还有四分之三的房子是拿来出租的，因为套间面积比较大，房子拿来开公司、做民宿和当群租屋的也不少。"

　　戚山雨点点头，表示自己知道了。

　　鑫海市这两年出台了政策，禁止在住宅用途的商品房里开设公司，私下做民宿和群租屋就更不准了。

　　但这座城市很大，人口又非常多，不是每个楼盘的管理都那么严格，所谓"民不举，官不究"，在一些比较老旧的小区里，像这样违规使用的住宅自然不少。

　　死在桥墩旁的无名男尸身上发现的那张购物小票所在的超市，就在泰丰雅苑门楼边上不远。它所在的建筑物以前曾经是会所，后来物业不再经营打理，就租出去商用了。现在一楼是超市、足浴、按摩美甲店和牙科诊所等门店，二楼则开了一家火锅店。

　　戚山雨和林郁清走进超市，发现店面不大，购物架上放得满满当当，里面只有一个客人正在柜台边结账。店员则是一个矮矮胖胖、脑后梳个发髻的中年阿姨。

　　两人等了一会儿，等到顾客走了之后，才走到柜台前，掏出了自己的工作证。

　　阿姨一看是警察，脸上立刻露出了战战兢兢、诚惶诚恐的表情，一连问了三遍："两位是有什么事吗？"

　　"别担心，只是找您了解一下情况。"戚山雨露出一个温和的笑容，柔声安抚道。

　　同时，他将小票的照片拿出来，放到店员面前，问道："这张收据，是您这店里的吧？"

　　看到两位警官态度和蔼，而且一个长相极英俊，一个又小脸大眼脾气很好的样子，店员阿姨原本仿佛十五个吊桶——打水七上八下的心情放松了下来。

　　她接过照片，仔细地看了看，说道："看地址和样式，确实是我们这儿的。"

　　戚山雨点了点小票下面"20××-08-12 20：24：34"的日期和时间，问道："这个时间你有印象吗？"

　　"这……"

　　阿姨下意识地回头看了看挂在收银台后面的日历，又打开一个本子，翻阅了一下，说道："那天确实是我在上班……"

　　她有些为难地皱起了眉，接着说道："但这都好几天过去了，我们这儿虽然客人不算多吧，但每天也有两三百人进进出出的，如果是熟客还好，面生的就实在是记不住……"

　　戚山雨对这个回答早有预料。事实上，不记得才是正常的。

如果面前这位店员能够清楚地回答出，五天前的晚上8：24，曾经有什么人进来买过东西的话，他反而会觉得可疑。

戚山雨指了指悬挂在收银台顶上的摄像头，说道："我们能查看一下你们店里的监控视频吗？不用全看，就只看看8月12日晚上8：20左右这一段时间的就行。"

店员阿姨自然没有拒绝的道理。她很爽快地将两人领到了后台的休息间，打开电脑，调出了那一日的监控文件，让两位警官看。

监控文件以小时为单位，整整齐齐地罗列在电脑文件里。戚山雨飞快地检查了一下8月12日的所有文件，发现每一个文件的长度全都是完整的60分钟。

两人很快找到了他们要找的时间点，直接把监控视频时间拉到了五天前的晚上8：20左右。

视频中，一个男人走进了超市，他穿着普通的夏季T恤和牛仔裤，却戴着口罩，在小小的店面徘徊了足有七八分钟，才拿了一包纸巾、一小卷尼龙绳和一盒口香糖，到了收银台前用现金结了账，然后把东西揣进一只帆布袋里，扭头走了。

因为镜头是俯拍的，男人又戴了一个黑色口罩，所以从监控器的镜头看不清楚脸。但戚山雨仔细辨认了一下那人露在外面的发型，和昨日在开发区发现的男尸是一样的。

店员阿姨看到视频，好像回忆起了什么似的，用力一拍大腿，说道："哎呀，原来是这个男人！我记得他，我想起来了！"

戚山雨和林郁清一起回头看向店员阿姨。

店员阿姨的表情很兴奋。有机会提供线索，人们大都会非常配合，恨不得把自己所能想到的线索一五一十地都说出来。

这位超市的阿姨也不例外，她立刻开始不停地说道："其实，我那天晚上就觉得这个人很奇怪，不像个好人。我们这家超市是开在小区里的，平常大多都是住户来光顾，中午和傍晚还会有一些在附近公司的白领来买吃的。我在这儿干了快有四年了吧，只要是光顾过三四回的常客，不说都认识，起码还能认个眼熟。"

店员阿姨一边说着，一边指了指电脑屏幕里的男人，说道："但这个人我以前没见过，大热天的还戴着个口罩，我当时就在想，他也不怕捂出痱子来。"

她顿了顿，看到两位警官听得很认真，一点儿没有不耐烦的样子，又继续说道："但是他在我店里绕了好久也不买什么东西，我差点儿都以为他是来偷东西的，所以对他就特别注意！"

戚山雨点了点头，示意店员继续说。

显然，这位阿姨是个能言善道的主儿，话匣子一打开，就有点儿刹不住车了，恨不能把当天的细节全都仔仔细细描述一遍。

"后来，我打算过去问问，就见他拿了几样不值钱的小东西过来付款。"

戚山雨温和地追问道："然后呢？"

店员阿姨在制服上擦了擦自己汗湿的手掌，说道：“我之所以对他印象深刻，是因为那男的在付款的时候用的是现金。”

“哦？”林郁清十分不解，问道，“用现金有什么不对吗？”

虽然现在的移动支付业务已经非常发达，但依然有人在去超市买东西时选择用现金，所以刚才他在看监控视频的时候，也没觉得有什么奇怪的地方。

店员阿姨立刻回答：“不不不，我觉得奇怪的是他当时明明都把手机掏出来了，而且也点开了支付码，但紧接着又把手机揣了回去，然后拿了张一百块给我。”

她说道：“我当时以为他想要把钱找散，恰好我收银台里的零钱也不多了，不想再拆一卷新的啊！所以我就跟他说找不开，用手机支付也是可以的……”

她顿了顿，身体无意识地微微前倾，说道：“但那男的立刻生气了，凶巴巴地骂了句：‘别啰唆，快给我找钱！’”

店员阿姨朝两人眨了眨眼，说道：“你们说，他这样子，是不是很古怪？”

超市的店员阿姨反馈的情况确实很可疑。

以戚山雨的经验来看，一定要选择用现金付账的，通常有三种可能性。

第一种，是他的手机里确实没剩多少钱，所以只能使用现金；第二种，就是如同店员阿姨猜测的那样，那人需要零钱，所以买了点儿小东西换零钱；而最后一种，就是他不想警方通过这一笔支出，从金融机构方面查到他的真正身份。

林郁清一开始没想到这一层，待戚山雨点出其中的猫腻之后，才恍然大悟道：“原来是这样！这么说，死者当时来泰丰雅苑，很可能是准备做一些害怕会被警察查到的事咯？”

他说完以后，还不忘朝着戚山雨咧嘴一笑，说道：“山雨哥，你真是太厉害了。”

“这是当刑警的基本常识，想不到才是不应该。”

戚山雨沉下脸，神情十分严肃。

不过他又立刻想起了柳弈昨晚提醒过他的，要对新人有点儿耐心，便把硬邦邦的语气放软了一点儿：“下次要自己先多想想，知道吗？”

林郁清自然立刻点头如捣蒜。

戚山雨又想了想，补充道：“还有，我就比你大几个月，以后叫我小戚就好了，别叫山雨哥，听着实在太奇怪了。”

这回林郁清倒没有马上回答，只是笑着含糊了一句：“我叫惯了，不太好改呢。”

两人又在泰丰雅苑里转了几圈，寻找当日可能见过死者的人。

当然了，就算是警察办案，掏出一张躺在解剖台上的尸体照片往普通市民面前一搁，还是会引起恐慌的。所以，戚山雨和林郁清此时拿的，是技术组根据男尸的长相拼出来的素描图。

戚山雨和林郁清两人花了整整一小时，找了小区里的二三十个住客看素描图，他们基本都表示没见过这么一个人。只有一个带着自家小狗散步的六旬老者思考了一会儿，说在两三天前见过一个戴口罩的男的，在他们那栋楼的楼道边上徘徊了两圈，在看到他后，立刻扭头跑掉了。

"警察同志，你说，他会不会是小偷啊？"

老人又凑过来，一脸严肃地说道："我们这儿最近连保安都见不到了，月初还听说有个公司被小偷入屋行窃，丢了好多台电脑！你们必须得管管啊！"

林郁清很想跟老人解释，像入屋行窃这种等级的案子，不归他们管，但话没说出口，就被戚山雨夹着胳膊拖走了。

上午十点半，就在戚山雨和林郁清以为今天在泰丰雅苑的调查差不多到此为止的时候，他们忽然看到三辆鸣着警笛的警车驶进花园，径直驶到了西北角的大楼楼下。

警笛声很快惊动了花园里来往的行人，人群围拢在警车附近，大家脸上都带着看热闹的好奇与兴奋的神态。

警车停稳之后，一共下来了六个民警和三个协警。看这阵仗，怕是派出所里大部分能出警的民警都给派过来了。

虽然警察们脸上的表情都很严肃，但依然有好事的群众凑上去，连声追问到底出了什么事。不过，民警们什么都没说，只是留下两个协警负责拦人，扭身准备进入 D 栋的大楼。

"怎么了？出了什么事？"戚山雨和林郁清排开人群，拿着工作证上前询问。

"哎呀，你们是市局的同志啊！"

领头的一位中年民警立刻露出松了一口气的表情，回答道："我们接到报案，说是 D 栋 2806 室发现了一具女尸，现场怀疑是抢劫杀人案。"

"抢劫杀人案？"戚山雨重复了一遍。他想了想，又问道："我们方便跟你们一起上去看看吗？"

"可以。"

中年民警琢磨着如果当真是抢劫杀人案，那这个案子肯定要转到上级去，现在市局刑警队有人主动来接这个事，自然是再好不过了。

他点了点头，示意两位年轻警官跟在他们的后面，一同乘电梯上楼。

电梯停在了二十八楼，房门打开的时候，戚山雨就闻到空气中散发出一股虽然不算浓郁，但十分熟悉的恶臭——蛋白质腐败以后的臭味。

走廊尽头的一扇门打开着，楼梯口站着三个身穿土褐色制服的男人，看上去应该是小区物业的工作人员。

戚山雨特地朝四周打量了一下，发现这一层楼的楼道是呈"H"形的结构，两台电梯在中间，对称状的四条走廊上，左右各有一扇门。也就是说，一层楼应该有八户人家，而开着门的 2806 室，则是右手边最南面的一户。

现在，2806 室的情况显然已经惊动了不少邻居。戚山雨看到，其余七户里，有三户的门都是半开着的，门后有人朝外探头探脑，一副想看又不敢出来的样子。

那三个穿土褐色制服的物业工作人员一直盯着电梯门，看到警察们到了，立刻露出一脸如释重负的表情，快步朝他们走来。

他们一动，戚山雨就看到了刚才被他们挡住的女孩儿。一个年约二十、穿着米色套裙的年轻姑娘，正抱着胳膊瘫坐在楼道里，仿佛一只备受惊吓的小鹿，正抽泣着。

"警官！警官！"物业工作人员中的一人拉着为首的中年民警的袖管，结结巴巴地说道，"那……那里面……里面，死了人！有个女的，死……死在里面了！"

中年民警气沉丹田，大吼了一声："别慌，你慢慢说，刚才是谁报的警？尸体又是谁发现的？"

"是……是我，是我……"另一个物业工作人员举起了手，随后又往自己的身后一指，说道，"是我报的警，但尸体是那人发现的！"

他指的是那位抱着胳膊瑟缩在楼道里的年轻女孩儿。

"你们两个，去找那姑娘问问情况。"

中年民警点出一男一女两个警察，然后扭头对戚山雨和林郁清说道："我们先去看看尸体。"

第十一章 ⅡⅡⅡⅡⅡⅡⅡⅡⅡⅡ

误杀

盛夏时节，尸体腐败得很快，一般死亡超过二十四小时，就足以散发出腐臭味儿。

方才在走廊的时候，因为屋门是打开的，戚山雨已经闻到了蛋白质腐败特有的恶臭味，虽然不算浓烈，但这种味道让人感到十分不适。

连戚山雨这种连续经历了几桩大案的人闻到时，都不由得蹙起了眉，更别说第一次面对腐尸的林郁清了。

林郁清一直在给自己做心理建设，但硬着头皮走进出事的2806室的时候，只往地上看了一眼，脸上就好似瞬间刷了一层白漆，又立刻由白转青。他身体摇晃了一下，还好伸手扶住了门框，才没当场坐倒。

"你的手，别摸！"戚山雨沉声喊道，同时飞快地抓住了林郁清已经怼到了门框上的手。

林郁清瞬间醒悟过来，知道自己又闯祸了，脸色顿时变得更青了。他抬头看向搭档的时候，眼眶里都隐隐浮现出泪水了。

"你……"

戚山雨犹豫了两秒，看林郁清的表情，怕再强迫他在屋里待下去的话，下一秒他就要晕倒了，于是想了个折中的法子，说道："你去看看外头那姑娘，问问她刚才发现尸体时的情况。"

林郁清闻言，如释重负，立刻拼命点头，然后扭过头去，踉跄两步，出了屋子。

然而，被屋中腐尸惊吓到的人，明显不止林郁清一个。

那位年轻的女孩儿作为尸体发现人，遭受了极大的刺激，脚软到连站都站不起来。看到身穿制服的警察以后，丢了魂儿的人终于找到了主心骨，不管三七二十一，抱着现场唯一的女警，哭得肝肠寸断，别说是一句完整的话，连一个词儿都说不出来。

没办法，林郁清只好蹲在搂住姑娘的女警旁边，伸出手，一边轻轻地拍着那女孩儿的肩膀，一边低声安慰她别哭了。

当柳弈带着他的人赶到泰丰雅苑，穿过隔离带从电梯出来的时候，看到的就是走廊里号啕大哭的年轻女子和三个束手无策的民警、一条隐约散发出尸臭味的走廊，以及最南面的 2806 室那扇半掩着的胡桃木色的屋门。

"怎么回事？"柳弈戴上手套，推开房门，出声问道。

"柳哥，"戚山雨朝柳弈微微颔首，神情十分严肃，说道，"今天中午十点十五分左右，派出所接到报案，说在泰丰雅苑 D 栋 2806 室发现一具女尸。"

他指了指躺在地板上的尸体，说道："我们也是刚到不久，这个现场应该没人动过。"

柳弈淡然地点了点头，说道："好，我知道了。"

他很自然地蹲在女尸旁边，开始检查尸体情况。

2806 室是一个很典型的集强暴、抢劫和杀人三种情况于一体的暴力凶杀案现场。

根据柳弈的判断，该女性死者的年龄约二十，死亡时间已经超过了二十四小时。

因为屋里一直开着空调，所以室温基本恒定在二十六摄氏度左右，尸体的腐败程度并没有想象中的严重。

虽然已能闻到尸臭，但除了在死者的皮肤上可以看见青色的血管网，整具尸体的外观保存得十分完整，也没有受到苍蝇一类昆虫的破坏，尸表的损伤依然清晰可见。

"这名女死者的死亡时间应该在三十小时左右。"

柳弈检查过尸体之后，下了初步判断。

女尸躺在客厅的地板上，衣裙凌乱，睡袍被扯起，卷到了胸前，打底小背心左边的吊带已经被暴力扯断了，整件背心拉高到颈侧，完全暴露出了胸腹的皮肤。

女尸的脖子上，挂着一条玫红色的尼龙绳的绳圈，绳子在尸体的颈侧缠了个死结。

"你们看这些伤。"

柳弈用手指轻轻地压下堆叠在女受害人脖子上的睡袍，露出她的颈部皮肤。

"这里，这里，还有这里，这些皮肤上的损伤，都是绳索在脖子上反复摩擦留下的痕迹。"

柳弈指着女尸颈部数条重重叠叠、深深浅浅的环索状伤痕，朝众人解释道："通常来说，像塑料尼龙这种质地的细绳子，因为摩擦力不足，嫌犯想要勒死受害人的话，通常需要反复来回拉拽，便很容易留下这样的勒痕。"

戚山雨说道："可是，她的头上还有重物敲打的伤痕。"

他指了指女尸的头部。

虽然女受害人已经死去多时，但她头部的伤口依旧十分明显。

死者是头朝着门的方向倒在客厅里的，面部侧向自己的右手边，左侧的太阳穴及附近有三处明显的敲击伤，伤处边缘有融合的迹象，分明是经过反复敲击后才会留下的伤痕。

柳弈在女死者的左边太阳穴上按了按，感受隔着手套传来的触感，对众人说道：

"左侧颞骨骨折了。这角度，这位置，显然是人为的。"

众人的目光往旁边移了移，看到三步外那个茶几一只脚的边上，有一个约有两个巴掌大小的小鹿铜像。小鹿铜像有漆黑的底色，周遭镶着一圈藤蔓形状的金丝边，靠近鹿背的一面，很明显有一层干了的血迹。看样子，这只铜制的小鹿，很可能就是女尸头上伤痕的由来。

"所以，这人到底是被勒死的，还是被敲头打死的？"

一直在默默围观的中年民警，终于忍不住发问了。

"现在还不好说。"柳弈摇了摇头，说道，"不过，带回去做过尸检就知道了。"

检查过尸体之后，柳弈让人将女死者的尸体收好，先送上法研所的车子。

然后他又带着江晓原仔仔细细、认认真真地检查了一遍现场的情况，将整个屋子以及楼道里他们认为有侦查价值的血迹、脚印、指纹、毛发全部拍照采样，装了几十个物林林总总的证袋，分门别类打包好。

柳弈朝戚山雨笑了笑，说道："那么，我们就先回去把尸检做了，等结果出来再告诉你们。"

戚山雨点头应下。

等法医们走了以后，戚山雨来到楼道上，去看搭档那边的情况。

发现尸体的年轻女孩儿哭了许久，此时也终于冷静下来了。

因为她刚才的情绪太过激动，她的精神与体力在痛哭中双重透支，整个人仿佛丢了三魂七魄，软软地靠坐在女警旁边，有气无力地小口小口啜着热水，但拿杯子的手直到现在都还在发抖。

"怎么样，情况问得如何了？"戚山雨将林郁清拉到一边，低声问道。

林郁清有些为难地抓了抓头发，说道："她才哭完，我没来得及问几句……"

2806室女尸的第一发现人名叫关婉怡。根据她的辨认，房中的女尸是她的室友兼同事古丽雯。

关婉怡今年二十五岁，是附近一个桑拿按摩会所的出纳，而死者古丽雯今年二十二岁，是同一个会所里的前台。

依据关婉怡的说法，她和古丽雯因为年龄相近、志趣相投，而且恰好都是南漂，在鑫海市没有房子，便从去年年底开始，一起合租了这一套单元房。平常房租、水电煤气、网络管理费都是平摊，大半年相处下来，她们感情一直不错。

这几日，关婉怡刚好轮休年假，于是到隔壁市走亲戚，前天晚上还和室友古丽雯通过电话。电话里，对方的表现很正常，从情绪到应答都和平时一模一样。

昨天晚上，关婉怡给古丽雯发了微信，告诉室友自己今天就回来了，结果对方却一直没有回复她。

她当时觉得古丽雯可能在忙着上网或者玩游戏，没来得及回她信息，事后就忘了这茬儿，根本没把这点儿小异常放在心上。

今天，关婉怡坐高铁回到鑫海市，又给古丽雯打了两次电话，电话虽然响了，却一直无人接听。

她觉得有些不对劲，匆匆赶回家里，结果一开门，就闻到了空气中散发的腐臭，随后看到屋中一片狼藉，而她的室友倒在地上，衣衫不整，显然已经死去多时了。

关婉怡哪里看过这等惨状，当即惨叫一声，吓得瘫软在地上。

她的惨叫惊动了左邻右舍，有人帮她叫来了物业工作人员。几个物业的工作人员一听出了人命，连忙报警，之后警方就赶到了。

戚山雨听完搭档的叙述之后，向林郁清问道："当时替关小姐叫物业的邻居现在人在哪里？那个邻居有没有进过 2806 室？"

"啊？"林郁清有些茫然地睁大眼，随后讷讷地答道，"这……这个，我没问呢……"

8 月 17 日，早上 9：20。

市局刑警大队正式将开发区海滨桥墩无名男尸案与泰丰雅苑 D 栋 2806 室的入室抢劫强奸杀人案合并为一个案子。

在专案组的案情讨论会上，戚山雨进行了详细的案情汇报。大队长沈遵听后深深地皱起了眉，说道："这么说，8 月 15 日在开发区发现的无名男尸，很可能就是奸杀古丽雯的凶手咯？"

戚山雨点了点头。

"在女性死者古丽雯的尸体颈项上，系了一根塑料尼龙绳，经过纤维鉴定，确实跟泰丰雅苑内超市中出售的尼龙绳为同一型号、同一批次的绳子。"

他点击鼠标，让捆在女尸脖子上的尼龙绳照片投影在屏幕上，待众人看清以后，他又移动鼠标，屏幕上的照片立刻转跳，切换成了那张浸过水后又被拾荒者偷偷拿走的超市小票。

"而那名不知名的男死者，确实在 8 月 12 日傍晚，在小区的超市里买过一卷这样的尼龙绳，现在我们怀疑，这就是系在古丽雯尸体脖子上的那一根。"

"嗯……"沈遵点了点头。

前两天超市里的尼龙绳刚被一个形迹可疑的陌生人买走，三天之后，同款绳子就出现在了案发现场。他虽然也觉得这确实很难仅用"巧合"二字来解释，但谨慎思考了以后，还是提出了另外一种可能性："勒住女死者脖子的绳子，有没有可能是古丽雯或者她的室友买的？毕竟绳子在小区里就有卖，谁都能买得到……"

"不，应该不是女受害者或者她的室友买的。"戚山雨回答，"我们让古丽雯的室友关婉怡辨认过了，她很肯定地说，她们家没有买过这样的尼龙绳。"

　　他顿了顿，又补充道："我们查过小区超市里的收款记录，最近一个月，这款尼龙绳就卖出过一卷，售出的时间正是 8 月 12 日的晚上。"

　　"OK。"沈遵点头，接着说道，"这么说来，这个死在开发区海滨桥墩的男人，确实有很重大的作案嫌疑。"

　　他说完，站起身，走到屏幕前，拿起一支马克笔，就在旁边的白板上写了起来。

　　"那么现在的问题是，这个男死者，我们暂时叫他 X 吧！"沈遵在男死者的遗体面部照片下面打了个巨大的"X"，说道，"这个 X 到底是什么人，又和死者古丽雯是什么关系？"

　　戚山雨看向坐在自己旁边的搭档，示意林郁清主动发言，将他们昨天调查到的情况汇报给其他人听。

　　林郁清接收到对方的目光，有些紧张地吞咽了一口唾沫。

　　不过他好歹是个学霸，虽然实战方面不行，但很擅长归纳总结类的文书工作。

　　于是他站起身，开始向他们的大队长说道："我……我们昨天让女死者古丽雯的室友关婉怡、小区的几个物业工作人员，以及同一楼层，包括上下几个楼层的邻居都看过 X 的面部素描，但所有人都表示，他们从来没有见过这个男人。"

　　"监控呢？"沈遵问道，"如果 X 出入小区都是戴着口罩，住户认不出来不奇怪，有没有监控器拍到他进出小区的情况？"

　　"有。"林郁清点了点头。

　　他的记忆力十分好，被沈遵猝然问起，也不需要翻看资料，立刻就能想起详尽的数据，除因为有些紧张而语速显得快之外，答得很干脆。

　　林郁清回答道："我们查过泰丰雅苑的监控器了，虽然他们对外宣称每一栋楼都配有闭路电视摄像头，但实际上，七栋楼的摄像头有四栋都是坏的，其中就包括了发生凶案的 D 栋。不过，我们在小区正门的监控器里，找到了疑似 X 出入小区的画面。"

　　他背着手，飞快地回答道："监控器拍到 8 月 12 日的晚上 8：05，一个戴着口罩的男人走进小区，又在 8：32 离开。而在 8 月 14 日的晚上，又有一个戴口罩的男人，在 8：30 左右进入小区，不过监控器却没有再拍到他离开小区的画面。"

　　一个警官听到这里，忍不住打断了林郁清的话，发出了质询："没有拍到离开的画面是什么意思？难道他压根儿没离开？还是说泰丰雅苑有其他的出口？"

　　"泰丰雅苑确实还有别的出口。"

　　话说顺溜了以后，林郁清也就没有那么紧张了，声调显得平稳了许多，语速也恢复到了平时的状态。

　　"泰丰雅苑南侧花园旁边有个侧门，一般都是不开的，但每天晚上九点左右，搬运生活垃圾的车子会从那道门出入。有些住客为了图方便，也会趁着清洁车装卸垃圾桶的时候，从侧门进出小区。"他朝其他人解释道，"我们昨天问过负责装卸垃圾的几个工人，其中有一个人说十四号晚上，好像曾经见过有一个戴着口罩的男人匆忙地从侧门跑出了小区。"

林郁清强调了"好像"两个字。

平时趁着清洁车装卸垃圾的时间，从侧门出入的住户不算很多，但平均每日也有七八个人，工人们也不可能仔仔细细留意每个人的样貌，所以提供的证词，也只能供参考。

在场的都是经验丰富的刑警，自然知道这点，没有人在这上面多做纠缠。

沈遵换了个话题，问道："那清洁车装卸垃圾的时间，大概是几点？"

"清洁车一般是九点左右停在侧门边上，然后工人分别到小区里的两个垃圾站清理垃圾桶，把垃圾全部装进手推车里，再统一运到侧门处装车，整个过程大约需要半小时。"

"原来如此。"沈遵点了点头，"这么说，假设X真的是从侧门离开泰丰雅苑的，那就应该是在九点到九点半这段时间咯？"

他说完之后，在白板上的男人尸体面部照片下方，标注上日期和时间。

"8月14日晚上8：30到9：00或者9：30，目前推测X很可能就是在这一段时间入室奸杀了古丽雯。"

沈遵说完之后，又在男死者与女死者古丽雯之间画了一条长长的线，重重地在连线中间打了个问号。

"现在到了最关键的地方！"他说道，"X在8月12日晚上，曾经到泰丰雅苑踩过点，还买了尼龙绳。这就说明，他到小区作案是早有预谋的，并不是临时起意。所以，他和女受害人古丽雯，到底是什么关系？"

"女死者的男女感情问题怎么样？有调查过吗？"一名中年警官问道。

古丽雯是个才二十出头的年轻女孩儿，而男死者也不过是三十左右的年纪，发生在这个年龄段里的凶杀案，以感情纠纷为作案动机的占了八成以上，所以现场的刑警们，很自然地就想到了这一方面。

"古丽雯的室友关婉怡仔细看过X的面部素描图，对方很肯定地说，她从来没见过这个人。"

戚山雨回答了同事的提问，同时拉了拉林郁清的袖子，示意他可以坐下了。

"我们也去古丽雯工作的桑拿按摩会所询问过，里面的工作人员同样表示不认识这个男人。"

"这就奇怪了……"

另一个国字脸的警官摸了摸下巴，将目光看向贴在白板上的女受害人的照片。

照片之中，年轻的女孩儿有一张带着婴儿肥的鹅蛋脸儿，眉清目秀，虽然不算绝色佳人，但是秀气温婉，称得上是个好看的小美人儿。

"如果两人毫无交集的话，那 X 又怎么会挑古丽雯下手呢？"国字脸的警官说道，"总不可能是随机的入室抢劫，刚好那个小姑娘就那么倒霉给碰上了？凶手看她长得漂亮，就把人给糟蹋了……"

"虽然不能排除随机作案的可能性，但目前的交友渠道很多，相亲、网恋等还少吗？不要只拘泥在古丽雯的工作地点，撒开网，全面排查她的人际关系！"沈遵说。

就在这时，戚山雨手边的手机震了好几下，屏幕上连续跳出柳弈的几条新信息。

"你们在开会吗？"

"我们这边有重大发现！"

"我把鉴定书带过来了，等我——"

最后一条信息，柳主任还特意拖长了语调，小戚警官简直能想象出对方那得意扬扬的表情。

戚山雨滑开手机，飞快地回了个"好"字。

在他看信息的几分钟里，专案组已经开始讨论女死者古丽雯的男女关系情况了。

"我们昨天找死者的邻居们询问过，同住 28 楼的几户人家都反映，古丽雯和她的室友，平常的交友情况十分复杂。"

话说开了以后，林郁清也就不再拘谨，很自然地开始对沈遵叙述他们昨天的调查结果。

"她们工作的那家桑拿按摩会所就在泰丰雅苑旁边，据悉时常会向熟客提供一些特殊服务，所以在那儿住得比较久的住户都说，在里面工作的姑娘，从事的都不是正经职业。"

"哦！"

会议桌上，有人不禁发出了声音。

绝大多数人都难免有好奇心理，面对命案，思考行凶者的犯罪动机的时候，比起跟天上掉陨石似的随机入室抢劫，人们一般都更倾向于听到一个充满起承转合、爱恨情仇的故事。

警官们立刻坐直身体，打算听小林警官说一说 2806 室住的两位姑娘的风流韵事了。

但戚山雨截下了搭档的话头。

"我来说吧。"戚山雨说道，"我们向 D 栋的住户询问 2806 室的情况时，确实有好几户人家反映，2806 室的两个女租客私生活比较混乱。"

他顿了顿，看向他们的头儿，说道："但我个人认为，这传言并不可靠。"

"为什么？"沈遵还没说话，已经有人忍不住提出了质疑，"如果邻居都这么说的话，难道还能有假吗？"

戚山雨继续说道："我当时仔细询问过那几户邻居，问他们平常有没有亲眼见过男人出入 2806 室，这些人的反应都一样，他们说自己没见过，但其他人好像都这么说。

所以，我觉得，如果只是因为古丽雯和关婉怡在桑拿按摩会所工作，就认为两人私生活不检点，未免太武断了。"

"你的意思是说，有人故意在邻居中散播2806室两个姑娘私生活混乱的传闻？"沈遵听懂了戚山雨的意思，眉间的褶皱又加深了几分。

"那这些谣言到底是谁传出去的？目的又是什么？"

戚山雨正打算回答的时候，旁边忽然有一个年近四旬的中年警官举起了手。

"小戚。这也不一定就只是传闻吧？或者是那俩姑娘没把人带回家，但有哪个住户光顾过那家桑拿按摩会所，人家曾经招待过他呢！"

"另一个人我不知道，不过死去的古丽雯是绝对不可能的。"

就在这时，会议室的门打开了，柳弈西装革履，夹着个文件袋，风度翩翩地走了进来，然后目光在会议室里扫了一圈，很快找到了一个空位，朝着那位置走过去。

市局刑警大队的人都认识柳弈，对他半途加入会议也没有表示出任何诧异，反而催着他赶紧说正事儿。

"柳主任，你刚才说，如果是古丽雯的话，绝对不可能，为什么？"那年近四旬的中年警官追问道，"你怎么能肯定古丽雯一定没招待过男人？"

"她有没有交过男朋友我不敢说，不过，她肯定不是性服务工作者，这一点我非常确定。"

柳弈淡定一笑，打开他带来的文件夹，拿出了刚刚完成的尸检报告。

"因为，古丽雯除了死前遭遇的侵犯，生前从未和任何人发生过关系。"

听到这句话，现场哗然。

法医当然有办法检查出一个女性在遭遇侵犯之前是不是处女。

一个从来没和人发生过关系的女孩儿，又怎么可能是一个性工作者？又怎么会是邻居们口中"男女关系混乱"的人呢？

换个角度思考，一个无风却起浪的八卦信息就变得十分可疑了。到底是什么人非要跟两个弱女子过不去，还在小区里到处诋毁她们？

柳弈将双腿优雅地交叠起来，把鉴定书里关于死因鉴定的那一页先拿了出来，说道："另外，古丽雯的这个案子，情况有些复杂。她是死于钝器打击造成的颅脑损伤。"

听到这个结论，有人惊讶了一下，问道："可是，她不是被绳子勒死的吗？"

在案情讨论会开始时，众人就看到了从现场拍摄到的尸体照片。

他们都对女死者脖子上交错的痕迹和沾了血的玫红色尼龙绳套印象深刻。因此，虽然知道古丽雯被人敲破了头，但更倾向于她是被勒死的。

"不，她是遭钝器敲击头颅，左侧颞骨、蝶骨骨折，并出现严重的脑实质挫裂伤，后因颅内血肿引起脑疝死亡的。"柳弈很清楚地解释道。

死于吊颈、勒颈等机械性窒息的尸体是很有特点的。

比如说窒息而死的人，他们的血液通常呈现暗红色，且具有流动性，因为胸腔负压的改变，右心扩张而左心空虚，肝肾等器官出现瘀血，肺部出现气肿或者水肿，而脾脏却因缺血变得小且苍白，等等。

这些特征，虽然会渐渐随尸体的腐败被破坏，但离古丽雯的死亡时间仅仅过去三十多小时，尸体的腐败程度不能将这些特征全都掩盖。

柳弈在解剖古丽雯的尸体时，很认真地检查过她全身的脏器，可以很确定她生前确实遭到了反复勒颈，经历了宛如地狱一般的缺氧、窒息又勉强透过气来的反复折磨。

这些折磨，不仅在她的颈部一共留下六道勒痕，而且令她的甲状软骨骨折、眼球和一些脏器表面都出现了零星的出血点，还令她在绝望之中拼命挣扎，折断了指甲、磨破了指尖，甚至在木地板上抓出了两条血痕来。

尽管勒颈的过程痛苦又漫长，但凶手没用这个方法要了女孩儿的命。

"用显微镜观察古丽雯颈部皮肤上的损伤切片时，我们在伤口周遭的组织中找到了大量浸润的炎症细胞，以及覆盖在伤口表面的凝血块。"

柳弈拿出一张显微镜下的组织染色切片照片，递给沈遵。

沈遵自然看不懂画面上那些深深浅浅的紫红色纹理是什么，但还是接过照片看了一眼，然后还给了柳弈。

"嗯，这是为什么？"他很淡定地提问道。

柳弈笑了笑，说道："这就说明，女死者遭遇勒颈之后，还活了一段时间，这段时间长到足以让她的身体免疫功能开始发挥作用，止血和消炎的成分开始在伤口附近聚集。"

他为了让在座的警官们听得明白一些，并没有使用太多的专业术语，而是直截了当地告诉他们死者的确切死因。

"这么说……"沈遵思考了片刻，看向柳弈，说道，"柳主任，你的意思是，凶手一开始想用绳子勒死古丽雯，但没成功……可能只是把人勒晕了，后来他发现人还活着，就干脆用重物将古丽雯砸死了，是这样吗？"

"目前看来，应该是这样。"

柳弈先点了点头，又忽然补充道："不过，当时曾经对古丽雯施暴的人，不是一个，而是两个。"

"什么，两个？！"

这个结果实在是始料未及，让在场的所有人全都大吃一惊。

这时戚山雨才知道，刚才柳弈在短信里说的"大发现"指的是什么。这确实是一条足够令专案组感到意外的关键线索。

"我们在女死者的指甲里，发现了一个男性的皮屑和血迹，经过 DNA 鉴定，与十五日中午在开发区海滨桥墩处发现的男尸完全吻合。我们也在男尸的手腕上找到了疑似指甲抓挠的伤痕。"

柳弈抬手指了指会议桌正前方的白板，正是那张被沈遵起了代号"X"的男尸照片。

沈遵点了点头，说道："这条线索非常关键，基本可以确定，嫌犯 X 当时确实进入女死者古丽雯的家里，并且袭击了她。"

通常嫌犯在企图勒杀受害人的时候，在颈部施加的力量其实并不大，不能完全使气管封闭，因此受害人被勒的过程会十分长。

在这个过程中，受害人会本能地进行剧烈的抵抗、挣扎，在体表、手足等部位留下伤痕，而且很可能会在反抗中伤到嫌犯。

其中最常见的就是受害人会抓伤或者咬伤嫌犯，在指甲、口腔中留下嫌犯的皮肤组织和血迹。

"那另外一个人呢？"有性急的警官已经等不下去了，急匆匆地追问道。

"另一个人也是个男性。"柳弈说道。

"我们在女死者的大腿根部找到了一根男性私密处的毛发，DNA 与开发区的无名男尸 X 不符，在数据库里也没匹配到人，目前只知道他是 AB 型血。"

女受害人曾经遭遇过暴力侵犯。所以，在她大腿处发现如此明显的毛发，代表的意义不言而喻，有另外一个男人参与了这件案子。

"顺带一提，古丽雯遭到侵犯的时候还活着，不过在她的体内没发现精液。"

柳弈想了想，又补充道："而且现场也没发现凶徒的指纹，很显然，无论是 X，还是现在不知道的另外一个人，都是有备而来。"

案情讨论会结束以后，戚山雨带着林郁清又回到了泰丰雅苑。

这次，他们先去找了女死者古丽雯的室友关婉怡。

作为一个不过二十五岁的年轻姑娘，哪怕给她十个胆子，也不敢在一个闺密刚刚出了人命的凶宅里住下去。

所以关婉怡昨晚睡在了宾馆里，打算一直住到月底，她计划过完这个月就直接辞职，离开鑫海市这座令她遭受极大的惊吓和创伤的城市。

即使遇到了这种能让任何一个正常人都备受刺激，甚至可能带上终身心理阴影的事情，关婉怡依然很坚强地收拾了乱得一塌糊涂的屋子，还很仗义地揽下了好友过世后的诸多事情，强撑已经累到虚脱的身体，一边安慰古丽雯的家人，一边陪着他们奔波在各个机构之间。

戚山雨和关婉怡约在了案发的 D 栋 2806 室见面。

命案现场已经侦查完毕，封条、隔离带已经全都拆掉了。不过戚山雨注意到，他们和关婉怡从电梯里走出来的时候，走廊上还站了好几个人。

那些人中，有先前问过话的左邻右舍，还有几个约莫是来看热闹的附近住户。

在他们经过的时候，这些人用一种好似看珍禽异兽的诡异目光一直盯着。关婉怡用钥匙开门的时候，有好几个甚至伸长了脖子，好像指望能从半开的门缝里，看到屋中残留的血腥和死亡一般。

"呸！"关婉怡冲着站在最前头的那几人用力唾了一口，瞪起眼，凶巴巴地骂道，"看看看！看什么看！忍你们很久了！反正我以后不住这儿了，还要跟你们客气吗？！"

被关婉怡当面下了面子的邻居，有人立刻囚了，低下头，假装只是路过一样，钻回了自己家中。

还有人想怼她两句，但看到站在她旁边的两个年轻警官，迟疑了几秒之后，摸了摸鼻子，嘟囔了几句齷龊话就扭头走了。

痛痛快快地骂完以后，关婉怡把两位警官请进屋里，然后"砰"的一下用力地摔上了房门。

做完这一切之后，姑娘好像一个发条走完了的人偶一般，忽然浑身脱力，顺着门跌坐下来，要不是戚山雨眼疾手快捞了她一把，她整个人就得扑地板上去了。

"呜……"关婉怡发出一声哽咽。

她死死地咬住嘴唇，想要控制自己不哭出声音，但眼泪依然如同涌泉，大滴大滴地落下来，很快流得满脸都是。

林郁清一向心软，最看不得女孩儿掉眼泪。他手忙脚乱地从袋子里摸出一包纸巾，蹲到她的身边，把纸巾塞给姑娘手里。

关婉怡正是情绪崩溃的时候，泪眼蒙胧之中，看到面前那个面容秀气温和的警官，就好似溺水之人拼命抓住最后一根稻草，死死揪住林郁清的衣襟，一头扎进去开始号啕大哭。

看到姑娘哭得伤心，林郁清顿时感到手足无措，眼巴巴地看向戚山雨，眼神里写着"快来救救我"！

然而戚山雨只是朝他摇了摇头，任关婉怡尽情地发泄。

于是三人就这样一坐一蹲一站，在玄关里足足待了二十分钟。等关婉怡哭够了，他们才回到客厅，开始今天的问话。

戚山雨坐在沙发上，朝四周看了看。

昨日零落四散的物什以及地板和家具上斑斑驳驳的血迹，全都清理过了。

屋子虽然恢复了整洁，但不知是不是心理作用，三人好像还能闻到那股若有若无的腐臭味。

"对不起，我刚才失态了。"

关婉怡双眼红得跟兔子一样，说话的时候，还带着点儿鼻音，但情绪好歹稳定下来了。

"不要紧，不要紧！"

林郁清连连摇头，表示他们根本不介意。

戚山雨却开门见山地问道："你好像和你的邻居们处得不太好？"

"嗯……"

关婉怡烦躁地拨了拨头发，显然并不是很想说这个话题，不过还是回答道："也不能算是不好吧，反正关上门过自己的日子，他们瞎说些什么我也管不了。要不是丽雯她人都不在了，那些人还在嚼舌根，我才懒得跟他们一般见识！"

她说着，眼中又泛起了湿意，说道："人死为大……为什么有些人偏偏就这么坏……"

眼看姑娘又要哭了，林郁清又是递纸巾又是连声安慰，好歹把她即将决堤的眼泪给哄回去了。

关婉怡用纸巾揩了揩眼泪，说道："我们也不知道怎么回事……就最近这几个月吧，邻居忽然就都知道了我们在桑拿按摩会所上班，就说我们是那些不正经的女人，还有脏病……反正，什么难听的话都在私下传……"

她抽了一口气接着说："其实，这地方，我们本来就不想住了，下个月就要搬了，房租都退了……如果早一些搬走，就不会……"

关婉怡说到这里，就说不下去了，眼泪又不受控制地夺眶而出。

戚山雨没有催促她，等了一会儿再次开口问道："你仔细想想，你和你室友，有没有和邻居发生过什么冲突？"

"这案子，不是入室抢劫杀人吗？"

关婉怡不懂这位英俊的警官为什么一直问关于邻居的事，不过还是仔细地回忆了一会儿，然后点了点头。

"住我们隔壁对面那户，2808那家。"她朝着东面的窗户一指，说道，"那边的一家三口，他们家儿子以前纠缠过丽雯，但丽雯不搭理他……"

关婉怡犹豫了一下，咬了咬牙接着说："虽然我也不确定……反正，从那以后，左邻右舍就开始传出谣言，说我们私生活不检点……"

"2808室？"

林郁清的记性非常好，听关婉怡这么一说，他立刻想起来了，问道："就是那个昨天帮你叫物业的邻居？"

"嗯……"关婉怡的脸一下就涨红了，别别扭扭地点了点头。

听了林郁清的话，有种理解会认为那邻居帮了关婉怡，关婉怡却还怀疑人家是诋毁她们的元凶，是不是有些不厚道。

可关婉怡是个直脾气的人，一码归一码，就算昨天对门帮忙报了警，也不能抹掉他们两户人家关系交恶的事实。

"他儿子以前还在窗户偷窥过我们，被我们当场发现，直接骂了回去！"

她低声嘟囔了一句："臭不要脸！"

戚山雨听到了关键的线索，问道："从2808室能看到你们这间屋子吗？"

"可以啊。"关婉怡点了点头，同时站起身，说道，"需要我带你们去看看吗？"

戚山雨和林郁清自然是说"好的"。

于是，关婉怡把他们带去了屋子里最小的书房。

整栋建筑物呈"H"形，电梯回廊两端的四边各有两个房间，好像镜面一样，内部结构基本是对称的。

古丽雯和关婉怡两人租住的这套2806房，是一套九十平方米左右的小三居，两位姑娘一人睡一间，剩下的最小的一间，拿来当书房了。

其实，戚山雨昨天和柳弈一道检查现场的时候，已经将这套屋子的结构摸了个一清二楚，但现在听关婉怡提起相邻的两户人家能够从窗户看到对面的时候，一个十分大胆的猜想，忽然在他的脑海中一闪。

因此，他在观察书房时，看得更加仔细了。

戚山雨看到，虽然两个姑娘的书房窗户关上了，但窗帘是半闭着的，留了半米左右的一条缝，与隔壁2808室的一扇窗呈对角线相对，距离大概三十米，只不过对面窗子的窗帘此时拉得严严实实的，不留一丝罅隙。

戚山雨指了指窗户，问道："这个房间的窗帘，你们平常会拉起来吗？"

"我们这儿采光不好，如果把书房的窗帘完全拉起来，走廊就会变得很黑，所以我们就让它这么半敞着了。"

关婉怡有些莫名地摇了摇头，说道："反正我们平常也不怎么用书房，窗帘不拉也无所谓。"

看过了书房之后，他们又回到了客厅。

三人刚刚坐下，戚山雨又提出了下一个问题："你这屋子，是昨天自己收拾的吗？"

"嗯。"

关婉怡嘴角勾起一抹浅浅的苦笑，说道："我不想让其他人碰丽雯的遗物……而且，刚死了人的凶宅，也没人敢来收拾吧……"

戚山雨继续问道："丢了什么东西，你清点过了吗？"

"清点过了。"关婉怡回答，"也没丢什么，家里的东西虽然被翻得乱七八糟，但其实也就少了八百来块的现金，还有一点儿首饰，都不是值钱的东西。"

她想了想，估了个大概的数，说道："加起来也就一千多吧。"

戚山雨点了点头。

"啊，对了！"关婉怡好像忽然想起什么似的，补了一句，"我还丢了一副手套。"

戚山雨皱了皱眉，问道："手套？什么手套？"

"就在那儿。"关婉怡朝厨房的方向指了指说，"我们平常用来洗碗的，就挂在厨房门的架子上，昨天收拾的时候，发现它们不见了。"

二十分钟之后，戚山雨和林郁清敲开了2808室的房门。

2808室里住了一家三口，姓赖。父母两人年过五十，是市内某国企的小领导。儿子名叫赖文华，独生子，年近三十，大专毕业以后一直闲在家，是个典型的"啃老御宅族"。

今天是工作日，赖家二老都已经去上班了，家里就剩赖文华一人。戚山雨和林郁清敲门的时候，来开门的自然就是他了。

赖文华显然从猫眼里看到了两位身穿制服的警官，所以开门时，眉梢眼角满是不耐烦。

"警察同志，你们还有什么事？"他板着脸，将两人让进屋里。

"昨天能说的，我都已经跟你们说过了啊！"

戚山雨和林郁清嗅到屋里弥漫着一股浓烈的尼古丁和焦油的气味。

戚山雨朝茶几上一看，果然看到烟灰缸里已经塞满了烟屁股。

"没什么，我们就是来做个例行问话。"他淡然答道。

赖文华虽然表现得很不耐，但到底不敢把两位警官赶走，只得不情不愿地将他们领到了客厅。

"有什么要问的，赶紧的吧！"他一屁股坐在沙发上，别过头说道。

戚山雨坐到了他的对面。

"8月14日晚上，你们一家人在干什么？"他开门见山地问道。

赖文华原本就十分阴郁的神色，顿时变得更加难看了。

"你们什么意思？！"他厉声质问，脸涨得通红。

"这是把我当嫌犯吗？"

戚山雨丝毫没被赖文华的神色影响，依然淡定而冷静地说道："我刚才已经说了，只是例行询问。请你配合。"

赖文华从盒里抖出一根烟，叼在嘴里点燃，深深地吸了一口。

戚山雨注意到，虽然对方在竭力控制，但打火的手指在微微颤抖。

"我爸妈那天晚上都不在，我爸去单位应酬，我妈到表姨家搓麻将去了。"

赖文华回答得十分迅速。

"至于我，我那天晚上就待在家里，哪儿也没去，在自己的房间看电影呢！"

戚山雨点了点头，问道："你从几点开始看的电影？看了什么？"

"吃完饭就开始看，八点左右吧。"赖文华回答得依然十分流利，"看的《神奇女侠》，那女的长得一般，不过身材还挺好的，前凸后翘，腰贼细，腿贼长！"

他舔了舔嘴唇，然后又用力地吸了一口烟，说道："看了两个多小时吧，到十点多……"

说完之后，赖文华抬起头，又补了一句："你们不信，可以看我电脑的播放历史啊！"

听赖文华这般回答，林郁清忍不住看了戚山雨一眼。

在进门之前，戚山雨已经跟他分析过 2808 室的住户，尤其是他们家儿子最可能出现的几个反应。而赖文华现在的表现，恰恰应了戚山雨的猜测，这让林郁清在惊讶之余，不禁佩服起来。

事实上，在戚山雨说出他的怀疑以前，林郁清把古丽雯的死当成一桩纯粹的入室抢劫杀人案……

"8 月 14 日晚上，你有没有看到或者听到对面 2806 室有什么异常？"戚山雨继续对赖文华发问。

赖文华使劲儿抽了一口烟，说道："这问题我昨天不是说过了吗，你们到底有没有听？"

他在戚山雨和林郁清的注视中，将烟蒂掐灭在烟灰缸里。

"你们想想！用脑子想想！我那晚在看电影啊，戴着耳机，声音开得又大，怎么可能听到 2806 房那边的动静啊！你们警察办案都不用脑子的吗！"

林郁清听到这般充满侮辱性的发言，忍不住皱起眉，张口想要反驳，但戚山雨悄然伸出手，压住了他的手腕，示意他不要急，一切按计划行事。

"我听说，从你们家的窗户，可以看到 2806 室那边？"

戚山雨换了另外一个问题。

赖文华听到警官这么一说，脸色顿时变得更加难看了，脏话脱口而出："去他的！是姓关的那女的跟你们说的吧！她是不是还说我对她们俩有意思？！谁不知道她们什么货色啊！"

他的话越骂越难听，戚山雨和林郁清双双皱起了眉。

"够了！"

林郁清实在听不下去了，一手拍在茶几上，发出"咣当"一声巨响。"回答问题！"

赖文华被这声音震了一下，抬起头的时候，正好对上面前两个制服警官的眼神，一个愤怒，一个冷厉。他当即打了个哆嗦，好像一个被针扎破的皮球一般，嚣张气势顿时散个干净，连忙低下头，嘟囔了一句："看得到又怎么样？谁稀罕整天盯着她们……"

戚山雨再次打断了他的话："带我去看看那扇窗。"

赖文华不情不愿地回答："行吧，你要看就看嘛……跟我来。"

戚山雨站起身，在转身的时候，朝搭档使了个眼色。

等两人离开客厅，走进书房，林郁清立刻掏出一张纸巾，将赖文华刚刚掐灭在烟灰缸里的烟蒂包了起来，揣进了自己的口袋里。

8月16日下午3:00，戚山雨、林郁清以及专案组的几位警察，再次敲开了泰丰雅苑D栋2808室的大门。

然而这一次，他们是带着搜查证和拘留证一起来的。

赖文华在极度惊慌之中，被带回了市局。

他在众目睽睽之下，被法医人员重新取了一次口腔表皮细胞与唾液样本。两小时以后，DNA复核结果出来，确定赖文华的DNA与女死者古丽雯大腿根部被发现的脱落毛发的DNA完全吻合。

另外，警察们还从他家里搜出了一双拖鞋，其中一只拖鞋边缘沾了少许血渍，经过鉴定，那些血液确实属于古丽雯。

这样一来，物证俱全，已经容不得赖文华假装自己与案件无关了。

不过这人十分嘴硬，一开始他说自己当时发现2806室的屋门没关，只是进去看过一眼，鞋子上才会沾了血迹。

被警方拆穿他曾经玷污过女死者之后，又改口说当时那个女人已经死了。

很快，警方又拿出了死者被侮辱时依然活着的证据，赖文华才终于崩溃，在痛哭流涕之中，交代了自己犯罪的经过。

根据赖文华的供述，他单身多年，早就对住在2806室的两位年轻姑娘，尤其是相貌更加标致的古丽雯心存好感。

他曾经多次出手搭讪，但都被两个姑娘毫不留情地拒绝了。后来，他在自己家里用望远镜偷窥2806室时，忘了拉好窗帘，被当场抓了个正着，还被她们上门痛骂了一顿，因此怀恨在心。

后来，他尾随古丽雯上班，得知两个女孩在桑拿按摩会所工作，于是就在邻里间散播两人"私生活混乱"的谣言，用来泄愤。

然而，2806室的两个姑娘并不受诽谤影响，每天过着自己的生活。这让一直想要泄愤报复的赖文华更觉不爽，也成了他心里的一根刺儿，如鲠在喉。

两天前，也就是8月14日的晚上8:20左右，他照例将自家的窗帘掀起一条小缝，然后用望远镜偷窥对面屋里的动静。

平常2806室的两个女孩儿回家以后，都是各自回房，几乎不使用书房，所以就算她们没有拉严窗帘，赖文华也占不到多少便宜，最多只能窥到一个穿过走廊时一闪而过的倩影而已。

但那一晚的情况不一样。

赖文华看到，有一个他没见过的男人，匆匆从走廊跑过。

警官们审讯到这里的时候，拿出了死在开发区海滨桥墩的嫌犯 X 的照片，放到了赖文华面前，让他辨认这人是不是他在 14 日晚上见过的男人。

赖文华认了很久，先是点了点头，然后又摇了摇头，最后他面带犹豫，怯生生地说道："看起来有点儿像，但……但我也不敢很确定……"

接着，赖文华供述了他的作案经过。

当时，他看到俩姑娘家里来了陌生男人，自以为能抓住她们行为不端的证据，便忍不住偷偷溜出门去，趴在 2806 室的门边听了一会儿。

门里没有说话声，只断断续续传出了一些物件落地或翻倒时的动静。几分钟之后，玄关处传来了脚步声，而且越来越响，应该是朝着屋门的方向。

虽然这人面对警察勉强装出一副强硬嚣张的模样，但本质是个欺软怕硬、外强中干的人。他当时很怕被人发现在偷窥，立刻闪到拐角处，藏了起来。

随后，2806 室的门被打开了，那个他没见过的陌生男人匆匆跑了出来，把门带上，然后一边朝着电梯间疾步走去，一边用自己戴着橡胶手套的手，摘掉套在皮鞋上的一对塑胶薄膜鞋套。

正常情况下，没有谁会在拜访朋友时，还戴手套、穿鞋套。赖文华在惊疑之余，忍不住跑去拽了一下 2806 室的房门。

大约是那男人关门太过匆忙，房门只是虚掩着，门锁并没有卡住。于是他将门拉开，立刻看到了倒在门厅与客厅交界处一抹穿着粉白色睡裙的身影和已经乱得一塌糊涂的屋子。

一开始看到屋中景象，赖文华既震惊又惶恐。

当时，他的第一反应是出人命了，必须立刻报警。可他吓得腿肚子直哆嗦，连叫都叫不出声音。

赖文华蹒跚着走进 2806 室，看到了倒在地板上的古丽雯。

根据他本人的供述，当时古丽雯仰面倒在地上，身上穿着一条粉白色的过膝睡裙，脖子上缠着一根尼龙绳，绳套深深地勒进了她满是血污的脖颈里，古丽雯双目半闭、手脚外展，已经一动不动。

赖文华觉得，眼前的这姑娘，八成是死了。就在他惊慌失措，想要去报警的时候，却忽然看到古丽雯前伸的手指微微抽动了一下。

"其实……我当时是想要救她的……"赖文华哭得一把鼻涕一把眼泪，仿佛真心悔过了一般，抽抽噎噎地说道，"但是……但是我那……那时候……那时候鬼迷心窍了啊……"

他看到古丽雯的手指动了以后，不由得蹲了下来，小心翼翼地想要去探女孩儿的呼吸。

在赖文华碰到她之前，古丽雯的手指先一步揪住了他的袖子，转动了眼珠，看向了她的邻居。

赖文华看到姑娘的嘴唇动了两下，从她的口型来看，分明是"救命"两个字。

人在被勒颈之后，很容易损伤到舌骨或者甲状软骨，还会出现舌后坠及声带受损，让人难以发出声音，加上窒息过程造成的脑缺血缺氧，即便当时没有死去，也会陷入昏迷，就算能做出些许动作，但意识很难完全恢复，多半是处于意识模糊的状态之中。

所以，当时古丽雯只模糊地看到有个人影蹲在自己的身边，并没有认出那人是谁，本能地想要开口求救，却因为勒颈伤到了喉咙，连一个音节都无法发出。

如果当时有人能够及时施救，以古丽雯的情况，有极大的机会能够救回来。

只可惜，可怜的姑娘遇到的，是一个人面兽心的畜生。

古丽雯看不上年近三十还不务正业只知"啃老"的赖文华，对他从来没有好脸色。

此时，这个漂亮的年轻姑娘身受重伤，无助地躺在地板上，奄奄一息。

"我当时……脑子里好像有个魔鬼在叫嚣……"赖文华一边哭一边拼命地抓挠自己的头发，说道，"他叫我……叫我……叫我对她……"

经过警方的反复盘问，赖文华终于交代，他看到古丽雯因伤重倒地，失去了反抗能力，又思及以前求而不得的种种过往，在欲望和怨气的双重刺激之下，忍不住对人动了歪心思。

在下手之前，他还想到，那个入室抢劫的陌生男人在出门时，用戴着手套的手脱掉了脚上的鞋套。

于是，赖文华觉得自己不能就这样直接动手。他飞快地回了趟家，拿了一盒保险套，又从死者的厨房顺手拿了一副手套戴上。做完这些之后，他关好2806室的屋门，回到女受害人身边，对她实行了侵犯。

听到这里，审讯室里的几个刑警脸色都已经黑得跟锅底一样了，心中翻腾着滔天怒火，只恨面前这人被捕时太过合作，没给他们机会将他摁在地上教训一顿。

这么个又尽又坏、猥琐不堪的人，做出了如此禽兽不如的事情，现在竟然还有脸在审讯室里哭得涕泪横流，好像他忏悔一番，就能将这下作勾当一笔勾销似的。

审讯室里国字脸的中年警官家里有个十四岁正值花季的独生女儿，每回遇到奸杀案，看到那些比女儿大不了几岁的年轻受害者时，都会忍不住气得心绞痛。

现在看到赖文华假惺惺的号哭，他更是恨得牙痒，当即"砰砰砰"连拍了三下桌子，把审讯桌上的纸笔都拍得弹跳起来，说道："你给我闭嘴！再说一句废话，我就废了你！"

虽然他的话说得粗暴，但没有人开口提醒他这不符合审讯规定。不止那位警官，就连审讯员到记录员，都有相同的想法，此等人渣就该被摁在地上！

在警官们的严厉逼视之下，嫌犯终于不敢再哭号了。

赖文华心性既猥琐又卑鄙，而且心胸狭隘、冷血无情，但毕竟只是个普通人，在面对警察，罪行无可隐瞒的时候，他好不容易才建立起来的心理防线根本无法维持，很轻易地就被警方的盘问击溃了。

他交代了自己全部的罪行。

在侵犯了古丽雯之后，赖文华冷静下来，才感到了害怕。

古丽雯如果活着，之后肯定会将他指认出来，于是，为了掩盖他强奸施暴的事实，决定杀人灭口。

他抓起缠在古丽雯脖子上的尼龙绳，打算将她勒死。

在赖文华试图扯紧绳子的时候，却发现绳子末端缠成了一个死结，根本没法完全扯紧绳圈，而且塑料尼龙绳质地滑溜，他又戴着厨房洗碗用的手套，摩擦力不够，不好用力。

赖文华怕只用绳子没法将古丽雯勒死，于是干脆抄起电视柜上的黄铜小鹿，在女孩儿的头上连敲了数下。直到人头破血流、再也不动了之后，他才丢下沾血的摆件，提上裤子，匆匆地逃出了犯罪现场。

"你当时在她的头上打了几下？"负责审讯的警官问道。

"不记得了……"赖文华摇了摇头，脸上肌肉抽搐着，讷讷地说道，"可能……六七下吧……后来她完全不会动了，我才回过神来，觉得害怕……然后就跑了……"

"哼！"有人发出了一声不屑的嗤笑。

事实上，赖文华描述他回家拿了保险套，再偷了死者厨房门上挂着的洗碗手套，回转到犯罪现场进行暴力侵犯的时候，警方就已经排除掉了"冲动犯罪"这个选项。

嫌犯——现在已经可以称为"杀人犯"了，无论他如何狡辩自己只是一时冲动，还在交代案情时给自己加了一箩筐的心理活动，在一个人计划好实施犯罪前掩饰痕迹，就足以证明他当时脑子很清醒，所做的一切都经过深思熟虑。

更别提赖文华最后还为了让受害人无法指认自己，选择了杀人灭口，硬是用一个黄铜摆件，将一个年仅二十二岁的年轻女孩儿活活打死。

古丽雯的案件审到这里，真凶已经很清楚了。

但是这一桩入室抢劫杀人案，却还远远没到能够结案的程度。

侵犯和杀害古丽雯的是住在2808室的邻居赖文华，但先前闯入2806室的陌生男人X，不能就这样简单放过。

更何况X本人也充满了疑点，从他的真实身份到作案动机，最后被人敲头后丢入海中，导致他死在了开发区的海滨桥墩下，这一切的一切，必须继续追查下去。

审问完赖文华，将他羁押起来之后，专案组的警官们再次在会议室聚头。

沈遵对这个案子目前的侦破进度非常满意。

毕竟入室抢劫奸杀案的社会影响非常恶劣，只要见了报，就肯定会引发全城乃至全国的广泛关注。舆论的关注度，对负责侦办的警方就是一股沉重的压力，案子拖得越久，他们就会越被动。

不过这一次，多亏了戚山雨足够机警，在调查时迅速找到了案件的突破口，不到二十四小时，就将强暴和杀人的真凶捉拿归案，也算给关注此事的民众一部分交代了。

沈遵对戚山雨自然是一百个满意，觉得这小伙儿真是越来越出息了。这段时间，戚山雨的成长有目共睹，眼看着就快成他们市局刑侦一队的顶梁柱了！

不过，作为一个资深刑警，沈大队长除了关心结果，对过程也很感兴趣，他对戚山雨的侦查思路颇有些好奇，所以在交代接下来的侦办方向以前，就先问了爱将一个问题："对了，小戚，你是怎么怀疑到2808室的邻居身上的？"

"其实，我那时也不敢肯定，只是有点儿怀疑。"戚山雨回答得很老实。

"第一点，是有关2806室两名女住户的流言蜚语，明显是有人故意在小区里四处散播的。这就说明，她们的邻居之中，有人对两人心怀不满，甚至可以说是有仇了。"

众人闻言，都纷纷表示同意。

"最让我觉得不对劲的地方，是死者古丽雯的室友告诉我，她们家丢了一副洗碗用的手套。"

"哦，原来如此。"

沈遵点了点头，表示自己听懂了。

昨天法研所给出了凶案现场痕迹鉴定报告，在死者家里，他们没有找到新的可疑指纹，这就说明涉案的两名嫌犯都戴了手套。

但关婉怡发现她们丢了一副洗碗用的手套，那就很可能意味着，最起码有一个嫌犯在作案的时候，原本并没有准备手套，便临时就地取材，拿了挂在厨房门口的手套。

有丰富刑侦经验的沈遵知道，像这样没有准备的嫌犯，一般是忽然闯入犯罪现场的人。如果那人没有选择报警，却选择了加入施害者的行列，那么最大的可能性，就是那人当时就在案发现场附近，而且还和受害者有私人恩怨。

要调查一个不明身份的死者，是一件很烦琐而且耗费时间的事情。

8月17日，周四。

戚山雨和搭档在外奔波了一整天，等他终于回到家时，已经是晚上十一点了。

"哎，回来啦。"

他用钥匙打开门，就听到了柳弈说话的声音。

"蓁蓁她刚睡下了，厨房里有给你留的饭菜。"

柳弈刚刚洗完澡，头发还在滴着水，他一边用毛巾擦着头发，一边穿过客厅，朝晚归的好友走了过来。

"怎么样，今天有收获吗？"

"没有。"

戚山雨无奈又疲惫地摇了摇头。

他跑了一整天，现在是又累又饿，前胸贴后背。

戚山雨将外套和包搁在玄关的衣帽架上，转身拐进厨房，看到灶台上果然搁着一盘炖菜，电饭锅里还有米饭。

"没办法，你知道我厨艺不佳，所以今天和蓁蓁吃的是外卖，你也将就一下吧。"

柳弈走过去，从戚山雨身后探出头来，看他一边热菜，一边问道："怎么？案子不顺利吗？"

"确实不怎么顺利。"

戚山雨用长柄勺搅拌着锅里炖得又软又糯的菜，看锅中翻腾起一圈白色的泡沫儿，十分无奈地叹了口气，

柳弈看菜已经热好了，帮他盛好了饭，端到了客厅，然后坐在好友的旁边，看他将炖菜舀到米饭上，埋头开始吃这一顿不知迟了多少小时的晚饭。

戚山雨吃东西一直很迅速，几分钟之后，他已经清空了碗盘。

他们简单收拾了一下桌子，然后戚山雨拿了套睡衣，到浴室里洗漱去了。

等他洗完澡，换好衣服出来，柳弈已经泡好了茶，端着自己的马克杯坐在沙发上，正在等他。

戚山雨坐了过去，在茶壶里倒入开水，等了一会儿，又将红茶倒入杯子。

柳弈放下茶杯，朝他笑了笑，说道："来，说说你们那案子，现在情况怎么样了？"

"我们今天走访了死者古丽雯在鑫海市能找到的所有朋友，还有她老家赶来的几个亲戚，以及她曾经工作过的地方的几十名同事，但每个人都说从来没有见过那个嫌犯X。"戚山雨说，"我们甚至还排查了古丽雯的手机通讯录和通信软件上的熟人，也没有发现任何可疑人员。"

柳弈看他们从古丽雯的人际关系上找不到突破口，想了想，说出了自己的想法："你有没有想过，嫌犯X，或许跟女死者没有关系，他可能就是单纯的入室抢劫，而古丽雯是这个随机被他选中的无辜受害者呢？毕竟，古丽雯的室友那几天碰巧不在家，独居的年轻女孩总是比较容易成为这些人的下手目标。"

"不，我总觉得，这案子不对劲。"

戚山雨喝了一口红茶，摇了摇头。

柳弈一挑眉，问道："哦，哪里不对劲了？"

"因为案发现场被翻得太乱，但实际丢失的财物太少了。"戚山雨回答，"古丽雯的室友关婉怡后来做了清点，发现家里只少了几百块现金和一些不值钱的合金首饰，加起来总值不超过一千块。"

他对关婉怡的印象颇为不错，那女孩儿不仅为人仗义，而且十分有担当。

而且关婉怡在收拾房子的时候，连厨房里丢了一副洗碗用的手套这么个不起眼的细节都注意到了，所以戚山雨觉得，姑娘对她们家财物损失的判断应该是可靠的。

"你说的确实很有道理……"

柳弈闻言，点了点头。

身为主检法医，他当然对案发现场的各种细节了如指掌。

他记得，当时 2806 室确实非常凌乱，几乎每一个柜子的抽屉都被整个抽出，里面的东西全都翻倒在地上。连衣柜里的衣物，也被人从柜子里取出，被层层叠叠地丢了个满床满地。

实际上，进屋翻找东西的时候，很多抽屉只要打开了，就能一眼看清里面有些什么，知道有没有行窃的价值，根本不需要多此一举，把里面的所有东西全都往地上倒。

至于衣柜里的衫裙裤帽，就更没必要全都取下来到处乱扔。

"另外，死者的手机就在她房间的书架上，位置很显眼，家里的两台手提电脑也没被拿走。"

戚山雨继续说道："若嫌犯 X 真的只是求财，这些值钱而且相对轻便的电子产品，才是他最应该带走的，不是吗？"

"嗯。"

柳弈顺着戚山雨的思路，想了一下，说道："这么看来，嫌犯 X 故意要制造出一个入室抢劫的假象，才将 2806 室翻了个底朝天，是这样吗？"

戚山雨刚刚洗完澡，这会儿也确实口渴了，一边说着话，一边就将杯里的红茶喝到了底儿。

"另外，还有一个疑点。"他又补充道，"我们反复跟另一个嫌犯，也就是住在 2808 室的邻居赖文华确认过，当时他看到嫌犯 X 离开 2806 室的时候，身上只背了一个藏蓝色的帆布拎包。我们后来也检查了泰丰雅苑入口的监控，确定嫌犯 X 在进入小区时，他身上背着的也是这样一个帆布拎包。"

他说着，抬手比了个尺寸："那包大概只有这么大，根本装不了多少东西吧！"

柳主任很同意戚警官的想法，说道："嗯，确实是这样。没有人会在企图入室抢劫的时候，只背这么一个根本装不了多少东西的帆布拎包的。"

他想了想，又问道："所以你们目前的侦查方向，是把案子作为一桩针对死者古丽雯的仇杀案来调查吗？"

戚山雨回答："目前的调查方向确实是这样。其实不止是古丽雯，她的室友关婉怡也是我们调查的对象，但是……"

他摇了摇头，说道："无论是古丽雯还是关婉怡，她们都只是不久前才从外地来鑫海市打工的人而已。两人没身份没背景，收入也不算高，每个月只拿六七千块的死工资，除去房租和日常开销，差不多就是个月光族。她们的人际关系也很简单，除同事之外，在鑫海市几乎没有熟人，以前也没交过男朋友，更没和人有过感情纠葛。她们工作的地方虽然性质不太单纯，但两人都没有掺和那些皮肉生意。性格和人缘都挺好，除了隔壁 2808 室的赖文华，也没和谁结过仇。"

他顿了顿，下了句结语："我们实在是想不通，到底是什么人偏偏一定要对古丽雯下手呢？"

柳弈的手指在下巴摩挲了几下，也没想到有用的建议，于是试图改变一下思路，说道："那么，换个方向，从嫌犯 X 的身份入手呢？"

他问道："比如在失踪人员库里一个一个地进行匹配，看有没有人能跟他对得上？"

"专案组里已经有同事负责这一块了。"戚山雨回答，"不过，嫌犯 X 是个身强力壮的成年人，从他死亡到现在，才过了两天，时间太短了。通常情况下，短短两三天的行踪不明，是很难引起亲朋好友的重视的。"

事实上，在只有"外貌"这唯一线索的时候，要在一个上千万人口的大城市里找寻一个人的身份，是非常非常困难的。

基层派出所每周差不多都能接到三四桩失踪的报警求助。

除老人儿童走失之类必须立刻寻人的案子之外，其中绝大部分人失踪多是出于个人原因，比如和家人吵架了，选择不辞而别，过不了两三天，就会自己回家，或者被亲人劝回。

少部分的人，则是涉及感情纠纷、家庭矛盾、抚养赡养、逃税躲债、违约失信等更加复杂的情况。失踪人员很可能买一张车票、机票，逃到千里之外，改名换姓，好几年甚至好几十年都不再回来。

接到报警之后，警察会把失踪人员的信息输入失踪人员库里，以供各地公安机关进行比对。

至于能不能立案，则要看是否有犯罪的可能性，是否需要追究刑事责任，比如说会不会遭到绑架、拐卖、劫持、非法限制人身自由等。

虽然专案组已经有专人负责比对失踪人员库中的信息，然而很遗憾，他们今天也和戚山雨的小组一样铩羽而归，并没有获得任何有价值的线索。

戚山雨吃过饭、洗完澡，已经快半夜十二点了。

柳弈和戚山雨都是那种一旦投入工作，就会忙得不知时间的人。

自从十五日那日中午，在开发区海滨桥墩发现了身份不明的嫌犯 X 的尸体之后，两人几乎将所有的精力都扑到了案件上，每日里忙得脚打后脑勺儿，这会儿好不容易忙完，只觉得筋疲力尽，除了睡觉，什么都不想干了。

然而，戚山雨这一觉只睡了三小时。

凌晨三点半，他就醒了。

"啊，好饿……"

戚山雨摸着自己叽叽咕咕叫个不停的肚子，看着天花板，内心正在"继续睡觉"和"起来吃东西"两个选项上纠结。

他今天劳心劳力，回来得晚，晚饭吃得敷衍，加上又是高大健壮的身板、风华正茂的年纪，本就很能吃，这会儿一觉醒来，就觉得饿得受不了了。

纠结了两分钟，戚山雨忍无可忍，掀了被子，跟做贼一样溜出房间。

因为怕惊动还寄住在柳弈家的戚蓁蓁，他的动作很轻，连客厅的大灯都不敢开，只悄悄开了一盏壁灯。

戚山雨钻进厨房，开始翻箱倒柜寻找食材。

在一阵窸窸窣窣的动静之后，他从冰箱里翻出原本明天早上做炒饭用的白米饭，又摸出鸡蛋、火腿和豌豆，开灶热锅，飞快地做了一盘火腿丁蛋炒饭。

就在他端着炒饭，准备到自己房间里偷偷吃的时候，冷不丁看到昏暗的客厅里站了一个人。

"哎哟！"

戚山雨吓了一跳，险些把餐盘扔了。

柳弈压着音量，拖长声音，语气里满满的都是谴责："小戚同志，半夜偷偷摸摸做好吃的，怎么就没想起我？"

戚山雨无奈，也不知道柳弈到底是个什么样的狗鼻子，大半夜的不睡觉，竟然循着香味摸来了。

于是，他只得回厨房里又拿了一个盘子和一把勺子，将炒饭分了一半给柳弈。

随后，两人也没去餐桌，而是坐在小吧台前，一人拿了一把勺子，开始吃炒饭。

其实，像他们这种工作繁忙的人，每逢大案要案，吃不定时、睡不定点，忙起来可能一整天都喝不上一口水，普通人的生物钟自然是不存在的。

对柳弈和戚山雨来说，若是累了，只要有个能躺平的地方，闭眼就能睡着，而如果是饿了，不管是早中晚餐还是夜宵下午茶，只要是能填肚子的东西，好不好吃都能勉强自己入口。

所以像今晚这样，三更半夜溜出来觅食的事儿，实在太普通了。

戚山雨刚刚当上刑警的时候，家里老房子的隔音不太好，即便他再小心，深夜活动的时候难免会惊动妹妹。

一开始，戚蓁蓁睡得迷迷糊糊，忽然听到房间门外有动静，揉着眼睛爬起来查看的时候，还会被摸黑翻饼干的老哥吓得够呛，差点儿叫得邻居以为戚家进了贼。

后来次数多了，她也就习以为常了，基本上能从声音判断，他哥这是刚下班摸黑进家门，还是接到紧急联系准备出去，或者是实在饿得受不住，正小心翼翼地翻零食柜呢。

现在，戚蓁蓁暂时住在柳弈的这套房子里，新盖的商品房质量确实比老房子好得多，她睡着了以后，基本听不到外头的响动了。

所以戚山雨才敢大胆地开火，终于能在深更半夜吃上一口热食。

第二天，戚山雨一大早就回到市局，十分惊喜地听说，那桩入室抢劫杀人案，刚刚有了新进展。

这次发现线索的，是技术组的一名警官。

"你们统统过来，快！来这边看看！"

那名警官戴着一副黑框眼镜，镜片足有酒瓶底儿厚，他兴冲冲地冲进专案组办公室，大声招呼所有人过来。

即使隔着厚厚的镜片，其他人还是能看到，他眼睛下面青黑一片，显然是很久没好好睡过一觉了。

"我在泰丰雅苑 8 月 12 日的监控视频里发现了这个。"

黑框眼镜的警官打开电脑，调出他剪下来的视频片段。

"你们看这个，是不是你们要找的那个嫌犯？"

泰丰雅苑的小区范围内一共装了七个监控摄像头，其中有四个是坏的，由于物业疏于管理，一直都没有修理。

剩下那三个还能工作的摄像头，已经是二十年前装的旧设备了，虽然能用，但像素也不甚清晰，而且视频文件只能保存五天，然后就会因为内存不够被新的文件自动覆盖。

泰丰雅苑 D 栋 2806 室的命案发生在 8 月 14 日晚上，而古丽雯的尸体是在 8 月 16 日的中午被人发现的。

在尸体被发现的当日，警方就截下了泰丰雅苑的所有监控录像，录像文件时间，刚好是 8 月 12 日中午 1：00 到 8 月 16 日中午 12：00。

专案组的警官们纷纷围到技术组的同事身后，伸着脑袋去看屏幕。

监控视频的画面显示，是 A 栋楼下的摄像头拍到的，视频底部的时间为 8 月 12 日晚上 8：45。

在画面的右上角，拍到了一个身穿黄色制服的年轻男人，看衣着的款式和颜色，是某个外卖平台的员工制服。

年轻男人大概是刚刚送完外卖，两手空空，准备跨上自己的小电瓶车，然后似乎被镜头外的某个人拦住停了下来，扭头看向右边。

"原始画面的像素实在太差，光线又不够好，我虽然进行过修复，只能看到他的嘴唇动过，应该是说过话，但唇形看不清楚，没法读他的唇语。"技术组戴黑框眼镜的警官说道。

他是市局里数一数二的影像专家，经他手里处理过的图像文件，即便是一片马赛克也能抠出眼耳口鼻来。连他也说没法处理到能看清唇语，那确实是没辙了。

画面里外卖员停顿的时间很短，很快，众人就看到他一边扭头，一边举起了手，朝某个方向指了一下。

做完这一切之后，他跨上自己的小电瓶车，一拧握把离开了。

"这！就在这儿，注意看了！"戴着黑框眼镜的警官大声提醒道。

然后众人看到镜头右上角一闪，有半个人的身影进入了画面之中，虽然只有短短的两秒，但他们依然看清了那人映入屏幕的半张脸上，戴了一个黑色的大口罩。

"没错，就是他！"有个警官指着电脑截图，大声叫起来，"十二号那天晚上，超市里拍到的那人，穿的衣服和戴的口罩就是这样的，他就是我们要找的嫌犯X！"

一般来说，在鑫海市，一个外卖员的覆盖范围，直径一般在二千米到五千米，而且工作时间很难确定，要找起来也不是那么容易。

不过世上无难事，只怕有心人，警方决心一定要找到一个人的时候，效率还是非常高的。

两小时之后，专案组的警官们就通过外卖平台锁定了平日在泰丰雅苑附近活动的二十多个外卖员的名单，一个一个排查下去，很快就找到了十二号晚上监控视频里拍到的那个年轻人。

被戚山雨和林郁清拦下的时候，那名外卖小哥刚刚送完一单，正蹲在路口，一边休息，一边刷着手机等待下一单。

忽然被两个身穿制服的警察拦住，他一脸蒙，完全不知道发生了什么事情。

"啊？十二号晚上？泰丰雅苑？我……我啥都不知道啊！"

"你看，这照片里的人，是你没错吧？"

林郁清将监控视频的截图递到外卖小哥面前。

照片经过技术组放大处理，清晰度比原始视频提高了至少两个等级，已然完全可以看清画面中人的五官了。

外卖小哥接过照片看了两眼，讷讷地抬头，说道："应该是我没错……"

"你记不记得，当时拦住你的人长什么样子？又跟你说了什么？"林郁清收回照片，追问道。

外卖小哥用力地皱起眉，回忆了将近半分钟，忽然抬手一拍自己的脑袋，兴奋地说道："啊，我想起来了！是那个戴着口罩的男人，对不对？我记得，他当时是跟我问路来着！"

"问路？"林郁清重复了一遍。

在专案组的警官们开会讨论的时候，确实有人根据外卖小哥的动作做出过类似的猜测。不过听到外卖小哥的回答，林郁清还是不由得再度确认了一次："他找你问了什么路？"

"这……都好几天前的事儿了，我就随口说了一句，怎么会记得啊……"

外卖小哥挠着头，一脸为难的表情。

"你仔细想想，认真地想想！"

林郁清的记忆力一直非常好，小时候还专门参加过记忆加强的训练营，别说是几天前和人说的一句话，就算是半个月前某日某顿的菜谱，只要给他点儿时间，他也能一样不差地回忆起来。

但是，他对普通人的记忆力心里没数。看到外卖小哥迷茫又无辜的表情，林郁清简直想扑过去抓住他的肩膀用力摇晃，好把那段不知被他丢到哪个犄角旮旯里的记忆碎片给晃荡出来。

要知道，这可是他和戚山雨合作的第一个案子，对仰慕了搭档好几年的小林警官来说，非常具有纪念意义，他很想漂漂亮亮地办完这个案子。

"好，好！"

外卖小哥皱眉努嘴，五官挤得跟包子似的，挠完了头又去挠下巴上那颗刚冒头的青春痘。他被催了以后，显然也急得不行，说道："我……我仔细想想，你们让我仔细想想……"

戚山雨却伸手拦了拦，示意林郁清不要着急。

"你怎么记得有人跟你问过路？"

他没有继续追问，而是引导对方从他已经想起的事情上，回忆当日的细节。

这个方法是他以前跟安平东搭档时，从那些老练的前辈身上学到的。

警方询问案情，经常需要关系人回忆过往某件事的某个细节，可以是几天前的某时某刻，他们听到了什么，看到了什么；甚至可能是几十年前，某人在离家时穿的什么，身上带了什么，等等。

而人的记忆有瞬时遗忘的特点，绝大部分人的记忆力都一般，往往很难清晰和准确地回忆起那些已经过去了一段时间的琐碎事情。

这就需要警察在问案的时候，适当地引导和提点他们。

但引导不是误导，他们不能用主观的想象和已知的信息去提醒关系人。

比如在这桩案子里面，警方发现嫌犯 X 两次进入泰丰雅苑的时候，身上都背着一个藏蓝色的帆布挎包，后来查出十二号的监控视频里，嫌犯 X 和外卖小哥对话那会儿，他身上依然斜挎着那个藏蓝色的帆布挎包。

此时，警方不能在问询的时候向这位外卖小哥提起"藏蓝色帆布挎包"这个关键词，即使小哥记忆出现偏差，把嫌犯 X 背着的背包颜色记成了黑色或白色，他们也不能纠正。

这一切的问询要领，都是为了保证证词的可靠性和客观性，以免警方办案时先入为主，用自己的主观意志影响到证人的记忆和判断。

所以警方在问话的时候，只能从证人已经想起的细节入手，引导他们一点一点回忆起当时的情形来。

对于戚山雨的这个问题，外卖小哥的回答倒很干脆："哦，这个啊！那人大热天的戴着个口罩，打扮得那么奇怪，还是在我刚送完单准备上车的时候拦住我的，所以我就记住了啊。"

说到这里，他又立刻"哦"了一声，说道："对了，他当时好像挺慌张，而且对泰丰雅苑的地形不熟，跟个无头苍蝇似的转来转去，跟我说话的时候又一直低着头，我都怀疑他是不是个贼了！"

戚山雨见他回忆起的细节越来越多，心中颇为满意。

"他当时从哪个方向走来，你又指了哪里，还有印象吗？"

"这……我也不是很记得了……"

外卖小哥继续苦着脸，苦思冥想，说道："大概是迎面走来的吧……啊！等等！"

他忽然大喊一声，然后掏出手机，噼里啪啦地翻了起来，说道："你们等我查查我十二号接的单子！我最近就去过泰丰雅苑一次，应该就是那单了！"

他飞快地滑动屏幕，找到了那一张订单说："泰丰雅苑 A 栋 1203 室，对了，我那时候去的是 A 栋！"

外卖小哥两眼放光，兴奋地叫道："然后，那个男人说他要去 B 栋，我就顺手指给他看了！"

"你说什么？！"戚山雨和林郁清异口同声地叫道，"你说，那人当时说他要去 B 栋？！"

外卖小哥被两位警官的反应吓了一跳，忍不住往后倒退了一步，说道："这……我没记错的话，是……是的……"

他很紧张地挠了挠头接着说道："B 栋不就是在 A 栋隔壁吗？我就顺手指给他了……"

二十分钟之后，戚山雨和林郁清来到泰丰雅苑。

这一次，他们的目标是 B 栋的 2806 室。

泰丰雅苑一共有编号从 A 到 G 的七栋主楼，这几栋楼，各栋内部套间的室内面积有区别，从两百多平方米的复式大宅到五六十平方米的单身公寓式套间应有尽有。

在泰丰雅苑公售以来的二十年中，多数房子都几经易手，不少套间经过数次装修以后，内部结构早已经和当初的建筑规划完全不同。

若是只看楼房外形，这七栋建筑物就仿佛复制粘贴一样，根本看不出差别。

更重要的一点，因为历史遗留，这七栋建筑物虽然呈半弧状，顺时针绕着入口门楼排列，但它们的顺序，却不是依次从 A 到 G 排列。

泰丰雅苑是城中村拆迁后建成的，当时开发商和村民协商好，要按照他们拆迁后的实际面积折算，将其中一栋楼完整地还给村民。

当年谈判时，开发商给村主任和村委会的干部们看过楼盘的平面设计图，并且答应了要将 D 栋留给回迁的村民。

然而商人狡猾，给村民们看平面图时，上面虽然画了七栋楼的位置，但并没有标明哪一栋是 D 栋。

结果，等泰丰雅苑落成，村民们准备集体回迁的时候，才发现奸商竟然把 D 这个编号放在了 A 和 C 之间，而 B 则挪去了 C 的后面。给他们留的 D 栋，窗户正对外面的环城高速路和民生脑科医院这不仅吵，而且风水不好。

村民们当然吵过、闹过，然而那时整个泰丰雅苑的楼盘已经卖出去七成了，回迁的村民反而成了少数派。

加上当时社会舆论大都仇富，人们对这一群靠拆迁发财的暴发户没有个好评价，根本无人声援他们，还认为他们这是贪心不足蛇吞象，得了便宜还卖乖，特别讨人嫌。

村民们闹腾了一段时间见没有结果，也只能捏着鼻子认栽，迁入了分给他们的 D 栋里。

这些历史，对在鑫海市土生土长的本地人，是茶余饭后谁都能说上两句的老皇历，但对从外地来鑫海市打工的外卖小哥而言，则听都没听说过。

事实上，这个外卖小哥也是半月前才刚刚分到这片区，连他自己都没出入过几次泰丰雅苑，根本就不知道这几栋楼排列的猫腻。所以，当时他给嫌犯 X 指路的时候就很自然地以为，自己刚刚去过的 A 栋旁边的那一栋，肯定是 B 栋。

若戚山雨猜得没错，这一切都是阴错阳差，才会让一个无辜的女孩儿惨死在自己家中。

林郁清按响了 B 栋 2806 室的门铃。

一开始没有人应门，屋里静悄悄的。

等到林郁清按到第三次，门里才传来拖鞋趿拉地板的声音。

从脚步声的频率看，那人步子很慢、很拖沓，似乎是不紧不慢地走到门边，然后打开了内侧的木门。

"什么事？"一个年轻女人隔着防盗门探出脑袋，懒洋洋地问道。

"小姐您好，我们是警察。"

戚山雨和林郁清亮出了自己的证件。

"警察？"

女人的脸色立刻变了，她的声调骤然拔高了一个八度，她警惕地重复了一遍："你们是警察？找我有什么事？"

"不好意思，你们小区前两天发生了一起入室抢劫杀人案，我们正在你们小区里排查可疑人员，例行询问小区住户的安全情况，想麻烦你回答几个问题。"

"哦，是对面楼的那起杀人案啊……"

女人顿时松了一口气，终于露出了一丝笑容，说道："我听说了，好像是 D 栋吧？死的是个小姑娘？唉，真是倒霉啊！"

她一边絮絮叨叨地说着，一边打开防盗门，放戚山雨和林郁清进来。

等女人看清了面前这两位年轻警官的长相，尤其是更高更俊的戚山雨的面容时，原本公式化的假笑立刻变得诚挚了许多，说道："唉，要我说，单身女人自己住就是不安全，我们这儿的物业还忒不靠谱，你们能不能督促他们整改啊？"

在女人打量戚山雨和林郁清的容貌时，两位警官也在观察她。

女人大约二十五岁，身段玲珑，鹅蛋脸，腮帮子有点婴儿肥，即使在家里，她也化了淡妆，眉毛画成时下流行的一字平眉，杏眼翘鼻，菱角红唇，虽然不算大美人儿，但也清秀漂亮，在妆容的帮助下，很有姿色。

最重要的是，这个女人，和前几日死在 D 栋 2806 室的古丽雯，竟然有五六分相似。

戚山雨和林郁清在 B 栋 2806 室待了大约十五分钟，为了不引起年轻女人怀疑，问了一些常规问题后，就离开了泰丰雅苑，火速回到了市局。

等他们回到市局时，专案组已经收集好了泰丰雅苑 B 栋 2806 室的基本信息。

戚山雨和林郁清见到的那个女人，正是 B 栋 2806 室的业主，名叫蔡玲玲，今年二十六岁，Y 省人，未婚独居。

从她的履历来看，她大学时考取了 B 大，在鑫海市念了四年大学，学的是公共管理专业。毕业以后进入了开发区一家名叫禄鼎盛的进出口贸易公司，在公司里做了两年总经理助理，去年年初辞了职。现在自己开了一家咖啡店和一家奶茶店，又在辞职三个月后买下了现在这一套房子。

沈遵听手下的警员汇报完 2806 室业主的信息，皱了皱眉问道："这个叫蔡玲玲的，家里有矿？大学毕业干了两年，又是开店又是买房的，她爸妈必须得很有钱吧？"

"不，并不是。"负责搜集情报的警员摇了摇头，说道，"我已经查过她老家的情况，她爸在好几年前就因病去世了，她妈和她哥在 Y 省一个县城的汽车客运站附近经营一家小面馆，经济状况不算拮据，但也绝对不宽裕。"

警员说着，递上了他从税务局要来的蔡玲玲以及她妈妈和哥哥五年来的纳税清单。

沈遵翻阅了一下三人的纳税额，习惯性地又皱起了眉，说道："有意思……"

他的手指摩挲着下巴上的胡茬，心中飞快地将上面的数字换算成大概的年收入，说道："就她妈跟她哥哥每年赚的那些钱，就算他俩不吃不喝，也得存个七八十年才能供得起女儿在鑫海市买那么大一套房子吧？"

沈遵说着，将手里的资料翻到蔡玲玲的纳税汇总表上。

"她毕业刚参加工作的那一年，平均也就五千元一个月的工资，第二年升了不少，但月均也就七千元不到吧……这收入，在咱这地儿，除开房租、餐饮费、交通费和日用花销，每月能存下两千元就算她够省的了。"

他说完，把手里的纸扇得啪啪作响，问道："你们说，她开店和买房的钱，是哪里来的呢？！"

蔡玲玲开的一家咖啡店和一家奶茶店，都是时下年轻人中有点儿小名气的网红连锁店。

贵的咖啡店加盟费需要五十万元，便宜的奶茶店也是十万元起。加上店面租金、购置机器和原材料费用、店员薪水，以及其他杂七杂八的开销，开店的成本少说也得上百万元。

至于她名下的房产，沈遵作为一个长期在鑫海市生活和工作的资深刑警，对本市各地区的楼价自然是心里有数的。

泰丰雅苑的楼龄虽然久，但地段和建筑规划都不错，又是高层电梯房，市面上均价一般要到四五万元一平方米了。

B栋2806室连上公摊面积，一共九十二平方米，这样算下来，没有四百万元的预算，别想把房子买下来。

负责搜集资料的警员又递出另外几张纸，是蔡玲玲买房时在房产局留下的完税证明的复印件，说道："先不说蔡玲玲的两家店面，她买的这套房子，本身就很有问题。她当时没有申请银行贷款，而是付全款买的房子。"

专案组办公室里有不少人发出了一声意味不明的感叹。

他们之中，很多人都工作了十几二十年，有家有室，已经在这个城市扎下了根，也算薄有积蓄。

但要一下子掏出几百万元全款买套房子，在场这一些警官扪心自问，就算把抽屉底儿倒过来抖出最后一个钢镚儿，也凑不出这么一大笔钱来。

连兢兢业业工作了许多年的资深刑警尚且存不下多少钱，蔡玲玲这么一个二十多岁刚毕业的小姑娘，却能独立买房开店，说她的巨额财产来源不可疑，没人会信。

"不，这案子还没那么简单。"见自家头儿显然还没抓住重点，负责搜集信息情报的警员连忙点出了问题的关键，说道，"沈队，您看一下她那套房的完税单。她购房的手续没有什么问题，但购入的价格很可疑！"

沈遵低头一看，立刻发现了不对劲，说道："购入价才一百八十四万元？！嗯……"

他打了个磕巴，一下子没把这道除法题给心算出来，但旁边已经有人接话："相当于一平方米两万块。"

"对，两万块一平方米！这都相当于给了半价。"沈遵一边很自然地继续说下去，一边飞快地扭头往旁边瞥了下，发现刚才接话的是他们队里新来的林郁清。

二手房的定价完全由卖家决定，理论上定高定低都无所谓，只要买卖双方协商好了，你情我愿就行。

然而，一套商品房可不是两块钱一斤的大白菜，尤其是在鑫海市这种楼价几万块起跳还年年在涨的地方，只要脑筋正常，谁也不愿吃这一大笔差价的亏。

若是卖家有什么原因，急着要将房子赶紧出手，又或者本身房子有什么问题，比如最常见的"凶宅"，便宜卖了的情况也不是没有，但就算便宜卖了，也少有直接半价卖的。

"去查一查这个前任业主，看他跟蔡玲玲有没有关系。"沈遵说道，"另外，也调查一下蔡玲玲的银行账户，看她开店和买房的那一大笔钱是从哪里来的。"

交代完这些之后，沈遵又转向戚山雨和林郁清，问道："你们跟蔡玲玲接触的时候，发现什么疑点没有？"

林郁清不敢擅自回答，求助似的看向戚山雨。

其实，他觉得那位姓蔡的姑娘举止挺得体的，回答他们询问的时候，语言流畅，看不出什么问题。如果不是刚刚查出她财务上有那么多的疑点，林郁清大约只会觉得那是一个很普通的都市白领而已。

就在林郁清琢磨这些的时候，戚山雨已经点了点头，对沈遵说道："我觉得，蔡玲玲对我们表现得很警觉。我们刚开始表明身份的时候，她就露出了很明显的敌意，但在我们说明是为了调查小区里的入室抢劫杀人案以后，她的表情却立刻放松了下来。"

沈遵摸了摸下巴，络腮胡下的唇角翘起了一个弧度。

"哦，这就有趣了……既然不是怕你们调查入室抢劫杀人案，那她就是怕你们调查别的东西咯？"

"还有，我给蔡玲玲看了嫌犯 X 的照片，她回答并不认识这个人。"戚山雨继续说道，"我看她的表情，应该不是在说谎。"

沈遵都快要把自己下巴上的胡茬给搓没了，说道："不要紧，她不认识是正常的。只要有人认识就行……"

在说这话的时候，他心中已经有了一个隐约的猜想。这个猜想把之前这个案子里面许多不合理的碎片拼凑起来，而且脉络越来越清晰，逐渐串成了线，线又织成了网。

沈遵嘀咕到一半，忽然想到另一个非常重要的问题，于是转头看向他的队员们，说道："对了！你们分出一组人，专门盯着蔡玲玲，我怕有人会再对她动手！"

负责搜集资料的警员说："根据房产局的记录，现在蔡玲玲名下的那套泰丰雅苑 B 栋 2806 室，一共有过四任业主。第一任业主是鑫海市本地一名小有名气的实业家，姓聂，今年已经八十岁了。这名聂姓老人，年轻时创立了多家公司，经营得风生水起，攒下了好几个亿的身家。只是年纪大了以后，他身体变差了，就将所有公司都分给了自己的几个子女来打理，本人则在十多年前光荣退休，移居南方安享晚年去了。蔡玲玲毕业以后曾经待过两年的那家名叫禄鼎盛的贸易公司，正是聂姓企业家名下的产业，现在交到了二女儿聂心雨和二女婿史昌翰手上。泰丰雅苑 B 栋 2806 室的第二任业主，正是聂老的二女婿史昌翰。史昌翰和聂心雨在 2012 年 5 月结婚，房子则是在同年 4 月更名过户的，没有买卖，直接办的赠予手续。"

一个负责文书工作的女警"啧啧"了两声说："既然是岳父送给女婿的房子……我猜，这相当于是女儿的嫁妆咯？然后呢？"

沈遵用红笔将"史昌翰"和"聂心雨"两个名字重重地画了出来，表示从现在开始，这两人就成了这个案件的重点调查对象。

负责搜集资料的警员继续做说明。

"泰丰雅苑 B 栋 2806 室在史昌翰手里待了整整十年，这期间只租不卖，而且相关租赁完全委托给中介负责，他只每月坐等收租。一直到去年 1 月，他忽然用一万八千元每平方米的超低价格，将这一套房卖给了一个马来商人。"

"一万八千元一平方米的市中心电梯房，我们怎么碰不到呢！"

有警官立刻酸了，被其他人在他后脑勺儿上轻轻扇了一下，才讪讪地住了嘴。

沈遵点点头，然后翻了一页纸，说道："确实是白捡的大便宜。但这个捡了大便宜的人，在三个月以后，就用两万块一平方米的价钱，将房子转卖给了蔡玲玲？"

他忍不住咂舌："这房子是闹鬼了还是怎么的？这转手的速度也太快了吧！"

泰丰雅苑 B 栋 2806 室当然没有闹过鬼。

在中介那儿的记录，那可是一套干干净净的"吉宅"。

既然闹妖作祟的不是房子，那么不正常的就只能是几任业主的关系了。

警方很快就通过两人过于频繁的通话记录，发现了禄鼎盛贸易公司的现任老板史昌翰与 B 栋 2806 室的业主蔡玲玲之间的外遇关系。

随后，他们又察觉到，比起"入赘女婿背着发妻包养小三"这等八卦消息，这个老板与前任小蜜之间，还有更大的猫腻。

在最近几年中，史昌翰和蔡玲玲两人有过二十多次大笔的资金往来，数额已经远超普通金主包养小情人的花销了。

沈遵手下的刑警队毕竟不是专业搞审计的，在没有确切证据证明两人涉案之前，也无权越俎代庖替禄鼎盛的老板娘抓小三。

不过他们刑警队里新来的林郁清林警官，虽然晕血晕尸，但是个学霸啊，不仅脑子好使，而且对数字有种超乎寻常的敏感度。

所谓人尽其才、物尽其用，沈遵毫不客气地将林郁清摁在了专案组办公室里，让他花了整整两天时间，翻查了蔡玲玲和史昌翰的相关财务往来记录。

最后，他得出一个结论。这几年，史昌翰一直在将原本属于禄鼎盛进出口贸易公司的资产，用"老鼠仓"的方式，一点一点转移到自己妹夫名下的皮包公司账上，而这个帮他搬仓的"老鼠"，则是他的前任私人秘书外加现任情人蔡玲玲。

史昌翰做得很隐秘，而且很有耐心。他用了整整三年半的时间，缓慢但有效地转移着原本属于岳父的公司资产，就林郁清现在挖出来的金额，将近有一亿元了。

他们搬仓的效率虽然不高，但十分有效，如果不知真相，只会觉得是禄鼎盛近年来的经营状况不佳导致资产价值萎缩而已。

与此同时，在经历了两日的奔走之后，外勤组的刑警们也从蔡玲玲和史昌翰的人际关系入手，找到了嫌犯 X 的真正身份。

嫌犯 X 名叫杜山，是一个装修工人。

两个月前，他跟着相熟的包工头，帮史昌翰妹夫名下的皮包公司做过办公室装修。

根据警方调查得来的情报，杜山此人生性嗜赌，欠下各种借贷，加起来足有四五十万元。

在帮史昌翰的妹夫装修办公室期间，他还曾经因私窃装修材料倒卖被抓包，差点儿就被当场扭送到警局去了。

后来不知这人是怎么跟他们的包工头说的，反正一通求爷爷告奶奶之后，杜山不仅全身而退，而且还跟史昌翰的妹夫搭上了点儿交情。根据包工头的说法，那两人竟然还一起吃过饭。

自从出了盗窃被抓的事情之后，嫌犯 X，也就是杜山，似乎老实了两个月，没再作妖，兢兢业业干完了手头上的装修任务。

然而，大约三天前，包工头想要联系他，问他跟不跟着自己干下一桩活儿的时候，却发现他的手机竟然销号了。

专案组的刑警们找到包工头，拿出嫌犯 X 的照片，向他询问是否认识照片里的人，包工头先是连连点头，然后又露出恍然大悟的表情，说道："他是不是犯什么事了？我就说嘛，这也太邪乎了！"

市局的刑警们是何等老练，一听包工头说话的语气，就知道他肯定还有下文要说。

果然，这个高高胖胖的包工头先说了杜山的名字、籍贯等基本信息，然后大嘴一张，继续将知道的事儿全都说了出来。

"杜山这人嘛，其实干活挺麻利，但最大的毛病就是好赌！"

他重重地叹了一口气，继续说道："他在我手下干活儿的时候，我和弟兄们可都没少劝他，但他不听，嘴上说着'好好好，我以后不赌了'，转天儿又来找我们借钱！他借了我差不多有两三千元吧，我看在跟他是老乡的份儿上，就当请客吃饭白送他了，从来都没扣过他工钱呢！"

警官们看包工头的话越说越歪，絮絮叨叨净往自己身上扯，于是挥了挥手打断了他，问道："那你为什么会觉得他是犯了事儿？"

"哦,这个嘛……"包工头挠了挠脑袋,说道,"十来天前吧,他忽然就有钱了,一口气把自个儿欠了快两年的债都给还了!"

他说着,偷眼看了看面前俩警官的脸色,说道:"我们私下还议论这他这钱是哪儿来的呢……"

包工头的言下之意,就是他猜杜山那钱多半来路不正,所以现在警察才会找上门来。

"那你知道,他还债用的钱,是谁给他的吗?"警官立刻追问。

包工头当即把头摇得跟个拨浪鼓似的,生怕跟杜山犯下的事儿扯上丁点干系,说道:"不知道,不知道!这我就真不知道了!"

案子发展到这里,这一桩牵涉两条人命的案件的性质已经完全变了。

一开始,警方觉得这大约是一桩入室抢劫杀人案,但现在看来,它很可能已经变成了一桩买凶杀人案。

如果沈大队长所料不差,在这个案子里,原本被杀的不应该是泰丰雅苑 D 栋 2806 室的古丽雯,而应该是 B 栋 2806 室的女业主蔡玲玲。买凶要杀她的人,如果不是她的金主,那就是她金主的原配发妻,至于那个被买的凶手,毋庸置疑,正是死在了开发区海滨桥墩旁的杜山了。

林郁清还在充当一个临时会计,一边查着涉案人员的账户增减往来信息,一边摇着头对旁边的戚山雨说道:"唉,这不就是'螳螂捕蝉,黄雀在后'的真实版嘛,可惜杜山这只蠢'螳螂'捕错了'蝉',错杀了 D 栋那个无辜的女孩子。现在就看那只吃了'螳螂'的'黄雀'到底是谁了。"

"行了,别瞎想这些有的没的。"

根据规定,林郁清不能出去的时候,戚山雨也不能一个人继续跑外勤,所以这两日,他也只能和搭档一起待在专案组办公室里,帮忙整理和翻查账目,戚山雨说道:"别分心,小心算岔了。"

"才不会算岔呢。"

很快,两人又把头重新埋进杜山近一年的银行账户流水里,一行一行地继续对账。

包工头不知杜山钱的来路,而林郁清也没能从杜山的银行账户里找到任何可疑的大笔进账。

不过这并不能证明杜山没有收过买凶杀人的钱。

且不论杜山有可能弄个假账号,光从杜山欠的赌债金额来看,几十万元对大多数打工族来说,数字不算小,但若是真要全部兑换成现金,也不过就是一个包能装下的份量而已。如果买凶者有意识地避免留下证据,直接给杜山一包现金,确实比从银行转账方便。

即使如此,警方依然相信,只要知道了嫌犯 X 的身份,再顺藤摸瓜查下去,就一定能找到破案的线索。

8月21日，也就是在杜山尸体被发现后的第六天，案子终于有了另一个非常重要的进展。

禄鼎盛进出口贸易公司的老板史昌翰和老板娘聂心雨两夫妻，平时住在北城郊的一个别墅小区里。

这个小区与物业疏于打理的泰丰雅苑不同，是个管理和安保都十分完善的现代化别墅区。小区的几条主干道上，全都装着二十四小时监控的高清摄像头。

锁定了嫌犯以后，专案组立刻调取了别墅小区的监控录像，随即发现了两条非常关键的线索。

线索一，8月14日深夜十一点，别墅小区的监控摄像头拍到杜山步行进入小区的画面，而且从他前进的方向来看，去的地方应该就是史昌翰和聂心雨的家。

当时杜山戴着口罩，但身上穿着都和他在泰丰雅苑里被监控拍到的一模一样，再加上身高、体态等特征，警方能确定两者是同一个人。

线索二，警方找不到杜山离开小区的监控，但在8月15日凌晨两点左右，史昌翰和聂心雨的车悄悄地驶出了别墅小区。

原本调查进行到这里，警方就可以把史昌翰和聂心雨带回来问话了。

但就在8月21日傍晚，被派去盯住蔡玲玲的一组人发回了消息，说蔡玲玲出了门，而她约见的人正是史昌翰。

沈遵闻言，立刻大手一挥，点了一组人，说道："马上跟上去，看看他们说了什么。还有，注意保护蔡玲玲的人身安全。"

本来金主约见包养的外室并不稀奇，但这一次史昌翰和他的小情人见面，是在晚上十点以后，且没去藏娇的金屋，也没去某个五星级酒店。

站在泰丰雅苑门前的一棵树下，装作等人模样的便装女警，一边低头刷着手机，一边用眼角余光瞥向那个从小区门楼下走过的年轻女人，同时压低声音，对藏在领口的麦克风说道："注意注意，各组注意，蔡玲玲已经从小区正门出来了，我现在准备过去。"

说完，女警将手机举到耳边，假装正在打电话的模样，朝着蔡玲玲疾步而去。

她走得很急，边走边用焦急的语气和电话那头并不存在的人交谈着。

然后女警的胳膊很自然地和蔡玲玲撞了一下。她急忙转头，一边连声道歉，一边用没有拿手机的一只手，在被她撞到了的年轻女人的胳膊上扶了扶。

蔡玲玲穿着一双足有八厘米高的细跟凉鞋，这一撞之下，着实趔趄了两步。

她快速抬头，瞪大双眼，伸手指着女警，不干不净地骂了两句，但女警根本不在乎她说了什么，假装十分着急的样子，捏着手机疾步走开了。

见对方骂不还口，蔡玲玲瞪着便衣女警远去的背影嚷嚷了几声，才扭过头掏出了自己的手机说："喂，我出来了，你车在哪里呢？"

今晚蔡玲玲化了个十分浓艳的妆容，穿了一条绯红似火、火辣性感的吊带露背短裙，还背了一个价格五位数的包包。

她根本没注意到，此时她包包的夹层里，被人塞进了一枚小小的金属"纽扣"，而这枚有指甲盖大的"纽扣"，正将她说话的声音同步传入许多人的耳机里。

"……什么？车在明兴巷口？你停那么远干什么？"

蔡玲玲看起来很不高兴，絮絮叨叨地朝着电话那头的人发着火，迈开步子，穿过热闹的街道，朝着街角一处僻静的巷子走去。

"怕违停抄牌？开玩笑吧，都这个点了还有交警来抄牌？谁管你今年扣几分了？"她一路抱怨着，一路走到了明兴巷口。昏暗的路灯下方，果然停着一辆眼熟的白色轿车。

蔡玲玲挂断电话，上了车，坐进了副驾驶座。

一分钟之后，白色的轿车缓缓倒出逼仄的巷子，汇进了夜间的车流之中，朝着东南方向驶去。

戚山雨对耳麦那头远程指挥着他们的沈遵报告情况："史昌翰的车子动了。我们现在跟上去。"

说完，他踩下油门，开着一辆十分低调的黑色车，带着搭档林郁清与另外两个警官，很自然地跟在了史昌翰的白色轿车后面。

同一时间，窃听器里传回来的对话依然在继续。

"都这么晚了，你想去哪里？"

蔡玲玲的声音听起来十分不高兴，兴致也很差。从她硬邦邦的语气里面，似乎一点儿都感受不到普通的小情人对金主应该有的脉脉柔情。

"最近公司生意不好，那死婆娘又烦人得要死，我心里闷得慌……"

史昌翰今年已经四十有三了，说话的声音听起来低沉、沙哑，还带着一种常年劳心劳力的中年人特有的倦怠感。

他顿了顿，长长地叹了一口气，说道："我想出门兜兜风……玲玲，你就陪陪我吧。"

"呵！你自找的！"

戚山雨等人的耳麦里传来女人的一声冷笑。

然后，那边的车厢里似乎沉默了下来，好半天都没有听到有人说话。

坐在后排的警官扒着前座的椅背，从驾驶座和副驾驶座中间的间隙里探出脑袋，盯着前方白色轿车的车尾灯，对戚山雨说道："小戚，疑犯那车，好像是往出城的方向开呀。只是出门兜风散心，有必要出远门吗？"

现在专案组已经把禄鼎盛进出口贸易公司老板史昌翰称为疑犯了。

因为，他们眼前的这辆白色轿车，正是杜山死亡那日凌晨，从别墅小区里驶出的车子。

"嗯，看样子确实是打算出城了。"

戚山雨注意到，此时他们周围的车流已经比之前明显减少了许多，如果再和刚才那样步步紧跟，就会显得有些扎眼了。

他不确定前方车里的两人有没有那么细心谨慎，但戚山雨不想冒险，于是打了一下方向盘，换到了旁边的一条车道上，将他们的车子藏到了一辆客运大巴后头。

"再往前三公里就是出口，往前直走要上鑫江高速了，往右拐可以进省道，记得盯紧一点儿，看看他们想去哪里！"后排的警官严肃地叮嘱道。

戚山雨点了点头。

果然，接近出口的时候，白色轿车选择了右侧的一道，拐进了车流量更小也更偏僻的省道里。

同时，警官们的耳机里再次传来了那头说话的声音。

憋了一路的蔡玲玲，终于又开口了。

女人似乎气呼呼的，语气听起来很冲："我说，你考虑得怎么样了？我昨天去医院看过了，医生说宝宝都快三个月了，你到底打算让我们母子怎么办？！"

坐在副驾驶座上的林郁清愣了愣，听到这个新情况，震惊地回头看向后座的两名同事。

后面的两名警官正是负责盯梢蔡玲玲的那组，但他们没提起过蔡玲玲已经怀孕的事。

"啊？！"

后座的两名警官同样一脸的震惊和茫然。其中一人摇头摊手，说道："不可能吧，昨天蔡玲玲压根儿就没出过门啊，哪里看过医生了！"

两人相信以他们的水平，绝不至于连一个弱女子都盯不住，既然昨天蔡玲玲没去过医院，那很显然，她刚才跟史昌翰说自己怀孕三个月的话，也肯定是某种算计了。

"玲玲啊……"史昌翰的语气听起来又累又烦躁，"我跟你说过了，这事儿没这么容易的，那死婆娘精得很，如果我现在跟她提离婚，她会让我在这里混不下去的……"

"混不下去就带着我出国啊，你又不是没钱！"蔡玲玲立刻尖锐地回敬道，"反正我早就不想待在这里了！带着我和宝宝，咱们一家三口一起到外面去，难道不是很好吗？"

史昌翰没有跟她吵，又是重重地嘘了一口气，说道："所以说，事情没这么简单……"

两人的对话再度戛然而止。

跟踪在白色轿车后面的四个警官只能听到耳机里传来那边车子发动机的轰鸣声，以及一阵诡异尴尬的沉默。

大约三分钟之后，蔡玲玲骤然提高了音量，说道："那行啊！那就按我之前跟你说过的，第二个办法！"

"玲玲！"史昌翰似乎也动气了，大声地说道，"你能不能讲点儿道理？我对你还不够好吗？送你房子，帮你开店，平常也没亏待过你吧？你就非要把话说得那么绝吗？"

"呵，你还真有脸说啊！"

蔡玲玲的声音原本就尖细，一旦提高了音量，声音就会不由自主地变得尖锐刺耳。

"你送我的房子是你老婆的嫁妆，就是个二手货！帮我开店，给我买东西又怎么了？那是你欠我的！我帮你洗钱呢！帮你偷你老婆的家底儿呢！不然你以为你的钱是怎么来的！"

她一口气说完以后，似乎为了换气，急促地喘了几声。

"还有，既然你不愿意跟我结婚，那我要三千万元很多吗？"

蔡玲玲冷笑了一声，说道："别以为我不知道你从你老婆那儿挖了多少！有一亿元了吧！既然你不肯要我和小孩，那分我三千万元，一点儿都不过分吧！"

蔡玲玲说着说着，似乎是感到了委屈，声音里带出了哭腔，话语也渐渐变得狂乱了起来。

她开始翻起了两人的旧账，细细数着她这些年忍辱负重替她的金主做了多少事情，语句里还隐隐带出了威胁之意。显然，如果对方不肯和原配离婚再娶她，又不肯付她三千万元的分手费，她是绝对不会让史昌翰好过的。

蔡玲玲又哭又骂，整整发泄了差不多半小时。

在这期间，史昌翰几乎没怎么说过话，偶尔几声，也只是十分苍白无力的安抚。

远远跟在后面的戚山雨等人却察觉到，他们前方的白色轿车默默地提了速，在省道上开得飞快，离鑫海市越来越远。

这会儿，时间已经是深夜十一点半了，从卫星导航上来看，他们已经到了鑫海市与邻市交界的一个小镇附近，道路两旁黑黢黢的。

五分钟之后，白色轿车离开省道主干道，从一个不起眼的小岔口钻了出去。

戚山雨等人听到耳机里再度传出了女人的声音。

蔡玲玲骂得累了，还在抽泣着，不过仍注意到了现在身处的环境特别陌生，略感不安地问道："咱们这是去哪里？这儿怎么冷冷清清的？"

"前面有个露营地，我以前来这儿玩过。"史昌翰回答，"我心里烦，带你来看看星星。"

蔡玲玲放心了，说道："哦……"

又过了十分钟，白色轿车穿过一片树林，终于停了下来。

"到了，就是这儿。"

史昌翰打开车门，将他的情人扶了下来。

蔡玲玲抬头看看天，然后眨了眨眼，疑惑地问道："这儿哪能看到星……"

她的话没能说完，就感到脖子上忽然传来了一阵紧缩感，有什么东西勒住了她纤细白净的脖子。

"呃……"

蔡玲玲一边竭力挣扎，一边抬起头恐惧地看向身后，她对上了一双狰狞而疯狂的眼睛。

蔡玲玲顿时全都懂了。

她给的两个选择，史昌翰都不想选，他想要更简单的第三个选项，让她这个人，连同可以威胁到他的所有东西，统统从这个世界上彻底消失！

就在蔡玲玲因为大脑缺氧而双目充血，视野渐渐模糊开始摇晃的时候，她看到眼前忽然出现了两盏刺眼的车灯。

一辆车一个漂移横停在了她身前十米处，似乎有无数人影从那辆车上跳了下来，朝着他们直扑而来。

"不许动！"

"放开她，双手放到头顶，趴到地上！"

8月22日，也就是发现杜山尸体后的第七日，柳弈一早就带着爱徒江晓原，以及法研所里的其他两名法医，驱车来到了北城郊的别墅小区，径直开到其中一栋别墅门前。

那是一栋淡青色墙面、红色屋顶的欧式三层小洋房。不知设计师是怎么想的，将二、三楼所有窗户都设计成了圆拱状，还选了淡绿色的磨砂玻璃，看上去不伦不类，品位堪忧。

而这栋实在算不得好看的别墅，正是禄鼎盛进出口贸易公司的老板史昌翰和老板娘聂心雨目前所住的家，也是嫌犯杜山生前最可能去过的地方。

昨日，戚山雨他们在史昌翰企图杀害情妇蔡玲玲的时候，将他逮了个现行，直接拘回了市局里。

经过连夜审讯，史昌翰承认了自己和蔡玲玲之间不正当的男女关系，分辩说他是因为对方用肚子里的小孩要挟他和妻子离婚，实在逼得太紧，一时冲动，才想要勒住她的脖子吓唬她一下，根本没有杀人的意思。

警方拿出杜山的照片，史昌翰则梗着脖子，坚持说他根本不认识这个人，对警方的所有质询，一概否定三连——我不是、我没有、我不知道！

国内的刑事案审理，一向都十分讲究人证物证俱全。

即便专案组可以通过手头上的线索，揪出史昌翰侵吞配偶财产等种种不法行径，但对他身上的两条人命，连同昨晚差点儿就被勒死的蔡玲玲所受到的侵害，只要史昌翰心理素质足够强悍，坚持否认，怎么也不肯松口的话，那就很难将罪名切切实实地钉在他身上。

这时候，警方最需要的，就是能证明杜山的死与史昌翰脱不开关系的有力物证，所以他们带着搜查证，准备从史昌翰的所住入手，搜寻线索。

柳弈穿过门口的警戒隔离带，进入别墅大门，一眼就看到了蹲在门边上的戚山雨。

他正半跪半蹲，弓着身子，把头凑在门框上，仔仔细细地研究着什么东西。

而戚山雨的新搭档林郁清则跟只没头苍蝇似的，在后头团团乱转，似乎有心想帮忙，又不知应该说些什么、干些什么。

"哎，小戚警官，你看什么呢？"柳弈问。

戚山雨回过头来，说道："你来得正好，看看这个。"

说着，他往旁边挪了一步，方便柳弈凑近看。

柳弈顺势弯下腰来。他注意到，戚山雨看上去很累，眼底泛出血丝，显然昨天又熬夜了。

昨晚戚山雨和其他几人一起跟踪史昌翰，将那个企图杀死情妇的冷血男人逮了个现行，然后直接将人拘回去，连夜进行审问。

这样一番折腾下来，他晚上没能回家，自然通宵未眠，即便再年轻体健，此时也难免显现出疲乏的样子来。

"你发现了什么？"

柳弈顺着戚山雨指的方向，凑近了门框。

他看到，门框与墙面的交界处，有一道白色的刮擦痕迹。

这道刮擦痕平行于墙面，离地大约三厘米，长度差不多有四厘米，宽只有两毫米，痕迹很浅，看上去也很新，应该是某种硬物在上面拖曳时不小心留下来的。

"你怀疑，这痕迹跟杜山有关？"

柳弈有些疑惑地侧头看向戚山雨。

无怪乎他感到不解。

这道痕迹实在很浅，也没有什么特征性，任何东西一个不小心都有可能在墙上蹭出类似的刮痕，如果不是戚山雨特地指出来，很有可能会被调查人员彻底忽略过去。

戚山雨摇了摇头，然后用手比画了个仰躺的姿势，又指了指自己的手表，说道："我也不确定。不过，如果有人从门口被人拖出去，他的手表在这儿擦过的话……"

　　说着，他伸出手，将自己的手背贴到地面上，然后用手表对了对位置，说道："你看，表盘的高度正好就是在这里，分毫不差。"

　　"原来如此。"

　　柳弈记得他检查杜山的尸体时，虽然没在他的身上发现手表，但在左手腕上，确实留有长期戴表留下的皮肤色差。

　　如果戚山雨的推论不错的话，墙面这一条浅浅的痕迹，确实有可能是杜山的手表蹭出来的。

　　"不过，如果只有这点儿证据，根本不够啊。"

　　柳弈看向戚山雨，眼神里笑意盈盈。

　　这位警官同志，论年纪和资历，还只能算是初出茅庐，但实际上，他已经在不知不觉之中，慢慢褪去了青涩，变得越加成熟、沉稳、细心，更能干了。

　　两人刚刚认识那会儿，还是柳弈这个专家作为主导者，引着戚山雨发现和分析线索。但仅仅过去一年，戚山雨就已经成长为一个经验老到的优秀刑警，反过来提醒他去注意一些琐碎而且毫不起眼的细节了。

　　"嗯，我知道。"

　　听了柳弈的话，戚山雨倒是半点儿不觉得灰心，只是点了点头道："我们再找找。"

　　史昌翰是个非常狡猾精明的生意人。

　　他的狡猾和精明不仅反映在花了三年半的时间，和小情人合谋，一点一点将原配妻子的钱挖到自己的口袋里，还表现在他反侦查意识很强，懂得如何最大限度地逃避侦查。

　　史昌翰的白色轿车已经清洗过，连内部的座椅皮套以及地毯也全部换成了新的。即使柳弈如何能干，对着一套全新的皮椅地毯，还是没法找到半点儿线索。

　　于是柳弈带着几个法证人员，用发光氨在别墅里前前后后、里里外外喷了一轮，但关了灯一看，他们家的地板干干净净，没有显现出任何可疑的血液遗留痕迹。

　　不过，史昌翰的妻子养了一只名叫"大白"的纯白色波斯猫，柳弈在猫身上取了一撮毛，回去对比过后，发现大白的毛发和当日在杜山尸体上发现的毛发完全一致。

　　但猫毛只能证明杜山曾经来过史昌翰的这栋别墅，若要作为命案的证据，说服力仍然不够。

　　最后，柳弈等人将客厅里上百公斤重的红木沙发给整张翻了过来，终于在椅子背面一处隐蔽的角落里，找到了几点喷溅式的干的血迹。

　　很快，这些血迹的DNA检验结果出来了，证明它们确实属于死者杜山。铁证如山，终于让史昌翰百口莫辩，只能坦白交代了自己的罪行。

　　禄鼎盛进出口贸易公司原本是聂心雨的父亲留给女儿的，虽然史昌翰在公司里挂了个总经理的名头，但公司资产的所有权，全都在聂心雨一个人名下。

史昌翰是典型的"凤凰男"，家里是农村的，靠着年轻时的一张好皮相和好学历，娶了个有钱老婆，一飞冲天，少奋斗了大半辈子。但他本人的性格跟"老实本分"没有一点儿关系，反而是个贪得无厌且心狠手辣的小人。

他结婚后就在计划将他老婆的钱挖到自己的名下，然后踹掉相貌平庸还中年发胖的糟糠妻子。

不过这个计划并不容易，他忍了十多年，直到勾搭上年轻貌美的小秘书蔡玲玲，才用"老鼠仓"的方法，将禄鼎盛的资产一点一点往外搬。

就在史昌翰自认为计划进行得非常顺利的时候，他的小情人蔡玲玲，却不甘心只做那只见不得光的"耗子"，想要获得名分，或者得到更多的好处。

其实蔡玲玲并没有怀孕，只是想用这个理由，逼史昌翰做出选择，要么离婚以后娶了她，要么给她一大笔钱。

但这两个选择，史昌翰都不想选。

虽然他的岳父年事已高，现在也已经移民国外，但老人在本城还有点儿影响力，在他去世之前，他的几个子女依然被亲缘关系拧在一根绳上。

他的老丈人和他老婆的舅、姨，每一个都不是省油的灯。史昌翰觉得，如果他敢在这个节骨眼上踹掉原配发妻，他们中任何一个都足以磨得他脱下几层皮来。

更何况，史昌翰还没从他老婆那儿挖够本儿，就这样断了他最便捷的财路，他如何能甘心？

这婚不能离，至少现在肯定不能。

但要让他分出三千万元给小情人，简直跟割下他的一块肉一样，根本无法接受。

两条路都走不通，蔡玲玲又铁了心要跟他扯清，于是史昌翰只能选择第三条路——让这个手握他把柄的女人，从此在世界上彻底消失。

史昌翰想到了买凶杀人。

为了不引起警方的注意，他特地辗转了好几层，挑了个跟他毫无联系甚至从来没有碰过面的装修工人——杜山。

史昌翰给了杜山三十万元现金，让他杀掉住在泰丰雅苑 B 栋 2806 室的蔡玲玲，并且将现场伪装成入室抢劫杀人。

史昌翰向杜山承诺，事成之后，再给他三十万元的尾款，而且会送他出国，偷渡到一个南亚小岛国去。

只是很可惜，杜山是个彻头彻尾的门外汉。

杜山虽然去泰丰雅苑踩了点，也买好了作案工具，却在最后关头走错了楼，错杀了 D 栋 2806 室的无辜女孩古丽雯。

可以想象，杜山自以为成功杀死目标，逃出泰丰雅苑，然后向雇主报告自己已经得手，却被史昌翰震怒地告知，蔡玲玲还活着，两人都是何等惊慌失措。

杜山连夜赶去史昌翰的家，找到了史昌翰，不由分说让他兑现说好的三十万元尾款，立刻把自己送出国去。

根据史昌翰本人的供述，当时两人发生了争执，他一气之下，趁着杜山转身的当口，用桌上的烟灰缸用力连续敲打了杜山的头部，把人打倒在地上。

那时候，他看到杜山一动不动，以为杜山已经死了，便搜出杜山身上的手机，再将人拖进自己车里。

史昌翰将尸体拖出门的时候，杜山的手表钩住了地毯。他担心地毯上的纤维会向警方暴露自己的存在，还特地摘掉了杜山的手表。

然后，史昌翰将车开到了开发区人迹罕至的海边，再把杜山的"尸体"扔进了海里。

做完这一切，他回家清理了客厅，擦掉肉眼可见的血迹，再用强力消毒水和过氧化氢溶液反复擦洗所有可能沾到血迹的地方。他听说，这样做就能破坏现场残留的血痕，避免法医用荧光剂检查出来。

接着，他连夜将当晚载过"尸体"的车子开去清洗，又换掉了车里的椅套、坐垫和地毯等一切有可能沾上血迹的配件。他以为这样做，就能彻底销毁证据，逃避警方的侦查。

只可惜，百密一疏，史昌翰万万没有想到，仅仅过了一个星期，他就落网了。

至此，案子尘埃落定。

两天以后，8月24日。

今天，是泰丰雅苑D栋2806室的女受害人古丽雯的遗体告别仪式。

这一日，柳弈跟戚山雨也一起去了。

经过遗容师的一番努力，躺在棺木里的女孩儿，面容清秀、表情平静，穿了一身纯白色的立领寿衣，柔软的布料掩盖住她的满身伤痕，让人无法从她安详得仿若熟睡的脸上，看出这个可怜的姑娘生前曾经遭受过多大的苦难。

柳弈和戚山雨站在人群的后面，随着哀乐低头致哀，然后手持白菊，跟随着人流绕棺一周，将手里的花轻轻放到女孩儿的棺盖上面。

他们注意到，古丽雯的室友关婉怡，正站在亲戚的那一队里。

此时，她正搀扶着古丽雯那哭得快要晕厥的老母亲，脸色苍白，眼下挂着泪珠，但依然十分得体地朝参加告别仪式的人一个一个地鞠躬致意。

当戚山雨在关婉怡面前经过的时候，女孩儿显然认出了这位帅气的警官，虽然脸上满是泪水，但露出非常真诚的笑容，然后朝着他深深地鞠了一躬。

逝者已矣，而生者的生活，还要继续下去。

番外 |||||||||||||||

戚家有女初长成

爸爸因公殉职的时候，戚蓁蓁还很小，根本不明白死亡二字的意义。

在她模糊的儿时记忆里，某一天，好似一夜之间，自己完整而幸福的童年毫无预兆地破碎了。

那一日，有人敲响了她家的门。

那人进门之后，跟她妈妈说了些什么，妈妈就忽然哭了起来——不是那种撕心裂肺的号啕大哭，而是泪如雨般，滂沱而悄无声息地落下。

当时戚蓁蓁抬头看着妈妈，不知妈妈在伤心难过些什么，伸手想要去安慰，妈妈只是紧紧地抱住了她。

泪滴沾到她的脸上、手上、衣服上，让很小的女孩儿对那一日最深刻的印象，就是湿润、滚烫而且似乎永远不会停歇的眼泪。

不久之后，她认识的、不认识的人，接二连三挤进了她的家中，每个人都在安慰她们，告诉她们节哀顺变……

当时只有4岁的戚蓁蓁很害怕，但害怕到了极致之后，她反而不敢随意哭泣。

于是她躲进了自己的小房间里，钻进被窝，把自己从头到脚包裹起来，试图隔绝来自外界的那些令她恐惧彷徨和无助的声音。

后来，哥哥回家了。

那时还只是个初中生的戚山雨，找到了被窝里的妹妹，用还没有开始抽条的小身板儿抱紧她、安慰她，告诉她不要害怕，哥哥会一直陪在她身边……

戚蓁蓁已经记不清后来发生的许多事了，包括如何送别父亲的遗体，怎样安排后事，以及应付那好像没完没了的登门拜访的客人们。

她只知道，是哥哥一直陪在自己的身边，好像她的定海神针一般，一直握住她的手，替她隔绝开这令人窒息而绝望的一切。

后来，戚蓁蓁渐渐长大，慢慢懂了死亡的含义，也接受了那个无比疼爱自己的父亲已经永远地离开、再也不会回到这个家中的事实。

单亲家庭的孩子常常更早熟，戚蓁蓁六七岁的时候，就已经比大多数同龄孩子懂事、乖巧。

女孩儿跟妈妈和哥哥的关系都很亲密。

她就像一个暖心的小天使一样，总是笑脸迎人，开朗乐观，那些小孩儿特有的娇气和任性，几乎从来没在她身上出现过。

因为戚蓁蓁知道，自己要成为家庭里的黏合剂——她是妈妈与哥哥之间唯一的交流纽带了。

是的，当年的戚蓁蓁并不明白，为什么她家那么优秀、那么能干的哥哥，唯独在面对自己的妈妈时，会显得那么冷淡和疏离。

他就像和妈妈在进行着一场经年累月的冷战，而妈妈不仅没有责备过儿子，反而小心翼翼地与他保持距离，就好像一个罪犯无颜面对苦主。

在戚蓁蓁成长的过程中，她曾经多次直截了当或者旁敲侧击地问过两个当事人冷战的理由。

可不管是妈妈还是哥哥，都从来没有给过她一个确切的回答。

不过，纤细而敏感的女孩儿长到了一定的年纪之后，还是隐约猜出了这件事的前因后果，只是后来一直没有再遇到合适的询问时机，所以没能求证。

直到戚蓁蓁念初中时，妈妈生病了。

妈妈患的是胰腺癌，发现的时候已是晚期，错过了手术的最佳时机，病情非常凶险，从确诊到死亡，只有短短的 3 个月而已。

3 个月的时间实在太短了。

戚蓁蓁还没从妈妈患病的冲击中回过神来，人就已经不在了。

姑娘那时只觉得整个世界天塌地陷。

幼年丧父之后，妈妈也匆匆离开了她，这世界上，她就只剩下戚山雨一个亲人了。

戚蓁蓁虽然从小就比同龄人更懂事，却终究只是个没长大的女孩儿而已。

在妈妈弥留的那段时间里，她整日浑浑噩噩，连正常的生活自理都勉强，更别说腾出手照顾重病的妈妈。

后来妈妈在极度的痛苦中溘然长逝，戚蓁蓁伤心到几近崩溃，整整 3 天，睁开眼就忍不住开始掉眼泪，两只眼睛差点儿被泪水给泡坏了。

后来姑娘回忆起来，才惊觉在最艰难的这段时间里，是哥哥一个人挺了下来。

他独力照顾重病的妈妈，料理完后事，还要关照哀伤过度的妹妹，甚至不声不响地扛起了家中因母亲生病而欠下的债务，一边念大学还要一边打工还款。

母亲离世之后，戚蓁蓁彻底长大了。

她不再把自己当成一个需要别人照顾和呵护的未成年人，而是努力模仿妈妈和哥哥的样子，一点一点学着照顾这个家。

戚蓁蓁不需要任何人监督，就能自觉地学习，会帮忙做饭，还会替戚山雨打点一些家里的日常琐事。

兄妹俩互相扶持、有商有量，在失去了双亲之后，感情的羁绊更加牢固。

一晃三年过去了，很快到了戚蓁蓁要选择高考志愿的时候了。

虽说是子承父业，但其实妹妹自己很清楚，她想要当个警察，是受了哥哥的影响。

爸爸离开得太早，在她的记忆中已经只剩一些不甚清晰的碎片，如果不看照片，她几乎就要想不起来爸爸的长相了。

长兄如父，她真正崇拜的，是自己坚毅、优秀而且极具正义感的大哥。

所以她很想跟哥哥一样，成为一名杰出的刑警——就像戚山雨选择了跟他们爸爸同样的职业一样。

【未完待续】

下期预告：

猎奇的自杀案件还在上演，逐步落入赢川陷阱的柳弈能否察觉身后的危险？随着真相逐步浮出水面，导师的真实身份也即将败露，赢川究竟还隐藏了什么秘密……

《新锐法医 3 齐心》（完结篇）即将上市，敬请期待！